ÍTACA

Ithaca (2022)

Copyright © 2023 by Claire North

Tradução © 2023 by Book One

Todos os direitos de tradução reservados e protegidos pela Lei 9.610 de 19/02/1998. Nenhuma parte desta publicação, sem autorização prévia por escrito da editora, poderá ser reproduzida ou transmitida sejam quais forem os meios empregados: eletrônicos, mecânicos, fotográficos, gravação ou quaisquer outros.

Tradução	*Lina Machado*
Preparação	*Tainá Fabrin*
Revisão	*Vanessa Omura* *Aline Graça*
Arte e adaptação de capa	*Francine C. Silva*
Diagramação	*Bárbara Rodrigues*
Tipografia	*Electra LT Std*
Impressão	*COAN Gráfica*

Dados Internacionais de Catalogação na Publicação (CIP)
Angélica Ilacqua CRB-8/7057

N775i	North, Claire
	Ítaca / Claire North ; tradução de Lina Machado. –– São Paulo : Excelsior, 2023.
	320 p.
	ISBN 978-65-80448-80-7
	Título original: *Ithaca*
	1. Ficção inglesa 2. Mitologia grega I. Título II. Machado, Lina
23-1546	CDD 823

SIGA NAS REDES SOCIAIS:

 @editoraexcelsior

 @editoraexcelsior

 @edexcelsior

 @editoraexcelsior

editoraexcelsior.com.br

CLAIRE NORTH

ÍTACA

EXCELSIOR
BOOK ONE

São Paulo
2023

Dramatis personae

A Família de Odisseu
    Penélope – esposa de Odisseu, rainha de Ítaca
    Odisseu – marido de Penélope, rei de Ítaca
    Telêmaco – filho de Odisseu e Penélope
    Laertes – pai de Odisseu
    Anticlea – mãe de Odisseu

Conselho de Odisseu
    Medon – um conselheiro idoso e amigável
    Egípcio – um conselheiro idoso e menos amigável
    Pisénor – um antigo guerreiro de Odisseu

Pretendentes de Penélope e seus parentes
    Antínoo – filho de Eupites
    Eupites – mestre das docas, pai de Antínoo
    Eurímaco – filho de Pólibo
    Pólibo – mestre dos celeiros, pai de Eurímaco
    Anfínomo – um guerreiro grego
    Andraemon – um veterano de Troia
    Minta – companheiro e amigo de Andraemon
    Kenamon – um egípcio
    Nisas – um pretendente de status inferior

Criadas e plebeus
    Eos – criada de Penélope, cuida de seus cabelos
    Autônoe – criada de Penélope, cuida da cozinha

Melanto – criada de Penélope, cuida da lenha
Melitta – criada de Penélope, cuida da lavanderia
Phiobe – criada de Penélope, amigável com todos
Leaneira – criada de Penélope, uma troiana
Euracleia – a velha ama de Odisseu
Dares – um rapaz de Ítaca

Mulheres de Ítaca

Priene – uma guerreira do Leste
Teodora – uma órfã de Ítaca
Anaitis – sacerdotisa de Ártemis
Urânia – mestre das espiãs de Penélope
Sêmele – uma viúva, mãe de Mirene
Mirene – filha de Sêmele

Micênicos

Electra – filha de Agamêmnon e Clitemnestra
Orestes – filho de Agamêmnon e Clitemnestra
Clitemnestra – esposa de Agamêmnon, prima de Penélope
Agamêmnon – conquistador de Troia
Ifigênia – filha de Agamêmnon e Clitemnestra, sacrificada para
a deusa Ártemis
Pílades – irmão de juramento de Orestes
Iason – um soldado de Micenas
Egisto – amante de Clitemnestra

Espartanos

Icário – pai de Penélope
Policasta – esposa de Icário, mãe adotiva de Penélope
Tindáreo – pai de Clitemnestra e Helena, irmão de Icário

Deuses e divindades diversas

Hera – deusa das mães e das esposas
Atena – deusa da sabedoria e da guerra
Ártemis – deusa da caça
Calipso – uma ninfa

Capítulo 1

Teodora não é a primeira a ver os saqueadores, mas é a primeira a correr. Eles vêm do Norte, à luz da lua cheia. Não trazem nenhuma lanterna acesa no convés, mas deslizam pelo oceano como lágrimas escorrem por um espelho. São três navios, transportando cerca de trinta homens cada, rolos de corda na proa para amarrar os escravos, remos que mal tocam o mar conforme o vento os impulsiona rumo à praia. Eles não entoam gritos de guerra, não tocam tambores, nem trompetes de latão ou de osso. Suas velas são lisas e remendadas; e, se tivesse poder sobre as estrelas, eu teria ordenado que elas brilhassem um pouco mais, para que os céus fossem eclipsados pela escuridão dos navios, conforme estes obstruíam o horizonte. Contudo, as estrelas não são meu domínio, e normalmente eu também não presto muita atenção aos assuntos de pessoas sem importância em suas aldeias sonolentas à beira-mar, exceto quando há algum evento grandioso que pode ser alterado por uma mão ardilosa – ou quando meu marido se afastou demais de casa. É, portanto, sem intervenção celestial que Teodora, inclinando os lábios para os de seu possível amante, acha que viu algo estranho no mar. As poucas mulheres pescadoras que navegam pela noite são todas suas conhecidas, e as proas de seus barcos não são nada parecidas com o formato que ela vislumbra de canto de olho. Então Dares, um jovem tolo, com certeza mais tolo que ela, segura seu queixo e a abraça mais apertado, tateando em busca de seu seio com mão atrapalhada e impertinente, e outras coisas ocupam a mente dela.

Acima da aldeia, uma tocha bruxuleia no alto dos penhascos. Foi erguida apenas por um instante, um sinal na noite para indicar o caminho a esses saqueadores. Agora seu trabalho está feito, e a figura que a ergueu desce pela trilha de rocha dura rumo ao interior adormecido da ilhota, não sentindo nenhuma vontade de ficar e testemunhar seu trabalho. Seria correto da parte desse indivíduo pensar que não havia sido visto, salvo por seus aliados; é tarde, e o calor do dia havia se dissipado em uma escuridão fresca e sonolenta, apropriada para um sono profundo, ressonante e sem sonhos. Quão pouco ele sabe.

Em uma caverna acima da costa, uma rainha esfarrapada e suja observa a noite, o sangue ainda pegajoso em suas mãos, e vê os saqueadores chegando, mas não acha que vieram atrás dela. Então ela não grita para a aldeia abaixo, mas chora por seu amante, que está morto.

Ao Leste, um rei se remexe inquieto nos braços de Calipso, que o acalma e diz *é apenas um sonho, meu amor. Tudo além dessas praias é apenas um sonho.*

Ao Sul, outra frota com velas pretas está parada na calmaria, os remadores adormecidos sob o céu paciente, enquanto uma princesa acaricia a testa suada do irmão.

E na praia, Teodora está começando a suspeitar que as intenções de Dares talvez não sejam inteiramente puras, e que eles deveriam começar a falar em casamento se era para isso que estavam se encaminhando. Ela o empurra com ambas as mãos, mas ele a segura apertado. No breve arrastar dos pés de ambos na areia cor de osso, os olhos dele se voltam para cima e ele finalmente vê os navios, vê seu curso rumo a essa pequena enseada e, com um intelecto preguiçoso, declara: *Ahn...?*.

A mãe de Dares é dona de um bosque de oliveiras, dois escravos e uma vaca. Aos olhos dos sábios da ilha, essas coisas são na verdade propriedade do pai de Dares – mas ele nunca voltou para casa de Troia, e à medida que os anos se passaram e Dares passou de fedelho para homem, até os anciões mais pedantes pararam de insistir nisso. Um dia, pouco depois de completar quinze anos, Dares virou-se para a mãe e refletiu: *Você tem sorte por eu deixá-la continuar aqui.* E nesse momento a esperança dela morreu, embora ele fosse um monstro que ela mesma criou. Ele sabe pescar, não muito bem, sonha em se tornar um pirata e ainda não passou fome no inverno.

O pai de Teodora tinha dezesseis anos quando se casou com a mãe dela; dezessete quando foi para Troia. Ele abandonou seu arco, sendo uma arma para covardes, algumas panelas e um xale que a mãe dele fizera. No inverno passado, Teodora matou um lince tão faminto quanto ela, a faca com a qual ela estriparia peixes enfiada na mandíbula da fera, e tem poucos escrúpulos quanto a tomar decisões rápidas quando a morte está em jogo.

– Saqueadores! – ela grita, primeiro para Dares, que ainda não a soltou de seu abraço, e, quando ele enfim o faz, para a aldeia acima e a noite adormecida, correndo em direção à lama baixa da cabana e do lar, como se pudesse alcançar o eco da própria voz. – Saqueadores! Saqueadores estão chegando!

É bem sabido que, quando uma mulher enlutada olha para o mar em busca do navio de seu marido e vislumbra uma vela bordada com fios de ouro, o tempo diminui a velocidade de sua carruagem ruidosa, e cada minuto do retorno do navio é uma hora marcada em perturbadora agonia. No entanto, quando piratas chegam à sua costa, é como se seus navios ganhassem asas de Hermes e saltassem, saltassem pela água, ora contornando os duros pilares de pedra onde os caranguejos rastejam de lado, com seus olhos pretos e dorsos laranja, ora conduzidos pelos remos implacáveis com a proa subindo pela areia macia. Agora homens saltam dos conveses dos navios encalhados; agora eles têm machados nas mãos e carregam escudos toscos de bronze batido e couro de animal, seus rostos estão pintados com pigmento e cinzas. Agora eles atacam saindo da água, não como soldados, mas como lobos, dividindo e cercando suas presas, uivando, os dentes à mostra brilhando prateados à luz suave da lua.

Teodora chegou à aldeia antes deles. Fenera é um lugar de pequenas casas quadradas situadas acima do estreito riacho que esculpe sua passagem entre dois penhascos de pedra enegrecida para correr vertiginosamente rumo à enseada. Quando chove muito forte no inverno, as paredes de barro derretem e caem, e os telhados são reparados constantemente. Aqui as pessoas secam peixe e catam mexilhões, cuidam de cabras e fofocam sobre os vizinhos. Seu santuário é dedicado a Poseidon, que protege os barcos de casco fino que elas empurram para a baía, e que, se conheço bem o velhote, não se importa nem um pouco com as escassas oferendas de grãos e vinho que derramam sobre seu altar.

Essa, pelo menos, é a imagem que Fenera deseja que os olhos contemplem; porém, observe um pouco mais de perto e poderá encontrar miudezas brilhando sob pisos de madeira áspero, e muitos dedos que são hábeis em mais coisas do que apenas consertar redes de pesca.

– Saqueadores! Saqueadores! – Teodora berra e, aos poucos, alguns panos empoeirados são afastados das portas tortas, alguns olhos piscam na escuridão rasa e gritos começam a soar em alarme. Então vozes mais velhas e um pouco mais respeitadas soam, enquanto outros olhos contemplam os homens correndo em suas praias, mãos se estendem para recolher seus bens mais preciosos, e, como formigas do ninho fervilhante, as pessoas fogem.

Tarde demais.

Tarde demais, para muitos – tarde demais.

Sua única benção é que esses homens com lábios raivosos e escudos ressoantes não querem matar os mais jovens e os mais fortes. Basta assustá-los em submissão encolhida, espancá-los e amarrá-los com cordas para levá-los a algum lugar para vendê-los. Os dois escravos mantidos na casa de Dares encaram os novos captores com olhos cansados, pois eles já passaram por tudo isso antes, quando foram capturados pelos homens corajosos de Ítaca. A desesperança infeliz ao se verem cercados por lâminas e escudos é um pouco decepcionante para seus atacantes, que esperavam que ao menos rastejassem desprezivelmente, mas toda a atmosfera é levemente redimida quando os senhores e as senhoras de Fenera se lamentam e choram. Agora estão reduzidos ao nível daqueles que dominavam, e seus ex-escravos resmungam e dizem: *apenas façam o que fizermos, apenas digam o que dissermos, vocês aprenderão* – vocês aprenderão.

Teodora faz uma parada para pegar apenas uma coisa preciosa – o arco que mantém para matar coelhos. Nada mais. Ela não possui nada tão precioso quanto a própria vida; então, ela corre, corre, corre para as colinas, corre tal qual Atalanta renascida, agarrando o galho da árvore moribunda de tronco fino que se projeta de um promontório para se levantar; escalando por cima de pedra e sob folha até o negrume chilreante, enquanto lá embaixo sua casa começa a queimar. Ela ouve passos atrás de si, o retumbar de grande peso pela trilha coberta de mato, olha por cima do ombro, vê luz de tochas e sombras, quase tropeça em uma raiz traiçoeira em seu caminho e é pega antes que caia. Mãos agarram, olhos velhos encaram, piscam, um dedo toca lábios. Teodora é puxada rapidamente de seu caminho para a escuridão, para a sombra da folhagem, onde está agachada uma mulher com cabelos como as nuvens de outono, a pele como a areia de verão, com um machado na mão, uma faca de caça no cinto. Ela poderia, com tais instrumentos, talvez revidar; talvez enfiar sua lâmina na garganta do homem que as persegue, mas de que isso serviria? De nada, nesta noite. Nada mesmo. Então, em vez disso, elas se escondem, envoltas nos olhos uma da outra, seus olhares gritando *quieta, quieta, quieta!* Até que por fim as passadas de seu perseguidor desaparecem.

A velha que mantém Teodora em segurança chama-se Sêmele, e ela reza para Ártemis, que não merece suas devoções.

Na aldeia abaixo, Dares é menos sensato. Ele foi criado com histórias dos guerreiros de Odisseu e, como todos os meninos, aprendeu a usar um pouco a lança e a lâmina. Quando os telhados de palha começam a queimar, ele pega a espada debaixo do catre na casa de sua mãe, dá quatro passos saindo da porta fumegante, segurando o cabo com as duas mãos, vê um ilírio vestido com chamas e sangue se aproximar, prepara-se e, de fato, consegue aparar o primeiro golpe dado contra ele. Isso surpreende a todos, incluindo Dares, e, na próxima investida, ele vira o corpo e consegue bater com a lâmina com tanta força na ponta da lança curta que a madeira racha e lasca. No entanto, seu deleite ante essa ocorrência não dura muito, pois seu assassino puxa uma espada curta do cinto, se vira na direção do próximo ataque de Dares, entra sob sua guarda e abre a barriga dele.

Serei justa com o pirata – ele teve a cortesia de enfiar a lâmina no coração de Dares, em vez de simplesmente deixá-lo para morrer. O garoto não mereceu uma morte tão limpa, mas tampouco, suponho, viveu o suficiente para merecer a que veio até ele.

Capítulo 2

A aurora de dedos rosados rastejou pelas costas de Ítaca como um amante desajeitado remexendo em saias longas. A luz do dia deveria ser tão rubra quanto o sangue no mar abaixo de Fenera; deveria ter circundado a ilha da mesma forma que os tubarões. Olhe para o horizonte, e até os olhos dos deuses têm um pouco de dificuldade para ver três velas desaparecendo no leste, com sua carga roubada de animais, grãos e escravos. Eles estarão longe, muito longe, antes que os navios de Ítaca icem suas velas.

Falemos brevemente de Ítaca.

É um lugar completamente atrasado e miserável. O toque dourado de meus passos em seu solo pouco fértil; a carícia de minha voz nos ouvidos de suas mães marcadas pelo sal – Ítaca não merece tais atenções divinas. Por outro lado, sua miséria estéril também leva os outros deuses a raramente olharem para ela, e por isso é uma verdade deprimente que eu, Hera, mãe do Olimpo, que enlouqueci Héracles e transformei a nobreza tola em pedra, ora, pelo menos aqui, eu às vezes era capaz de agir sem a reprovação de meus parentes.

Esqueça as canções de Apolo, ou as declarações orgulhosas da altiva Atena. Os poemas de ambos apenas glorificam a si mesmos. Escute minha voz: eu que fui destituída da honra, do poder e daquele fogo que deveria me pertencer, eu que não tenho nada a perder que os poetas já não me tenham tirado, apenas eu lhe direi a verdade. Eu, que abro o véu do tempo, contarei aquelas histórias que somente as mulheres contam. Então siga-me para as ilhas ocidentais, para os salões de Odisseu, e escute.

A ilha de Ítaca guarda a boca aquosa da Grécia como um velho dente quebrado, mal perturbando o oceano. Um par robusto de pernas até mesmo humanas a atravessaria em um dia, se pudessem suportar passar tanto tempo cambaleando por uma floresta imunda de árvores retorcidas que parecem crescer apenas o bastante para suprir a mais preguiçosa necessidade de sombria sobrevivência, ou em cima de pedras soltas de rochas salientes que se projetam da terra como os dedos dos mortos. De fato, a ilha é notável apenas porque algum tolo a considerou um local apropriado para tentar construir o que os locais grosseiros consideram uma "cidade" – se é que uma encosta escarpada com algumas casas tortas agarradas ao mar agitado pode ser digna desse nome – e, acima desta cidade, algo que chamam "palácio".

Deste salão de cupins, os reis de Ítaca enviam suas ordens através das ilhas ocidentais, todas muito mais agradáveis do que esta rocha miserável. No entanto, embora as pessoas de Hyrie, Paxi, Lêucade, Cefalônia, Citera e Zaquintos que vivem sob o domínio de Ítaca possam cultivar azeitonas e uvas em seus litorais, comer cevada suculenta e até criar uma vaca ou outra, todos os povos deste pequeno domínio são, em última análise, uns tão grosseiros quanto os outros, variando apenas em suas pretensões imperfeitas. Nem os grandes príncipes de Micenas ou Esparta, Atenas ou Corinto, nem os poetas que viajam de porta em porta têm muito motivo para falar de Ítaca e de suas ilhas, exceto como alvo de uma piada sobre bodes – até recentemente. Até Odisseu.

Vamos, portanto, até Ítaca, naquele final de verão quente em que as folhas começam a se enrugar e as nuvens vindas do oceano se aproximam, poderosas demais para serem incomodadas pela pequena terra abaixo. É a manhã depois da lua cheia, e na cidade abaixo do palácio de Odisseu, a algumas horas de distância a pé descalço sobre solo duro, as primeiras orações estão sendo entoadas no templo de Atena. É uma coisa torta de madeira, atarracada como se tivesse medo de ser despedaçada pela tempestade, mas com algumas notáveis peças saqueadas de ouro e prata, que apenas os rústicos considerariam magníficas. Evito passar até mesmo por um lugar tão sem graça, para que minha enteada não mostre seu rosto presunçoso e arrogante, ou pior, sussurre para meu marido que me viu caminhando pelo mundo dos homens. Atena é uma senhorita arrogante; passemos pelo santuário dela depressa.

Há um mercado que vai do cais até os portões do palácio. Aqui é possível negociar lenha, pedra, peles, cabras, ovelhas, porcos, patos – até mesmo um cavalo ou vaca de vez em quando –, contas, bronze, latão, âmbar, prata, estanho, corda, argila, linho, corantes e pigmentos, peles de animais comuns e raros, frutas, legumes e, é claro, peixes. Tantos peixes. As ilhas ocidentais, todas elas, fedem a peixe. Quando eu voltar ao Olimpo, terei que me banhar em ambrosia para lavar o fedor, antes que alguma ninfa fofoqueira sinta o meu cheiro.

Há muitas casas, desde as humildes moradias dos artesãos que mal conseguem manter um escravo, até os amplos pátios dos homens importantes que prefeririam estar do outro lado da água em Cefalônia, onde a caça é melhor e, caso se vá para o interior, é possível deixar de sentir o cheiro de peixe por alguns minutos para sentir o cheiro de esterco – a mudança sendo um tipo de alívio. Há dois ferreiros que, depois de muitos anos de rivalidade, finalmente perceberam que era melhor se unirem para fixarem seus preços do que competirem separados. Há um curtume e um lugar que já foi um bordel, mas que foi obrigado a se dedicar à tecelagem e ao tingimento de roupas, quando grande parte de sua clientela partiu para a guerra, e, como nenhum navio voltou de Troia trazendo vitoriosos itacenses, elas continuam tecendo e tingindo até hoje.

Já se passaram quase dezoito anos desde que os homens de Ítaca navegaram para Troia, e mesmo os muitos navios que passaram pelo porto desde que a cidade caiu não foram suficientes para que a prostituição fosse uma escolha econômica melhor do que o domínio de um bom pigmento.

Acima de tudo: o palácio de Odisseu. Por algum tempo, havia sido o palácio de Laertes, e não tenho dúvidas de que o velho queria que continuasse conhecido por esse nome glorioso, seu legado esculpido em pedra – um Argonauta, nada menos, um homem que uma vez navegou, sob minha bandeira, em busca do velocino de ouro, antes que aquele merdinha do Jasão me traísse. Mas Laertes envelheceu antes que todos os homens da Grécia fossem convocados para Troia. Assim, o filho eclipsou o pai, novos borrões de preto e vermelho tomaram os corredores, seus olhos arregalados e tingidos de ocre. Odisseu e seu arco. Odisseu em batalha. Odisseu ganhando a armadura do falecido Aquiles. Odisseu com panturrilhas como as de um touro e ombros como os de Atlas. Nos dezoito anos desde que o rei de Ítaca foi visto pela última vez nesta ilha, sua forma um tanto atarracada, nada impressionante e peluda demais cresceu em estatura e higiene pessoal, mesmo que apenas aos olhos do poeta.

Os poetas vão lhe contar muitas coisas sobre os heróis de Troia. Alguns detalhes estão corretos; em outros, como em todas as coisas, eles mentem. Mentem para agradar aos seus senhores. Mentem sem saber o que fazem, pois a arte do poeta é fazer com que todos os ouvidos que ouvem as canções antigas pensem que foram cantadas somente para eles, o antigo feito novo. Enquanto eu canto para o prazer de nenhuma criatura além do meu próprio, e posso atestar que o que você pensa saber sobre os últimos heróis da Grécia, você não sabe de nada.

Siga-me pelos corredores do palácio de Odisseu; siga para ouvir as histórias que os homens-poetas dos reis gananciosos não contam.

Mesmo à luz suavemente espelhada da aurora, o branco perfeito que se reflete do mar, o grande salão é um poço sombrio de iniquidade. O fedor de homens, de vinho derramado e de osso mastigado, de flatulência e bile misturada com suor – paro à porta para apertar o nariz diante disso. As servas já estão trabalhando, tentando ao máximo lavar o fedor do banquete da noite anterior, devolver os pratos à cozinha e queimar ervas doces para limpar o ar fétido, mas seu trabalho é interrompido por alguns dos homens que ainda roncam feito porcos debaixo da mesa, as mãos estendidas para as cinzas do fogo, como se tivessem sonhado com gelo.

Esses dorminhocos roncadores, esses estúpidos homens empilhados são apenas um punhado dos pretendentes que entram e saem como as marés da porta de Odisseu, banqueteando-se em suas terras e agarrando as saias de suas servas. Havia vinte deles dois anos atrás; cinquenta na última passagem do sol, e agora quase cem homens haviam se dirigido a Ítaca, todos com um propósito – conquistar a mão da rainha solitária e enlutada de Odisseu.

Os olhos pintados de Odisseu podem observar das paredes, mas ele está morto. *Ele está morto!* exclamam os pretendentes. Já se passaram dezoito anos desde que ele partiu de Ítaca, oito desde que Troia caiu, sete desde que fora visto pela última vez na ilha de Éolo – ele se afogou, com certeza ele se afogou! Ninguém é um marinheiro tão ruim. Vamos, ó rainha chorosa, vamos: é hora de escolher um novo homem. É hora de escolher um novo rei.

Conheço todos eles, esses pretensos príncipes, aconchegados, ombro a ombro, como cães adormecidos. Antínoo, filho de Eupites, o cabelo escuro encerado e oleado em uma colmeia brilhante penteada para trás, tão rígido que não sai do lugar nem com chuva nem com suor. Ele veste a riqueza do pai na túnica, cuja barra é ornamentada com carmim comprado de um cretense que não tinha dentes, e na tapeçaria de contas e ouro pendurada casualmente ao redor do pescoço, como se dissesse: "O quê, essas velharias? Encontrei atrás de uma ânfora de vinho, nada demais – nada demais". Antínoo tinha cinco anos quando Odisseu foi para a guerra; ficou no cais, chorou e bateu o pé, quis saber por que não podia ser soldado. Agora Aquiles está morto, Ájax e Heitor apodrecem no pó e Antínoo não pergunta mais nada.

Bufando e adormecido ao lado dele, Eurímaco, cujo pai Pólibo evitou ir à guerra navegando para as colônias ocidentais em "negócios urgentes" que levaram dez anos urgentes, e cuja babá o mimara e dissera que ele era descendente de Héracles. Todo moleque é descendente de Héracles hoje em dia, é quase um requisito para fazer parte da boa sociedade. Talvez sejam os traços de dourado solar nos cabelos de Eurímaco que deem a impressão de alguma divindade sórdida, mas, embora jovem, sua testa já está aumentando e sua juba loira ficando mais rala. Apenas sua cômica altura e magreza de remo distraem desse fato, e ele baixa o olhar para o mundo como se ficasse perpetuamente surpreso ao descobrir que este ainda gira sob seus pés desengonçados.

Quem mais aqui é digno de nota? Anfínomo, filho de um rei, a quem foi ensinado que a honra é tudo e suspeita que, talvez, não seja honrado, mas não sabe bem o que fazer quanto à situação. O pai fora fértil em filhos, todos meninos com cara de abóbora, que raramente brigavam e faziam música como os gemidos de Cérbero. Estão todos mortos agora, três por mãos troianas, exceto Anfínomo, que fará o que for preciso.

Andraemon, que não está dormindo, mas observa as servas com um olho aberto, deitado onde caiu sobre os braços cruzados. Será que o sal ou a areia secaram sua pele de modo que unhas arranhando suas costas faziam o som de osso sobre couro? Será que o sol forte de Troia clareou seu cabelo para que ficasse com esse tom tão radiante? Ele lança discos todo dia e toda noite para manter tais contornos no peito, queixo, ombros, braços – ou é abençoado por Ares e Afrodite, de modo que os homens tremam e as mulheres suspirem ao vê-lo?

Um segredinho: ele não é abençoado, e braços como os dele não são formados sem esforço.

Esses são os homens dignos de nota. Nós os encaramos como encararíamos uma urticária, esperando que não se espalhe ainda mais; então, seguimos em frente.

Ao redor desses pretendentes adormecidos estão as outras partes dessa história; a parte que os poetas não nomeiam, a não ser para mentir. As servas do palácio são numerosas, pois o próprio palácio é uma pequena indústria. Nenhum monarca de Ítaca ousa contar com ventos favoráveis e solos ricos para ter um estoque regular de grãos; em vez disso, as mulheres criam patos, gansos, porcos, cabras; pescam em uma pequena enseada aonde só as mulheres vão, colhem mexilhões da pedra negra e cuidam de olivais e de campos de cevada tão parcos e resistentes quanto as bocas que as comem; e à noite, quando os últimos pretendentes finalmente adormecem, elas se deitam e sonham os sonhos que são apenas seus. Ouça, ouça. Vamos espiar por trás de rostos recém-lavados; vamos nadar na alma de uma serva que passa.

… girar a roca para fazer o fio um trabalho fácil, meus pés matariam por um trabalho fácil…

Antínoo olhou para mim ontem à noite, será que ele acha que…

Preciso contar para Melanto, preciso contar pra ela, ela vai morrer de rir, ela vai gritar, vai ser hilário, onde Melanto está? Preciso contar para ela agora!

Mas aqui, venha, ouça aqui, aqui está uma voz que sussurra em outro tom.

Morte aos gregos, bate o coração de uma cujo cabelo cai como sangue coagulado acima do pescoço, os olhos baixos. *Morte a todos os gregos.*

Sobre as criadas de Ítaca – essas escravas e garotas vendidas, essas filhas entregues à servidão – terei mais, muito mais a dizer. Sou a deusa das rainhas, esposas e mulheres; minhas tarefas podem ser ingratas, mas eu as realizo mesmo assim. Mas veja, já estão em movimento eventos que requerem nossa atenção, e por isso voltemos nosso olhar para o norte.

Da estrada dura e escavada que serpenteia pelo vale divido em socalcos até o que, a contragosto, chamaremos de cidade, vem Teodora. Ela desistiu de correr; agora, cada pegada vem uma por vez, contando os passos, avançando sem destino, a cabeça inclinada para a frente, os calcanhares se torcendo, e as pessoas se apressam para abrir caminho diante dela. Ela carrega um arco sem flechas, e uma velha caminha ao seu lado. A chegada das duas apenas tornará as coisas mais difíceis, mas nunca fugi de problemas.

Próximo ao portão do palácio, um homem chamado Medon está se preparando para fazer suas rondas no mercado. Ele é oficialmente a voz de Ítaca, enviado do palácio para proclamar as decisões do rei de Ítaca. O rei de Ítaca não está em casa há dezoito anos, e com certeza ele não pode proclamar as decisões de uma rainha, então, hoje em dia, ele proclama muito pouco e só espera que as pessoas entendam e percebam o que é bom para elas. Nos últimos tempos, seu otimismo quanto a esse último ponto tem diminuído. Com uma barriga redonda e macia sob um rosto redondo e caído, ele é um dos poucos homens com mais de 25 anos na ilha, e talvez seja essa novidade que faz com que Teodora desacelere ao se aproximar dele, cambaleando um pouco devido ao calor crescente e ao peso quebrado da noite, antes de parar por completo diante dele, encarando-o demoradamente como se pudesse encontrar evidências de que tudo isso era apenas um sonho na pupila, e proclamando sem rodeios:

– Piratas apareceram.

Capítulo 3

Em uma câmara construída para captar a luz da manhã que pende torta da lateral do palácio, como uma velha verruga pendurada, três velhos, um garoto que seria um homem e três mulheres estão reunidos para descobrir quão ruim será o dia de Ítaca.

Destes, os três homens e o garoto se consideram os mais relevantes. Estão ao redor de uma mesa de teixo com cacos de casco de tartaruga e discutem.

Já conhecemos um deles, Medon, que está acordado desde antes do nascer do sol e já está cansado do dia. Os outros três são Pisénor, Egípcio e Telêmaco.

Eis algumas das coisas que dizem:

– Malditos piratas. Malditos piratas! Houve uma época, sabe, houve uma época em que... malditos piratas!

– Agradeço por essa avaliação estratégica, Pisénor.

– Atacaram Lêucade há um mês. Na lua cheia, ilírios, bárbaros do norte! Se for o mesmo clã então...

– Se ainda tivéssemos uma frota...

– Mas não temos.

– Nós poderíamos trazer os navios de Zaquintos...

– E deixar os fazendeiros vulneráveis a um ataque antes da colheita?

– Posso fazer uma pergunta?

– Agora não, Telêmaco!

Há apenas dois tipos de homens em Ítaca: os que eram velhos demais ou jovens demais para lutar quando Odisseu partiu para a guerra (tecnicamente, há uma terceira categoria: os covardes, os escravos e aqueles que não podiam pagar por uma espada, mas quem de fato se importa com eles? Não os poetas; nem os deuses). Entre esses abismos de idade, há um vazio onde deveria estar o melhor da masculinidade de Ítaca. Os pais e os futuros pais de uma nova geração não retornaram, de modo que ver um homem nativo com mais de trinta e menos de sessenta e cinco anos é notável. Não há maridos para as esposas, e há mais viúvas do que santuários nas ilhas ocidentais.

Vamos então considerar esses homens que eram velhos demais para ir à guerra e um fedelho, que se salvou por um triz de um incidente com um arado em um dos planos mais insanos de seu pai, quando era apenas um bebê.

Egípcio, que poderia muito bem ter servido a Odisseu em Troia, mas era uma dor de cabeça para aquele rei, um idiota sem senso de humor, que o astuto general encontrou outra utilidade para ele em casa que deixou intacta a honra de todos, e o convés apertado de seu navio, consideravelmente mais motivado. Ele se levanta e se curva como o salgueiro, e sua cabeça calva é coroada com uma constelação de pintas, marcada com rios que fluem onde osso encontra osso sob a pele fina, curtida até parecer couro pelo sol.

– Talvez seja a hora de considerarmos mercenários...

– Não se pode confiar em mercenários. Estão do seu lado até ficarem entediados, e logo estão saqueando o seu tesouro. – Pisénor, peludo como um javali, atarracado como as colinas baixas que o criaram. Ele perdeu a mão esquerda saqueando para Laertes e não pode segurar um escudo, e em particular lamenta-se muito por ser menos homem e fez tudo o que pôde nos últimos anos para lembrar ao mundo que ele é, portanto, sem dúvida, um guerreiro e um herói.

– Que tesouro? – retruca Medon, que sente o processo de envelhecimento acelerando a cada momento que passa nesta câmara.

– Com licença...

– Só um momento, Telêmaco. Veja bem, todos os outros reis da Grécia chegaram de Troia com riquezas saqueadas. Dizem que, quando Agamêmnon voltou, levou cinco dias apenas para descarregar seu tesouro pessoal; cinco dias. Dizem que Menelau se lava em uma banheira de ouro.

– Menelau nunca tomou um banho na vida.

– Ele não exatamente voltou correndo da guerra, não é? Ouvi dizer que ele e o irmão navegaram para o sul, há ouro egípcio em sua carga; ouvi dizer que os cretenses estão furiosos.

– Enquanto isso temos riqueza suficiente para sermos saqueados, mas não o bastante para nos defendermos.

– Com licença!

Telêmaco. Aos dezoito anos, ele pode estar aqui porque é filho de Odisseu, embora essa bênção fosse uma faca de dois gumes. Seu cabelo não é tão majestosamente dourado quanto o de seu pai (cujo cabelo é, na verdade, castanho grisalho, mas os poetas, os poetas!), e talvez haja algo de sua avó náiade em sua palidez, uma hidratação em suas feições sardentas que nem mesmo suas horas diárias de prática com lança e escudo são capazes de endurecer em argila. Ah, um dia seus ombros serão largos e suas coxas serão como os porretes de um gigante, mas por enquanto ele ainda é um garoto se esforçando para deixar crescer sua primeira barba, forçando a voz um pouco mais baixa do que ela deve ser e dizendo a si mesmo para manter a postura com quase a mesma frequência que fica curvado. Atena diz que ele tem um grande potencial, e Hermes, cujo sangue corre pelos rebentos desta casa, declara que apenas quer descer voando e dar um grande abraço sentimental em Telêmaco. Mas meu irmão Hades, que tem uma compreensão mais sensata dessas coisas, olha para a névoa e murmura:

– Algumas famílias nunca conseguem encontrar o rumo.

Odisseu é um péssimo marinheiro. Não vejo nenhum sinal de que o filho tenha herdado um senso de direção melhor.

– Decerto podemos treinar nossos próprios homens, quero dizer, temos alguns homens, temos...

– Isso não vai funcionar, Telêmaco.

– Mas eu...

Telêmaco nunca termina suas frases de fato. Quando é apresentado às pessoas, é como "filho de Odisseu, Telêmaco". O nome do pai é sempre colocado em primeiro lugar, e é como se esse capricho da linguagem tivesse contagiado a própria voz de Telêmaco, de modo que ele não consegue chegar até o final de qualquer frase significativa que possa conter algo dele próprio. A fama do pai cria tantos problemas quanto resolve, pois, sendo filho de um herói, Telêmaco, naturalmente, precisa zarpar e ser um herói ele mesmo, para que seu pai não o eclipse, tal qual Odisseu fez com o próprio progenitor. No entanto, para zarpar, o mais prudente é ter um exército às suas costas – é muito mais fácil ser um herói quando há alguém para remendar um lençol e cozinhar –, e já que os guerreiros de Ítaca não retornaram e estão, verdade seja dita, todos mortos exceto um, isso representa uma dificuldade logística.

– Há uma resposta óbvia... – reflete Egípcio.

– Lá vamos nós – suspira Medon.

– Eurímaco ou Antínoo...

– Uma união interna trará a ira do continente. E os pretendentes de Corinto, ou mesmo de Tebas? Ou como é o nome daquele da Cólquida, ele parece tranquilo.

– Tem um egípcio esperando lá fora, dá pra acreditar? – Pisénor nunca viu um egípcio antes, mas tem certeza de que não aprova. – No entanto, cheira bem.

– Meu pai não está morto! – Telêmaco disse isso tantas vezes que se tornou algo tão digno de nota para os ouvidos dos ouvintes quanto o chilrear da cigarra no campo, e eles o ignoram.

– Não, não, não! Uma união com alguém estrangeiro provocará uma guerra civil, as ilhas não aceitariam, teríamos que pedir ajuda a Micenas, ou pior, a Menelau, imagine soldados espartanos em Ítaca, seria...

– Case-se com o homem errado e Menelau virá de qualquer maneira.

– *Meu pai não está morto!*

Telêmaco gritou. Telêmaco nunca grita. Odisseu *nunca* gritava, exceto uma vez quando gritou para seus homens para levá-lo até as sereias – mas aquele foi um caso excepcional. Ninguém se queixa da quebra de protocolo do filho, de sua falta de decoro, mas por um momento até as mulheres erguem o olhar, mudas, de olhos arregalados, observando. Ah, você esqueceu que as mulheres estavam lá também, nesta reunião erudita? Também os poetas esquecerão, quando esta canção for cantada.

– Meu pai não está morto – repete Telêmaco, mais quieto, calmo, os dedos apertando a borda da mesa, a cabeça baixa. – É impossível que minha mãe se case novamente. É profano.

Os homens mais velhos desviam o olhar.

Depois de algum tempo, as mulheres também, não que seus olhares fossem especialmente relevantes. Elas são decoração para esta cena. Se os poetas sequer as mencionarem, será no mesmo fôlego em que mencionam um belo vaso ou um bom escudo; como um detalhe escultural, que acrescenta algum sabor ao evento. Talvez por pressentirem isso as três mulheres se organizaram em uma imagem de modéstia. Uma, Autônoe, de cabelos castanhos e rosto duro como uma estrela-do--mar seca, quebradiça, bela e não criada para o olhar dos homens, ocupa-se em afinar uma lira. Ela a está afinando há quase meia hora e parece não conseguir acertar. Ao lado dela, Eos, mais baixa e rechonchuda nos quadris, um rosto como uva e sardas salpicando a pele, está penteando lã áspera em fios finos, escovando-os com o mesmo cuidado que dedica ao cabelo de sua senhora. Ela consegue fazer isso com os olhos fechados e os ouvidos abertos – sempre com os ouvidos abertos.

A última mulher talvez devesse estar tecendo no pequeno tear quadrado com o qual é vista em público; porém não, este é um lugar privado, para negócios sérios, portanto, em vez disso, ela está sentada com as mãos paradas no colo, queixo erguido, um pouco afastada dos homens ao redor da mesa, ouvindo com uma intensidade que assustaria Ájax (que sempre teve mais medo das mulheres do que da morte), mas com os olhos voltados para outra direção, para não confundir muito seu conselho com a força de sua atenção.

Ela é Penélope, esposa de Odisseu, senhora da casa, rainha de Ítaca e a fonte, ela é assegurada por um bom número de homens, de nada além de infortúnio e discórdia. Ela considera essa uma acusação injusta, entretanto, destrinchá-la agora talvez exigisse mais fôlego do que os pulmões mortais são capazes de conter.

A pele dela é mais escura do que o comum para uma rainha grega, seu cabelo negro como o mar à meia-noite – porém, ela será retratada como loira, que é mais desejável, e os poetas vão omitir o quão inchados são seus olhos cansados. Embora seja rainha, Penélope não se senta à mesa; não seria apropriado. No entanto, ela ainda é a esposa obediente de um rei desaparecido e, embora quase todos tenham certeza de que o trabalho difícil do conselho deixará sua linda cabecinha confusa, é agradável ver uma mulher levando seu trabalho a sério.

Penélope escuta, com as mãos no colo, enquanto seu conselho discute.

– Telêmaco, sabemos que você ama seu pai...

– Não há corpo... não há corpo! Odisseu vive, até que haja um corpo, ele...

– ...e é maravilhoso que ele possa ainda estar vivo, é mesmo, mas o fato é que o resto da Grécia está convencido de que ele não está e do resto da Grécia cresce impaciência! As ilhas ocidentais precisam de um rei...

Se ela está interessada nesses homens discutindo sobre seu marido, ou falta de marido, ou perspectivas de conseguir outro marido, ou o que quer que seja politicamente pertinente hoje, Penélope não demonstra. Ela parece fascinada pelas espirais negras pintadas nos afrescos no alto da parede, como se tivesse acabado de perceber como uma onda pintada pode facilmente ser uma nuvem pintada, ou como as imperfeições no olho de um artista conferem algo a seu caráter.

Aos pés dela, Autônoe dedilha uma corda – *plonk* – e está desafinada.

Eos puxa fios da lã, as pontas de seus dedos mal se movendo em uma dança ocupada de aranha.

Finalmente, Egípcio diz:

– Talvez se tivéssemos um pouco do ouro de Odisseu...

– Que ouro?

Os olhos de Egípcio pousam em Penélope e se afastam. Obviamente, os sábios de Ítaca administram as finanças do palácio e tomam todas as grandes decisões, como os homens devem fazer. No entanto, a astuta matemática dos hititas, o peculiar arranhar de cunhas sobre barro ou potentados de cinzas sobre papiro que os estrangeiros chamam de "escrita" ainda não chegaram às costas da Grécia, e assim persiste a suspeita – não comprovada, não examinada – de que há algo mais na gestão fiscal de Ítaca do que esses estudiosos conseguem perceber. Penélope declara estar na pobreza, mas continua alimentando os pretendentes, um banquete todas as noites, como convém a seu dever de anfitriã; como ela faz isso?

De fato, como? Egípcio se questiona, e também muitos que batem à porta de Penélope. De fato, como?

– Por que não podemos treinar nossos próprios homens? – Telêmaco está fazendo o possível para não fazer beicinho, e por um momento os homens mais velhos se remexem inquietos, sem saber se devem perder tempo respondendo à pergunta. – Temos milícias em Lêucade, em Cefalônia. Por que não em Ítaca?

– Não é como se os soldados de Lêucade tivessem lhes sido de alguma utilidade – murmura Medon, com o rosto como um deslizamento de terra. – Quando os saqueadores os atacaram na lua cheia, metade da milícia estava bêbada e a outra metade estava no extremo mais distante da ilha.

– Eles foram incompetentes. Não seremos incompetentes. – Telêmaco aparenta estar muito seguro disso, o que, com base nos últimos dezoito anos, parece otimista.

É Penélope quem responde. Isso é aceitável; ela está falando não como rainha, o que seria impróprio, mas como mãe.

– Mesmo se houvesse homens suficientes em Ítaca, quem seria seu líder? Você, Telêmaco? Se reunir de Ítaca cem lanças, leais ao seu nome, quem pode dizer que não vai voltar essas lanças contra os pretendentes e reivindicar a coroa de seu pai? Antínoo e Eurímaco são ambos filhos de homens poderosos; Anfínomo e os pretendentes de mais longe podem trazer mercenários de Pilos ou de Calidão. A partir do momento em que eles o virem como uma ameaça, liderando um grupo de homens, deixarão de lado suas diferenças, se aliarão contra você, e unidos poderão facilmente superá-lo. É melhor matá-lo preventivamente, é claro, antes de chegar a isso. Evitar confusão.

– Mas isso não tem nada a ver com eles. Esta é a defesa de nosso lar.

– Tudo tem a ver com eles – ela suspira. – Mesmo que não tenha, o que importa é que eles pensam que tem.

Telêmaco, como todos os mortais e imortais, odeia que lhe digam que está errado. Ele detesta, e por um brevíssimo momento seu rosto se contrai, como se ele fosse engolir as próprias feições e vomitá-las novamente em bile e sangue; mas ele não é um completo idiota, então basicamente se impede de se autoconsumir, faz uma pausa, reflete e retruca:

– Está bem. Recrutamos soldados juntos. Anfínomo entende como as coisas funcionam. E Eurímaco não é insensato. Se eles querem tanto Ítaca, terão que defendê-la.

– Isso pressupõe que um deles não está por trás dos ataques.

– Diabos do norte, ilírios…

– É um caminho longo até o sul para os ilírios atacarem. Muito ousado. E Medon está certo; como eles conseguiram atacar Lêucade, navegar de volta para casa, reabastecer e retornar a Ítaca a tempo da lua cheia? E por que atacaram Fenera, uma aldeota de pouca importância, depois de navegar toda essa distância? Há implicações que precisamos considerar.

De fato, há, mas Telêmaco não é um garoto interessado em implicações.

– *Eu* posso defender Ítaca, mãe. *Eu* sou capaz.

– Claro que é – ela mente. – Mas até que consiga reunir uma centena de homens em segredo de todas as ilhas e trazê-los para cá, ou encontre uma maneira de evitar que nossos hóspedes se aliem em maiores números do que você pode reunir contra eles, temo que precisamos de uma abordagem sutil.

O suspiro de Telêmaco é audível e passa sem comentários. Aprendeu a suspirar com Euracleia, a amada ama de leite de Odisseu, que bufa e suspira e não fica satisfeita com nada. Dos muitos arrependimentos de Penélope, permitir que seu filho adquirisse esse hábito está no topo da lista.

No silêncio que se instala, ninguém encara ninguém nos olhos. A serva Autônoe por um momento parece que vai rir, e consegue transformar o riso em algo como um arroto, engolido em seco. Finalmente, Medon diz:

– Algum dos pretendentes… mencionou algo que lhe seja pertinente?

– Pertinente? – Os cílios de Penélope não são iguais aos de sua prima Helena. Ela não sabe batê-los, mas já viu outras tentarem, então faz sua melhor tentativa agora. É notavelmente malsucedida .

– Ofertas de apoio, talvez. Ou… conversas relacionadas à defesa.

– Todos falam a mesma coisa. Serão o homem forte, o homem corajoso, aquele que finalmente trará a paz a este reino, o rei que Ítaca merece e assim por diante. Detalhes, porém… eles dão poucos detalhes. Os detalhes não são algo a ser discutido com uma rainha.

– O garoto está certo. – Sobrancelhas erguidas se voltam para Pisénor, que balança a cabeça sombriamente do outro lado da mesa como se já estivesse coberto de sangue. – *Se* não podemos pagar mercenários... – Tamanho peso em seu *se*! Tal esgar de seus lábios ao redor do som; ele também não tem certeza de que sabe qual é a fonte da riqueza de Penélope, mas, ao contrário dos outros, jamais ouviu falar do conceito de contabilidade. – Então não temos escolha. Precisamos de uma milícia para defender Ítaca, para defender o palácio e a rainha. Já demoramos demais. Vou conversar com Antínoo e Eurímaco e seus pais. Anfínomo também. Se eles concordarem, os outros seguirão o exemplo. Encontraremos alguém para liderá-la que todos aceitarão, alguém que não esteja alinhado a Telêmaco ou a um pretendente.

– Quero participar – declara Telêmaco. – E...

– De jeito nenhum – interpõe Penélope.

– Mãe! Se nossa terra estiver sendo ameaçada, eu a defenderei!

– Mesmo que, por algum milagre, Antínoo e Eurímaco concordem em deixar de lado sua ambição por mais de meio dia para formar uma milícia, quem servirá nela? Não há homens em Ítaca. Há meninos criados sem pai e velhos; perdoe minha franqueza, Pisénor. Os ilírios podem ser bárbaros, mas são guerreiros. Não vou arriscar sua vida...

– *Minha* vida! – retruca Telêmaco, e de novo ergueu a voz, o pai não teria feito isso, mas bem, ele foi criado por mulheres. – Eu sou um homem! Eu sou o chefe desta casa! – Ele tem sorte de não guinchar quando diz isso. Sua voz mudou um pouco mais tarde do que ele esperava, mas está tudo bem agora, ele deve até começar a ter barba em breve. – Eu sou o chefe desta casa – repete, um pouco menos seguro de si mesmo. – E eu *vou* defender meu reino.

O conselho se remexe inquieto, e Penélope fica em silêncio. Obviamente, há coisas que devem ser ditas, assuntos de imensa importância e urgência, mas cada homem agora parece perdido em sua própria profecia, olhando para um futuro em que nada termina bem para nem ao menos um deles.

Por fim, Penélope se levanta como o cisne que se ergue do repouso, e, por cortesia, os homens dão um passo para trás e se curvam um pouco; afinal de contas ela é a esposa de Odisseu.

– Fenera... há sobreviventes?

A pergunta os surpreende por um momento, antes que Pisénor responda.

– Poucos. Uma garota veio até o palácio, acompanhada por uma velha.

– Uma garota? Preciso vê-la.

– Ela não é importante, ela é apenas...

– Ela é uma hóspede em meu palácio – Penélope responde, um pouco mais ríspida, um pouco mais abrupta do que talvez os homens esperem. – Ela será cuidada. Eos, Autônoe.

As criadas recolhem suas coisas e saem depressa da sala. Depois de um momento, Telêmaco acena com a cabeça e, com seu ar mais régio, se retira, presumivelmente para tentar descobrir como afiar uma lança.

Os velhos ficam para trás, observando as próprias mãos, até que finalmente Medon, que sempre teve uma cabeça decente para essas coisas, encara seus colegas reunidos e repreende:

– Já soltei espirros mais fortes do que vocês .– E segue Penélope porta afora.

Capítulo 4

Teodora está sentada, sem comer.

Em frente a ela está uma velha. Ela é Sêmele, filha de Oinene, mãe de Mirene. Não é costume nas terras civilizadas da Grécia apresentar-se pela mãe, mas Sêmele nunca morou em outra terra além de Ítaca, e tem muito pouco tempo para as modas dos lugares mais educados, onde os homens não estão mortos. Ela não é tão velha, mas anos de sol e sal deixaram seus olhos perpetuamente apertados, ressecaram sua pele, descoloriram seus cabelos, deixaram cicatrizes nos nós de seus dedos e calos nos seus enormes pés chatos, enquanto caminham pelas rochas quebradas deste lugar quebrado. Ela é conhecida por muitos, pois não mantém sua voz mansa e baixa, nem se submete à sabedoria de seus superiores, nem se preocupa em encontrar outro marido agora que seu primeiro está certamente – é quase garantido – perdido. Quando pressionada sobre esse último ponto, ela dá de ombros e diz: "Meu marido navegou com Odisseu, e, se a rainha vai esperar, eu também posso". Alguns ouvintes suspeitam que ela tem mais satisfação nessa desculpa do que apenas um pouco de lealdade real. Ela é conhecida pelos homens como uma caçadora. Alguém em Ítaca tem que ser. Ela é conhecida pelas mulheres como algo mais.

Ela observa Teodora não comer o mingau de cevada e mel que foi colocado diante dela, as sobrancelhas franzidas, o maxilar apertado. Teodora não falou desde que chegara ao palácio de Odisseu.

– Teodora?

Teodora olha para a mulher de olhos cinza-escuros que está na porta e não sabe que está olhando para uma rainha. Sêmele se levanta, o que é uma pista, mas parece que é tarde demais para Teodora ficar de pé agora sem ser uma tola, então, como um tipo diferente de tola, ela permanece onde está sentada.

– Você é Teodora? – Penélope repete, e ela balança a cabeça em resposta.

– Eu sou Penélope. Sêmele, agradeço por trazê-la aqui. Por favor sente-se. Vocês são minhas hóspedes. Ouviram falar da minha casa, de minha... hospitalidade. Por favor. Fiquem o tempo que desejarem.

Teodora tenta encontrar palavras. As únicas que lhe vêm são as únicas que lhe restam:

– Saqueadores vieram.

– Eles eram ilírios?

– Estava escuro. – Este é um mantra que se repete, algo que esconde tudo (visão, perda, dor). Mas, bem, Teodora foi criada para agir, então acrescenta com uma pequena careta: – Os escudos deles eram redondos. – Há outra coisa importante a ser adicionada aqui, algo que ela está deixando passar, mas se perde.

– Onde eles desembarcaram? Há uma baía em Fenera, se bem me lembro. Boa para o mau tempo. Às vezes, os mercadores se abrigam lá se querem evitar pagar as taxas do capitão do porto, certo? Não vou ficar com raiva. Apenas preciso saber.

– Sim. Fenera. Eles vieram direto para a costa.

– Você viu algum sinal? Alguém para guiá-los pelas águas rasas?

Ela viu? Houve um clarão de luz do fogo nas falésias? Ela fecha os olhos, e em sua memória houve, não houve? Dares está mexendo em sua túnica, Dares está vivo, está morto, todas essas coisas estão se tornando uma, o tempo fluindo como barro molhado.

Penélope pega sua mão. Teodora quase arranca sua pele do toque frio e antinatural.

– Você tem família? – Teodora nega com a cabeça. – Você deve ficar aqui – murmura Penélope. – Você é minha hóspede. Entende?

Teodora assente novamente, encara os dedos limpos entrelaçados nos seus. Ela tem que se impedir de cheirá-los, para ver se cheiram a flores.

– Estas são minhas criadas, Eos e Autônoe. Elas vão cuidar de você. Qualquer coisa que precisar, é só pedir.

Outro aceno de cabeça; sua cabeça está pesada em seu pescoço. Então uma pergunta; parece espontânea, mas deve ter crescido, avolumado-se dentro dela desde de que a proa do primeiro navio pirata chegou a Ítaca.

– Você pode trazê-las de volta? Os ilírios, eles levaram… eles levaram as pessoas, eles… Você vai trazê-las de volta?

– Vou tentar.

– Tentar?

– Vai ser difícil. Ítaca não é rica. Os tempos têm sido… e não sabemos para onde os ilírios os levaram. Posso pedir aos meus contatos para procurá-los nos mercados de escravos, mas… vai ser difícil. Entende?

Teodora ainda sente gosto de fumaça na boca. Seus dentes estão salpicados com ela. Ela encara uma rainha nos olhos e sente a loba rosnar.

– Então para que você serve?

Eos abre a boca para responder, sua criança ingrata, sua pequena...

Mas Penélope a silencia, a mão ainda apertada na de Teodora. A velha Sêmele a observa do outro lado da mesa, curiosa, paciente. Por um momento Penélope considera a questão, examina-a de todos os ângulos, enrola-a na língua, deixa-a penetrar nos cantos de sua mente. Então responde.

– Esta é uma pergunta muito boa. Uma para a qual acho que não tenho a resposta. Sêmele, uma palavra, por favor.

Sêmele se levanta junto com Penélope, segue a rainha até a porta, não faz reverência, ergue o queixo como se fosse dar uma cabeçada em qualquer empregada que ousasse interromper sua passagem. Penélope observa o silêncio cinza do corredor além, olha para a esquerda, para a direita. As paredes do palácio são finas.

– Ilírios? Tem certeza?

Sêmele balança a cabeça.

– Eles usavam as peles e carregavam os machados, mas também tinham espadas curtas, armas gregas. Eu não consegui ouvir a língua deles. Além disso, Fenera? Eles passam direto por Hyrie, passam direto por Lêucade e vão para Fenera?

– Isso é... preocupante – reflete Penélope. – Achei que tínhamos mais tempo para nos preparar. Você já falou com as outras?

Um pequeno aceno de cabeça, afiado e rápido, como todas as coisas que Sêmele faz.

– Nós nos encontramos nos bosques acima do templo de Ártemis. Vêm mais a cada semana, mas sem liderança...

– Estou cuidando disso. Continue espalhando a palavra, discretamente, é claro, mas depressa. Os homens estão falando em formar uma milícia. – Se estivesse em sua própria fazenda, Sêmele cuspiria. Estando em um palácio, ela segura a saliva na boca antes que escape. – Meninos e velhos?

Penélope descarta a ideia, como se incomodada por uma vespa.

– É uma ideia tola, perturbadora. Mas talvez eu não consiga impedi-los. Essa garota, Teodora, ela tem um arco. Ela sabe usar?

– Não sei. A garota foi esperta... ela fugiu em vez de lutar.

– Fale com ela. Veja se você consegue usá-la.

Sêmele acena com a cabeça uma vez e desliza de volta para o quarto onde Teodora observa imagens que apenas ela consegue ver, sua vida, a condenação, e mais uma vez, como quem viu as brumas do Hades e bebeu as águas do esquecimento do rio cinzento, apenas o nada.

Capítulo 5

Medon de orelhas compridas está esperando na sombra perto da porta dos currais quando Penélope aparece. Algumas pessoas são capazes de se apoiar, relaxadas, em uma parede estreita, tão despreocupadas quanto um gato, como se dissessem *ah, era a mim que você estava procurando? Sorte sua!* Medon não consegue. Ele é gracioso como um peido, o que talvez seja o que Odisseu gostasse nele. Ele tem 68 anos, mas, quando os soldados foram convocados para a guerra, Odisseu olhou para esse sujeito esférico com cara de figo e declarou: "Bom, Medon, você já é um homem sobrecarregado pelo tempo!" e se Medon ficou um pouco exasperado com essa descrição, sentiu-se muito mais aliviado por ter sido poupado da viagem a Troia, e desde então astutamente tem sido entre quatro e nove anos mais velho que de fato é, dependendo de quem pergunta. Ele usa seu manto caído sobre um ombro, como se suas roupas, assim como ele, estivessem perpetuamente afundando, afundando, afundando, e não está claro para os observadores se é preguiça ou uma cuidadosa afetação para aumentar sua aura de sabedoria enrugada. Talvez ambas as coisas – talvez com o tempo uma se tornou a outra. Seu cabelo branco está em rápida retirada tanto da testa quanto da coroa, correndo em direção a uma linha de batalha invisível no topo do crânio, onde algumas paredes desafiadoras se erguem como ameias em ruínas; ele não tem o dedo mindinho da mão esquerda, que diz ter sido perdido na guerra e, na verdade, foi infectado pelo arranhão de um espinho quando ele era apenas um menino.

Agora ele se afasta da parede, conforme Penélope se aproxima dos currais de ovelhas balindo esperando o abate, Eos e Autônoe a acompanham, e pergunta:

– A garota está bem?

Penélope lança um olhar para o velho conforme se aproxima dele, então acena com a cabeça uma vez, com os lábios contraídos. O palácio de Odisseu foi construído de modo desordenado ao longo de muitos anos, desde a sua primeira construção com apenas um robusto salão de madeira e barro, no qual o povo poderia se abrigar de uma tempestade e da violência dos vizinhos, tornando-se um salão com uma cozinha e um poço, passando por um corredor com uma cozinha e um conjunto elevado de estrados no andar de cima que os ratos e as baratas talvez tivessem dificuldade em alcançar. Em seguida, foram acrescentadas adegas para peixe seco e vinho, esculpidas na curva do morro que se ergue da própria vila; cofres secretos, cujo estado de cheios ou não é motivo de alguma disputa; quartos para hóspedes, dormitórios para escravos, latrinas protegidas do vento, pátios, oliveiras, quartos construídos ao redor das oliveiras, cochos com água fresca para se lavar, uma forja para o metal, muros e hortas de vegetais e ervas amargas e medicinais. Para o alívio de Penélope, muitos de seus pretendentes se recusam a ficar ali, mas se alojam mais adiante na cidade. Eles dizem que é para evitar ser um fardo muito grande; as criadas sussurram que é porque um homem culpado teme corredores apertados e cantos escuros mais do que um homem honesto.

Medon também não gosta de salões onde nem sempre se sabe quem está ouvindo, e é por isso que fica nos espaços ao ar livre, onde é mais difícil para um ouvido público escutar uma conversa privada. Assim, ele caminha ao lado de Penélope como se sim, é claro, ele fosse adorar nada mais do que conversar com ela enquanto inspeciona as bocas fedorentas de ovelhas; que oportunidade perfeita para falar sobre coisas triviais e sem importância!

– Então. Primeiro Lêucade, agora Fenera.

Penélope ergue uma sobrancelha. Ela praticou arqueá-la de modo muito magnífico por horas, em frente ao espelho de bronze empoeirado, na tentativa de imitar sua prima Clitemnestra, esposa de Agamêmnon, que de fato destilou a altivez imperial de uma forma que escapava à rainha Ítaca. É uma das poucas qualidades magníficas de Clitemnestra que Penélope emula com sucesso.

– Tem algo a dizer que não podia ser dito no conselho? – ela pergunta, enquanto eles atravessam o burburinho de moscas zumbindo e o fedor de ovelhas do pátio, Autônoe e Eos ocupando-se a uma distância educada ao lado do comedouro.

– Dois ataques em dois meses, e nenhum mensageiro enviado ao palácio? Piratas apenas atacam para forçar que os paguem. A forma de negociação deles é ousada.

– E o que – suspira Penélope – você acha que esses piratas podem querer negociar?

O que há para comprar em Ítaca, salvo peixe ou a mão de uma rainha viúva?

– Você não foi abordada?

– Estou evitando estar em qualquer situação em que possa ser. Assim que eu for forçada a dizer a esses invasores, quem quer que sejam, não a quaisquer que sejam suas demandas, eles não terão motivos para se conter. Não haverá nenhuma parte do meu reino que não fique sujeita aos caprichos deles. É melhor, de certa forma, que *não* estejamos negociando, se a ignorância deles fizer com que se contenham.

– Considera as ações atuais deles "contidas"? Um ataque à própria Ítaca? E se tivessem vindo para o palácio?

Os lábios dela ficam finos e ela não responde, virando o rosto para o céu como se estivesse surpresa por não poder ver o sol no quadrado desse pequeno pátio de açougueiro. O balido de uma ovelha fica mais alto, e então é nitidamente silenciado por uma faca cortando pele e osso.

Medon se aproxima um pouco mais, quase tão perto que ele poderia colocar a mão no braço dela – mais perto do que qualquer homem ousaria chegar. Talvez seja seu displicente esquecimento da existência dela como mulher, muito menos como ser sexual, que lhe permite essa intimidade. É quase como se ele a visse mais como amiga do que como mulher. Eu a invejo por isso, às vezes. Não é adequado para um deus invejar um mortal; geralmente acaba mal.

– Você acredita que Pisénor é capaz de defender Ítaca com sua milícia?

– Não. – A palavra é mais ríspida do que ela teve a intenção, e por um momento outra pergunta paira na ponta de sua língua, para nunca ser expressa. Seu filho acha que é possível? Seu filho vai correr o risco de morrer por algo que não pode ser salvo? Ela se sacode um pouco, abre os olhos por completo, parece quase surpresa ao encontrar Medon ainda parado ali. – Há… outras opções que estou analisando.

– Que outras opções? – Quando ela não responde, ele infla as bochechas, levanta as mãos. – Conspire se quiser, sei que não posso impedi-la. Mas da última vez que cheguei, nem você sabia como levar piratas na conversa.

– Preciso receber um novo pretendente – anuncia ela, um desvio alegre, um final tácito para esta linha de inquérito. – Ele é egípcio.

– Que novidade.

– Não é mesmo? Imagino que ele esteja interessado no âmbar que passa pelos meus portos.

– Isso não é uma metáfora, é?

Apesar de tudo, o lampejo de um sorriso passa pelos lábios de Penélope, mas desaparece assim que nasce.

– Primeiro, dar as boas-vindas a um egípcio – reflete ela. – E depois acho que deveria dar uma volta.

Capítulo 6

Era uma vez três rainhas na Grécia. Uma era casta e pura, a segunda, uma vadia sedutora, e a outra, uma megera assassina. É assim que os poetas cantam.

Todas as três eram de Esparta e compartilhavam um pouco do mesmo sangue mortal. Uma era filha de uma náiade. Esta criatura de mar e pérola, vendo Icário, príncipe de Esparta e irmão do rei, banhando-se um dia na foz do rio, exclamou: "Ei, príncipe, aproveite!" ou palavras nesse sentido, e ele, sem muito refletir, com certeza o fez. Quando, nove meses depois, ela escapuliu do riacho atrás do palácio e entregou-lhe a filha dos dois, ele educadamente aceitou o embrulho choroso da náiade que já se afastava, levou-a para um penhasco e atirou-a com toda a serenidade para a morte. Um bando de patos prestativos, que entendiam que as náiades podem não querer criar os próprios filhos, mas com certeza ficariam insultadas se um deles fosse deixado para morrer, carregaram Penélope para um lugar seguro e, por fim, entendendo a mensagem grasnante, Icário a levou para casa, para sua esposa mortal com uma alegre exclamação: "Querida, os deuses nos abençoaram com esta criança afortunada, porém, misteriosa! Que sorte, que sorte!".

Policasta, esposa de Icário, teve uma escolha a fazer naquele momento, e como sua resposta foi estranha. Pois no dia em que o marido tentou matar a filha recém-nascida, Policasta a pegou nos braços e disse: "Ela será amada", e disse isso com todo o coração e com toda a mente bastante sensata também.

Esse ato de misericórdia – essa compaixão – é tão desconcertante para os deuses quanto para os homens mortais. Não me detenho no que isso diz sobre nós, que somos adorados por todos.

Assim veio Penélope, que um dia seria rainha de Ítaca, ao mundo.

As outras duas rainhas gregas eram filhas de meu marido-irmão Zeus.

Na mesma época que Icário estava brincando com uma náiade, Zeus, rei dos reis, o mais poderoso dos deuses, se apaixonou por uma tola mortal chamada Leda. Ela era casada com Tindáreo, rei de Esparta; contudo, ela não será lembrada como uma rainha, apenas como um vaso para a semente de outro. Os sagrados votos do casamento são para as esposas, não para os maridos, então Zeus desceu na forma de um cisne.

Ele faz muito isso. Aparece como um animal ferido – às vezes, um pássaro, às vezes, um touro – mancando em direção a uma donzela bondosa, que exclama: "Pobrezinho, deixe-me protegê-lo!" E então, *puf!*, quando você menos espera, aquela criatura delicada e inocente que você cuidou em seu colo se transformou na figura nua de seu irmão, com a mão entre suas coxas, os lábios em seu pescoço.

"Eu sabia que você me queria", suspira ele. "Eu sabia que você me amava esse tempo todo". Você grita, não, não, por favor, não; mas não adianta. Seus protestos apenas provam para ele o quão ignorante você é, quão pouco entende seu potencial, tudo o que é capaz de ser, assim que for dele. E quando ele termina, ele deita a cabeça em seu peito e arrulha como a criatura dócil que fingiu ser. "Me ame, me ame, me ame" ele parece choramingar. "Ah, como é cruel que você, entre todas as mulheres, não seja capaz de me amar. Isso que eu faço… ora, agora você sabe o quanto eu preciso que você me ame".

Então ele manda você acariciar a cabeça dele, e você tenta respirar sem fazer barulho, até que por fim ele se transforma em uma criatura do céu e vai embora voando novamente. Esse é meu marido-irmão, o maior dos olimpianos, o modelo de perfeição entre os homens, a quem eu conheço melhor que todos.

Pois então, Zeus desceu disfarçado de cisne, e "Veja, que lindo", exclama Leda, e, você não sabia, mas aquele longo pescoço emplumado não era afinal uma metáfora, e, quando se vê, Leda está botando ovos. Ovos reais saídos do meio de suas pernas brancas separadas. A seu tempo, esses ovos eclodem, produzindo Castor e Pólux, os pequenos chorões, e Helena e Clitemnestra.

Vamos tratar de Helena primeiro. Ela é considerada a mulher mais bonita do mundo por mortais amaldiçoados que ficariam cegos diante do verdadeiro esplendor celestial. A beleza é um capricho, muda com tanta facilidade quanto a maré. Eu já fui considerada a mais bela, até que a familiaridade gerou o tédio.

Ela também é reconhecida como filha de um rei; nem mesmo um príncipe es-partano vai fazer muito alarde quando a suspeita razão da gravidez de sua esposa pode atingi-lo com um raio por ser displicente nos cuidados infantis. E mesmo que ela não fosse considerada atraente para uma mortal, não há nada como ser meio-celestial, meio-princesa-de-Esparta para de fato deixar sua marca política.

Então ela passou de bebê a criança – foi por um tempo sequestrada por Teseu em um caso tão desconcertante em suas voltas e reviravoltas que nem me dou ao trabalho de analisá-lo – e, finalmente, sendo devolvida imaculada à corte de seu pai, chegou à idade de se casar. Isso representou tanto um desafio quanto uma oportunidade, pois aquele-que-deveria-ter-sido-seu - pai, Tindáreo, não conseguia decidir qual dos grandes príncipes ele deveria agradar e qual irritar, entregando a mão de Helena em casamento; quando uma centena de homens fortemente armados e que não aceitam um não como resposta competem por um prêmio que somente um pode ganhar, uma conversa entediante à mesa de jantar é a menor de suas preocupações. Então aparece Odisseu, um príncipe de ninguém, vindo de uma ilha de nada na fronteira ocidental do mundo civilizado. "Ouvi dizer que a prima de Helena, Penélope, é um tipo bastante adorável", palavras dele, "Permita que eu me case com Penélope, e eu lhe darei um ardil que resolverá todas as suas preocupações".

Tindáreo desviou o olhar das hordas de pretendentes em seu salão para um canto sombrio onde estava a jovem Penélope, filha de Icário. "Não sei", refletiu. "Ela pode não ser uma Helena, mas ainda sim é uma princesa de Esparta. Ela deveria pelo menos se casar com alguém que não fedesse a peixe".

Entretanto, Odisseu nunca foi de propor um esquema, a menos que tivesse certeza de que todos os outros concordariam com ele. "Eu posso nos trazer paz", ele murmurou. "Irmandade entre todos os gregos. Decerto a filha de seu irmão é uma boa barganha?"

Assim ficou decidido, e, por sugestão de Odisseu, todos os príncipes da Grécia juraram que, seja lá quem se casasse com Helena, os outros viriam em seu auxílio. E quem não juraria? Pois cada homem parecia certo de que *ele* seria o escolhido, *ele* era o maior de todos os homens. Esse é o tipo de falácia lógica heroica que faz até mesmo a gelada Atena uivar de fúria. Então eles juraram; e assim foi feito, e por fim Tindáreo escolheu Menelau, como já ia escolher, e todos concordaram que era uma desgraça, uma decepção terrível, mas tarde demais, tarde demais! Estavam obrigados por seus juramentos. O próprio Odisseu jurou sobre o altar de Zeus no dia de seu casamento.

Quando os poetas falam sobre os planos do astuto Odisseu, eles tendem a encobrir como esse plano em particular terminou tão catastroficamente errado para um príncipe tão esperto e inteligente. Pois eis que Helena fugiu – ou foi levada, dependendo de para quem você pergunte – para Troia com aquele merdinha do Páris, e agora Menelau e seu irmão mais velho Agamêmnon enviam seus mensageiros a todos os pequenos reis da Grécia de leste a oeste. "Ei, ei, ei!", exclamam. "Vamos declarar guerra contra nossos inimigos no leste, contra o rei Príamo e todos os seus filhos desgraçados, e, por uma bela reviravolta do destino, todos vocês, cada um de vocês, juraram lutar ao nosso lado e defender o marido de Helena! Eis uma coisa engraçada, eis algo que será lembrado por eras!"

Agamêmnon sempre desejou as riquezas de Príamo. Dizem que Helena as presenteou a ele por meio de sua traição, acendendo a chama da batalha; porém, foi a astúcia de Odisseu que tornou a guerra possível em uma escala tão grande. Melhor não focar nisso, dizem os poetas; vamos nos concentrar em todas as aventuras com Ciclope e Cila, atos apropriadamente viris, amarrado a um mastro e lutando contra as cordas com imenso fervor ao som do canto das sereias – sim, por favor – em vez daquele primeiro pequeno erro monumental, arrasador-de-cidades, abalo-divino mal calculado.

E onde está Odisseu agora? Ah, sim, está mexendo nas saias de Calipso na ilha de Ogígia, enquanto protesta que ama a esposa, ele ama a esposa e gostaria de se ver livre do paraíso de prazer sexual dessa ninfa. Meu desagrado é um vento desagradável que arrepia os braços de um amante, mas mesmo Calipso, que deveria reconhecer o toque da ira de uma deusa, está tão confiante em sua captura que tudo o que ela faz é pausar sua cópula para fechar as venezianas que se escancararam perto da porta do quarto. Vou pegá-la, espere e veja, vou cuidar dela.

Naquele fatídico banquete de Tindáreo, no qual Helena foi prometida a Menelau, e no qual Penélope foi entregue a Odisseu como prêmio por sua astúcia, houve outro evento digno de nota. Pois então que a irmã de Helena, Clitemnestra, chamou a atenção do ganancioso Agamêmnon, o maior dos gregos, rei de Micenas, sempre faminto por mais. Ela já era casada, mas Agamêmnon sempre se imaginou um Zeus entre os homens. Ele não podia se transformar em cisne ou touro, mas quando ele próprio enfiou a espada no ex-marido de Clitemnestra e rasgou as roupas ensanguentadas das costas dela, o resultado foi o mesmo. E, quando tinha terminado, ele soltou o pescoço dela e saiu de entre suas coxas e sussurrou: "Agora você sabe o quanto eu a amo".

Então ele repousou a cabeça no seio dela, que prendeu a respiração.

E ela prendeu a respiração.

E ela prendeu a respiração.

Até que enfim ele se levantou e a deixou sozinha novamente.

Foi assim que surgiram três rainhas na Grécia, suas vozes proferindo orações que nenhum príncipe-poeta, rei-esposo ou rei-nas-alturas jamais ouvirá.

Capítulo 7

O nome dele é Kenamon.
    O nome dele é, na verdade, significativamente mais longo que Kenamon; mas ele acredita que os gregos bárbaros são tão pobres em pronúncia que é mais fácil para suas cabeças incivilizadas apenas dizer que seu nome é Kenamon de Mênfis e deixar por isso mesmo.

Seu navio atracou em Ítaca há cerca de dois dias, e ele foi alimentado – já está ficando cansado de lentilhas e peixes –, tratado com a maior cortesia, mas não conseguiu obter uma audiência com a rainha Penélope. Ele diz a si mesmo que não está frustrado com isso.

Ele considera Hórus uma espécie de protetor pessoal, e se eu pudesse me dar ao trabalho, eu poderia ter sentado ao lado dele, rido e dito Hórus, *Hórus*? Aquele fedelho intrometido não ousaria pôr os pés um passo além da nascente do Nilo. Agora Ísis – essa é uma mulher com um pouco de coragem, ela é alguém de atitude, ela e eu uma vez jogamos *tavli* pela alma de uma manticora e ambas trapaceamos tanto que foi praticamente justo!

Ele estava com a cabeça raspada quando partiu, mas meses de viagem e as voltas do mar permitiram um crescimento irregular que ele não sabe como arrumar. Sua pele é o deserto ao pôr-do-sol, suas mãos são grandes, sugerindo talvez alguma competência com a espada, que ele educadamente deixou em seu quarto infestado de baratas. Suas sobrancelhas são pretas e espessas, seus olhos são amplos, salpicados de âmbar e cinza. Usa uma longa túnica de linho e um colar de faiança colorida e uma pulseira de jaspe, ametista e cornalina com fios de ouro. Está sentado no pátio maior, entre os portões do palácio e o grande salão. Encontrou uma fina faixa de sombra sob uma passagem com uma colunata, onde lagartixas se esgueiravam, do mesmo manchado de marrom que os arredores, e agora ele observa os últimos pretendentes da noite anterior se arrastarem para o ar livre. Eles estão de ressaca, como sempre, e precisarão passar as horas do dia recuperando sua resistência para retomar mais uma noite empanturrando-se, bebendo e puxando as saias das servas. Esse é o terrível fardo de suas vidas, lamentam. Eles seriam guerreiros; seriam reis! É uma tragédia que recaiu sobre sua juventude que precisem desperdiçar seus dias perseguindo uma morcega velha, uma enrugada qualquer que dizem ser "rainha" de Ítaca, em vez de sair para invadir, pilhar e escravizar como verdadeiros homens deveriam.

Andraemon, o dos belos braços, diz:

– Ouvi piratas. E exatamente quando Ítaca não pode sequer se defender.

Antínoo, filho de Eupites, de cabelos escuros, rosna:

– Mercenários de merda. Ela tem o dinheiro, por que não contrata os próprios?

Anfínomo, criança nobre que queria ser soldado, retruca:

– As coisas são mais complicadas que isso, e você sabe disso.

Eurímaco, filho de Pólibo, de membros longos, opina:

– Tive uma ideia em relação a isso; e se…

Antínoo deixa escapar:

– Ninguém se importa com as suas ideias, Eurímaco. – E ninguém se importa mesmo.

Os pretendentes não prestam muita atenção a Kenamon quando passam. Muitos estrangeiros vêm a Ítaca, a maioria em busca de suprimentos antes de embarcar para Corinto ou Patras. Apenas o ouro ao redor de seu pulso poderia atrair brevemente seus olhos turvos.

Ele espera.

Ore a mim, sussurro em seu ouvido. Ore a Hera, por quem antes as mulheres cortavam as gargantas dos leões e queimavam a carne dos homens. Hórus não o ouvirá agora; Hórus não se importa. Ore a mim e talvez você não precise se afogar em sangue no grande salão, quando tudo estiver acabado.

Kenamon não me ouve, e não insisto.

Quando a criada se aproxima, ele se levanta de um salto como o filhote ansioso que por fim recebe permissão para mastigar um osso. Ela olha para ele com apenas um leve interesse por ver um estrangeiro, e em seu coração bate um ritmo que ele não consegue ouvir: *morte a todos os gregos.*

Ele é levado a um salão através do emaranhado de passagens tortuosas e escadas toscas. É um lugar pequeno e fresco, abençoado por brisas suaves vindas do mar, mas abrigado da tempestade. Nele há um trono. Nada demais. Odisseu julgou adequado ter um assento alto de madeira de algum desenho impressionante, apenas para deixar claro que ele era um rei; mas teve o cuidado de mantê-lo menor do que qualquer coisa que Menelau ou Agamêmnon pudessem usar. Odisseu é humilde, quando a humildade é uma arma.

Penélope não se senta no trono. Isso seria um absurdo. Sua prima Clitemnestra ostensivamente reunia a corte do trono de seu marido, enquanto Agamêmnon estava fora, e foi uma fonte de muitas fofocas e debates intermináveis e perturbadores, o que, Penélope não pode deixar de pensar que, provavelmente, tornou a governança mais difícil. Em vez disso, ela se senta em uma cadeira um pouco abaixo e ao lado do trono do marido. Perto o bastante para ficar claro que é algo que ela está guardando; longe o suficiente para que ela não pareça reivindicar sua posse. Nas horas secretas da noite, ela e Eos passaram um tempo significativo analisando precisamente a posição, enquanto os homens dormiam.

As mulheres voltaram às suas poses tradicionais para esta audiência. Autônoe tira algumas notas de sua lira para a entrada de Kenamon. Penélope inspeciona o fio que Eos tirou de sua cesta de lã lavada. Eos penteia os cachos emaranhados. É sempre agradável receber um novo pretendente com uma cena elegante; tão bom causar uma boa impressão.

Kenamon, ao parar, desajeitado, diante delas, não tem certeza de quanto deve se aproximar, a que distância deve permanecer. Seus presentes foram apresentados e são significativamente melhores do que Penélope esperava, embora ela não deixe isso transparecer. Ela gosta que ele esteja tentando acertar a etiqueta. Penélope sempre aprecia um pouco de esforço.

– Nobre rainha... – Uma reverência, uma reverência muito boa, correta, dobrando-se no quadril, ele vai esquecer isso em breve, todos esquecem. – ...é uma honra estar em seu salão.

– Agradecemos sua presença, senhor – Penélope responde, os olhos percorrendo o ouro no pulso, as joias no pescoço, a cor dos olhos dele. Ele não é um garoto, como a maioria de seus pretendentes. Mênfis ainda não é uma terra de viúvas. – Muitos homens já vieram ao palácio de meu marido em busca de algum favor, mas você vem de mais longe do que a maioria. Somos verdadeiramente abençoados.

– Estou aqui há apenas alguns dias, e Ítaca já me parece um lar.

Autônoe dedilha uma nota, um pouco alta, um pouco desafinada. O sorriso de Penélope não vacila, embora haja algo em seus olhos que os homens possam temer. Para surpresa de todas, Kenamon percebe isso e, lambendo os lábios, tenta novamente.

– Quero dizer... a hospitalidade, a graciosidade de seu palácio e de seu povo, é como se eu estivesse cercado por meu próprio povo.

Bem melhor, egípcio. Bem melhor. Derrame vinho diante do meu altar e eu lhe ensinarei exatamente o que dizer para conquistar um coração grego. Seus faraós apenas apagam a história de seus desafetos, afogando palavras de tinta em silêncio; nossos poetas vivos são muito mais perigosos, pois sabem como fazer de um homem um monstro muito depois de morto.

– Qualquer coisa que possamos fornecer, qualquer coisa que deseje e, se estiver em meu escasso poder, terá... – entoa Penélope, um gesto gracioso de sua mão abrangendo salão, palácio, ilha, céu e mar.

– Minha senhora, é muito gentil. Mas há apenas uma coisa que eu poderia de fato desejar.

– Ah. Claro.

Kenamon enrola a língua no céu da boca. Se fosse honesto, já havia antipatizado com Ítaca. As pessoas são rudes, o tempo é horrível, a comida é ruim, a companhia, grosseira, e todo esse negócio é uma missão tola. Mas o irmão o enviara, e ele depende da boa vontade do irmão, portanto...

– Sou um estranho neste lugar. Não estou familiarizado com seus costumes. Na minha terra, quando um homem corteja uma mulher...

– Na sua terra, tenho certeza de que os homens não cortejam as esposas de outros homens, certo?

As cordas sob os dedos de Autônoe vibram, tensas e dissonantes. O sorriso de Penélope é tão afiado quanto a faca que ela esconde sob as dobras das vestes, escondida às suas costas na curva da coluna. Kenamon prende a respiração e por um momento quase perco o interesse por ele, apenas mais um pretendente, mais uma ode ao colo branco, à capacidade do touro, à força do leão e assim por diante.

Então ele diz:

– Minha senhora... Está à procura de um marido?

Os dedos de Autônoe paralisam-se na lira. Até Eos pausa suas ações despreocupadas. Nenhuma das mulheres consegue se lembrar dessa pergunta sendo feita por um dentre todas as dúzias – centenas – de homens que passaram por esta porta. É tão estranho que Penélope precisa repetir para si mesma, tropeçar pela pergunta como se estivesse aprendendo a língua dele, ou como se houvesse algo no sotaque dele que tornou tudo ininteligível.

– Se eu... estou à procura de um marido? Essa é... uma ideia tão curiosa. Meu marido é Odisseu. Nenhum corpo foi encontrado. Portanto, ele vive. Sou casada com ele, e esse voto é inquebrantável. Portanto, não estou à procura de um marido.

– Compreendo. – Kenamon se curva um pouco, imagina o que dirá ao irmão quando chegar em casa. Esses gregos, ele dirá, são todos insanos, muito insanos.

– No entanto – ela continua –, sou informada por todos que estou errada. Que, nos anos desde a queda de Troia, meu marido deve estar morto. Que está se tornando inconveniente para ele *não* estar morto. Quando Agamêmnon estava em guerra, Micenas foi governada por minha prima Clitemnestra, e parecia haver menos dúvidas quanto a sua… capacidade. Contudo, o marido dela ainda vivia, uma promessa de retribuição caso alguém se opusesse a ele ou à sua esposa. Embora os soldados de Micenas tivessem demorado um pouco a retornar, não havia dúvida de que o fariam – pais e maridos, capazes de empunhar uma lança contra os inimigos da cidade. Como pode observar, temos uma escassez de ambos em Ítaca. Atualmente, a reputação do meu marido mantém a maioria dos invasores afastados, apenas no caso de ele voltar e não ficar satisfeito ao descobrir que seus supostos aliados estão saqueando suas terras em sua ausência. Os ilírios, bárbaros do norte que não entendem nossos costumes, às vezes atacam, mas jamais outros gregos. Ainda não. O nome de Odisseu é poderoso, entende. Os poetas cantam sobre ele junto a Aquiles e Neoptólemo. Mas a cada mês que ele não volta, esse poder diminui. O medo que seu nome inspira desvanece. E então deve haver alguém novo a quem nossos inimigos, e nossos amigos menos constantes, possam temer. Claramente não vão me temer; eu sou apenas uma mulher. E meu filho, Telêmaco, não tem veteranos leais e soldados treinados a quem recorrer. Portanto, um marido é necessário, embora seja impossível eu me casar. Isso responde à sua pergunta?

Muito, muito insanos, ele dirá ao irmão. Talvez o mar, o tamanho do horizonte, cause algo à mente. Mas ele deve ao menos tentar, por alguns meses, se não mais; ele precisa fazer parecer que fez o melhor que pôde. Sendo assim:

– Dizem que seu marido era sábio. Ele não entenderia a necessidade de você voltar a se casar – para proteger seu reino, seu filho?

– Eles dizem isso mesmo, não é? Realmente precisa ser um grande homem aquele que poderia contemplar tomar o lugar dele.

Kenamon não se apressa ao considerar isso. Penélope não se importa. O silêncio dos homens é uma experiência nova, e ela está preparada para apreciá-lo ao máximo. Por fim:

– Meu irmão negocia prata e âmbar do norte. Ele precisa fazer negócios com os mercadores em seu porto, que controlam os mares do norte. Ele é um homem extremamente vaidoso e tolo, mas eu sou um de nove, e minhas fortunas em minha terra natal não foram… excessivas. Fui instruído a dizer-lhe que, caso você se case comigo, os navios do sul não farão mais comércio com seus rivais; que qualquer grego que queira ouro, cobre, grãos do Nilo ou incenso do Oriente terá que prestar tributo aos seus pés. Também fui instruído a ressaltar meu serviço militar, que prestei, sem, de forma alguma, parecer minimizar ou comparar aos feitos de seu famoso marido perdido.

Autônoe está boquiaberta. Até Eos está corada de surpresa. Penélope faz o que costuma fazer quando teme que suas feições vão tomar alguma expressão imprópria para uma rainha, e eleva o olhar em uma pose piedosa. Ela aprendeu esse truque com a mãe de Odisseu, Anticlea, que tinha muitos conselhos para a nora quanto a como esconder sua verdadeira face atrás de uma firme oração, ou uma taça de vinho. Mesmo assim, Kenamon se mexe no lugar, antes de soltar:

– Falei demais, minha senhora? Se ofendi, peço desculpas.

– De modo algum. Nenhuma ofensa. É… uma agradável novidade ouvir um homem expor sua posição com tanta clareza. Muitos que vêm ao meu salão desperdiçam meu tempo, primeiro com discursos dedicados à minha beleza, depois com discursos dedicados à deles. A questão de fato de quantos soldados podem trazer para defender minhas ilhas e quais de seus rivais matarão primeiro muitas vezes os escapa. Mas eles são garotos, é necessário lembrar.

– Os rivais costumam ser assassinados aqui? – ele pergunta educadamente.

– Ah céus, não. O dever de um anfitrião e o comportamento de um convidado são sagrados! Derramar sangue sob essa aliança seria imperdoável. Mas um dia alguém vai perder o controle e esfaquear seu irmão pelas costas. Acho que será Antínoo, ou talvez Eurímaco; um deles acabará morto ou matará. Então haverá um banho de sangue, incontrolável, profano diante de deuses e homens.

– Parece ter certeza de que isso ocorrerá.

– É um resultado provável. Todos nós aprendemos lições com minha prima Helena; não haverá mais juramentos de fraternidade entre homens nobres, caso eu escolha um deles. Em vez disso, os decepcionados se unirão para matar o afortunado e, quando ele estiver morto, esses aliados se tornarão os inimigos mais ferrenhos e matarão uns aos outros, até que reste apenas um rei de pé sobre as ruínas do meu reino; o mais sanguinário ou o mais covarde, quem tiver o favor dos deuses naquele dia.

– Isso não parece um resultado desejável. O que acontece se você não se casar, se eu puder perguntar?

– Ah, em algum momento alguém vai atentar contra a minha vida e a do meu filho. Quando estivermos fora do caminho, a única legitimidade será a força; se forem rápidos e eficientes em matar os outros pretendentes antes que eles possam se armar, poderão garantir o trono para si mesmos, embora através de um mar de sangue. O mais provável é que Menelau aproveite a oportunidade para invadir, vindo de Esparta, e anexar as ilhas ocidentais no caos. Ele sempre soube aproveitar as oportunidades.

– Entendo. – Kenamon está tão sério quanto uma criança que acaba de descobrir que um dia o bebê crocodilo que ela ama se transformará em uma fera faminta. Talvez os gregos não sejam todos insanos, ou, pelo menos, não sejam mais insanos do que qualquer criatura que tenha provado sangue e cinzas em uma noite faminta. – Admito, minha senhora, que não está oferecendo tantas razões convincentes para este casamento quanto eu esperava; não que tal fardo deva ser seu, é claro, pois suas virtudes são nítidas para todos que têm olhos para ver.

Ela estala a língua no céu da boca, faz um aceno vago com a cabeça.

– Bem, como você expôs tão bem sua posição quanto a este assunto para mim, devo dizer de minha parte que minha mãe teve filhos até os 36 anos; tenho dentes excelentes e uma boa cabeça para assuntos domésticos, e sou considerada adequadamente bonita para minha idade.

Para sua surpresa – para seu espanto – Kenamon ri. Ela não ouve o riso de um homem há…

… há tanto tempo.

Ela ouviu os garotos que brincavam de ser homens bajulando e babando por suas criadas. Ela os ouviu rugir por uma piada de bêbado, lançar olhares de soslaio cruéis e se inflamar por assuntos que não compreendem. Ela viu Medon sorrir um pouco como se dissesse: "Se eu fosse um homem mais jovem, acharia isso divertido", e uma vez lhe disseram que Pisénor riu tanto de uma piada de peido que todos temeram que ele morresse, sem fôlego e chiando no chão. Ela mesma nunca o viu alegre e, às vezes, em momentos de cansaço, tenta imaginá-lo e falha.

Mas agora Kenamon ri, e é totalmente surpreendente. Ele põe as mãos nos quadris e balança para a frente, balança para trás e, quando pausa um momento, exclama:

– Essas são excelentes razões para qualquer homem, minha senhora! Excelentes mesmo!

Autônoe está sorrindo, radiante, seus olhos cintilando com vida. De todas as criadas, Autônoe sempre foi a mais propensa ao riso. Euracleia, a velha ama de Odisseu, tentou tirar isso dela com surras, mas Autônoe viu o quanto sua felicidade afligia seu algoz, então ficou mais radiante e mais selvagem e cheia de luz, um rugido desafiador e petulante de êxtase que deveria tê-la feito ser vendida para as prostitutas, até que Penélope disse: "Eu gosto dela", e ninguém desafiou os caprichos da rainha. Até a sombria Eos, cujo pai a vendeu por uma ovelha estéril, quando ela tinha apenas quatro anos, tem algo no olhar que pode ser, se não prazer, pelo menos fascínio. Eos aprendeu há muitos anos a não deixar nem a mais leve faísca cintilar em suas feições, exceto na hora mais silenciosa da noite, mas isso – bem, isso –, isso é algo estranho e novo para ela, de fato.

Penélope também sorri. A sensação é estranha em seus lábios. Ela não chora até dormir todas as noites; ela é uma mulher prática, com coisas para fazer. Mas as pessoas também não se esforçam para entretê-la. Ela é um delicado pote de barro que deve ser passado com o maior cuidado de uma serva taciturna para outra, para que o menor sussurro não lasque seu esmalte cinza. As pessoas consideram rir na presença dela, grosseiro; ela é, afinal de contas, uma viúva enlutada. E assim, embora ela se recorde de já ter sido alegre, não houve algo em sua vida que tenha provocado muita alegria. Isso é, até agora.

Ela sorri e se levanta, o que silencia o egípcio a quem ela estende a mão.

Estranho tolo; ele não sabe o perigo que há nesse movimento, pois ele a segura e se curva mais uma vez. Ele não tem certeza se é costume um homem tocar uma mulher nesta terra, muito menos se deve pressionar os lábios contra as pontas dos dedos dela. Ele é o primeiro homem cuja pele roçou a dela em mais anos que ela consegue se lembrar. A sensação permanecerá em seu coração, tão vívida, que ela acabará por esmagá-la, rejeitá-la, eliminá-la por medo de ansiar por coisas impossíveis.

– Senhor – diz ela por fim, afastando-se; um momento, apenas um momento, terminou. – Permita-me ser clara. Se eu lhe demonstrar alguma atenção especial durante o banquete, será assassinado enquanto dorme. O vínculo entre anfitrião e hóspede é santificado pelos deuses; porém, você não é um de nós, e meus pretendentes estão ficando inquietos.

– Sou capaz de me proteger, minha senhora.

– Tenho certeza de que é. Mas se você não for assassinado, se eu lhe demonstrar alguma preferência, *eu* posso ser assassinada enquanto durmo. Ou meu filho. A segurança depende do equilíbrio, qualquer ação que eu tome, seja para dizer sim ou não a qualquer homem, corre o risco de levar esse equilíbrio a uma guerra sangrenta. Compreende?

– Acredito que sim.

– Bom. Então entenda que apesar de ser bem-vindo aqui, não caminharei com você, não compartilharei comida com você, não discutirei as terras do Egito ou os lugares entre aqui e lá, ou as línguas que você fala e as maravilhas que já viu. Às vezes, talvez você fale comigo, e eu responderei como uma anfitriã deve. De sua parte, pode ficar aqui o tempo que desejar. E quando você partir, eu me despedirei de você e, é claro, haverá tristeza em ver um convidado de honra partir. Lamento que tenha de ser assim.

Os poetas não cantarão o nome de Kenamon de Mênfis. Ele não se encaixa bem nas histórias que eles contam.

A audiência se encerrou. Mais tarde, enquanto caminha à beira-mar à meia-noite, ele pensará em todas as coisas espirituosas que deveria ter dito, as pequenas observações inteligentes e epítetos encantadores que de fato não lhe vieram à mente quando seriam mais necessários. Para sua surpresa, ele descobre que os teria dito para fazê-la sorrir, e não por ter uma causa valiosa a promover.

Por enquanto, ele apenas diz:

– Obrigado, minha senhora.

– Bem-vindo a Ítaca – responde ela.

Capítulo 8

Empurremos a carruagem de Hélio pelos céus; façamos com que o sol avance um pouco sobre a terra.

Aqui, venha comigo, venha ver.

Em um templo escondido nas profundezas de um bosque, uma mulher com sangue nas mãos e bolhas entre os dedos dos pés cai diante de uma sacerdotisa que cheira a pinheiro e folhas carmesim e diz: "Santuário".

Atravessando as águas calmas do sul, homens puxam remos até que o vento sopre, suas velas cor de ébano frouxas contra o mastro. Lanço um olhar para as águas de Poseidon, mas não ouso sussurrar o nome de meu irmão, não ouso falar com ele sobre esses navios negros e a ilha para onde se dirigem.

Odisseu grita ao toque dos lábios de Calipso.

Menelau segura Helena pela nuca, o rosto dela virado para a parede. Quando ele termina, a filha de ambos, Hermíone, encontra a mãe no chão, meio envolta em seu vestido rasgado, ainda encarando aquela parede. Hermíone vai contemplá-la por um tempo, então se virar e ir embora.

E ao sol da tarde, Penélope, Eos e Autônoe cavalgam para Fenera.

Há três homens com elas, todos armados, todos soldados que lutaram em Troia. Nenhum nasceu em Ítaca. Penélope os adquiriu ao longo de vários anos de Esparta e Messene, homens recomendados por pessoas em quem ela confia, como tendo uma cabeça sensata acima dos ombros. É fonte de frustração para ela que, de todos os soldados em sua guarda, há tão poucos em que pode confiar, se e quando a situação chegar ao limite.

As mulheres usam véus quando saem do palácio. Eos e Autônoe não são obrigadas a fazê-lo, mas consideram de bom tom partilhar da modéstia de sua senhora. O véu de Penélope é o cinza do ganso jovem e, às vezes, também serve como traje de proteção quando ela está cuidando das abelhas na horta de ervas. Ela também o usa quando se digna a participar do banquete da noite, sentando-se afastada dos homens que jantam ao redor de sua lareira.

Ela o usa enquanto eles cavalgam para Fenera, e agradece por ele esconder seus olhos.

As aves carniceiras que circulam a aldeia agora marcam suas cinzas mais do que a fumaça, mas quando as mulheres se aproximam, descobrem que os corvos têm pouco para comer – aqueles tolos o suficiente para lutar, ou velhos o bastante para não valer a pena vender. As moscas não se importam. Irão aproveitar uma poça de sangue em quase qualquer ambiente. Alguém fechou os olhos de Dares, mas isso não impede os insetos inchados que se enterram em sua carne estufada. A maior parte do gado desapareceu. Algumas ovelhas bem alimentadas valerão quase tanto, em alguns mercados, quanto um humano de estirpe inferior. As ovelhas se reproduzem de forma mais previsível. Todas as casas foram destruídas, pisos arrancados e tochas atiradas no fundo do poço; quem saqueou este lugar estava procurando por riquezas escondidas, enterradas por mãos nervosas.

Há outras, de outras aldeias, vindas com o pretexto de lamentar, e talvez com mais sensatez para recolher os restos mortais. Um único barco de pesca flutua, vazio, na baía, levado para longe da costa. Três rapazes estão se preparando para competir vendo quem consegue nadar até lá primeiro e conquistar o prêmio. Há poucas crianças em Ítaca com menos de dezessete anos, e das que existem, muitas foram geradas por homens que estavam apenas de passagem. Essas coisas somente se prestam à baderna.

Há sacerdotes também, que vieram realizar os ritos. É uma situação desconfortável. Restam poucos habitantes vivos, e nenhum com meios para pagar carpideiras para arrancar os cabelos e esfregar as cinzas do lugar queimado em seus rostos. Não haverá túmulos esculpidos em pedra, nem trechos de terra cavados adornados com os bens mundanos dos mortos. Penélope sussurra no ouvido de Autônoe para mandar chamar algumas mulheres para um bom pranto. Há muitas carpideiras habilidosas em Ítaca; são quase tão populares quanto peixe.

Entre os sacerdotes que demonstram algum interesse, há vários nobres do templo de Atena, que, descobrindo que não tinham estômago para a guerra, dedicaram-se ao culto de sua deusa e, assim, evitaram navegar até Troia. É uma hipocrisia que faço Atena recordar sempre que tenho a oportunidade. Há também algumas sacerdotisas, em cujo trabalho houve certo afluxo de damas elegíveis que se viram sem perspectivas de casamento.

Uma delas está deslocada, uma sacerdotisa de Ártemis, que é mais comumente vista derramando óleo na cabeça de recém-nascidos do que cantando canções tristes pelos falecidos. O nome dela é Anaitis. Como a maioria das pessoas em

Ítaca, ela tem um segredo. Ao contrário da maioria das pessoas em Ítaca, ela não está acostumada a ter segredos e já está enlouquecendo um pouco por isso.

Penélope caminha pelas ruínas de Fenera com suas servas. O chão está empoeirado e perturbado pelas pegadas, pelas linhas arrastadas por pés chutando a terra, pelas cicatrizes que dedos deixam quando arranham areia e rocha, enquanto alguma figura invisível puxa seu dono pelo pescoço em direção ao mar. Aqui, alguém golpeou com uma espada um pouco forte demais, e ela errou completamente o alvo e atingiu a parede atrás de si, rachando lama e bronze. Na praia, ainda são visíveis as marcas de onde os navios dos saqueadores foram empurrados para terra, sulcos na terra se enchendo de sal e pequenos caranguejos fugitivos. Ao norte, a areia se transforma em relva mais dura, rochas negras e pedras cinzentas arredondadas, um penhasco que se elevava ao qual se agarram as árvores raquíticas, de galhos finos e folhas escuras, a natureza tão teimosa quanto os habitantes da ilha. Há buracos na gruta, meio escondidos atrás de pontas de rocha caída e paredes de videiras. Alguns são naturais. Alguns eram naturais e foram aumentados por pessoas, desbastando-os através dos séculos, para propósitos por vezes vulgares e ocasionalmente profanos.

Um pequeno grupo de mulheres se juntou na rocha abaixo dos penhascos, arrastando algo na água. Há cestos de tecido nas costas, vazios, e algumas têm cordas amarradas na cintura. Essas mulheres, cujos maridos nunca mais voltaram, que são tão teimosas quanto a pedra, vieram para escalar até as cavernas onde, dizem, os contrabandistas de Fenera guardavam seu tesouro. Elas ficarão muito desapontadas com o que vão encontrar.

Quando Penélope se aproxima, elas se afastam, de olhos baixos. Ela acena com a cabeça e finge não notar as ferramentas de coleta. Em vez disso, seus olhos se voltam para o objeto nas piscinas rasas entre as rochas de ébano que as mulheres estavam tentando puxar para terras mais firmes. A maré lavou a maior parte do sangue, embora haja uma fina marca rubra da maré alta nas gavinhas de lodo verde e nas ervas daninhas índigo. O corpo começou a inchar, mas a túnica estufada ao redor do torso, por enquanto, esconde o pior. O cabelo flutua como espuma ao redor da cabeça. Ele sempre se orgulhara de seu cabelo, lindos cachos soltos que tinham um toque de cobre.

As mulheres arrastam seu corpo para a terra, puxam-no para a rocha seca pela carne que escorrega e se desprende sob seus dedos como a casca solta de uma cebola, viram-no de barriga para cima. Pequenos peixes velozes que entram e saem das piscinas rochosas com a maré estiveram mordiscando seu rosto e peito, sugando a pele que se descamava e os olhos cinzentos, um banquete para os seres translúcidos que rastejavam na costa.

Penélope pergunta: "Alguém o conhece?" e uma delas responde: "Sim", por instinto, porque é honesta, e então, no mesmo instante, se arrepende, porque agora uma rainha está olhando para ela. E ela estava aqui para saquear o pouco que restava dos bens ilícitos de Fenera? Ora, sim, ela com certeza absoluta, definitivamente, estava. Ainda assim, era tarde demais agora.

– O nome dele é Hyllas. Ele é um mercador.

– Ele parece... ter a minha idade. – Não é apropriado para uma rainha discutir a própria idade, mas quando há tão poucos homens na ilha para comparar, às vezes, até uma dama tem que se referir a si mesma. – Ele é de Ítaca?

– Não. Ele é de Argos, mas navega para norte e oeste. Negocia âmbar, estanho com os bárbaros, bronze e vinho com os micênicos.

– Estou surpresa por não o conhecer.

Um encolher de ombros constrangido. Não é educado falar mal dos mortos.

Eos se ajoelha ao lado do corpo para sussurrar uma oração e observa mais de perto o cadáver. Das duas servas, ela é de longe a mais pragmática quanto à morte. Sangue, carne, fluidos, pus; alguém tem que cuidar dessas coisas, e uma boa criada sabe como se fazer útil. Ela inclina o pescoço dele para cima, vê um pequeno ferimento entre a garganta e a mandíbula; puxa a camisa para ver se há mais feridas escondidas por baixo, não encontra nenhuma, franze a testa, olha para Penélope, que espera.

Penélope não fica satisfeita em ajoelhar-se em uma pedra úmida ao lado de um cadáver inchado, que cheira a erupções líquidas, cuja própria carne parece que, quando espremida, poderá escorrer os próprios órgãos – mas elas estão aqui com um objetivo. Ela se arruma no que espera ser a melhor postura de reflexão de uma rainha, as mãos unidas junto ao peito, uma pequena invocação a Hades por piedade e uma rápida travessia para os campos Elísios em voz alta suficiente para as outras ouvirem. Autônoe manda as mulheres se dispersarem, pede-lhes que tragam um pano para envolver o corpo, e para que deem espaço para rainha fazer suas orações. Se Eos é calma, não importa o que aconteça, Autônoe dominou a arte da histeria seletiva, de cair e chorar nos momentos mais oportunos.

As coletoras se afastam um pouco, enquanto Autônoe permite que seu lábio inferior trema e um suspiro de "Quanta tristeza" se misture à brisa do mar. Houve uma época em que Eos e Autônoe se odiavam, gelo e fogo combinados. Os anos as ensinaram a valorizar as qualidades da outra, e agora Eos dá um meio-sorriso para sua colega, depois volta sua atenção para o cadáver na praia.

Este Hyllas; ele não é jovem. Tem idade suficiente para talvez ter enviado suprimentos a Troia, para ter enriquecido com ouro saqueado a fim de pagar grãos para engordar as tropas de Agamêmnon. Tampouco é um ancião encurvado. Ainda podia-se tirar uns bons anos de escravidão dele. As pontas de seus dedos são calejadas por remo e vela, mas sua barriga estava cheia e ele se alimentava bem antes de morrer.

– A ferida, abaixo do queixo-sussurra Eos, enquanto Penélope murmura mais algumas orações improvisadas para se misturar com as declarações de piedade mais expressivas de Autônoe.

Penélope se inclina, aproximando–se mais do corpo. Seus dedos repousam brevemente no peito dele, e ela jura que pode sentir a água salgada jorrar dos minúsculos buracos que os peixes roeram na carne escorregadia, e sabe que é sua imaginação, e puxa a mão para trás mesmo assim. Não há golpe de lança no coração de Hyllas. Não há nenhum grande rasgo de espada em sua barriga, nenhuma curva em seu crânio onde foi afundado por um martelo. Ela segue o olhar de Eos até a única ferida visível no corpo. Não é mais larga do que seu polegar, perfurando a traqueia e a coluna conforme foi feita. Há uma leve marca redonda e vermelha em torno de sua entrada, na forma do punho da lâmina; pequena demais para ser uma espada, talvez uma faca para limpar peixes, de dois gumes e mortal. Eos afasta uma dobra molhada de tecido das pernas de Hyllas. A pele está cheia de uma centena de minúsculas marcas vermelhas, manchas de sal e mar, mas não há cortes ou hematomas. Ela apalpa sua barriga e para. Há um objeto amarrado ali, escondido, envolto em couro.

Penélope diz:

– Ai, ajude-me, Autônoe, estou ficando tonta.

Autônoe de imediato se ajoelha ao lado de Penélope, segurando a mão esquerda da rainha na sua, e embora esta seja uma cena profundamente piedosa de fraqueza feminina, agora também é um amontoado de costas curvadas e angústia feminina que esconde o que Eos faz em seguida de todos os observadores.

Ela desliza uma lâmina para fora do vestido. A água tornou o cordão de couro resistente, mas Eos foi por muito tempo a açougueira do palácio, antes de ser criada da rainha. Ele se parte sob sua faca, e, em um nó apertado de tristeza encoberta e aflição piedosa, elas abrem o pequeno pacote contido ali.

Dentro há um anel, pesado, um único ônix cravado em seu centro, a curva pontilhada como manchas de leopardo. Penélope o pega da mão de Eos, segurando-o perto do próprio corpo, longe dos olhos das mulheres que as observam. Diz, sem acreditar muito no que diz:

– Eu conheço este anel.

Eos olha para Autônoe; Autônoe olha para Eos. Os homens pensam que Autônoe é a otimista das duas, mas estão enganados; ela simplesmente está mais disposta a rir da escuridão. Ninguém ri agora.

Então um sacerdote se aproxima, um velho de Atena, um fofoqueiro intrometido, que se aproxima com um resmungo e um grito de:

– Senhoras, por favor! O que é isto… Ah!

Juntas elas se levantam, a mão de Penélope apertando o anel, um sorriso educado no rosto de Eos.

– Estávamos rezando e pensando em todos aqueles que estão perdidos – declara Penélope. – Uma situação tão terrível.

À luz do anoitecer, as carpideiras chegam.

São profissionais da aldeia do outro lado da colina, usando suas vestes mais esfarrapadas – não faz sentido rasgar uma roupa perfeitamente decente se não estiverem sendo pagas de forma adequada –, e, a pedido de Autônoe, elas formam um círculo e começam a arrancar os cabelos, arranhar a pele e a criar uma balbúrdia generalizada. Os poucos homens param seus trabalhos para demonstrar seu respeito. As mulheres locais se reúnem para oferecer os próprios lamentos educados, apenas para mostrar disposição, embora a maioria dessas senhoras tenha chorado todas as suas lágrimas muitas luas atrás.

À sombra do sol poente, Penélope e Eos ficam um pouco afastadas. Penélope murmura:

– Alguém está nos observando?

Eos nega com um gesto de cabeça. As carpideiras realmente fazem uma cena; é o que são pagas para fazer.

– Vamos dar uma olhada nessas cavernas.

Não é apropriado para uma rainha escalar rochas irregulares até a caverna de um contrabandista. Atena reprovaria; Afrodite exclamaria: "Suas pobres unhas!" e fingiria um desmaio. Talvez apenas Ártemis, deusa da caça, desse um único aceno breve e rígido de aprovação. Contudo, quanto a ela, pode ser difícil dizer se aprova, porque aprecia o trabalho dos mortais, ou se apenas gosta de escandalizar suas irmãs mais civilizadas com suas opiniões brutas e grosseiras.

No entanto, Penélope e Eos sobem até a boca da caverna, enquanto Autônoe fica abaixo, e sempre que o lamento começa a falhar ou vacilar, solta um belo uivo de desespero de rasgar o peito, para manter qualquer espectador em potencial ocupado. "Ai, bom sacerdote", ela berra, atirando-se aos pés do hipócrita de Atena quando o olhar dele começa a vagar. *O que nós mulheres faremos?*

Autônoe nunca admitirá isso a homem ou mulher algum, até o dia de sua morte, jamais lhes dará a honra ou satisfação, porém, às vezes, há dias em que até ela gosta de seu trabalho.

A subida para as cavernas não é tão difícil quanto parece à primeira vista – muitas mãos agarraram a pedra negra, muitos pés desgastaram a trilha mais estreita da rocha ondulante, invisível até que se saiba procurá-la e então imediatamente aparente como criação humana. Subindo por ela, Penélope e Eos deslizam em silêncio agitado, as barras dos vestidos presas nos cintos, os joelhos batendo na pedra, até chegarem à primeira abertura esculpida na rocha.

As cavernas de Fenera foram depenadas. Ainda há um sinal ou outro das coisas que estiveram lá – vinho derramado e pó de barro quebrado, penas de ganso e fezes de cabra, dados de ossos que um marinheiro bêbado deixou cair enquanto esperava a maré mudar. O que os piratas não encontraram e tomaram para si as mulheres de Ítaca pegaram. Penélope chuta a poeira, que sobe e se acomoda, suave como o pôr do sol.

– Estranho – murmura ela. – Eu não deveria saber que contrabandistas se escondem nas cavernas daqui; meu conselho não faz ideia. Então, como os ilírios sabiam onde procurar?

Eos gesticula com a cabeça, sem resposta. Não há nada aqui e, conforme passam para a próxima abertura, encontram mais do mesmo nada, mais do mesmo vazio saqueado onde deveriam estar segredos. Estão prestes a retornar quando outro espaço, pouco mais que uma saliência de pedra escavada pelo mar, muito mal abrigo do sol e da tempestade, chama a atenção de Penélope. Há fuligem no teto desta cúpula de rocha e sinais de uma pequena fogueira abaixo. Eos se ajoelha próxima às cinzas, vê que estão frias, mas o vento e o mar ainda não desfizeram a forma da fogueira que fora acesa ali, nem o redemoinho de areia remexida onde uma pessoa se deitou para dormir, enrolada contra o vento frio do oeste.

– Outro corpo?

Penélope se sobressalta e imediatamente se sente uma tola, mas se recompõe para se virar devagar para ver a pessoa que fez a pergunta. Ela é estranhamente baixa e atarracada demais, os cabelos finos são puxados para longe de uma testa alta. Ela não usa nenhum sinal óbvio de seu sacerdócio, mas é conhecida pelos ilhéus, e em especial pelas mulheres, que acham que a bênção da caçadora é útil quando os tempos são difíceis.

– Anaitis – murmura Penélope, meio que acenando para a sacerdotisa enquanto ela se aproxima. – Não esperava vê-la aqui.

– Encontrou outro?

– Não, não. Apenas cinzas. O que traz a serva de Ártemis aqui?

– Havia muitas pessoas em Fenera que honravam a caçadora – responde Anaitis; é sempre sensato divulgar sua patrona, em particular uma tão caprichosa quanto Ártemis. – Ouvi rumores de um ataque em Lêucade, e estão falando...

– Eu sei o que estão falando – Penélope retruca, um pouco mais ríspida do que talvez pretendia. Anaitis ergue as sobrancelhas; não está acostumada com as pessoas interrompendo-a, entretanto, para uma rainha, supõe que pode abrir uma exceção mesmo que a contragosto. Todos sabem que Penélope está de luto e, portanto, provavelmente histérica, coitadinha. – Sinto muito – Penélope acrescenta, um pouco mais baixo, um pequeno aceno de cabeça, um sorriso sem sentimento. – Parece que Ítaca hoje está cheia de histórias. Mas, sim, Lêucade foi atacada na última lua cheia. Não pensei que os ilírios fossem tão ousados a ponto de vir até a própria Ítaca.

– *São* ilírios? – pergunta Anaitis, olhando para o céu avermelhado além das mandíbulas de rocha, como se Ártemis fosse enviar um falcão como sinal para responder à sua pergunta. Ártemis não vai. Ela está ocupada demais banhando-se nua em um riacho da floresta para dar a mínima para esse tipo de coisa.

À beira da praia, as carpideiras estão mesmo entrando no espírito da coisa, muito impressionantes, algumas delas têm pulmões ótimos, uma exibição excelente. Autônoe puxa os cabelos – com cuidado para não arrancar nenhum fio, mas de fato buscando um visual desgrenhado e rasgado que ela sabe que será bastante encantador com a luz da noite às suas costas. Penélope observa Anaitis com atenção, vê um rosto desgastado pelo sol, mãos acostumadas a esfolar e ao toque do fogo sagrado.

– Há alguma razão para pensar que não são?

Um encolher de ombros.

– Achei que a única coisa mais lucrativa do que realmente capturar escravos era enviar uma mensagem para uma rainha, ameaçando fazê-lo. É mais fácil ser pago para não atacar do que realmente seguir em frente. Menos perigoso. Menos tempo enjoado no mar e tudo mais.

– O que você está descrevendo é o comportamento de nossos bravos guerreiros gregos. Os ilírios são bárbaros demais para tal nuance viril.

– Ouro é ouro. Além disso, os corpos que vi foram esfaqueados. Dessa forma. – Ela imita esfaquear; Anaitis esfaqueou muitas coisas na sua vida, é apenas como as coisas são. – Os ilírios usam sicas, armas de corte, assim. – Outro golpe de suas mãos, girando uma lâmina imaginária. Ah, se Anaitis tivesse nascido homem, teria se deleitado, teria desafiado Heitor para uma luta sem esperar por toda aquela bobagem de amantes mortos e mau humor adolescente. Atena gosta de um bom drama poético antes de um duelo, um belo discurso sobre o respeito mútuo masculino, mas Ártemis é uma criatura do lobo e da floresta. Ela gosta de ir direto ao ponto.

Anaitis se sacode, como se saindo de um sonho, e não olha bem para Penélope – ela nunca se sentiu confortável com o contato visual, fora forçada pelas sacerdotisas a aprender a encarar outro globo ocular como se estivesse lidando com algo humano ali dentro. Às vezes, isso deixa as pessoas desconcertadas, mas pelo menos, raciocina Anaitis, ela está tentando se encaixar nas expectativas delas.

– Dois ataques em duas luas cheias. Haverá mais sangue em breve – diz ela. Então, com tanta facilidade quanto se estivesse discutindo o preço da cerâmica: – Sêmele veio ao templo com uma garota, Teodora. Tenho certeza de que as outras vão recebê-la bem, mas quando os piratas vierem…

– Estou procurando uma solução, Anaitis.

– Piratas não são coelhos, rainha. – Por um momento ela hesita, como se fosse dizer outra coisa. Aqui está, então, aqui está seu segredo, a coisa que ela quer gritar para toda a ilha. Se não fosse jurada pela irmandade de seu vínculo, ela o faria, uivaria para a lua. Todavia, embora não entendesse muito sobre as pessoas, Anaitis entende tudo sobre juramentos. Então, rápido e simples, como se fosse uma criança brincando com outra:

– Que as bênçãos da caçadora desçam sobre você!

Ela se vira e se afasta depressa.

Capítulo 9

A noite cai em Ítaca, sob a gananciosa lua minguante. Ítaca parece melhor no escuro, quando o interior monótono de pedra dura e madeira rachada enfim se torna um refúgio, um lugar de segurança murmurada, uma mão entrelaçada que segura sussurros e olhos penetrantes. Foi o som de segredos e o olhar furtivo de rostos escondidos na noite límpida que me atraíram para cá em primeiro lugar, embora não tenha sido por isso que eu permaneci. Meu marido raramente olha para baixo do Olimpo hoje em dia, derrama suas horas com ninfas e vinho, mas caso ele se interessasse em olhar para o oeste, esta é uma escuridão na qual posso esconder até mesmo minha luz celestial. Senhora dos segredos, senhora das intrigas; sussurrando nas sombras onde nenhum homem se arrisca. Sinto agora, a velha empolgação, o gosto do antigo poder que há tanto tempo me foi proibido. Houve uma época em que eu fui uma rainha das mulheres, antes que meu marido me prendesse com correntes e me fizesse uma rainha das esposas.

À luz da lamparina, Pisénor e Egípcio, conselheiros de Odisseu, estão sentados com os velhos do lado de fora do grande salão, o som de risos e música flutuando no ar. Houve um tempo em que os pais de Ítaca se deleitavam com tais prazeres, porém, seus filhos estão desaparecidos há oito anos, e isso é pior do que uma morte.

Pisénor diz:

— Precisamos de cem lanças. Não por Telêmaco. Não por mim. Por Ítaca.

Os velhos, senhores do porto e do campo, do olival e do navio mercante, entreolham-se inquietos. Pólibo, pai de Eurímaco, é o primeiro a falar.

— Vocês têm homens em outras ilhas. Tragam-nos aqui. — Os cabelos dourados do pai são apenas alguns fios remanescentes pendurados na cabeça como uma rede rompida, mas a altura do filho veio do pai, e o pai se recusa a se curvar.

— E quem guardará o porto de Hyrie ou os bosques de Cefalônia? — replica o sombrio Eupites, pai de Antínoo. — Mal temos homens suficientes para proteger nossas terras mais valiosas, quem dirá Ítaca. — Essa não é uma concordância com Pisénor, é claro. É apenas uma discordância com Pólibo. Assim são as coisas entre esses dois, que já foram melhores amigos — até que se tornaram ambiciosos pelos filhos.

– Até agora, ninguém pensou que alguém tentaria invadir Ítaca – Pisénor interrompe, antes que os dois homens comecem a sibilar um para o outro como cobras em guerra. – Lêucade foi um desastre, porém, previsível. Fenera mostrou que os piratas estão dispostos a atacar até mesmo aqui, no coração da própria terra de Odisseu. E se eles tivessem tentado sequestrar a rainha?

– E quem vai liderar essa milícia? Você não. Não um homem de Odisseu.

– Quem mais, senão eu? – rosna Pisénor. – Não vejo nenhum de vocês assumindo o comando.

Eupites se remexe em seu manto longo e desbotado. Há uma faixa vermelha de vermelho-besouro na bainha, fantasticamente cara, um presente, diz ele, do velho Nestor antes da morte do famoso rei, em agradecimento a Eupites por todo o seu trabalho. Antínoo não aprendeu muitas lições com o pai, exceto esta: se você fizer um número suficiente de pessoas acreditarem que você é importante, um dia pode ser de fato verdade. Houve um tempo em que Eupites era próximo da casa de Odisseu, amigo leal de Laertes e de todos os seus parentes. Mas isso foi antes de seus filhos irem para a guerra e nunca mais voltarem, deixando para ele duas filhas e Antínoo. Ele quer se orgulhar do filho que tem e, às vezes, se esquece disso e se desespera.

– Penélope tem tesouro. Paguem os invasores.

– Que tesouro? – responde Pisénor com uma carranca. – O ouro saqueado de Troia? Os frutos do trabalho do marido dela? Cada animal criado nas terras dela, cada jarro de vinho ou saco de grãos tem um propósito e apenas um: alimentar os *seus* filhos todas as noites. Você a vê usando ouro? Você a vê com joias no cabelo?

Os lábios de Eupites mastigam o ar em sua boca, como se saboreasse a textura dele.

– É verdade que nossa terra está em perigo – pondera. – Estrangeiros ameaçam a todos nós. É nojento que Penélope os tolere em sua corte. Uma demonstração de força nativa poderia ser útil.

– E quem nos defenderá contra seus homens, Eupites, caso você pegue em armas? – retruca Pólibo. – Seus garotos defenderão o estaleiro se for atacado, ou você ficará de braços cruzados e deixará que se incendeie para que aqueles de quem você não gosta sejam arruinados?

– Isso vai além das docas... – começa Egípcio.

– E devemos acreditar que Pólibo arriscaria qualquer um de sua tribo para proteger os celeiros, se os ilírios avançarem para o interior? – retruca Eupites. – Ou ele vai ordenar que fiquem parados enquanto tudo o que eu tenho é queimado?

A assembleia se dissolve nesse ponto em brigas furiosas, acusações e insultos. Lanço uma rápida olhadela para as sombras próximas, para os lugares quentes da terra sob seus pés, para Éris, senhora da discórdia, questionando-me se ela se infiltrou nessa pequena assembleia; mas não, isso é inteira e absolutamente a estupidez dos homens sem a interferência dos deuses. É fascinante em seus detalhes e mesquinhez.

– Eu liderarei… – começa Egípcio.

– O quê, um homem que pode ser comprado? – exclama Pólibo.

E mais uma vez:

– Um homem sem experiência? – resmunga Pisénor.

E, é óbvio:

– Um homem que é jurado a Telêmaco? – rosna Eupites.

E, de novo, eles começam a discutir.

– Comando conjunto – Pisénor deixa escapar finalmente. – Um conselho formado por alguns dos mais sábios de Ítaca.

– Isso não vai funcionar, vai ser…

– Egípcio, Pólibo e Eupites no comando, trazendo vinte homens cada…

– Vinte? Impossível!

– Quinze…

– Você acha que eu tenho quinze homens sobrando?

– Talvez dez, serão trinta lanças. E forneceremos dez lanças da casa de Odisseu, serão quarenta. Telêmaco quer servir… – Outra risada de zombaria de quase todos os presentes. – ele trará mais cinco ou seis lanças com ele, longe de ser suficiente, tenho certeza de que concordarão, para causar problemas para sua tropa de trinta. Também falarei com Anfínomo. Ele tem um braço forte e sua presença pode dissuadir Telêmaco de… arroubos juvenis.

Há um arrastar geral de sandálias. Ninguém tem especial apreço por Anfínomo. Ele não é apenas o principal entre todos os pretendentes que vieram daquela terra fabulosa e insalubre de "fora de Ítaca", ele também é desagradavelmente amigável e honesto. Quando perguntado: "O que fará se for rei?", a primeira resposta dele é: "Tentar sanar a lamentável divisão que se abateu sobre os bons homens das ilhas ocidentais", e, para o espanto de todos, ele parece estar falando sério. Isso faria dele um tolo, é claro, quase tão tolo quanto Eurímaco, não fosse o fato de Anfínomo ter matado três homens que tentaram roubar uma cabra de uma mulher no mercado, usando nada além de uma faca de açougueiro e uma perna de mesa quebrada. Tais qualidades de moralidade e capacidade não são muito aceitáveis para os velhos das ilhas.

– Concordo. – Egípcio é o primeiro a se levantar, o assunto resolvido.

Eupites é o próximo a sinalizar seu assentimento, mesmo que apenas para fazê-lo antes que a Pólibo pudesse.

– Dez lanças de cada e um comando conjunto. Ninguém pode contestar que, quando nós quatro nos unimos, falamos por toda Ítaca. Não apenas pelo filho de Odisseu.

Diante das muralhas de Troia, os aqueus seguiram Agamêmnon, mas os mirmidões seguiram apenas Aquiles. Acaso isso não deu certo?

Pisénor consegue conter um suspiro. Já está indo mal, mas ele não consegue ver outro caminho. Então ele se levanta, olha nos olhos dos homens cujos filhos gostariam de ser reis, e assim um acordo muito tolo é feito.

Capítulo 10

A lua nasce. Em menos de treze dias, ela estará encoberta, sua face escondida do céu. Treze dias depois disso, ela estará cheia mais uma vez, e não é necessário uma deusa de grande potência e sabedoria para lhe dizer, para lhe assegurar, que sim, ah sim, os piratas retornarão. A presença deles será pequena demais para tirar Ares de seus pensamentos; o lampejo de uma lâmina mal despertará Atena de sua observação de Odisseu, onde ele está adormecido em Ogígia. Mas para a ilha de Ítaca, será de fato um dia sangrento.

No entanto, por enquanto, no grande salão do palácio, o banquete está em andamento, como sempre deve estar. Os pretendentes vieram, sem espadas em seus quadris e com punhais em seus sorrisos. Foi uma lei estabelecida cedo na casa de Penélope que todos os que comessem à sua mesa deveriam estar desarmados; ela está enojada que as regras de civilidade tenham sido tão desafiadas que tal proclamação seja necessária.

Longe do som da música e do rugido dos homens, Penélope segura na mão um anel que não deveria estar nesta ilha, e olha para o mar, e pensa ver velas no horizonte, sob a luz abundante da lua minguante.

— Pisénor vai obter a milícia — diz Eos, enquanto coloca vestes limpas na cama. — Ele tem certeza disso.

— Meninos com lanças — responde Penélope. — Liderados por homens cujo único interesse é proteger as próprias colheitas enquanto as terras de seus vizinhos queimam.

— O que diz a boa mãe Sêmele?

— Ela diz que não estamos prontas. Os pretendentes estão esperando; devemos descer.

Uma meia reverência, um pequeno aceno de cabeça. O anel na mão de Penélope está quase na mesma temperatura de sua pele, opaco e pesado enquanto ela o aperta com força entre os dedos.

Lá embaixo, no salão do banquete, cheio de corpos de homens, calor de respiração, o estalar de ossos e o ranger de dentes, duas criadas colocam o tear de

Penélope no lugar, para que os pretendentes possam vê-la trabalhar nele em seu canto sombrio. Ela está tecendo uma mortalha para o sogro, Laertes. Quando terminar, ela se casará com um homem – é o que ela diz.

No que diz respeito a dispositivos políticos, esse apresentou até agora dois grandes problemas. Em primeiro lugar, Laertes está bastante vivo e bem em sua fazenda de porcos nas colinas, e nada contente por saber que o tópico de sua esperada e inevitável morte é um tema tão popular nas fofocas da ilha. Em segundo lugar, se algo foi aprendido sobre Penélope ao longo dos muitos, muitos, *muitos* meses em que ela vem tentando tecer o que deveria ser um tecido bastante simples, é que ela é uma tecelã realmente péssima.

Kenamon de Mênfis está sentado um pouco afastado dos outros pretendentes, enquanto as empregadas trazem vinho, carne, lentilhas, grão-de-bico, feijões, peixes – mais peixe –, pão para segurar entre os dedos para limpar a gordura da tigela carmesim rachada. Ele ainda não foi recebido em nenhum grupo de homens enamorados. O contingente local de Ítaca desconfia dos estrangeiros, homens do outro lado do mar que tentam governar suas sagradas terras hereditárias. Os homens de mais longe, os pretendentes da Cólquida e de Pilos, de Esparta e de Argos, talvez estejam mais dispostos a aceitar um egípcio entre seu número, depois que o tiverem excluído por tempo suficiente para que ele entenda que não tem a menor chance nesta corrida sangrenta ao trono, e é apenas tolerado por ser peculiar, inofensivo.

Um dos cães do palácio, um animal cinzento, de olhos amarelos, desgrenhado, que outrora sabia caçar e agora apenas fareja rabos de ratos de patas ágeis, aproxima de Kenamon, cambaleando, e pressiona o focinho contra sua panturrilha. Não é uma criatura muito apreciada pelos pretendentes, mas Eumeu, o guardador de porcos, ainda esfrega sua barriga, e sempre que Telêmaco deixa de olhar para o próprio umbigo por tempo suficiente para prestar atenção, o cachorro é amado pelo filho de Odisseu, que, ao vê-lo pedindo atenção a um pretendente, agora se aproxima.

– Argos gosta de você, amigo. – Telêmaco chama a todos no salão "amigo". Ele sente que falar os nomes dos próprios pretendentes o faz querer vomitar de nojo e vergonha, então, em vez disso, passou algum tempo cultivando uma palavra que pode falar com acidez, mas que os homens ouvem com flores.

Kenamon coça atrás das orelhas compridas e moles do cachorro.

– Eu gosto dele.

Um silêncio, um espaço onde nomes deveriam estar. Primeiro o anfitrião, depois o convidado; esse é o costume.

– Telêmaco. – O filho concede de má vontade.

– Ah, o filho de Odisseu! – Telêmaco também aprendeu a transformar uma careta em um sorriso. Há algo semelhante, entende, no estreitamento dos olhos. Mas então uma coisa estranha acontece, pois Kenamon se levanta e se curva um pouco, e há quase respeito em sua voz. – É uma honra conhecê-lo. Dizem que a fama de Odisseu eclipsou a do próprio pai. Sabendo disso, posso apenas refletir sobre tudo o que você é e tudo o que você conquistará, e fico honrado em dizer às pessoas que conheci Telêmaco de Ítaca.

– Está... está zombando de mim, senhor?

– Juro que não. Por favor, perdoe-me, não estou familiarizado com seus costumes. Se de alguma maneira o ofendi, preciso saber.

Tudo e todos ofendem Telêmaco. É apenas um hábito que ele adquiriu. Esse estrangeiro, no entanto, é estrangeiro o bastante para que por um momento Telêmaco seja desarmado.

– Não – gagueja ele por fim. – Não ofendeu. Por favor, você é bem-vindo aqui. Coma, beba, o que quiser. Nenhum hóspede de meu pai será maltratado enquanto eu tiver um lugar nesta casa.

Essa frase causa alguns problemas de tradução para Kenamon. Há implicações – questões de pai, posse, *status* e quem exatamente está fazendo o que e para quem. Mas, por ora, ele assente, sorri e ergue a taça para o filho de Odisseu – mal a bebe, a noite será longa, ele pensa, e diz:

– Concede-me uma honra; concede uma honra a todos nós.

Telêmaco consegue assentir em vez de franzir a testa e se afasta.

Quando Penélope desce para o salão, os homens batem os punhos na mesa, uma cacofonia irritante. Houve um tempo em que isso era um sinal de respeito, uma saudação à anfitriã. Agora tornou-se um trovão, um assalto, uma zombaria, que Penélope ignora como se fosse a brisa do sul fazendo cócegas na ponta de seu nariz.

As criadas servem a carne.

Há quase quarenta mulheres na casa de Odisseu, em graus variados. Algumas são de Ítaca, filhas de viúvas que não conseguiam alimentar seus filhos, então viraram para suas filhas e disseram: "Melanto, é para o bem de seus irmãos", quando os traficantes chegaram. Muitas não são, e sentem-se divididas quanto à sua vida em Ítaca. É verdade, as ilhas ocidentais são monótonas e difíceis, fedem a peixe, e os banquetes do palácio não têm nada do grandioso esplendor das cortes de Agamêmnon ou de Menelau. Por outro lado, Penélope não esquartejou outro homem com as próprias mãos para violentar a esposa dele, não sequestrou uma criança para torná-la sua noiva, não profanou os cadáveres de seus inimigos, nem esmagou o crânio de um bebê ou descende de uma linhagem incestuosa ou de canibais. Essas omissões fazem dela uma espécie de anomalia entre os monarcas da Grécia e, na verdade, entre os próprios deuses do Olimpo.

Já conhecemos algumas das servas. A risonha Autônoe, a quem Hagius de Dilíquio certa vez tentou agarrar no chão da cozinha, ele perdendo um olho no processo. A silenciosa Eos, se o comportamento dela já não fosse desencorajador, ela se senta muito perto dos pés de Penélope, e até o mais imprudente dos pretendentes pressente que a senhora ficaria descontente se algum mal acontecesse à criada. Contudo, há outras, tantas outras, movendo-se agora pelo salão.

Euracleia, a ama, de olhos turvos e língua de serpente, paira à porta. Tecnicamente, ela não é necessária neste lugar, pois o banquete é domínio de Autônoe. Tecnicamente, ela não tem deveres, é livre para ir embora quando quiser, mas fica por ali como um cheiro velho, e faz cara feia para as criadas mais jovens, e arrulha para Telêmaco, e resmunga sobre como as coisas eram melhores nos bons e velhos tempos. Se a rainha Anticlea não tivesse com seu último suspiro mandado sua nora "fazer o que é certo" por Euracleia, e se Telêmaco não saísse tão rápido em defesa dela, Penélope teria mandado a velha para alguma casa em Hyrie, colocando um belo trecho de água entre ela e a língua chicoteante de Euracleia.

"Seu cabelo está imundo!", ela brada para uma serva. Ou, cheirando os aromas doces vindos da cozinha: "Que cheiro horrível! E se dizem cozinheiras?"

Ela quase é derrubada quando Phiobe entra com mais vinho para os homens, correndo por baixo dos braços cruzados de Euracleia com um pequeno "Ah, desculpe, sim, olá, desculpe-me, sim!" Pequena e rápida como a ágil raposa, a mãe de Phiobe serviu na casa de Odisseu antes dela, e protegeu tanto a filha do mundo além dos muros, que a moça tinha quase quinze anos antes de se tocar em suas partes íntimas, e dezessete antes de cair, rindo, nos braços do garoto do ferreiro. O garoto se foi agora, mas muitos jovens vêm ao palácio de Penélope para cortejar uma rainha, e não faltam opções a Phiobe quando se trata de escolher um belo protetor com dentes bonitos.

É preciso entender que as criadas também são seres sexuais.

Melanto, vendida pela mãe para que os irmãos pudessem sobreviver. Quando os primeiros pretendentes chegaram a Ítaca, ela experimentou alguns, fascinada por esses homens estranhos no mundo das mulheres. Desde então, aprendeu que o sabor mais doce é a segurança, e assim, de um pequeno ninguém sem esperanças, sentado longe do fogo, ela se colocou à disposição de um pequeno senhor, um pretenso rei, um possível mestre de tudo que a vista alcança; e, agora, é mais frequentemente vista curvada sobre a mesa de Eurímaco, a curva de seu seio um pouco mais perto do nariz dele do que é mesmo necessário. Ele é um amante meramente adequado. As promessas que ele faz, no entanto, elas são verdadeiro néctar.

– Doce Melanto – cantarola um –, você tem os olhos mais lindos.

Ou:

– Phiobe! Eu não vi essas contas em seu pulso antes, algum amante as deu a você?

Ou talvez:

– Vejo você mais tarde?

– Você está bêbado.

– Mal toquei no meu vinho. Teste-me, e eu passarei em qualquer prova.

– As pessoas estão olhando.

– Mas ninguém vê. Encontro você mais tarde?

– Talvez. Caso você se comporte.

A mão de um homem escorrega de onde roçou a panturrilha de uma serva sob a mesa de servir. Há quem diga que Penélope deve manter uma casa tão casta e pura quanto ela. A velha Euracleia cospe e murmura que é uma vergonha, uma completa vergonha! Telêmaco, que abençoado seja, ainda não entende bem como essas coisas acontecem, mas quando finalmente compreender, vai balbuciar de indignação e espanto, em desprezo indignado pela impiedade dessas mulheres! As mulheres, é claro, são as ímpias – não os homens. Meu marido Zeus deixou isso bem claro, e os mortais aprendem com seus deuses.

Veja aqui também, há uma criada que trabalha com as outras, cabelo cor de sangue coagulado, os olhos presos ao chão. O nome dela é Leaneira, e em seu coração e olhos bate um tambor que pulsa contra sua carne desde o dia em que foi arrancada de Troia: *morte a todos os gregos*. Teremos muito mais a dizer sobre ela antes que nossa história acabe.

Leaneira, Phiobe e Melanto, Eos e Autônoe, essas mulheres mais uma dúzia de outras servem o banquete. Quando os pretendentes chegaram a Ítaca, as servas eram tão gélidas quanto sua rainha, indiferentes e quase não falavam. Mas isso foi há mais de um ano, e esses homens – esses homens! Eles pensaram que seria tão fácil entrar na cama de Penélope, e, quando não foi, o que podiam fazer?

O que qualquer criatura de sangue quente faria?

Afastada de tudo isso, Penélope senta-se tecendo, com Eos ao seu lado, guardando-a como Argos uma vez guardava seu velho mestre Odisseu.

Andraemon, o de belos braços e testa franzida, seu pai um distante potentado qualquer no leste, seu lançamento de disco inigualável entre os pretendentes, sua voz profunda e sombria como a íris de seu olho, aproxima-se do tear.

– Posso falar com a senhora da casa?

Atrás dele, Antínoo e sua mesa reunida de rapazes de Ítaca – rapazes que sabem que nunca serão reis, mas pensam que talvez Antínoo tenha uma chance – zombam e riem da audácia de Andraemon. Eos, guardiã do degrau, considera Andraemon por um momento, depois se inclina para sussurrar ao ouvido de Penélope. Penélope sussurra de volta. Eos se afasta: ele pode se aproximar.

– Minha senhora… – Esse é o início de outro discurso, outra declaração de amor ou piedade, ou talvez, se tivermos sorte, outra rodada de entrega de presentes. Penélope adora presentes. Ajudam a pagar pelo vinho. – Ouvi dizer que está com problemas com piratas.

Penélope é uma tecelã muito ruim. Seus dedos param por um momento sobre o tear. Às costas de Andraemon, Antínoo tenta fazer uma piada, uma punhalada de alegria em seu rival, mas é abafado por um rugido vindo da mesa de Eurímaco. Eurímaco provavelmente não tem esperança de obter a coroa, mas seu pai, Pólibo, tem homens suficientes em dívida consigo, para que aqueles que o seguem não tenham o luxo do discernimento.

– Eles cuidarão dos saqueadores – Penélope responde finalmente. – Pisénor está reunindo tropas.

– Eu ouvi falar. Tenho certeza de que eles serão muito corajosos.

Alguns deles provavelmente serão corajosos. Ájax foi corajoso; Pátroclo foi corajoso; Heitor foi corajoso. Odisseu, quando estava pendurado em um galho de oliveira acima do redemoinho escancarado que engole navios inteiros, implorou e clamou pela misericórdia dos deuses, e não está indo tão mal assim, considerando todas as coisas.

– Espero que esteja gostando do banquete, Andraemon – Penélope declara, puxando um fio como se este pudesse cantar. – Falta-lhe alguma coisa?

– Os mares estão cheios de homens perigosos, minha senhora. Soldados de Troia que acham que não receberam o que lhes é devido. Conheço alguns deles. Sei como pensam, o que querem.

– Como pensam... o que querem... – ela repete. – Diga-me: acha que algum dia eles vão conseguir o que querem? Acha que ficarão satisfeitos enquanto alguém tiver mais do que eles?

– Eu poderia agir em seu nome, se desejar. Falar com alguns que, assim como eu, sabem o que é lutar. Tenho muitos irmãos de Troia. – Sua mão sobe por instinto para uma pedra que ele traz amarrada em uma tira de couro em volta do pescoço. Não passa do tamanho de seu polegar, uma coisa polida pela areia e pelo toque, com um furo no meio por onde pode passar um cordão. É o tipo de presente que se dá a uma criança no lugar de qualquer presente melhor, exceto que Andraemon, sempre que as pessoas perguntam sobre ela, e elas o fazem, pode falar longamente sobre sua história e discursa assim: isso é um pedaço de pedra da cidade de Troia. Trouxe-o comigo quando partimos, não trouxe ouro, nem escravos, pois não era considerado adequado que alguém da minha posição recebesse tais recompensas. Eu deveria esperar pela generosidade de meu mestre. Meu mestre não foi generoso, mas esta pedra eu ainda a trago para recordar.

Qual seria a natureza dessas memórias, ele não explica. Ele entende que o silêncio quanto a esse assunto dá ao ouvinte o poder da imaginação, que geralmente é muito mais rica do que a verdade.

Penélope o vê enroscar os dedos ao redor da pedra agora, e sorri levemente sob o véu, imbuindo uma leve malícia em sua voz.

– Isso seria tão gentil, mas não posso pedir isso de um hóspede.

– No entanto... por Ítaca.

– Sua generosidade me surpreende. Mas não se incomode. Ítaca é capaz de se defender.

– Se o diz. Contudo, preocupo-me, minha senhora, que esses ataques não irão parar sem que alguém... mais familiarizado com a forma como os homens pensam tome alguma atitude. Espero que não se ofenda com isso, é apenas como enxergo a situação.

– Não estou nem um pouco ofendida. E acredito que entendo perfeitamente o que quer dizer. Obrigada, Andraemon. Eu aprecio sua honestidade.

Está dispensado, um pouco cedo demais para seu gosto, mas mesmo que ele fosse capaz de continuar diante de Penélope, dando-lhe uns bons tapas até que ela entendesse a situação, tal violação seria impensável. Então ele tinha que sorrir, se curvar, se afastar e levar sua frustração para outro lugar, onde apenas os deuses poderiam ver.

Penélope não o observa partir. Em vez disso, murmura:

– Temos alguém seguindo-o?

Eos acena com a cabeça, girando o fio em torno de seus dedos. Penélope fez uma fileira de linhas apertada demais. Ah, que pena, ela vai ter que desfazer um pouco de cada vez, beliscando e puxando o tear para ordená-lo.

Agora o conselheiro Medon se aproxima, mas ele é velho e, portanto, basicamente irrelevante aos olhos dos pretendentes. Ele se posta, tranquilo, ao lado da cadeira de Penélope, contemplando a sala.

– Andraemon? – pergunta ele.

– Ele me oferece sua experiência marcial.

– Que bom.

– A escolha do momento é notável.

– Ele está negociando?

– Ainda não. Não que já estejamos em situação adequada para responder se ele o fizesse. Pode ser coincidência. – Medon faz cara feia ante à ideia, Penélope sorri e acrescenta – Antínoo, filho de Eupites, me oferece todos os grãos de Élis.

– Altamente valioso.

– Eurímaco filho de Pólibo me oferece uma frota mercante capaz de controlar o comércio de âmbar desde os portos do norte até a foz do Nilo.

– Um bom investimento. E o egípcio?

– Ah, o egípcio. Ele tem um cabelo bonito.

Medon abafa uma risada, mas embora esteja sorrindo, sua voz é sombria, vazando do canto da boca.

– A mortalha está indo devagar, pelo que vejo.

– É difícil se concentrar quando se está tão tomada de sentimentos femininos. Há um homem morto em Fenera, Hyllas. Não é um de nós. Talvez seja do interesse do conselho descobrir mais sobre ele.

– Talvez seja?

– Se uma mulher fosse aconselhar.

Medon se curva, a reverência mais profunda de qualquer pessoa no salão. Ele se lembra de quando Penélope chegou a Ítaca, pouco mais do que uma menina encolhida na parte de trás do barco de Odisseu. Ele a viu crescer e deseja um dia poder expressar algo significativo para ela quanto a isso; mas as palavras ficam embaraçadas em seus lábios, nunca é bem seu lugar dizer isso.

– Farei algumas perguntas. Creio que seu filho deseja sua atenção?

Telêmaco estivera observando-os do outro lado do salão e agora está se aproximando. Ele não gosta de ser visto perto da mãe com muita frequência. É um homem agora, não um menino; não convém se esconder atrás das saias dela. Mas há assuntos que devem ser discutidos, e é bom que o salão veja sua presença, sua segurança, a proteção que oferece às mulheres de sua casa. Medon oferece mais uma vênia, quando ele se aproxima e afasta.

– O que Andraemon queria?

Penélope lança um sorriso para o filho, estreito como a lua crescente.

– Ajudar, à sua maneira. Soube que Pisénor fez um acordo para criar uma milícia.

– Sim. Eu pretendo servir.

– Não, isso não é possível.

– Mãe, eu...

– Não arriscarei sua vida em um... esforço glorioso.

Ele se enrijece, fica ereto, e há algo de seu pai, há uma inclinação do queixo, que fez Odisseu encarar o próprio Hermes e exigir: *ei, você com os sapatos engraçados, o que acha que está fazendo?*

– Que esforço vale o tempo de um homem – ele retruca – se não um glorioso?

Ele se vira antes que ela possa responder. Ela só teria tentado dissuadi-lo com bom senso.

– Telêmaco! – entoa Antínoo. – Telêmaco! Sua mãe mandou você ir para o seu quarto de novo?

Um rosnado de fúria, um lampejo de raiva; Odisseu também tem um temperamento terrível, mas aprendeu a transformar seu fogo em gelo, a precisão do arqueiro em vez da fúria do machado. Telêmaco ainda não chegou a esse ponto, e é por isso que se volta para Antínoo e retruca:

– Não preciso esperar meu pai retornar, Antínoo. Pelo sangue e pela força, eu sou o rei destas ilhas, e é apenas em honra do nome de seu pai e pelas leis dos deuses que permito que *você* se banqueteie à *minha* mesa!

Antínoo está de pé em um instante, seus rapazes se levantando atrás dele. Outros também se erguem. Os músicos fazem uma pausa casual, já tocaram essa música antes. Kenamon observa de seu canto do salão.

– Ouve? – sibila Antínoo. – Está ouvindo os bardos cantarem seu nome? Está escutando as pessoas proclamarem-no nas ruas? Não. Nem eu. Vá se esconder atrás de uma mulher, garoto. Vá implorar que sua mamãe o proteja. Quando eu for rei, vou garantir que você fique em segurança.

Penélope também se levanta. Há regras, sendo ela anfitriã. Ela não pode ferir seus hóspedes, nem eles podem feri-la; entretanto, quem é capaz dizer o que realmente aconteceu, quando punhais são desembainhados entre aqueles que compartilham uma refeição ao redor de sua lareira? Apenas os poetas, e eles podem ser comprados.

– Antínoo – murmura Anfínomo, baixo, firme, os olhos fixos no rosto de Telêmaco, mesmo enquanto se dirige a seu colega pretendente. Ele tem talvez meia dúzia de aliados às suas costas, todos de terras tão distantes quanto as dele. Antínoo estufa o peito para o filho de Odisseu. Eurímaco está contando os homens no salão. Pode não haver espadas, mas há facas para cortar carne; há bancos para serem atirados, mesas contra as quais um homem pode esmagar um crânio. Todos os pretendentes agora olham para seus vizinhos, ponderando quem à esquerda, quem à direita é inimigo, aliado ou um covarde que fugirá.

O punho de Telêmaco se aperta ao lado do corpo. Antínoo está estúpido, bêbado. Seus lábios se enrolam para dentro, depois avançam para fora, e com um pequeno estalo de ar, ele sopra um beijo gordo e afeminado para Telêmaco.

Telêmaco oscila como se tivesse levado um soco. A mão de Anfínomo se fecha ao redor da faca em cima da mesa. Ordeno ao ar que congele, ao tempo que desacelere como a virada do mar antes que o redemoinho se abra, como o inspirar do oceano na mudança da maré. Venha, observe comigo o desdobramento de todas as coisas; conheça o mundo como uma deusa conhece.

Em Delfos, uma profetisa grita, arranhando a própria pele, enquanto a estátua dourada acima de sua lareira começa a chorar lágrimas salgadas. Em Ogígia, Calipso morde o lábio para engolir o som do êxtase; nos últimos tempos, Odisseu tem ficado irritado com os gritos de prazer dela, embora, mesmo em sua irritação, ele volte para ela, pressionando a mão contra seus lábios enquanto faz o que deseja. E às margens enevoadas do Estige, Cassandra, amaldiçoada a saber tudo e não ser acreditada por ninguém, balança o dedo para a névoa interminável e sussurra: *eu falei para você*. Agora que está morta, com a garganta cortada por uma rainha vingativa, ela está se permitindo expressar um pouco mais essas coisas.

As vidas dos mortais são um lampejo de faíscas, mas agora vamos parar e pegar uma, ver como pode se transformar em cinzas. Ver como o tempo se desenrola a partir deste momento, uma possibilidade futura esperando para vir ao mundo. As Fúrias alisam suas penas em seus salões de rocha derretida, a coruja cega grita no escuro, e assim: nem Antínoo nem Telêmaco atacarão, pois percebem a morte que será garantida a ambos se o fizerem, o primeiro a quebrar os pactos sagrados de hospitalidade. No entanto, eles também não podem recuar, pouco viris e sem serem obrigados, e então... então... Ah, sim, aqui está; caberá a um pretendente chamado Nisas, tolo Nisas, Nisas dos dentes podres, quebrar um pote na cabeça de Telêmaco. Ele fará isso não porque pensou nas consequências, Nisas não pensa, mas porque deseja impressionar Antínoo, deseja mostrar de verdade o quanto é leal a um possível rei. Então, sorrindo, malicioso, com a boca aberta em um sorriso simplório, ele se levantará de seu assento, balançará com toda a força de seus quadris, fará chover cacos de cerâmica contra a cabeça de Telêmaco e, ao fazê-lo, derramará o sangue que se tornará um rio.

Esse golpe de raspão não matará o filho de Odisseu, a família é famosa por ter cabeças duras, mas naquele instante a paz de Penélope também se despedaçará, e a única força que importará é a do guerreiro, a do homem. Telêmaco vai girar no mesmo instante, os olhos inflamados de fúria, e arremessará Nisas no chão, as pernas do pretendente chutando inutilmente no ar, enquanto ele é derrubado de costas. Com uma mão ao redor do pescoço dele, Telêmaco vai apertar e apertar até os olhos do garoto se arregalarem e sua língua se agitar, e antes que Anfínomo consiga puxar o príncipe para longe, a luz desaparecerá dos olhos de Nisas, o primeiro cadáver dessa carnificina. Em seguida, um dos homens de Anfínomo empurrará um dos de Antínoo com força demais na aglomeração de masculinidade que se formou ao redor dessa cena assassina, e este empurrará de volta; e na briga generalizada que irá irromper, um dos homens de Eurímaco puxará a pequena lâmina que manteve escondida em suas vestes, desafiando as leis de hospedagem. Esse sujeito verá o caos, ouvirá o rugido de vozes e os gritos de "Traição, traição, assassinato!" e aproveitará a oportunidade para enfiar a lâmina nas costelas de Antínoo, enquanto pensa que ninguém está olhando – embora a essa altura todos os deuses tenham voltado o olhar para baixo do Olimpo –, atirando a faca para longe, no momento em que o pretendente pálido cai, como se isso pudesse esconder seu pecado.

Desse modo, Antínoo morrerá com mais outros sete naquela noite, e outros nove sucumbirão devido aos ferimentos depois. Penélope fugirá, Telêmaco será finalmente arrastado a um local seguro, ainda gritando ensandecido, como fez seu pai diante das sereias. Pisénor entrará e tentará trazer ordem à cena, morrerá ao ser empurrado para o lado com força demais, a cabeça se partindo contra a pedra. Duas criadas também morrerão, tendo sido agarradas e violentadas por aqueles pretendentes que, seus juramentos quebrados e a guerra desencadeada, não têm melhor maneira de provar sua masculinidade parca e debilitada do que expressar seu poder sobre as que não os desejam.

Eu semicerro meus olhos diante da profecia que agora se desenrola, mas veja, veja; não devemos ter medo, você e eu, de ver o futuro em sua plenitude.

Quando o cadáver de Antínoo for trazido diante de Eupites, o velho chorará e proclamará um amor por seu filho que jamais expressara enquanto o garoto vivia. Amor é vingança, claro. Até os poetas entendem isso. Sabendo disso, Eurímaco e seu pai Pólibo não esperarão os sete dias de luto de Eupites, mas atacarão na noite do quarto dia de luto, matando todos na casa de Eupites, enquanto a alma de Antínoo ainda aguarda o barqueiro de Hades nas águas do Estige. Eles então marcharão até o palácio para tomar o trono e Penélope também, mas ela... ah, ela terá fugido. Ela terá corrido para uma pequena baía, onde está escondida uma certa embarcação veloz que pode ser remada por seis homens fortes – ou seis mulheres vigorosas – e disparado pelas águas tênues até Cefalônia, para se refugiar entre os mais nobres daquela ilha.

Telêmaco não fugirá. Ele defenderá seu palácio, arremessando sua lança do alto dos portões fechados, e tanto ele quanto Eurímaco estarão mortos, devido aos seus ferimentos, antes que a lua escureça, e Menelau estará a caminho, vindo de Esparta sob velas rubras, esfregando as mãos uma na outra – não se preocupem, crianças, o tio Menelau vai resolver as coisas. Tio Menelau vai dar um jeito em vocês.

Assim cairá a casa de Odisseu. A não ser que...

Alcanço a parte secreta de mim mesma, o poder oculto que mantenho velado dos olhos ciumentos de meu marido. Vai me custar... ah, vai arriscar tudo, se eu for vista, mas talvez algo pequeno, pequeno demais para atrair os olhos do Olimpo, um conveniente ataque de cobra talvez, eu poderia fazer um desses, não é o meu golpe mais sutil ou discreto, mas em caso de necessidade...

O beijo estalado de Antínoo paira no ar entre ele e Telêmaco. O filho de Odisseu está pronto para atacar. O estúpido Nisas se prepara para sair de seu lugar.

E então – algo que eu não tinha visto – a profecia se altera. Pois naquele momento em que tudo estava para ser desencadeado, sangue, fúria e sacrilégio no salão do banquete, Kenamon dá um passo à frente, limpa a garganta e diz com aquele seu sotaque estranho:

– Perdoem-me, não estou familiarizado com os costumes daqui. Estamos nos levantando para brindar a Odisseu?

Olho, incrédula, para o egípcio, e talvez todos os outros também o façam. Kenamon, seu lindo mortalzinho, se eu pudesse apertar seu lindo rosto; se o toque de meus dedos não fosse morte instantânea para sua carne nua, eu o agarraria, sim, eu agarraria.

Então eu ouço.

Um som no limite até mesmo da minha percepção celestial, algo além da compreensão de pequenos cérebros mortais. Eu o percebo quando está prestes a partir, e lá está, lá está, o bater de asas de penas brancas.

E olho mais uma vez para o egípcio e vejo os pequenos traços do toque de outro deus nele, o mais sutil traço de divindade, desaparecendo de sua pele.

Mas que merda.

Maldição, maldição, maldição, três vezes maldição devoradora de Titãs! Não há tempo para lidar com isso agora.

Telêmaco paira por um momento entre a própria estupidez juvenil e um mínimo de bom senso. Kenamon sorri inquieto e acrescenta:

– Ou talvez estejamos bebendo em honra a Agamêmnon? Ouvi dizer que seu rei dos reis sempre foi um aliado da casa de Odisseu?

O futuro repousa na ponta de uma lâmina. Para isto, pelo menos, tenho um certo dom sutil, por isso coloco a mão no ombro de Telêmaco e murmuro: *Não seja um tolo com cérebro de sardinha, rapaz.*

– Claro – declara ele, e, ao fazê-lo, a profecia muda, o sangue lavado das paredes, os cadáveres vivos e rindo novamente, pelo menos por enquanto. Por enquanto. Telêmaco ergue uma taça que é colocada às pressas em sua mão por Autônoe. – Ao maior dos gregos, herói de Troia, meu pai. E, também, ao grande rei Agamêmnon, aliado de Ítaca, amigo muito querido de minha família, que ele traga paz e justiça às nossas terras por longos anos!

Ninguém vai deixar de beber a Agamêmnon. A sobriedade não é sábia. Até Antínoo dá um passo para trás para erguer a taça, e esse momento dá a Telêmaco um momento para respirar, se afastar.

Haverá um acerto de contas, em outro momento.

Não hoje.

Até Penélope beberica um copo de vinho e o inclina, penso eu, talvez um pouco na direção do egípcio, quando ele retorna ao seu lugar.

Capítulo 11

A lua dá sua volta, desaparecendo na escuridão.
Eu voo pela noite nas asas da sombra, procurando aquela outra deusa, aquela outra presença olimpiana cujo hálito se misturou ao ar do banquete no palácio; mas ela se foi há muito tempo, desapareceu sem dúvida em seus vistosos templos no leste, ou para ficar mais uma vez aos pés de Zeus, bajulando-o. Ela me viu? Ela sabe o que eu faço aqui? Preciso ser cuidadosa; preciso trabalhar com a maior sutileza nos corações dos homens.

E assim a lua segue seu rumo.

Na parte mais alta de Ítaca mora Laertes, pai de Odisseu.

Quando Penélope tinha dezoito anos, ainda inchada com o peso de Telêmaco na barriga, Odisseu sentou-se com o pai e disse:

– Veja. Você não quer ser rei e eu quero. Você é rude, preguiçoso e, francamente, você fede. Eu gostaria que resolvêssemos isso civilizadamente, então… o que vai custar?

Laertes, que na época de fato fedia horrivelmente, pior ainda quando exalava, considerou seu preço.

– Oito escravos, um olival, três… não, quatro porcos, duas vacas, duas cabras, dois cavalos, um burro, a primeira parte do melhor vinho e, uma vez por ano, você fará uma grande festa para mim, na qual todos terão que fazer reverências, se prostrar e se arrastar e me chamar de "Sábio Rei Laertes".

– Em Cefalônia? – sugeriu o filho, esperançoso. – Você pode ter uma fazenda maior em Cefalônia, talvez aquela bonita perto do…

– Em Ítaca – respondeu o pai. – Para que meu neto não tenha desculpas para não me visitar.

Odisseu conseguiu não revirar os olhos e, levando tudo em conta, considerou-se sortudo por ter conseguido que o velho abdicasse de ser rei com tanta facilidade.

Em seus primeiros anos, Telêmaco visitava o avô com entusiasmo. Afinal, Laertes era um argonauta, um herói da Grécia, um filho de Hermes, e estava disposto a transmitir o tipo de sabedoria viril, que a mãe e a avó claramente não entendiam, tal como: "O que uma mulher deseja é ser protegida. Um homem deve demonstrar sua força, sua agressividade leonina, seu poder, para que ela possa ver que ele é o guardião de que ela precisa!".

Telêmaco nunca viu um leão, mas entendia a ideia geral.

Uma vez por ano, conforme prometido, Penélope dava uma grande festa em homenagem ao sogro, e ele passava óleo no corpo, fazia a barba e aparecia com um ar muito presunçoso mesmo, enquanto as pessoas se aglomeravam para dizer o quanto ele era maravilhoso. Até mesmo os velhos Eupites e Pólibo pareciam deixar de lado seus ódios amargos por tempo suficiente para falar um pouco: "É tão bom vê-lo, deveria jantar conosco!" diante dos pés não aparados de Laertes.

Quando sua avó Anticlea morreu, Telêmaco chorou lágrimas salgadas sobre seu túmulo, e Laertes desceu de sua fazenda e pôs a mão no ombro do neto e disse:

– Chega disso! Você é um homem, não uma garotinha afetada!

Anticlea sempre disse a Telêmaco que o pai dele era um herói. Ela nunca teve muito a dizer sobre o avô – o marido – e Telêmaco nunca se preocupou em perguntar por que ela se mantinha longe dele, no palácio. "Ah, apenas para ajudar sua mãe", foi o mais próximo de uma resposta que ela lhe dera. Se Penélope precisava de ajuda não estava claro.

– Como meu pai era?

Telêmaco fez essa pergunta para tantas pessoas de tantas maneiras, e nunca de fato encontrou uma resposta satisfatória. Para Anticlea, o filho era o homem mais corajoso, ousado e inteligente de toda a Grécia. Para Euracleia, a velha ama, Odisseu era uma coisinha maravilhosa, sim, sim, ele era sim, ele *eeera*, não era, e Telêmaco é uma coisinha maravilhosa também, olhe essas bochechinhas, sim você é, sim você *ééééé*.

Para Penélope, seu pai era um Bom Homem. Muito pouco mais estava por vir, o que confundia Telêmaco profundamente.

Mas então:

– Como meu pai era? – ele perguntou a Laertes e, para sua surpresa, o velho parou de mastigar o mingau de sementes com seus lábios gengivais, cuspiu um bocado de cascas no fogo e olhou para o teto manchado de fuligem antes de finalmente proclamar:

– O garoto sabia que era inteligente, sabia como usar isso. Sem se mostrar tão inteligente que as pessoas pensassem que era uma ameaça, nem tão burro que as pessoas não soubessem que era útil. No entanto, não deixava espaço para hesitação ou preocupação com o que poderia acontecer, ou o que estava acontecendo. A inteligência faz sua escolha e persiste nela. Dá trabalho. Ele fez o esforço.

Há algo aqui, suspeita Telêmaco, algo na voz do avô que, um pouco parecido com as explicações distraídas da mãe, ele não está percebendo. Ele leva anos para entender, mas um dia, quando tinha dezessete anos, finalmente conseguiu encontrar a pergunta que lhe escapara por tanto tempo.

– Vô – disse ele, sentando-se ao lado da lareira de Laertes. – Meu pai é bom?

Laertes estremeceu na cadeira, como se tivesse levado um soco, e por um momento Telêmaco temeu que o avô morresse cedo demais, cedo demais; antes que a mãe terminasse de tecer sua mortalha, e a guerra que estava esperando bem na beira do horizonte de Ítaca, finalmente irromperia com a morte do pai de Odisseu. Então ele ouviu um grasnar de corvo, um bafo cortante com catarro, uma expiração como o vento passando por um esqueleto, e com um sobressalto percebeu que o avô estava rindo. Ele riu da pergunta até que sua risada se transformou em um som catarrento, mas mesmo assim, seus olhos rolavam de diversão e suas mãos tremiam quando ele deu um tapinha na cabeça do neto.

– Os deuses o abençoem, garoto – gargalhou ele. – Que pergunta!

E assim a lua prossegue seu caminho.

Capítulo 12

No palácio, banqueteando-se. Banqueteando-se! Banqueteando-se! É como se nada tivesse acontecido, como se as mortes de todos esses homens não estivessem a um espirro de distância, *mais vinho!* Você, garota, traga-nos vinho!
— Anfínomo, você é tão chato!
— Eurímaco, se você continuar jogando assim, não terá uma túnica nas costas; não, não, eu estou feliz em tirar seu ouro, claro que sim, vamos jogar de novo?
— Então, egípcio. O que é essa "escrita" de que você estava falando?
— Telêmaco não vai aparecer esta noite? Fugiu, foi?
— Telêmaco está visitando o avô, prestando seus respeitos.
— Claro que está, correu de volta para o velho!
Os homens riem, e Penélope dá outro ponto em seu tear.

Outra noite, outro banquete; já é tarde quando Penélope retorna ao quarto.
— Urânia e Sêmele estão lá em cima – sussurra Eos, enquanto os primeiros pretendentes começam a roncar, as caras manchadas de sangue e carne. – Com uma mulher estrangeira.
— Obrigada – murmura Penélope, estalando os dedos, cansada do movimento de trama e tecer. Um pequeno aceno de cabeça, um pequeno giro para um lado e para o outro para aliviar a rigidez. – Boa noite, honrados hóspedes – murmura ela, para o salão fedorento cheio de homens se banqueteando. Ninguém se move diante de sua partida, exceto dois, que a observam com olhos sóbrios e semicerrados.

Apenas uma lâmpada arde no quarto de Penélope. Enquadra três mulheres mais nas sombras do que na luz.
— Olá, majestade – cumprimenta a primeira. Seu cabelo grisalho está preso em uma trança descendo por suas costas, as mãos entrelaçadas descansam tranquilamente em seu colo. Seus olhos são da cor do lápis-lazúli, e ela tem um queixo como a proa de uma trirreme. Seu nome é Urânia e, de maneira um tanto incomum, seu nome é conhecido além das costas de Ítaca, embora nenhum poeta jamais venha a homenageá-la. Nos portos da costa há muitos que dizem: "Ah sim, eu conheço Urânia", ou "Minha nossa, outro primo de Urânia!", pois no decorrer de

muitos anos, ela expandiu seus negócios para todo tipo de comércio e pode tratar da qualidade da lã com tanta facilidade quanto negocia o preço da madeira. Nada disso ela faz para si mesma, é claro. Ela faz isso em nome do marido, ou talvez do pai – talvez do filho. Que homem exatamente ela serve muda com regularidade, mas raras vezes as pessoas sussurram a verdade: ela faz isso por Penélope.

Ao lado dela está Sêmele, filha de mães, mãe de filhas, uma velha fazendeira que ousa definir-se por outra coisa que não um homem. Agora está usando as mesmas roupas que usava quando resgatou Teodora, sempre com a bainha enlameada e uma faca de caça à cintura, vestida da mesma forma no meio do mato e num quarto real. Seus braços estão cruzados na frente do peito, o rosto como a lenha seca que ela corta todos os dias para o fogão. Urânia cheira a manjerona doce, esfregada em pulsos envelhecidos. Sêmele cheira a suor e fumaça. Essas duas, a mercadora e a fazendeira, são uma espécie de conselho para a rainha de Ítaca, como Egípcio, Medon e Pisénor talvez considerem ser para o ausente Odisseu. Elas vão aonde uma rainha enlutada não pode ir, os mensageiros de Urânia espalhados pelos mares ocidentais, as irmãs e amigas de Sêmele presentes em todas as fazendas e aldeias por toda a terra irregular. Por disposição, elas não deveriam ser amigas, e tentaram não gostar uma da outra por um tempo, mas nenhuma das duas conseguiu manter o esforço.

Estas duas mulheres são visitantes frequentes dos aposentos femininos do palácio. A terceira é uma desconhecida.

Observemos essa última criatura, esparramada com os membros relaxados na cadeira favorita de Penélope. Ela lavou a maior parte da lama do rosto e a sujeira endurecida de suas unhas compridas e irregulares, mas isso é o máximo de concessão que fará por estar nos aposentos mais íntimos de uma rainha. Havia um mundo em que ela já teve covinhas encantadoras, um sorriso que fazia todo o seu rosto mudar como as ondas quebrando no oceano. Aquele mundo queimou, oito anos atrás. Seu cabelo fuliginoso está cortado toscamente em uma coroa ao redor da cabeça, o que em muitos lugares a marca como desonrada, embora a única pessoa que ache que ela deveria se sentir assim seja ela mesma. Seus olhos são baixos, da cor da poeira do verão depois da chuva. Ela é pequena para seu povo e compensou seu tamanho mordendo a orelha de um menino que zombou dela, quando ela tinha sete anos e ele nove; e, em outra vez, arrancando os olhos de um que tentou tocá-la de modo impróprio quando ela tinha quatorze anos, pecado pelo qual foi punida apenas com um pouco de severidade, considerando todas as coisas. Ela usa uma túnica rústica de couro desbotado e calças que terminam logo acima dos joelhos, em um estilo que seria escandaloso, caso alguém ousasse declarar escandalosa alguém que carrega tantas lâminas junto ao corpo. Seus sapatos estão amarrados tão altos e apertados na panturrilha, que um ladrão levaria cerca de vinte minutos para tirar cada um, caso tentassem saquear o cadáver dela no campo de batalha. Ela tem quase uma dúzia de cicatrizes, que vão desde golpes leves de treinamento em suas mãos, até os dois cortes em seu braço direito, um abaixo do cotovelo e outro acima, onde a lâmina de um agressor passou por sua guarda. Há também uma cicatriz nas costas que deveria tê-la matado, mas Apolo lembrou que era um deus da medicina naquele dia, o que é anormal para o rapazinho vaidoso.

O nome dela é Priene. Ela está esparramada ao lado da janela aberta, e embora ela não seja do meu povo, esta noite ela pode ser útil para mim e para as minhas.

Penélope, cansada e perturbada por eventos que ainda não sente que é capaz de controlar, pisca um sorriso em seu olhar para a astuta Urânia, acena com a cabeça para Sêmele com seus dedos ásperos e, por fim, sorri de forma muito menos convincente com os lábios para Priene.

– Urânia, Sêmele. Minhas desculpas; deixei-as esperando por muito tempo. Espero que tenham sido devidamente atendidas.

– Suas criadas foram muito atenciosas, como sempre. Ah, e este é o famoso tear? – Urânia levanta-se quando a armação de madeira é trazida por Autônoe e Leaneira, pronta para mais uma noite longe da vista dos homens. – O sudário de Laertes será… intricado, tenho certeza.

Urânia já foi escrava no palácio. Quando o homem que deveria ter zelado pela qualidade do grão relaxou, ela assumiu a tarefa com uma eficiência fora do comum. A liberdade apenas aumentou a eficácia de seus atos, embora não haja um único poeta em toda a Grécia que ouse mencionar tal resultado.

Agora, nesta noite sem luar, em Ítaca, Penélope tira o último alfinete que segura seu véu, lança um olhar para a cadeira que na verdade deveria ser sua, pensa duas vezes antes de desafiar a mulher armada pela posse e, enfim, afunda na ponta de sua cama.

– Quais são as notícias do exterior? – finalmente, pergunta.

– Muitas notícias diferentes, dependendo de a quem se pergunta. Há rumores de problemas em Micenas. Alguma confusão entre Agamêmnon e a esposa.

– Sempre há confusão entre Agamêmnon e Clitemnestra; eles nunca foram mais felizes do que quando estavam separados.

– Eu tenho um primo… – Urânia tem muitos primos do outro lado do mar Egeu, alguns mais parentes que outros – que dizem que quando Agamêmnon desembarcou do navio, a primeira coisa que fez foi colocar suas concubinas troianas nos antigos aposentos da esposa.

– Pergunto-me, onde Clitemnestra colocou o amante?

– Tenho certeza que em algum lugar seguro. Ela se divertiu muito exercendo o poder, enquanto o marido estava saqueando os mares do sul. Ela emitiu decretos, aprovou leis, puniu inimigos...

– Isso é o que uma rainha deve fazer, sabe.

– Ah, claro. Que tolice a minha esquecer.

Os lábios de Penélope se contraem. Ela se inclina para trás apoiada nos cotovelos dobrados, virando o pescoço para trás e de um lado para o outro, os olhos semicerrados sob o caramanchão da oliveira da qual o próprio quarto e a cama em que descansa foram talhados.

– Pisénor está reunindo uma milícia de homens.

Pela primeira vez, vem um pequeno som da mulher, Priene. É um ronco de desprezo. Não é um ronco sutil. Não é uma pequena tentativa feminina de engolir uma risada comprometedora. É um verdadeiro farejar de porco, puxar de ranho de diversão à custa de outra pessoa. Penélope se ergue um pouco mais, olhando para a mulher com uma sobrancelha elevada.

– Priene, sim? Seu nome é... Priene?

Priene dá de ombros. Ela perdeu o interesse no próprio nome há muitos anos.

– Se eu lhe dissesse que um exército de meninos, criados sem pais, está se armando, agora mesmo, com os últimos farrapos de armadura e lança que temos nestas ilhas, para lutar contra os ilírios diante do mar noturno, o que você diria? – Outro ronco, esse apenas um pouco menos intenso que o primeiro, porque Priene usou tanto de sua acidez na primeira resposta a toda a situação risível. – Meu filho vai ser um deles. Ele está muito ansioso para ser um herói.

– Somente soldados têm suas gargantas cortadas por ilírios – responde Priene. – Para ser um herói, é necessário ser morto por um herói.

– Tentei explicar isso a ele, mas nos últimos anos... – Penélope suspira. Há coisas nisso que ela, que se orgulha de certa transparência, não disse em voz alta nem para a sombra empoeirada do próprio rosto no espelho de bronze. – Eu tenho um problema, Priene. Urânia acha que você pode me ajudar. Minhas ilhas estão sendo atacadas por homens que se vestem como ilírios, porém, matam como gregos. Eles atacaram Lêucade há dois meses, depois Fenera, na própria Ítaca. Vêm quando há luar sobre a água. Eles vêm cedo demais, para ilírios que navegaram de volta para casa e retornaram a tempo, desde a última vez que vieram. Eles vêm na hora certa para me pressionar a me casar com alguém que seja capaz de proteger meu litoral. Atacaram um assentamento, cuja principal ocupação e negócio era contrabando. Um itacense saberia disso, é claro, ou alguém que reside há algum tempo na minha ilha. Mas um ilírio? Será que um ilírio realmente saberia quais os segredos Fenera guardava? Esse é meu problema.

– Você tem muitos problemas, rainha.

Penélope quase ri, as mãos pressionando brevemente os olhos. Ela está cansada; tão cansada.

– Sim. Sim, eu tenho. Meu filho vai se juntar a uma milícia comandada por pelo menos dois homens que querem matá-lo, um que não se importa e outro que não é capaz de segurar um escudo. Ele vai ficar andando emburrado pela costa à procura de piratas, e quando eles vierem, vão matá-lo. Minhas terras serão incendiadas, meus súditos serão levados como escravos, e mesmo o perigo, o perigo bem pequeno, de que meu marido esteja vivo não manterá afastados por mais tempo os homens que dizem que devo me casar. Ou escolho um marido capaz de reunir tropas e vencer uma guerra civil, ou deixo as ilhas ocidentais caírem no caos, e nesse caso Menelau ficará muito contente em aparecer como nosso salvador heroico e duradouro. Nenhuma dessas opções é aceitável. Então eu preciso matar alguns piratas.

Priene dá de ombros.

– Você é uma rainha. Esse é o seu trabalho.

– Não. Meu trabalho é ansiar pelo meu marido e sair do caminho do meu filho.

– Então sua ilha vai arder.

– Você sabe como Ítaca sobreviveu nesses últimos dezoito anos? – Priene não sabe; Priene não se importa. – Quem traz a lenha? Quem mantém os lobos a distância? Quem caça o javali, monta armadilhas na floresta, constrói muros quando a tempestade vem do oeste? Quem restou, quando meu marido levou os homens para Troia, para fazer tudo isso?

Priene não responde, mas seu rosto também não se agita com o costumeiro desprezo. Seus olhos relanceiam para Sêmele, rachada como madeira flutuante ao lado de Urânia, depois se desviam de novo. Priene está tão, tão longe de casa, daquelas terras distantes, onde uma vez Pentesileia reuniu suas mulheres guerreiras do alto da carruagem com presas. Ela nunca pode retornar.

– Caçadoras não são guerreiras – por fim, ela responde. – Não se esfola um grego como se esfola um coelho.

– Não. Mas vivemos em uma ilha de lobos, não de coelhos – reflete Penélope.
– Uma mulher, pouco mais que uma garota, na verdade, perguntou qual era minha

serventia como rainha. Não faço declarações públicas, raras vezes mostro meu rosto, mantenho-me modestamente longe das vozes dos homens. E, no entanto, sou a rainha e defenderei meu reino. Entende, Priene?

Priene suga os lábios, os estufa, dobra os joelhos, depois se estica, depois se enrola em torno daquela velha cicatriz nas costas, estremece e, finalmente, senta-se ereta.

– Eu não trabalho para gregos.

– Então por que está aqui?

– Às vezes, gregos me pagam para matar gregos.

– Priene, creio que estou oferecendo exatamente isso. Dizem-me que na sua tribo as mulheres lutam igual aos homens. Que sua rainha...

– Não fale o nome dela! – Sua voz é alta o suficiente para que no corredor do lado de fora as empregadas se remexam, os olhares se encontrando, deviam entrar? Deviam pedir ajuda? Suas instruções eram claras, mas Penélope gosta de um pouco de iniciativa quando a morte está em jogo.

Urânia é uma rocha, algo que mal respira. Sêmele tem uma faca no cinto, mas seus braços cruzados não se mexem. Penélope solta um suspiro cuidadoso.

– Peço desculpas. Ouvi dizer que ela era corajosa, honrada e sábia. Mas preciso de um exército que lute sem honra. No leste, seu povo é temido. No oeste, sabe-se que Ítaca é defendida por viúvas e filhas de homens que nunca voltaram para casa, todos os mercenários daqui até a corte de Minos virão para nossas praias. Meu filho pode ter sua armadura e seu heroísmo se realmente os deseja. Entretanto, eu preciso vencer. As mulheres já estão se reunindo. Elas se encontram na floresta acima do templo de Ártemis, mas são, como você diz, caçadoras, não guerreiras. Eu preciso que sejam ambas. Você poderia me ajudar?

No leste, na tribo do povo de Priene, há uma deusa vestida de chamas douradas, guardiã da lareira sagrada. Eu a vi uma vez, fazendo o fogo arder nas águas calmas do rio, enquanto ao redor dela homens se vestiam com roupas de mulher para se ajoelhar e oferecer sacrifícios sanguinolentos em seu nome. Havia deuses menores atrás dela, Papaios e Thagimasidas, Api e Oitosyros, todos haviam vindo prestar sua homenagem; ela, porém... ela estava acima de todos eles, pegando a aurora do vale em sua mão rubra. Escondi meu rosto de seu olhar e fugi de volta para o Olimpo, antes que ela pudesse me ver e ver em meus olhos minha inveja e meu desespero.

A rainha de Priene está morta e ela jurou não reconhecer outra. Mas neste momento, ela se surpreende ao descobrir que está considerando o problema disposto diante dela, lábios contraídos e dedos ainda ao seu lado. Afinal, ela se levanta, acena uma vez para Penélope, acena um pouco mais para Urânia, para Sêmele, pensa ter visto algo familiar nos olhos da velha caçadora.

– Em dois dias – ela declara –, terá minha resposta.

Então, talvez, por não se sentir à vontade com o rugido das vozes lá embaixo ou com o toque dos ouvidos das servas na porta, ela vai até a janela e sai por ali como se fosse a coisa mais natural e civilizada do mundo.

Capítulo 13

Consideremos um garoto que definitivamente não é um homem. Telêmaco.

Todo amanhecer ele se retira para este lugar, afastado do palácio, em uma trilha enlameada que cheira a merda de porco. A fazenda tecnicamente é dele, ou pelo menos, de seu pai; a distinção é um pouco vaga. Ela é guardada por Eumeu, o porqueiro de Odisseu, um homem vendido quando criança, comprado como escravo e nunca liberto por completo, porque nunca lhe foi dado considerar a mais tênue ideia de liberdade, nem dado a seus senhores considerá-la de forma alguma.

Há porcos cochilando dentro da casa. Ainda há o último cinza da noite pendurado como teia de aranha no dia. Há um dardo, uma espada, um escudo, uma lança. Há um homem feito de palha apoiado em uma parede. Às vezes, há o arco de seu pai, roubado do arsenal, que ele arfou, suou e se esforçou tentando encordoar a coisa triplamente maldita, mas sem sucesso. Hoje em dia, ele o rouba com menos frequência e, quando o faz, é um sinal de vergonha.

Telêmaco é um garoto, mas com certeza aspira ser um homem, claro que o faz. Todo menino de Ítaca, ao completar doze anos, está convencido de que é Aquiles renascido. Claro, se ele não tivesse morrido em Troia, Aquiles teria sido apenas um chorão, filhinho da mamãe, que se vestia de menina para evitar ser convocado para a batalha; mas não há nada como uma guerra realmente boa, um ou dois massacres decentes, para chamar a atenção dos poetas.

Ocorreu a Telêmaco, em um de seus momentos mais perspicazes – e, para ser justa com o rapaz, ele tem alguns – que ele precisará participar, ou possivelmente arquitetar, uma guerra verdadeiramente espetacular para entrar na história, se quiser ser lembrado. Um verdadeiro genocídio, talvez pontuado por um vulcão ou um terremoto, pelo menos 50 mil mortos anônimos e meia dúzia de verdadeiros heróis também.

Talvez algum dia ele venha a ser um homem bom o bastante para perceber que essa é uma métrica terrível para o valor. Neste momento, sendo, como é, apenas um fedelho com uma lança, sua bússola moral flutua.

Ele treina com a espada e o dardo em homens de palha. Às vezes, alguns soldados – antigos itacenses, velhos demais para erguer um escudo mesmo quando Odisseu partiu, ou aquela meia dúzia de homens de confiança que gostavam de peixe o suficiente para se estabelecer nesta ilha – treinam com ele. Ele é razoavelmente competente. Tem alguns amigos, garotos de sua idade. Eles se tornaram seus amigos impressionados com o nome de seu pai, mas é bom ver que a maioria ficou por perto por lealdade pessoal a Telêmaco, que, embora seja uma companhia um pouco maçante, pelo menos é fiel a seus companheiros. Ele acha que, se convocasse todos os seus aliados em Ítaca, Cefalônia, Zaquintos e a meia dúzia de ilhas menores que polvilham os domínios de seu pai, ele pode reunir oitenta lanças.

Ele apunhala um espantalho, que não resiste.

Oitenta lanças.

Seria suficiente para matar os pretendentes. Especialmente se os pegasse de surpresa. Caso trancasse a porta do arsenal, atacasse-os enquanto estivessem bêbados. Seria suficiente. Reunir tantos homens em segredo seria difícil, mas se ele fosse inteligente, igual ao pai; se fosse sábio…

Thuack – ele enterra a lâmina em um pescoço de palha, que sangra um pouco de feno, mas não se opõe de outra forma.

Às vezes, quando o dever o obriga a olhar Antínoo nos olhos, ele faz um jogo de imaginar exatamente como matará esse pretendente, apenas um pouco mais velho que ele mesmo, que se oferece para ser seu padrasto. Esse exercício lhe permite manter contato visual, educadamente, como se não estivesse calculando o melhor ângulo para enfiar uma lâmina entre suas costelas.

Thuack – ele torce a espada em uma tripa de palha. Certa vez, ouviu um velho soldado dizer que lutar limpo era para tolos. Primeiro, você sobrevive. Depois, você inventa a história de como o fez.

Uma voz diz:

– Hum, com licença, eu acho… Ah.

Ele se vira, espada em punho, pronto para lutar, pronto para matar, alguém invadiu seu santuário e ele está…

Mas o homem atrás dele não está armado. Ele sorri, um pouco envergonhado, levanta as mãos de forma apaziguadora, diz:

– Desculpe. Ouvi o som de armas e pensei… mas não quis perturbar sua paz.

– Egípcio – bufa Telêmaco, abaixando a lâmina, um rubor de vergonha surgindo, indesejado como sempre, em suas bochechas rosadas. – Quero dizer… Kenamon, sim? Por que está aqui?

– Eu estava caminhando. Tenho tentado explorar todas as trilhas que consigo encontrar, partindo do palácio, para aprender algo sobre esta ilha. Como eu disse, ouvi o som de uma espada golpeando, inconfundível, e pensei... Mas este é claramente um lugar privado. Desculpe-me. Vou me retirar.

A porta do casebre se abre meio centímetro, deixando sair o cheiro de porco. Eumeu está com um olho na abertura, sem coragem para sair, mas sem astúcia bastante para ficar escondido lá dentro. O porqueiro de Odisseu sempre foi mais leal do que sábio. Kenamon se vira para sair, sua capa pendurada no ombro de uma maneira, observa Telêmaco, que pode facilitar alcançar e puxar uma lâmina, caso ele precise – interessante, isso é algo que um homem faria –, e, enquanto ele se afasta, Telêmaco o chama.

– Por favor, não está me incomodando. Por favor. – Ele deixa a espada de lado, embora não saiba exatamente por que o gesto é necessário, e se afasta um pouco do cheiro de porco. – Devo-lhe... um agradecimento... por ontem à noite.

O rapaz está envergonhado, tão, tão envergonhado que quer se encolher e chorar ao lembrar, mas Telêmaco será um homem, e homens são honestos, enfrentam seus medos e reconhecem outros homens quando são dignos.

– Eu sou novo aqui. – Kenamon sorri. – Pensei que talvez tivesse entendido mal o costume do banquete.

Telêmaco se aproxima do egípcio, observando agora tudo sobre sua postura, seu equilíbrio. Joelhos relaxados, prontos para se mover; pés plantados, de alguma forma, ao mesmo tempo, firmes e leves – como ele faz isso?

– É uma vergonha para nós quando um estrangeiro é mais cortês do que alguns gregos. Mas talvez precisemos de um recém-chegado para nos recordar o valor das coisas com as quais nos acostumamos?

– Sei que um homem não aprecia o que tem em casa até que esteja longe dela.

Telêmaco está mordiscando o lábio inferior e se força a parar imediatamente, para travar um sorriso no lugar.

– Se você está explorando os caminhos desta ilha, talvez eu possa lhe mostrar alguns dos lugares mais agradáveis. Pouquíssimos pretendentes deixam os limites da cidade, mas há cachoeiras e riachos, altas colinas com excelentes vistas que talvez aliviem a dor de estar tão longe de sua terra natal.

– Eu apreciaria muito, mas não quero causar incômodo.

– Não é incômodo algum. Você é meu hóspede; eu sou seu anfitrião. Por favor, caminhe comigo.

Eles caminham em silêncio por algum tempo, subindo em direção ao som de um riacho, uma tigela de pedra escavada, as árvores afastando o calor do dia nascente. Às vezes, Kenamon pergunta como se chama isso ou aquilo, ou qual é o som desse pássaro em particular que canta em um galho acinzentado? E Telêmaco responde o melhor que pode, e avisa que há animais selvagens, e Kenamon pergunta:

– Quem os caça, já que os homens se foram?

E Telêmaco percebe que só pode haver realmente uma resposta para essa pergunta, porém, ele mesmo nunca se deu ao trabalho de perguntá-la até agora.

E ocorre a Telêmaco que Kenamon deve ter a idade de seu pai, ou talvez fosse alguns anos mais novo. Ele já viu homens dessa idade antes, é claro, mas quase nunca vagou pela floresta matinal com um.

Eles abrem caminho através de um bosque de pinheiros até o topo da cachoeira, que despenca ruidosa o bastante para abafar a fala, e Kenamon ri e grita acima do rugido que ele nunca viu coisa igual, e que no Egito a única água que faz um som igual são as grandes corredeiras do extremo sul, onde a terra se divide em mil ilhas flutuantes de verde intransponível.

Então, escalam um pouco mais, acima das árvores, até as pedras esbranquiçadas pelo sol que coroam o morro mais alto, e olham na direção do mar, o sol cintilando e refletindo nas águas espelhadas, e Telêmaco pergunta aquilo que estava doido para saber:

– Você era um soldado?

– Sim, eu era.

– Você lutou em batalhas?

– Não em confrontos como suas grandes batalhas de Troia, se é isso que você quer dizer. Mas lutei em escaramuças sangrentas no sul, em lutas noturnas e lama vermelha.

– Vou lutar em uma batalha em breve – reflete Telêmaco. – Para defender o que é meu.

– Contra quem? Não os pretendentes, espero?

O rapaz nega com um gesto da cabeça, embora claro que sim, é claro, um dia: sim.

– Há saqueadores, atacando nossa terra. Juntei-me à milícia.

– Ah, isso é bom. Você sabe lutar? – A pergunta é uma piada, mas a mudança na expressão de Telêmaco murcha até o sorriso fácil de Kenamon. O egípcio engole em seco, estende a mão, se contém antes de tocar o braço do jovem, vira-se para o céu, depois volta o olhar para o mar. Pensa que vai dizer alguma coisa e, em vez disso, diz: – O que é aquilo?

Telêmaco segue seu olhar, até o horizonte flutuante. Há três velas pretas na água, vindo do leste. Ele se levanta imediatamente do assento no topo do seu – de seu pai – seu – *deste* reino, e declara:

– Tenho que ir. – E corre em direção ao palácio e ao mar.

Capítulo 14

Penélope está contando carneiros com Leaneira quando chega o chamado. Ela passou boa parte de sua vida contando um ou outro tipo de animal. Sem o suprimento regular de escravos e saque que os reis fornecem, ela foi forçada a dedicar suas energias em ocupações menos elegantes, tais como agricultura, manufatura e comércio. Ninguém leva essas coisas a sério, é claro, mas se ninguém as leva a sério, ninguém de fato tem uma clara noção dos lucros que podem estar à disposição de uma rainha astuta com um bom olho para um belo casco.

– Minha rainha! – É Phiobe quem chega, sem fôlego, do porto. Pouquíssimas das servas de Penélope se dirigem a ela como "minha rainha", a menos que haja uma ocasião pública embaraçosa que precise de um pouco de animação, ou o assunto seja sério demais para respirar respeitosamente. – Velas pretas!

– Quantos navios? – Penélope pergunta, deixando sua contagem de lado no mesmo instante. E no mesmo fôlego: – Leaneira, meu véu.

Leaneira corre para dentro, para buscar tudo que é necessário à modéstia de uma viúva, enquanto Phiobe diz sem ar:

– Três, do leste, remando com força.

– Vá chamar Eos, então envie Autônoe para reunir meu conselho e os homens à nossa disposição. Onde está meu filho?

– Eu, hum... – Phiobe não sabe, e está sem fôlego demais para encontrar alguma desculpa. Penélope descarta a pergunta com um aceno de mão.

– Mande uma mensagem para Sêmele, avise-a; e depois Urânia, diga a ela para preparar meu barco. Vá!

Phiobe sai correndo quando Leaneira retorna, véu na mão.

– Velas pretas? – ela murmura, enquanto sua senhora ajusta o tecido sobre a testa.

– Nunca são algo bom – responde Penélope. – E três navios são mais do que se enviaria apenas para trazer más notícias.

– Poderia ser seu marido?

A resposta de Penélope fica presa por um momento em sua garganta. Que estranho, ela pensa, nem sequer lhe ocorrera que a resposta poderia ser sim. Mas não, um sacudir de cabeça.

– Ele não voltaria para Ítaca sob velas negras. Notícias dele... talvez. As pessoas vão especular. Mas caso assim seja, precisamos ser as primeiras a recebê-las e tentar salvar o que pudermos. Venha, não podemos deixar Pólibo ou Eupites chegarem antes de nós ao mensageiro.

Pólibo e Eupites já estão no cais quando Penélope chega. Seus filhos, Eurímaco e Antínoo, são arrancados de suas camas e instruídos a se fazerem apresentáveis. O próximo é Andraemon, com seu servo Minta de olhos escuros, encolhido em um manto baixo contra o sal da brisa do mar; em seguida, Anfínomo e mais uma dúzia de pretendentes. Telêmaco chega em um trote ofegante, percebe que é desse modo que está aparecendo e diminui a velocidade, tentando tornar seu galope em algo mais próximo de uma caminhada majestosa ao entrar na multidão crescente.

Penélope chega ladeada por seis de suas criadas e seis de seus guardas mais leais, Medon a acompanha para demonstrar alguma aparência de autoridade masculina. Se ela não pode fazer uma aparição rápida, ela pode pelo menos fazer uma aparição grandiosa. Todas as suas criadas usam véus, um sinal de respeito preventivo a qualquer mensagem sombria que as velas negras que se aproximam pressagiam.

Todos estão lá antes dos navios, é claro. O resultado é fantasticamente tedioso. O porto de Ítaca é movimentado no pior dos momentos, e ouve-se muitos "um pouco para a esquerda, um pouco para a direita, cuidado com os remos!" no cais elevado e torto. Manobrar três belos navios com velas cor de ébano no pequeno porto é tão monótono que o velho Pólibo, que se cansa com facilidade, pede uma cadeira, e para não ficar para trás, Eupites faz o mesmo, deixando apenas Penélope e sua comitiva em pé com qualquer coisa próxima à dignidade.

As mulheres estão gratas por seus véus. Elas podem deixar seus rostos tomarem expressões de extremo tédio, sem a pressão de manter as carrancas sombrias de profunda seriedade com as quais Telêmaco e os homens estão sofrendo nesse momento, ou os sorrisos educados de boas-vindas que podem se tornar necessários nos próximos momentos. De certa forma, Penélope também está grata pelo tempo que leva para atracar os navios, pois isso lhe dá a chance de considerar diversos cenários que podem estar prestes a se desenrolar. Apenas um deles diz respeito ao marido: que esses navios vieram para informá-la de sua morte final e confirmada. Ela espera que eles não tenham trazido um corpo. Um corpo a forçará a passar muitas horas em público chorando em cima do que, quase com certeza, será uma coisa bastante grotesca, em especial, caso ele tenha se afogado. A necessária exibição de dor irá roubar-lhe o tempo precioso que deverá ser passado agindo em particular e depressa.

A menos de uma hora de caminhada, em uma pequena curva da ilha onde a areia encontra o mar, Urânia e suas servas preparam um navio de uma dúzia de remos para levar Penélope e o filho embora em segurança. Penélope não sabe se vai precisar, e esta não é a primeira vez que o alarme soa, mas é melhor estar preparada para o pior.

Quando o primeiro grande navio de preto está atracado, ninguém desembarca. Isso é frustrante por dois motivos. Em primeiro lugar, força a multidão que espera a esperar um pouco mais, aqueles olhares de profunda seriedade realmente começando a pesar nos rostos descobertos dos homens. Em segundo lugar, há uma indicação, uma indicação não muito agradável, de que em um dos outros navios há dignitários considerados importantes o suficiente, para que seus cúmplices esperem educadamente no convés pelo desembarque desses dignitários. Isso torna toda esta situação mais significativa. O melhor cenário será algum rei de menor importância, enviado para acrescentar peso a uma declaração de Menelau ou de Agamêmnon. Talvez Pisístrato, filho de Nestor, ou o próprio Nestor. O velho poderia considerar aparecer em pessoa, caso Odisseu estivesse morto; ele tem aquele senso de pompa. Se for Nestor, pode ser útil; ninguém vai começar uma guerra civil com o reverenciado velho, amado aliado de Odisseu, ao lado de Penélope, e é provável que não ocorra a ele tentar anexar Ítaca de imediato. Talvez ela tenha que casar Telêmaco com uma das filhas de Nestor – Epicaste parece boa, ela gosta de um pouco de poesia –, mas é um preço pequeno a pagar para manter as ilhas.

Então observe de novo e há motivos na proa do navio – alguns touros e alguns leões – que não parecem ser o estilo de Nestor. Ali nos escudos dos homens de pé no convés do maior navio, ela já viu esse desenho antes, quando homens de Micenas vieram para levar seu marido para a guerra. Ah, Penélope, ela está com essa sensação doentia, pesando na barriga…

O maior navio é amarrado ao cais de madeira, uma corneta de chifre soa, uma explosão de ar monótona saída de osso branco com bordas de bronze. Alguns soldados desembarcam primeiro para flanquear sua carga preciosa. Penélope vê duas figuras entrarem no círculo de homens, uma vestida com mantos de estadista farfalhando à brisa do mar, a outra com uma túnica cinzenta tosca, com cinzas na testa. Elas se aproximam em um ritmo tão sombrio, tão deprimentemente lento, que até mesmo o mais severo dos espectadores na multidão sente sua bexiga se apertar com a necessidade de andar logo com isso, *andem logo com isso!*

Penélope é a primeira a reconhecê-los, a primeira a dar um passo à frente e cumprimentá-los. Ela faz uma vênia mais profunda do que de fato necessário, pois é a rainha desta ilha, mas é um bom hábito, para uma monarca enlutada de uma nação menor, demonstrar uma boa dose de mansidão cedo. Os homens que se aproximavam param; as duas figuras no meio avançam para cumprimentá-la.

– Nobre Orestes, gentil Electra, honrados filhos de Agamêmnon – cumprimenta ela, as palavras saindo neutras e baixas, enquanto sua mente repassa as possibilidades, nenhuma delas boa. – Entre todos os gregos, são muito bem-vindos a Ítaca.

Posso fazer uma lista dos dez rostos menos bem-vindos de todas as ilhas que Penélope poderia ter recebido em sua praia, e é meu pronunciamento onipotente e infalível que Orestes e Electra ocupam o nono e o sexto lugar, respectivamente. Isso não será prestes a ser alterado por suas palavras ou ações, pois eis que Electra passou cinzas do alto de sua cabeça, até embaixo do queixo com dois dedos, sujou as unhas com fuligem, esfregou cinzas nos cabelos. Ela deve ter mantido um pequeno fogareiro no navio – extremamente perigoso – para manter o visual tão fresco, pensa Penélope. Ou talvez ela carregue uma caixa de carvão – isso seria mais sensato – polvilhado com um pouco de cera de abelha para servir de fixador. Se Penélope fosse passar seus dias em alto mar sendo atingida pela água salgada, ela com certeza iria querer adulterar suas oferendas queimadas com algo para mantê-las no lugar.

Orestes não escolheu o mesmo visual, mas seria indigno para um homem ser tão sentimental quanto a irmã. Em vez disso, com a mão no punho de sua espada – a espada do pai? –, ele entoa com uma voz pouco mais viva que a de Penélope:

– Obrigado, nobre esposa de Odisseu. Mas não somos mais filhos de Agamêmnon. Nosso pai está morto.

Capítulo 15

Foi assim que Agamêmnon, o maior de todos os gregos, o rei mais poderoso do oriente e do ocidente, conquistador de Troia, senhor de Micenas, morreu.

– Vadia desgraçada, vadia desgraçada, venha aqui, sua vagabunda, sua puta, você... venha *aqui*! Quando eu pegar você, eu vou...

Uma das desvantagens de um palácio bem decorado com mármore branco e detalhes dourados é que suas palavras podem ecoar estrondosamente pelos corredores. Escravos desviam o rosto; cortesãos correm para as sombras, conforme o rei passa. Contudo, até mesmo na grande corte de Micenas, mais cedo ou mais tarde, não há para onde correr.

Depois, quando ele havia agarrado a esposa pelo pescoço e deixado seus sentimentos claros para ela, ela se lavava, e vendo os cabelos empurrados para trás, molhados em volta de seu rosto, ele disse:

– Você parece uma merda de...

O restante da frase foi interrompido pela lâmina que a esposa enfiou em sua traqueia e atravessando até o outro lado de seu pescoço. Ele ficou parado por um momento, seu peso sustentado pelo impulso para cima dos braços dela, ainda agarrados à lâmina que o silenciou. Então o peso dele, engordado por carnes e inchado por vinho tinto, ficou-se demais para ela aguentar, e ela largou a lâmina e ele caiu sangrando no chão.

É claro que, quando os poetas o contam, ou acrescentam certo toque artístico – ele estava na banheira; ele estava sendo acariciado pelo toque sensual de sua esposa no momento da traição estranhamente sexualizada; ele foi morto pelo amante de Clitemnestra, pois os homens são muito mais confiáveis nesse tipo de coisa; ele estava examinando as riquezas que havia saqueado de Troia e de alguns outros lugares além. Se sua embriaguez é mencionada, é como algo que o coloca em um torpor manso, pois se aceitarmos por um momento que uma mulher – uma *mulher!* – seja capaz de matar o conquistador de Troia, o assassino de Príamo e de todos os seus parentes, então certamente, é claro, Agamêmnon tinha que estar um pouco bêbado. Uma embriaguez que o deixava semelhante a um cordeiro, gentil e submisso, em vez do ser irascível que na verdade era.

Eu assisti à sua morte do alto, bem como muitos dos deuses. Até meu marido Zeus, que sempre teve um fraco por homens indisciplinados, simplesmente resmungou e desviou o olhar. Embora Agamêmnon já tenha sido amado e abençoado, agora não havia um deus no Olimpo que não sentisse que essa história toda tinha sido um pouco demais. Assim sendo, nenhum milagre aconteceu, nenhum sinal foi visto, nenhuma misericórdia foi lançada. Apenas a faca da esposa atravessada em sua garganta, e um corpo meio despido, amolecido no chão.

No palácio de Odisseu, Pílades, irmão de juramento e servo de Orestes, conta uma versão um pouco diferente, enquanto os filhos pálidos de Agamêmnon sentam-se no lugar de honra e escutam. Até os pretendentes ficam desanimados e silenciosos enquanto o micênico relata a história de uma rainha tirana enlouquecida pela luxúria e pelo poder. Pela traição das mulheres, pela traição e grotesca barbárie da selvagem Clitemnestra – *uma praga sobre as mulheres traiçoeiras!* ele berra.

Em Micenas, em Feneu, até mesmo em Olímpia, essa declaração não produziu nada além de gritos de aclamação e louvor estrondoso. Uma praga sobre as mulheres traiçoeiras, mulheres traiçoeiras!

Em Ítaca, faz-se silêncio absoluto. Até o mais tolo dos pretendentes fica calado, os pensamentos correndo.

Penélope senta-se um pouco afastada de seus importantes convidados, escondida atrás de seu véu, que mal se agita com a perturbação da respiração.

Todos os homens fazem fila para derramar suas libações no fogo. Não foram avisados desse ato, então terão que correr para casa mais tarde, para encontrar sacrifícios apropriados que possam ser vistos queimando, em público, no altar sagrado. Mas, até mesmo na morte, Penélope é uma boa anfitriã, e ordenou que cada homem recebesse um punhado de grãos e uma taça de vinho dos depósitos do palácio, distribuídos pelas criadas com discrição, enquanto Pílades fazia seu discurso, para que nenhum homem que se levantasse estivesse despreparado para demonstrar sua devoção ao grande rei assassinado.

Até Kenamon, cujos costumes não são deste lugar, faz como observa os outros fazerem e derrama suas libações aos pés da cinzenta Electra, de Orestes de rosto rígido, filhos do monarca morto, e murmura uma prece breve; embora não saiba que deus poderia cuidar do coração de um homem como Agamêmnon.

Não haverá banquete naquela noite, nem nas próximas sete noites, e Penélope, de sua parte, está tanto aliviada quanto preocupada com essa reviravolta. Um alívio de sete noites será uma bênção para sua casa; porém, mais uma vez, para onde os pretendentes irão, o que eles farão, se ela não estiver lá para observá-los?

Orestes diz algumas poucas palavras, palavras de vingança e sangue.

Electra não fala nada, mas segura a mão dele quando ele volta para a cadeira, aperta com tanta força que Penélope pensa que consegue ver o sangue saindo dos dedos dele, deixando apenas carne pálida, fria, embora Orestes, se percebe, parece não se importar.

Os filhos de Agamêmnon recebem os melhores aposentos do palácio. Não o quarto de Odisseu, é claro, isso seria um sacrilégio; mas os aposentos do próprio velho Laertes e de sua falecida esposa, Anticlea. Talvez fosse apropriado que a primeira mulher a dormir na cama empoeirada da mãe seja a filha de um rei morto.

Penélope pega Telêmaco pelo braço quando ele passa por ela no corredor.

– Fique próximo a Orestes – ela sussurra, mas solta o braço.

– Não preciso que me diga o que fazer, mãe.

– Ele será o homem mais poderoso da Grécia, agora que o pai está morto. Você precisa do apoio dele.

– Ele é meu primo. Não preciso... de truques de mulheres... – Telêmaco tropeça nas palavras, tentando encontrar aquelas que expressam todo seu desprezo por essas maquinações de corredor dos fundos. – Nós compartilhamos sangue e honra.

– Neste momento, a mãe daquele rapaz acabou de matar o pai dele. O pai matou a irmã dele. O tio dele anseia pelo trono micênico. Em nome de Atena, pense antes de falar.

Telêmaco se vira e, embora seja forçado a se afastar na direção oposta à qual de fato desejava ir; é a única direção em que pode seguir para ressaltar o gesto de dar as costas à mãe, enquanto caminha pelo corredor.

Mais tarde, depois que ela se foi, ele retorna sorrateiramente, por onde veio, para não estragar o efeito.

Eos está ao lado de Penélope, no quarto de madeira de oliveira e lençóis frios desta, e segue seu olhar até o mar.

– E agora? – ela apenas pergunta.

– Hum?

– O que devemos fazer agora?

– Eu não sei.

– Você precisa do navio? Devemos fugir?

– Ainda não. Talvez. Ainda não. Preciso pensar. Isso muda tudo. O medo de Agamêmnon era a única coisa que continha os príncipes da Grécia. A menos que Orestes consiga assegurar o trono, o único rei capaz de manter a paz é Menelau, e ele é…

E Menelau? Ele está ouvindo a notícia da morte do irmão, uma perna jogada sobre o braço de seu trono dourado, uma mão brincando no cabelo macio de sua esposa, Helena, enquanto ela está ajoelhada a seus pés. Ele faz um aceno vago com a cabeça, enquanto a notícia é dada, e suga o lábio inferior, não chora, não franze a testa e não ri alto, apenas diz quando termina: "E onde está o jovem Orestes agora?" Dessa forma, a notícia chega a Esparta.

Em Ítaca, Eos volta seu olhar para o chão.

– Você achou que era Odisseu, quando viu as velas?

– Era uma possibilidade.

– Teve esperança?

– Esperança? – A palavra é estranha na língua de Penélope, uma ideia curiosa.

– Que meu marido estivesse morto?

– Ou que ele estivesse vivo?

Cada vez mais estranho! De todas as possibilidades que havia considerado, o que fazer se Odisseu estivesse vivo não havia sido uma delas. A revelação é brevemente engraçada, brevemente triste, mas essa estranha dança de emoções dura apenas um momento, e o franzir de sua testa a fará envelhecer antes do tempo.

– Não. Eu não tive esperança.

Uma batida suave à porta: Autônoe, seu véu puxado para trás apenas um pouco, enquanto ela está neste espaço privado. Todas as criadas que são vistas em público estarão veladas por sete dias, ou se não houver véus suficientes para todas, elas passarão cinzas em suas testas, com um algo a mais nelas, para não terem que, também, perder muito tempo renovando constantemente o visual piedoso.

– A senhora Electra pede para falar com você – murmura ela, a voz pesada com advertência. Nela não há tristeza pela morte de um rei, apenas por tudo o que deve ocorrer em seguida.

Capítulo 16

Há apenas uma lâmpada acesa no quarto de Electra – o quarto que pertencera à mãe de Odisseu. Lança sombras dançantes em uma parede, permite que a escuridão de Hades se infiltre fundo nos cantos. Odisseu encontrou o fantasma de sua mãe às margens do Estige há quase cinco anos. Ela chupou o sangue da ponta dos dedos dele, os olhos vazios vendo apenas o licor escarlate que ele lhe oferecia, até que, finalmente, um pouco nutrida, sua língua agitada voltou a crescer no buraco de seu crânio, e ela se pronunciou sobre questões de sofrimento e dos mortos.

Penélope não sabe disso, é claro, e todos aqueles que viajaram com Odisseu para a terra dos perdidos, agora são, eles mesmos, fantasmas ocos, vagando por campos de trigo enegrecido; mas neste lugar, nesta noite, ela pensa sentir o beijo dos falecidos em seu pescoço, e se pergunta se é o marido.

Electra ainda usa suas cinzas. Há um comprometimento nisso que Penélope ao mesmo tempo não gosta e é forçada a respeitar. A filha de Agamêmnon é alguns anos mais velha que Telêmaco, mas ainda solteira; esperando, ela sempre dissera, que seu pai escolha um homem e lhe dê sua bênção. Embora ela compartilhe um pouco de sangue com Helena, não haverá murais dedicados à sua beleza pintados nas paredes de qualquer palácio. O nariz de falcão do pai e o queixo teimoso da mãe se combinaram para dar a ela um perfil parecido com metal dobrado. Seus cabelos são cachos rígidos, estreitos demais para estarem na moda, grossos demais para serem controlados. Seus olhos são enormes em seu rosto, porém, enquanto os poetas declaram que há uma sinceridade encantadora no olhar lunar do irmão, em Electra o movimento de sua cabeça é o virar do falcão, caçando, absorvendo a luz como se toda alma não passasse de um coelho trêmulo diante de seu olhar. O pai também tinha aqueles olhos, mas ele aprendera a virar a cabeça devagar, como o leão que está decidindo se irá devorá-la, ou se o sangue em sua barriga basta por enquanto, ele mesmo gordo e lento demais para atacar.

Electra é pele e osso, envolta em cinza. Quando criança, usava braceletes de ouro, dados a ela pela mãe, que a abraçava com tanta força, que Electra achava que iria quebrar de tão apertada, e a mãe sussurrava em seu ouvido: "Você vai viver, minha filha. Você vai viver, e ninguém nunca irá machucá-la".

Electra tinha cinco anos quando sua irmã, Ifigênia, foi sacrificada no altar de Ártemis pela mão ensanguentada do pai. Ela não se recorda muito da irmã; sente apenas um lampejo ocasional de dor.

– Senhora Electra – diz Penélope, enquanto se senta diante da jovem no quarto sombrio. Electra trouxe duas criadas, tão cinzentas quanto ela, que agora se retiram a um movimento frouxo da mão magra da moça. É difícil saber como lidar com essa criatura magra e encurvada. Ela não é uma rainha, mas tecnicamente, agora seu irmão Orestes está praticamente entronizado em Micenas, ela é a irmã do maior monarca de toda a Grécia. E, no entanto, o que são irmãs sem maridos, nessa época?

– Penélope, posso chamá-la de Penélope? Somos primas, não somos?

Penélope sorri, assente com a cabeça.

– Electra. Acredito que você tem tudo de que precisa? Posso lhe trazer mais luz?

– Não, obrigada. Isso é suficiente. Sua hospitalidade tem sido suficiente.

Ítaca não é nada que não suficiente. É praticamente o lema da ilha.

– Toda a Grécia está de luto por sua perda. – Esta é uma declaração adequada e fácil para figuras nobres fazerem. Espalha o fardo de inundações de lágrimas e arrancar de cabelos entre muitas pessoas diferentes e, assim, protege seu belo penteado do perigo imediato de desmembramento.

– Eu sei. Meu pai era amado.

Agamêmnon, o açougueiro de Troia, que liderou os maiores homens da Grécia para a morte em uma guerra de dez anos por causa de uma rainha ausente. Os poetas com certeza o amam, e quando ossos forem pó, e pó tiver sido soprado para o mar diante das ruínas incineradas de Troia, naquele dia, de fato, o amor dos poetas será o único amor que importa. Penélope não tem palavras para responder isso.

Um silêncio se instala. Nesse silêncio deveria haver mais conversa fiada. Penélope, apesar de toda a sua inteligência, não é muito boa em conversa fiada. Poder sofrer profundamente por um marido ausente tem sido uma espécie de bênção social durante os últimos dezoito anos, um disfarce aceitável para o silêncio. Mas neste quarto escuro, há certos rituais que devem ser seguidos, certos padrões de comportamento que agora Penélope tenta desenterrar de seus pensamentos sobrecarregados.

Ela abre a boca para começar com alguma observação corriqueira – a qualidade do touro que será sacrificado em nome de Agamêmnon, ou talvez alguma anedota em que seu marido lhe contou coisas maravilhosas sobre esse grande rei, de quando eram jovens juntos. Todas as histórias de Odisseu eram sobre ele quando era jovem. Penélope só o conheceu antes que ele tivesse tempo de envelhecer.

Então Electra diz:

– Você quer saber por que viemos.

Bem, graças aos deuses, Penélope pensa, e em voz alta ela responde:

– Qualquer filho de Agamêmnon é sempre...

– Você quer saber por que viemos para Ítaca – Electra interrompe; terrivelmente rude! No entanto, uma grosseria que é neste lugar bem-vinda, refrescante, abençoada. – Poderíamos ter enviado mensageiros. Muitas pessoas, grandes reis, estão ouvindo as notícias de algum escravo insignificante. Até meu tio, Menelau, está ouvindo isso apenas de um copeiro favorito. Você quer saber por que meu irmão e eu viemos para tão longe, até Ítaca, para uma ilha que é... – Seu nariz se enruga por um momento, tentando procurar uma palavra que seja precisa sem ser um insulto direto – ... tão distante dos interesses de Micenas.

– A pergunta passou pela minha cabeça, sim.

Um pequeno aceno. A mãe de Electra adorava bajulação, ela adorava esperteza. Um belo poeta apresentou-se diante dela uma vez e a deslumbrou com seus jogos, sua dança verbal; ele não era um guerreiro, não era um rei poderoso, mas Clitemnestra o tomou nos braços e ele foi...

... de qualquer forma. Não importa o que ele era. Electra jurou nunca mais pensar em tais coisas. Ela rejeitou não apenas o sangue da mãe, mas todas as qualidades de Clitemnestra que poderiam ter sido transmitidas com ele. Um apreço pela música. Um gosto por pão fresco e quente. O cabelo comprido usado em uma trança sobre a testa de uma mulher. A cor amarela. Deleitar-se com as palavras. Tudo isso deve morrer junto com a mulher que matou seu pai.

– Clitemnestra. – Mesmo falar a palavra faz Electra se remexer inquieta, desprezando-a em sua língua, mas há um trabalho a ser feito, e ela o fará. – Depois que assassinou nosso pai, ela fugiu. Meu irmão matou o amante dela, mas ela escapou. Isso... não é viril... inaceitável... um insulto aos deuses que a assassina de meu pai ainda esteja respirando. Entende?

– Creio que sim. Mas isso não explica por que vocês vieram a Ítaca.

– Não?

Um certo lampejo nos olhos de Electra, lá está de novo, o leão, o falcão, ela pode dizer a si mesma que sua força veio do pai, mas a mãe também tinha esse olhar quando os homens começaram a fofocar pelas suas costas, quando sussurraram que uma mulher não deveria governar como um homem.

Seria gentil agora que Electra falasse o que pensa, que explicasse tudo. Mas ela não é gentil. Ela jurou nunca mais ser gentil.

Em vez disso, Penélope se move desconfortavelmente em sua cadeira e tenta encontrar um caminho com as palavras que não seja uma confissão, que não seja uma ameaça.

– Muito bem. Se estamos falando tão abertamente uma com a outra, como talvez primas deveriam... Orestes não pode ser rei até que tenha matado sua mãe – declara ela. – Nenhum grego seguirá um homem fraco demais para matar uma mulher. Homens fortes com corações gananciosos olharão para o trono vazio de Agamêmnon. Menelau, seu tio, por exemplo. Um guerreiro de Troia. Então Orestes deve agir depressa para vingar o assassinato de seu pai e acabar com a vida de sua mãe. Por que então vir para Ítaca? Por que perder tempo com esta ilha? – Ela encara Electra novamente, esperando que a prima diga em voz alta as palavras que devem ser ditas, mas Electra não o faz. Seu silêncio é esclarecedor. Seu silêncio conta para Penélope muitas coisas que ela não gosta sobre essa mulher de Micenas. – Você veio para matar Clitemnestra.

Até mesmo o leão teria respirado antes de responder. Electra não o faz.

– Sim.

– Vocês acreditam que ela está no reino do meu marido?

– Nós acreditamos.

– Por quê?

– Tenho informações de que ela está fugindo para o oeste. Ítaca é a porta de entrada para os mares ocidentais. Se ela deseja escapar, deve embarcar no seu porto. Nós a seguimos até aqui; não achamos que estamos muito atrás.

– Não estou sem olhos em meu próprio reino. Eu saberia se minha prima estivesse aqui.

– Saberia mesmo, prima? E o que você faria então?

Cuidado, muito cuidado, agora, Penélope escolhe as palavras.

– Se ela tivesse vindo até mim como uma rainha, eu a teria honrado. Agora que sei que ela é uma assassina, ficaria feliz em vê-la arder. – Isso é uma mentira. Eu descanso minha mão no ombro da rainha de Ítaca, dou um aperto suave. O Todo-Poderoso Zeus, se olhar para baixo do Olimpo esta noite, talvez esteja observando o jovem Telêmaco enquanto ele tenta conquistar o favor de Orestes. Ele está observando os homens de Micenas ao redor de seus barcos; de está observando o lampejo de algo no canto do olho de Menelau, enquanto este ouve a notícia da morte do irmão. Meu marido não está vigiando este quarto, estas mulheres. Esta noite, qualquer divindade que venha sobre elas brilha de mim.

– Bem – reflete Electra finalmente. – Bem. Minha mãe é astuta. Ela sabe como se esconder.

– Eu posso mandar uma mensagem, ordenar que todos os navios sejam revistados, que cada...

– Sim. Faça isso. Feche os portos.

– Não somos uma terra de riquezas. Não é apenas estanho e âmbar que passam pelo porto. É grão para o meu povo, ração para os animais.

– Então precisa encontrá-la rapidamente, certo?

Penélope respira fundo, engole em seco, vira a cabeça para a luz tênue e trêmula, depois volta para Electra.

– Meu marido era um aliado de seu pai. As ilhas ocidentais estão ao seu serviço, como sempre.

Electra sorri, e é o sorriso do crânio sem pele que ri de piadas que apenas Hades gosta. Ela abaixa a cabeça e Penélope se levanta. As empregadas nas sombras recuam ainda mais para a escuridão, como se dissessem: quem, nós? Nós nunca estivemos aqui.

Então, com a mão de Penélope na porta, Electra diz:

– Você brincava com minha mãe quando criança, não brincava? Quando as duas cresciam em Esparta.

Era uma vez três rainhas que brincavam juntas nos campos de Esparta, crianças correndo descalças ao sol. Onde estão agora? Os olhos de Penélope estão fixos em algum lugar distante.

– Clitemnestra puxava meu cabelo, e Helena dizia que eu andava igual a um pato.

– Ela governou Micenas, como você agora governa no lugar de seu marido.

– Sim – refletiu Penélope. – Ela governou. No entanto, tenho certeza de que amanhã de manhã, Orestes irá conversar com meu conselho, homens leais que amam Odisseu, e discutirá esses assuntos importantes com meu filho e, quando terminarem, eles mandarão me chamar e dirão que desejam que os portos sejam fechados e as ilhas revistadas. E que rainha, ou rei, não acataria tal conselho sábio?

Electra mal conhece sua prima Penélope, mas acha que vê algo da mãe nela, e quer amá-la, quer odiá-la, quer pedir sua bênção e cuspir em seu rosto. Electra não foi abraçada por outra pessoa por onze anos, quando empurrou a mãe pela última vez e gritou: "Eu NÃO sou Ifigênia!" e saiu correndo do quarto e nunca mais foi amada pela mãe. Uma vez, Electra beijou um escravo atrás da oficina do ferreiro, e as mãos dele tocaram suas partes íntimas, e ela chorou e quis mais, então o empurrou e correu do cheiro do metal e das chamas, depois fez com que ele fosse vendido, para que os olhos dele não pudessem mais queimar seu rosto, e nunca mais olhou para outro homem desde então.

Minha opinião de especialista, como deusa que entende desse tipo de coisa: Electra é uma jovem muito confusa.

Então ela responde:

– É como você diz, prima. É como você diz. – E não dorme a noite toda, exceto quando dorme, mas não é isso que os poetas dirão.

Capítulo 17

Í taca dorme e, enquanto dorme, sonha.

Telêmaco, com lanças cravadas e escudos quebrados, com o grito de batalha e com sol sobre a armadura de homens valentes. Ele vai treinar todas as horas do dia e parte da noite para servir ao seu país, para ser um herói como seu pai foi – é – foi. No entanto, em seu sonho, ele empurra sua lança em direção a algum inimigo sangrento e ela parece desacelerar e se prender no ar, tornando-se pesada demais para seu braço, enquanto ao seu redor punhais ágeis atacam, e assim adormecido, ele morre.

Atena de vez em quando lhe envia sonhos melhores, mas, enquanto o pai vive, ela muitas vezes é negligente com o filho.

Electra espia pela porta da mãe e vê uma mulher gritar de êxtase, os lábios de um poeta entre as pernas. Ela não tinha imaginado que as mulheres pudessem experimentar o êxtase. Quando ela questionou seus professores sobre o assunto, disseram-lhe que era obsceno, e a sacerdotisa de Afrodite foi chamada e explicou, em uma tarde realmente muito notável, de onde vinham os bebês, como Electra sangraria com a passagem da lua, como o prazer das mulheres era dado apenas para servir ao prazer de seus maridos. A conversa não cobriu o que acontecia quando os homens arrancavam as mulheres de seus maridos para tomarem seu prazer, pois, na verdade, para que entrar em detalhes tão insignificantes?

Já se passaram duas luas desde que o pai de Electra foi morto. Electra não sangrou em todo esse tempo. Ela se pergunta se vai voltar a sangrar.

Orestes sonha com três sombras paradas diante da porta e pensa ouvir o riso selvagem das Fúrias, e sabe que sua vida está desmoronando.

As criadas também sonham, até mesmo aquelas que os poetas não irão nomear.

Eos, há um dia de ser como Urânia é, uma senhora de poder e segredos. Ela manipulará os homens ao seu capricho, seu poder será sussurrado através dos mares e, no entanto, ninguém saberá seu nome. Ela considera esse o maior poder de todos, e sorri ao pensar em todos os homens que dariam suas vidas para serem lembrados pelos poetas, enquanto ela prefere viver, viver, viver uma vida maravilhosa e ser imediatamente esquecida ao final de uma vida longa e feliz. Ainda não conseguiu isso, é claro. Mas sabe como se tornar inestimável, e para uma escrava isso é uma espécie de poder, talvez o único tipo que jamais terá.

Autônoe, de uma floresta negra sem fim da qual nunca consegue escapar. Ela tenta rir e tenta sorrir, conquistar a escuridão com alegria, como conquistou todas as coisas, afastar os pesadelos com sua ousadia, mas os pesadelos não a abandonam.

Leaneira, que está correndo com a irmã para o templo de Apolo, pezinhos sobre caminhos poeirentos, mãozinhas se estendendo para figuras de ouro, antes que a cidade seja incendiada. Mas, mesmo nesta memória imaculada, as chamas vêm. Elas se infiltram em sua infância, enchem sua juventude de sangue e fumaça, escavam os crânios de seus irmãos e de sua mãe assassinados, gritando no chão. Os incêndios de Troia levam até seu passado, até seus sonhos, até que não reste nada além de fogo.

Em uma casa que cheira a jasmim e peixe, Priene também sonha.

Ela sonha com Pentesilea, sua rainha guerreira, e o dia em que os mensageiros vieram de Troia, convocando seus aliados para a luta. Ela sonha com o dia em que viu Aquiles, muito longe, dançando – que dança, bronze, luz do sol e um fluxo de carne. Ele lutava como as mulheres, não com força bruta, mas com astúcia e velocidade. Ele não esperava para ver se sua força era maior que a de seu oponente, mas saltava para o lado de uma lança desequilibrada, para cortar a veia pulsante de um bruto tolo e cambaleante. Ele resistia ao golpe de uma espada pesada, apenas tempo suficiente para deixar seu impulso empurrá-lo ao redor e para longe, uma passagem da lâmina sob a guarda e entre as fendas de armadura reluzente. Contudo, Pentesilea o manteve a distância, moveu-se quando ele se movia, recusou a oferta de uma armadilha fácil quando ele a apresentou, manteve distância, quando o longo braço dele estalou no ar sangrento, procurou tendão e articulação, pulso e dedos, capturando qualquer presa que ela conseguia alcançar antes de partir para a matança.

Em seus sonhos, Priene está correndo, correndo em direção a Pentesilea, correndo para ajudar sua rainha. Por mais que a senhora do oriente fosse uma mulher sem comparação, uma criatura da terra do lobo e do urso, ela também havia sido infectada com a doença do poeta, pois nesta única batalha contra Aquiles ela proclamara: *Lutarei contra ele sozinha*. Loucura total. Uma absurda rejeição de seus costumes guerreiros, pois eram irmãs de alcateia desde que compartilharam leite de égua sob o céu prateado. Mas ainda assim: *meu nome será cantado como a assassina de Aquiles*, disse ela. E, dessa forma, pelas mãos dos poetas tanto quanto pela espada de Aquiles, a senhora morreu.

Priene sonha com cavalos galopando pelas grandes planícies, mosquitos acima do rio e, quando respirava, a ferida em suas costas se abrindo e fechando como os lábios de um peixe ofegante, então ela acorda e procura suas lâminas, que nunca estão longe e, encontrando-as perto e reconfortantes, volta a dormir e sonhar.

Houve uma noite junto às muralhas de Troia em que Atena entrou nos sonhos de Odisseu e disse – eu quase parafraseio – *deuses, que belo cavalo.*

Houve uma noite em Esparta em que Afrodite colocou os dedos na taça de Páris, manchando os lábios dele de vermelho, e murmurou: *a esposa dele tem um belo traseiro, não tem?*

Não entro nos sonhos dos mortais com frequência, pois meu marido teme que eu possa implantar neles alguma imagem minha, algum toque de minha boca em seus lábios sonolentos, alguma intimidade obscena compartilhada sob um céu estrelado. Mesmo os monumentos mais lisonjeiros à minha glória me retratam um pouco gordinha, com uma papada, uma mãe que se entrega um pouco. Ninguém quer a visita da velha Hera nas horas secretas da noite. Mas esta noite eu observo Priene, guerreira adormecida do leste, e me recordo da aparência de sua deusa quando erguia as mãos acima do grande rio que flui para o mar, como seus olhos flamejavam e sua língua estalava contra lábios entreabertos, e com um olhar furtivo por cima do ombro para ver se ninguém está espiando por entre as nuvens que correm esta noite, entro nos sonhos de Priene.

– Contemple-me, filha – sussurro, a voz como água corrente, o cabelo como chamas dançantes. – Ensine minhas mulheres a lutar.

Há tanto tempo Priene não sonha com seus deuses. Ela pensava que eles a haviam abandonado, e agora estende as mãos trêmulas e grita em sua língua nativa: *Mãe, Mãe, Tabiti, Mãe.* Não fico para responder. Embora estejamos longe de sua terra, a senhora do leste pode ficar descontente ao ver até mesmo alguém tão magnífica quanto eu roubando suas orações.

– Ensine minhas mulheres a lutar – sussurro, enquanto a noite se dissolve em dia.

Capítulo 18

No segundo dia de luto, os garotos de Ítaca se reúnem.

Sim, há grande lamentação e oferta de muitas libações por Agamêmnon. Sim, não haverá banquete nos salões de Odisseu esta noite. Mas ainda assim a lua está se movendo, sim, ela está se movendo; ela se estreitou e escureceu como se também chorasse pelo tirano Agamêmnon, e agora volta a se alargar, sua luz prateada beijando o mar, e apenas desta vez o povo das ilhas do oeste observa seu sorriso crescente e se ressente dele, pois, com a lua, os piratas vêm.

À sombra das paredes do palácio, Pisénor treina meninos que não tiveram pais na arte da guerra.

É uma cena lamentável.

Não que esses rapazes sejam particularmente carentes de vontade ou talento. Muitos, em especial os mais próximos de Telêmaco, voluntariam-se de boa vontade, pressentindo glória na oportunidade de defender sua pátria. Alguns praticaram com uma espada quando meninos, mas sem ninguém dedicando atenção especial ao seu treinamento, deixaram-na de lado depois de alguns golpes de ar cortando metal, tendo realizado o ato necessário de parecer de fato muito valentes mesmo, sem aprender a habilidade de matar. Muitos são os fedelhos rejeitados que Pólibo e Eupites não sentirão falta se morrerem. O mais novo tem quatorze anos e mal consegue erguer o escudo.

— Certo! — rosna Pisénor. — Vamos tentar de novo!

Outros assistem. Os quatro comandantes deste pequeno bando: Egípcio, Pisénor, Pólibo e Eupites observam esse bando de quase-homens sacudindo espadas uns contra os outros e às vezes fazerem poses corajosas que oscilam, conforme eles se desequilibram sob o peso de suas armas, e em geral fazem o melhor que podem para parecerem felizes nesta dança fútil.

Nem Antínoo nem Eurímaco são membros dessa tropa. Seus pais não arriscarão suas vidas. Anfínomo disse que vai ajudar, mas não precisa de treinamento. Ele virá quando for chamado, é o que diz. É o que ele diz.

Outro pretendente observa enquanto Pisénor treina seus homens. Kenamon de Mênfis se pega balançando a cabeça e consegue parar o movimento, sabendo que, caso fosse visto, seria considerado de péssimo gosto.

Próximo à mesa de teixo e conchas do conselho, o velho Medon cospe cascas de sementes de entre os dentes, mastiga o interior macio devagar e, com a boca cheia, por fim diz:

— Bem, então estamos ferrados, não estamos?

Quando ele se dirige ao conselho completo de seus instruídos pares, Medon é um pouco mais comedido em sua linguagem. Quando é apenas com sua rainha que ele está falando, que afinal de contas tem coisas a fazer e lugares para estar, ele se sente mais livre para ir direto ao maldito ponto.

— Eu não descreveria dessa forma – responde Penélope. – O que mais temos? Clitemnestra em Ítaca? Se for verdade, estamos afundando no meio do Estige.

— Não se a encontrarmos e a entregarmos aos filhos. – Medon gostaria de xingar um pouco mais, mas até Penélope tem seus limites, então ele se contenta com um erguer de sobrancelha fluentemente obsceno e um curvar dos lábios. Penélope suspira. Ela tem suspirado muito esses dias. Ela não devia culpar somente Euracleia, a ama, por esse hábito do filho. – O que mais você quer que eu faça? Se Orestes não a encontrar, sua posição em Micenas se torna insustentável. O tio vai intervir; Menelau rei de Esparta e Micenas, imagine! Um tirano que faz o irmão parecer um farol de moderação. E se ele decidir que abrigamos uma rainha assassina, não precisará de nenhuma desculpa melhor para invadir. Menelau sempre olhou para os portos ocidentais com olhos invejosos. Não; precisamos encontrar Clitemnestra ou encontrar uma maneira de provar para Electra que ela não está mais nestas margens.

— Você quer dizer Orestes?

— O quê?

— Você disse convencer Electra. Você quer dizer Orestes.

— Sim, sim, claro que quis dizer isso – retruca ela, com um aceno de mão. Medon inspira, longa e lentamente, exibindo sob o lábio superior encolhido um conjunto mole de dentes amarelos, tingidos de mel. – O que é? – retruca. – Diga logo.

— Por que Ítaca? Se Clitemnestra está aqui, por quê? Ela poderia ter fugido para o sul, para Creta, ou para o norte para terras bárbaras. Por que Ítaca?

— Acha que ela viria me pedir ajuda?

Medon dá de ombros. Alguém vai pensar. Alguém provavelmente já pensou. Ele pode muito bem cumprir seu dever erudito e pensá-lo também, apenas para se manter por dentro dessas coisas.

O suspiro de Penélope está prestes a se tornar um rosnado.

– Podemos ter um pouco do mesmo sangue, mas mal éramos uma família, muito menos amigas. Sabe o que ela disse quando Odisseu se casou comigo? "A pata Penélope, finalmente molhando os pés com o filho de um ganso".

– Mas você é uma rainha.

– Hera seja louvada, eu sou? Não tinha notado.

– Duas rainhas na Grécia, ambos os maridos perdidos…

– Mas ninguém foi correndo pedir a mão de Clitemnestra enquanto o marido dela estava fora; você não acha isso estranho?

– Talvez porque aquela mão estava tão enterrada na bunda de um poeta que é de admirar que ele conseguisse falar sem os dedos aparecerem.

– Francamente isso foi nojento.

Outro dar de ombros, Medon é um homem comum fazendo o melhor que pode para ser útil.

– Todo mundo sabia. Talvez o único bastardo que não sabia era Agamêmnon. Imagine o quanto ele deve ter ficado surpreso quando descobriu.

– Imagine o quanto Clitemnestra deve ter ficado surpresa quando ele voltou. Ela administrou aquele país por anos; dez anos enviando suprimentos pelo mar para sua campanha interminável, mais sete mantendo a paz enquanto veteranos entediados e furiosos voltavam para casa e começavam a fazer ataques de novo, enquanto o marido estava saqueando os mares do sul. E então um dia Agamêmnon aparece à porta com um grito de "Olá, querida, aqui estão meu tesouro e minhas concubinas, encontre um quarto para elas".

Clitemnestra cortou a garganta de Cassandra, princesa de Troia, quando saía do palácio. Cassandra não resistiu. Após o primeiro ano sendo puxada pelos cabelos para a cama de Agamêmnon, mão ao redor de seu pescoço, língua molhada, ela aprendera que gritar nada mudava. Após o segundo ano, até ele acreditava que o silêncio dela era uma espécie de consentimento, e imaginava todo tipo de histórias em que ela valorizava o poder dele sobre ela. Quando Clitemnestra a matou, sete anos depois, Cassandra havia desistido completamente da fala, sabendo que ninguém acreditaria nela e que ninguém se importaria. Assim morreu a profetisa de Troia, joguete de deuses e homens.

– Fechar os portos nos prejudica – reflete Medon, no silêncio da contemplação maçante. – Não somos nada se não um povo comerciante.

– Você já enviou uma mensagem para o norte?

– O mensageiro partirá com a maré da tarde.

– Estou pensando se eles deviam passar em Zaquintos primeiro.

– Por quê? – Os olhos de Medon se apertam em suspeita. – O vento não está a favor deles; isso apenas atrasará sua missão.

– Mas há navios que saem com regularidade de Zaquintos para as colônias ocidentais e, além disso, se ela estivesse no norte, com certeza teríamos ouvido.

Os olhos de Medon são fendas estreitadas contra um sol cruel. Por um momento ele se pergunta em quem deveria confiar: a garota que ele conheceu ou a rainha que está agora diante dele. Ele escolhe. Ele se arrepende.

– Muito bem. Eles vão navegar para o sul primeiro. Talvez tenhamos sorte. Talvez Clitemnestra sequer esteja em Ítaca – ele inspira, com a voz de quem nunca acreditou menos em nada. Penélope aprendeu a esconder seu rosto do olhar dos homens, mas Medon conhece seu silêncio, então ergue os olhos, astuto, e diz – O quê? O que foi?

– Encontrei um anel. Em Fenera.

– O que você estava fazendo em Fenera?

– Sendo rainha! Qualquer rei teria ido e feito algum discurso heroico sobre vingança e sangue, esse tipo de coisa. Eu deveria fazer isso. Eu deveria ser… Havia um corpo sob os penhascos, um homem chamado Hyllas, um contrabandista. Você acredita que os ilírios estão atacando nossas praias?

– Não. Você?

Penélope franze os lábios, cabeça inclinada para um lado, avaliando este homem que ela conhece por quase toda sua vida adulta, em quem ela confia, mas em quem nunca poderá confiar até que os últimos dados deste jogo tenham caído, pois ela jamais confiará em qualquer homem novamente.

– Não. Acho que são gregos, vestidos com roupas de bárbaros. Acho que um dos pretendentes os está pagando, para me forçar a agir. A casar ou perder tudo. Um movimento ousado. Imprudente, mas ousado. – Há uma espécie de admiração nisso. Heitor também admirou Aquiles, até o fim.

– Você sabe qual deles?

– Tenho minhas suspeitas. Mas quem quer que sejam esses piratas, quem quer que os tenha enviado contra nós, saqueadores levam escravos, não cadáveres. Este Hyllas, ele não foi esfaqueado no coração nem teve o peito cortado. Ele tinha um único ferimento de faca aqui. – Ela toca o topo do próprio pescoço, próximo à mandíbula, um lugar tão estranho para se tocar, um choque de sensação que a surpreende. – Uma lâmina pequena, o tipo de coisa que...

... o tipo de coisa que uma rainha pode esconder junto ao corpo; que uma mulher com medo de ser violada e que não tem certeza de que as Fúrias responderão ao seu chamado. Não é sábio expressar tal coisa, mesmo diante de um homem tão digno quanto Medon.

– Quão perto você precisa estar, eu me pergunto, para matar um homem dessa forma? – Ela se levanta, medindo a distância entre ela e Medon. O velho conselheiro se afasta um pouco, não percebe que o faz. – Ou você vê a morte chegando e não tem para onde ir, com as costas contra a parede, impotente e paralisada como a lebre diante do lobo, ou você está tão perto dela que nem percebe a lâmina, confiante até o momento em que descobre que você não consegue respirar devido ao metal em seu pescoço.

– Eu não fazia ideia de que você sabia tanto sobre a morte – Medon murmura, e fica um pouco desconcertado ao perceber que essa mulher que já foi uma criança-rainha na corte de Odisseu foi moldada por forças que ele não compreende por completo.

– Eu sei muito pouco sobre matar – responde ela, com um dar de ombros. – Esse é o ofício dos homens. Mas são as mulheres que vão para preparar e prantear os cadáveres quando a matança termina, não é?

A esposa de Medon morreu de um tumor no peito, preto e inchado. Em vida, ela não o deixou afastar o pano que continha essa tristeza dolorida, e na morte as mulheres a levaram para o cemitério. Ele lambe os lábios, desvia os pensamentos.

– Você mencionou um anel.

– Ah sim, escondido no corpo de Hyllas. Ouro, carimbado com um selo real. O selo de Agamêmnon.

– Um contrabandista tinha isso?

– Um contrabandista morto. Essa é a parte que mais me preocupa. Um contrabandista vivo pode ser, por exemplo, pago por seus serviços com este anel pesado, que serviria para transportar minha prima escondida para tão longe de Ítaca quanto um pássaro consegue voar. Um contrabandista morto, no entanto, um contrabandista morto ainda carregando um anel muito reconhecível, que ele ainda não teve tempo de moldar em uma forma mais maleável, não teve tempo de cumprir seus deveres.

– Você acha que Clitemnestra deu isso para ele?

– É possível, para comprar passagem. Mas se ele está morto e ainda em Ítaca, isso levanta a questão de saber se a passagem foi de fato comprada.

Eles caem em um silêncio infeliz, considerando o objeto. Finalmente, olhando para nada fora dos próprios pesadelos, Medon resmunga:

– Esta milícia é uma péssima ideia.

– Concordo.

– Você sabe que ele só tem quarenta meninos? Egípcio tentará enviar patrulhas, Pólibo vai querer defender o porto, Eupites vai ordenar que guardem os celeiros; quando eles de fato ouvirem a notícia de um ataque e se reunirem, será tarde demais ou um número pequeno demais deles terão aparecido para fazer a diferença.

– Eu sei. – A voz suave como a asa de uma borboleta, leve como uma teia de aranha, Penélope encara o futuro, e está tão cansada de olhar. – Estou contando com a incompetência deles para manter meu filho vivo.

– Você sabe que ele vai ficar bem. Ele é fi...

– Se você ousar me dizer que ele é filho de Odisseu como se isso fosse algum amuleto sagrado, eu vou gritar – retruca ela, clara como o toque do tambor oco. – Vou gemer e arrancar meus cabelos, tudo isso. Que Hera me ajude, eu vou.

Querida, eu sussurro, estou aqui para isso. Muitas são as vezes em que meu marido retornou de suas aventuras, e eu fiz as lágrimas jorrarem, rasguei minhas roupas, me atirei no chão e jurei que morreria, arranhei meus olhos, tirei sangue de minha pele celestial e bati com os punhos contra o peito dele. Isso não muda o comportamento dele a longo prazo, mas pelo menos eu consigo envergonhá-lo um pouquinho da forma como ele me humilha, rebaixa e desonra e rouba minha feminilidade. Então faça o escândalo; eu trarei as olivas.

Talvez Medon ouça um vestígio de minha voz no ar, o toque de minha respiração arrepiando sua pele, porque ele tem a delicadeza de desviar o olhar e levar algum tempo antes de finalmente erguê-lo para dizer:

– O que você vai fazer?

– Em relação a quê? – suspira ela. – Os piratas? Minha prima? Electra e Orestes? Meu filho?

– Todos eles. Eu estava pensando... Todos eles.

– Medon...

– Já se passaram oito anos desde Troia. Eu sei que vai ser um desastre, eu sei, mas caso se casar com um deles seja menos desastroso do que a alternativa...

– Uma pequena guerra civil, uma leve carnificina agora para adiar algo pior depois?

– Bem, francamente, sim. Digamos que você se case com Antínoo, sim, haverá guerra com Eurímaco, mas pelo menos os celeiros estarão seguros, e assim que ele estiver no trono...

– E se Eurímaco vencer?

– Está bem, Andraemon. Ele será um rei terrível, mas pelo menos ele traz experiência militar e conexões, o que permitirá que você...

– Anfínomo nunca tolerará Andraemon no trono, e Anfínomo é inteligente o bastante para ter aliados em Cefalônia...

– Penélope! – Ele levantou a voz. Não faz isso desde que ela tinha dezoito anos e jogou um vaso em Euracleia por roubar Telêmaco do berço. *Quem é um heroizinho, sim, você é um heroizinho, coisinha mais fofucha*, sussurrava a velha babá, enquanto o filho de Penélope agarrava-lhe o polegar com força sub-hercúlea. – Vossa majestade – ele se corrige. – Haverá guerra, não importa o que aconteça. Não será capaz de evitá-la. Escolha alguém agora, enquanto Orestes está na ilha; use este momento a seu favor. Tudo o que você está fazendo é adiar o inevitável.

– Não é isso que estou fazendo.

– Penélope... majestade...

– Não é. Medon, não é. Não estou adiando o inevitável. Eu sei que vou ter que me casar novamente. Eu sei.

– Está esperando por seu marido.

– O quê? Não, quero dizer... Sim, claro, isso me passa pela cabeça.

– Ainda o ama?

Penélope aprendeu a esconder o rosto do olhar dos homens, mas às vezes até ela fica surpresa.

– O quê?

– Quero dizer, considerando as lágrimas, o sofrimento, o...

– As lágrimas e o sofrimento incrivelmente úteis e convenientes.

– Então você *não*...? – ele tenta, empurrando as palavras por entre seus lábios como uma bolha infectada.

– Nós nos casamos quando eu tinha dezesseis anos. Ele era gentil, o casamento era bom, eu estava muito contente por ser ele em vez de... praticamente qualquer outro. Lembro-me de olhar ao redor, na corte de meu pai, observando os homens da Grécia e pensar "Bem, louvada seja Hera, poderia ter sido pior". Isso é amor?

Penélope, uma menina que ainda não se tornara mulher, ficou deitada nos braços do marido sob as estrelas e sentiu… tantas coisas. Ela era uma jovem mulher descobrindo seu corpo, a si mesma, a pessoa que queria ser, e ela queria tanto amar. Ela pressionou o nariz contra o peito dele, e ele a abraçou, os braços gelados e o rosto quente devido ao calor dele, e ela pensou: "talvez sim, talvez isso seja amor". E sua mente estava cheia de fantasias do que aquilo poderia significar.

Os poetas raramente falam do amor além de um momento de arrebatamento, de um momento de traição. Héracles, assassinando sua esposa e filho em um sonho febril. Culpam-me pela insanidade dele, porém, embora eu toque os corações dos homens, eu não os faço. A magnífica Medeia, desprezada e desdenhosa; Atalanta, que jurara castidade para que sua força não lhe fosse roubada; Ariadne, seu corpo mole atirado entre deuses e homens. Nenhuma canção é cantada sobre uma vida vivida tranquilamente, sobre um homem e uma mulher que envelhecem em contentamento.

É possível amar, pensou Penélope naquela primeira e última viagem a Ítaca, sem ser um herói?

E, no entanto, ela se lembra também de como Menelau pegou Helena pelo queixo, fitou-a nos olhos e disse: *Você é minha*, e como sua prima sorriu, flertou, tornou tudo um jogo e sentiu medo. É bom pertencer a um homem, disse Helena depois que Menelau grunhiu e se enfiou dentro dela. É bom saber que não preciso me preocupar com nada. Talvez Helena pensasse que se dissesse isso, acreditaria, mas, claramente, ela não havia aprendido esse truque bem o bastante antes de Páris aparecer.

Penélope, aos dezesseis anos, deixou a corte paterna para se casar com um homem que conhecia há três semanas e, de pé na proa do navio que a transportava para Ítaca, fechou os olhos e repetiu: vou amar, vou amar, vou amar. Ela encontrará seu lugar e seu contentamento, e chamará isso de amor. Amor é mais do que uma rainha pode esperar, mas o mínimo que uma mulher pode fazer.

Agora ocorre a ela, não pela primeira vez, que ela tem sido uma mulher de luto e solitária por muito mais tempo do que foi uma esposa casada e feliz, dividindo a cama do marido. Ela passou mais tempo franzindo a testa à menção do nome dele, fingindo um semblante de profunda tristeza para agradar aqueles que a observam, do que sorrindo na presença dele. Quando ela diz o nome dele, é para realizar algum ato político e não porque ouve o marido ali.

Vou amar, vou amar, vou amar, sussurra Penélope para as sombras do dia.

Ela não tem certeza de quem, mas um dia, talvez, amará novamente.

– Se não é amor, então o que está esperando, se posso perguntar?

Medon está falando. Ele amou sua esposa, mas amor não é algo apropriado para um homem de sua estatura discutir.

– Como?

– Se não está esperando o retorno de Odisseu, e precisa se casar, então por que esperar? Haverá guerra, não importa o que aconteça. Em que esperar ajuda?

– Guerra não importa o que aconteça; eu não gosto de inevitabilidades.

– Acha que há alguma maneira de evitar isso?

Os lábios de Penélope se contraem e, por um momento, ela pensa em mencionar uma guerreira do leste, uma mulher com lâminas nos olhos e nas mãos. Não menciona. Se Medon não fala de amor, não é apropriado que Penélope fale de guerra.

– Talvez não. Mas devo isso ao meu povo... ao legado de meu marido, tentar.

– Por quanto tempo? Por quanto tempo você vai tecer a mortalha de Laertes?

– Enquanto eu puder.

– Perdoe minha franqueza, mas não parece que esteja fazendo isso por Ítaca. Parece algo que o faz por si própria.

– Por... *mim*? – A voz de Penélope é um tapa na cara, uma elevação de fúria sufocada. – Você acha que permito que uma centena de homens babem sobre meu corpo e minhas terras todas as noites *por mim*? Acha que tolero suas calúnias sem fim, suas palavras e insultos implacáveis, humilhando-me todos os dias, *por mim*? Faço isso pelo meu povo e faço pelo meu filho! – Agora Penélope cobre a boca, para que o som de sua voz não perturbe os ouvidos atentos do palácio. Tanto ela quanto Medon ficam em silêncio por um momento, a atenção voltada para o ruído de passos apressados em fuga, ou o riso abafado atravessando uma porta entreaberta. Não há nada. As gaivotas estão brigando pelas vísceras de um peixe podre; ossos fervem nas panelas da cozinha.

Por fim, Medon diz:

– Você não pode proteger Telêmaco para sempre.

Ela afunda na cadeira.

– Eu sei.

– Ele tem que encontrar o próprio caminho.

– Se ele pudesse fazer o que queria, no momento em que completasse dezesseis anos, teria reunido quaisquer servos leais do meu marido que conseguisse encontrar e reivindicado Ítaca para si. Pode imaginar isso? Um menino-rei inexperiente no trono; teríamos sido tomados por invasores em uma semana.

– Orestes não é muito mais velho e será rei em Micenas.

– Vai mesmo? Então por que já não o é? Ah sim, lembrei, primeiro ele tem que matar a própria mãe, provar que tem coragem para governar. Matar a própria mãe como um teste de autoridade real; eis uma ideia que eu prefiro que Telêmaco não leve a sério.

– Ele nunca... Você não pode pensar que ele faria isso!

– O que você faria se eu tivesse um amante?

– Aposentaria-me imediatamente em algum lugar distante.

– Por quê?

Medon não responde e ela sorri, acena com a cabeça, às vezes acha que vai chorar, não se recorda da última vez que não chorou sob demanda para ressaltar um ponto, mas deixou lágrimas de verdade fluir.

– No instante em que arranjasse um amante, eu estaria desonrada como esposa de Odisseu. O direito a Ítaca que vem por meio do casamento comigo estará acabado por minha impiedade, e eu não serei nada além de um fardo para Telêmaco. Na melhor das hipóteses, ele terá que me banir para algum templo distante para que eu esfregue cinzas no cabelo e me arrependa. Na pior das hipóteses, para provar que não é filho de sua mãe, ele terá que fazer como Orestes: mostrar que ele é um homem independente, filho de seu pai, digno de defender a honra de Odisseu e seu trono.

– Ele nunca faria isso.

– Não? Às vezes, eu me pergunto. Eu nem sempre fui... É difícil, quando se ama uma criança, saber como protegê-la.

Medon fica quieto por um tempo, depois cruza os braços, protegendo-se dos golpes que virão.

– Está bem – solta ele. – Casa-se com Anfínomo. Ele está tão bem-preparado para uma guerra quanto o restante deles, ele não vai te tratar muito mal e é provável que não mate Telêmaco no mesmo instante. Você negocia o exílio para seu filho, em troca de sua mão; você pode dizer que é uma missão! Anfínomo pode enviar Telêmaco em uma missão muito heroica para encontrar algo valioso, o escudo de Aquiles ou a cauda de uma esfinge ou algo assim; e isso lhes dará tempo suficiente para lutar nesta guerra e resolver as coisas; e, quando Telêmaco retornar, ele será herói o bastante para matar Anfínomo e reivindicar o que lhe pertence, sem precisar matá-la devido à santidade do casamento e à validação de ter cumprido sua missão... seja qual for; ou ele estará maduro o suficiente para se estabelecer e não causar muitos problemas. De qualquer forma, todos ganham.

– Ou meu filho morre em uma missão sem sentido.

– Ou seu filho morre em uma missão sem sentido – Medon concorda, um único aceno de cabeça. – Na qual ele tem uma chance muito menor de morrer do que se ficar em Ítaca, onde Antínoo ou Andraemon podem cortar-lhe a garganta enquanto ele está dormindo. O que diz? Você, Anfínomo, todo o ouro de Ítaca e todas as lanças que puder reunir, no altar, depois de amanhã?

Medon está tão próximo de selar essa barganha como se estivesse comprando peixe que tem que se conter para não cuspir e estender a mão. Penélope observa este negociador mercantil por um momento, sem saber o que pensar de suas sobrancelhas firmes e queixo saliente, antes de finalmente começar a rir. Ela ri, e, depois de um momento, ele ri também; isso não resolve nada, e nenhum dos dois consegue se lembrar da última vez que riram juntos, ou talvez de todo, e, por um momento, eu rio junto com eles, pois onde mais eu poderia encontrar minha alegria, se não na vida dos outros?

Quando o riso cessa, eles se sentam por um momento em uma calma soluçante, até que por fim Medon pigarreia e diz:

– E agora?

– Não posso impedir Pisénor de treinar sua milícia, e o preço para manter os invasores longe é quase certo fora das minhas possibilidades. Há algo que estou considerando em vez disso, mas é… – Ela murmura seu caminho em busca de uma palavra, dedilhando o ar.

– Profano? – sugere Medon prestativamente. – Irresponsável?

– Um pouco dos dois, sim. Quanto a Clitemnestra… precisamos encontrá-la. Tenho alguma noção de onde procurar.

– A presença de Orestes pode lhe ser útil. Ninguém vai começar uma guerra enquanto os filhos de Agamêmnon estiverem na sua ilha.

– Talvez. Mas cada minuto que Orestes não está em Micenas governando é outro em que o tio pode decidir que é a vez dele. Talvez, meu filho possa comparecer à investidura de Orestes? Isso o afastaria de Ítaca por alguns meses, talvez seja bom para ele…

– Mais seguro do que uma missão, daria a ele tempo para conhecer de verdade o primo...

– Exato. Talvez ele fique enjoado e considere isso aventura suficiente.

– Sempre admirei sua ambição maternal.

Penélope abre a boca para dizer algo rude, para retrucar, para fazer o tipo de barulho pelo qual apanhava quando criança ao fazer ao ar livre, mas uma batida à porta prende sua respiração. Autônoe a abre, adianta-se, sussurra ao ouvido de Penélope.

– Ah – murmura Penélope. – Entendo. Medon, perdoe-me. Sinto-me dominada pela fraqueza feminina e preciso me retirar.

– Sempre admirei a requintada escolha de momento de suas fraquezas, minha senhora.

– Fico feliz por alguém apreciá-la.

Ele faz uma meia reverência, sorrindo novamente, e por um momento ela também fica feliz, e se maravilha com a estranheza do sentimento. Então a porta se fecha, e ela está no corredor estreito, olhando para a esquerda, olhando para a direita, sempre procurando olhos que veem, antes de seguir Autônoe escada acima, movendo-se tão rápido quanto uma rainha pode ousar.

– Ela atravessou o palácio? As pessoas a viram? – sussurra.

– Não, ela entrou pela janela.

– O que, minha janela?

– Sim.

– Lá se vai minha segurança doméstica.

– Mandei chamar Sêmele e Urânia.

– Está certo, então, vamos...

Autônoe empurra a porta do quarto. Priene está sentada na cadeira favorita de Penélope, nos aposentos mais íntimos de Penélope, como se tivesse crescido ali igual à oliveira. Sua expressão está tão caída quanto sua postura, como se ela tivesse escorregado para baixo, para baixo, para baixo como a lama da colina encharcada pela tempestade, cansada demais para se segurar contra a chuva que caía. Ela não se levanta quando Penélope entra, não demonstra reverência a uma rainha estrangeira. Em vez disso, levanta um pouco o queixo, espera que Autônoe vá embora e demanda:

– Quero ser muito, muito bem paga. Dizem que você tem ouro escondido nas cavernas.

Penélope leva um momento para cruzar as mãos na frente da barriga, ficar um pouco mais ereta. Negociando o preço do grão, entende que seu atributo mais útil é a disposição a levar o tempo que for preciso, escondendo seu desespero por trás de uma lentidão que, às vezes, beira o soporífero.

– Precisaremos discutir com mais profundidade o que significa "muito bem" – responde. – Creio que você aceita as linhas gerais da minha oferta?

Priene desdobra um membro de cada vez. Andraemon reconheceria algo de guerreiro nisso, em uma mulher que não tem pressa em gastar uma gota a mais de energia do que precisa, até que seja a hora da matança. Priene também reconheceria certas coisas em Andraemon e, ao vê-las, mostraria os dentes.

– Sem lanças pesadas, não como as que os homens usam. Sem couraças de bronze. Usamos arcos, flechas, armadilhas, lâminas gêmeas, fogo.

– Concordo.

– Ninguém me questiona. Nem você. Nem ninguém. O que eu digo, nós fazemos; certo?

– Desde que o que você diga seja para a defesa de minhas ilhas, sim. Você terá autoridade completa. Mas se espalhar sedição ou tentar colocar meu povo contra mim, creio que você precisa entender; eu sou rainha em Ítaca há muito mais tempo do que sou esposa de Odisseu. Minhas mulheres conhecem meu valor, e vou saber disso.

Priene sorri, o curvar do lobo.

– Há uma outra coisa – reflete Penélope, um pouco distante, como às vezes via o pai, quando ele pronunciava julgamentos sobre homens inocentes. – Caso se espalhe a notícia de nosso… empreendimento, caso as pessoas descubram quem está de fato defendendo Ítaca, fará dos meus domínios um alvo para todos os mercenários da Grécia. Não somos como o seu povo. Nossos homens não acreditam que as mulheres podem lutar. O sigilo é fundamental. Compreende?

Priene dá de ombros.

– Desde que suas mulheres não falem.

– Não, não é isso. – Penélope encara Priene, forçando-a a manter contato visual. – Quando as mulheres lutarem, nenhum homem pode ser deixado vivo. Nenhum homem pode sobreviver para contar o que viu. Sem piedade. Sem exceções. Urânia diz que você quer matar gregos. É uma das razões pelas quais eu pedi que ela a encontrasse.

– Rainha de Ítaca. – O sorriso de Priene é o mesmo sorriso que ela tinha no dia em que derrotou o homem mais forte de sua tribo, e ela se recorda do poder disso agora. – Você não encontrará açougueira melhor do que eu.

Capítulo 19

Os homens ainda precisam comer, é claro.
Não há música durante o banquete, e Penélope não tece a mortalha de Laertes.

As mesas estão silenciosas, e o vinho que as criadas servem é derramado em oferenda ao falecido Agamêmnon e a seu filho de costas tensas e olhos duros.

Sento-me a um canto e acho toda a situação fantasticamente entediante. Onde está Éris, deusa da discórdia, quando preciso dela? Onde estão as brigas, os estratagemas, as facadas nas costas? Pelo meu nome, sinto falta das piadas obscenas de Medeia, e daquela coisa que Tália consegue fazer com um bastão flexível.

Então novamente... Leaneira se aproxima da cadeira sombreada onde Penélope está, se abaixa e sussurra em seu ouvido.

– Andraemon gostaria de falar com a senhora.
– Receio estar de luto por Agamêmnon.
– Eu disse isso a ele.
– Lamento que você tenha que dizer a ele novamente.
– Ele é persistente.
– E você também o é em nome dele, certo?

Leaneira assente, sem sorrir, e se afasta. Andraemon a observa pelo canto do olho, mas ela não encontra seu olhar.

Telêmaco está sentado ao lado e um pouco abaixo do primo, Orestes, e tenta manter uma conversa viril.

– Então, hum... seu pai deve ter estado... Quero dizer, é claro que seu pai esteve... mas, hum... então você estava em Atenas?

Orestes responde apenas com o olhar, a boca cansada demais para formar palavras.

– Sim, ele esteve – responde Electra, inclinando-se por cima do irmão, a mão em seu joelho. – Depois que nossa mãe se maculou, trazendo desonra sobre nós, meu irmão sentiu que não tinha escolha a não ser fugir para Atenas para continuar seu treinamento como guerreiro e rei, até o momento em que pudesse se juntar ao nosso pai e se vingar.

– Hum, sim, claro, quero dizer, sim, isso faz… é claro.

– Eu fiquei em Micenas. Alguém tinha que testemunhar a blasfêmia de nossa mãe. Nosso pai chorou quando lhe contei. Ele ficou violento. Ele me agarrou pelo pescoço, aqui, bem aqui. – Electra toca a base do pescoço com dois dedos. É tão fino que Telêmaco consegue ver cada elevação da traqueia, como os degraus de uma escada até a ponte da clavícula. – Ele me jogou no chão e disse que, se eu estivesse mentindo, ele cortaria minha garganta na mesma pedra onde sacrificou Ifigênia. Ele era um homem de poder absoluto.

Orestes será um homem de poder absoluto um dia. Será que, se eu desse um peteleco com meu dedo mindinho na lateral da cabeça dele, ele cairia rolando, com os joelhos ainda travados no lugar, a expressão inalterada, uma estátua derrubada pelo toque de um deus? Há sangue nele? Oláááá? Orestes? Tem alguém em casa?

Electra sorri novamente, tristeza e uma escuridão irônica nos cantos pintados de seus olhos.

– Eu vi Odisseu uma vez, quando era menina – reflete ela. – Ele ajudou meu pai a firmar a mão quando enfiou a faca no peito de Ifigênia.

Ocorre a Telêmaco que isso significa que Electra viu o pai dele mais recentemente do que ele mesmo, não que isso seja uma grande conquista.

Também ocorre a Telêmaco que Electra é, de uma maneira estranha, a mulher mais sensual que ele já conheceu, estranhamente e, ao mesmo tempo, tão atraente quanto um sangramento nasal. Ele é um jovem que acha essa dicotomia muito confusa, embora talvez com o tempo ele aprenda.

Ele muda de assunto e, sendo um itacense, fala de um assunto sobre o qual tem maior conhecimento.

– Então, hum… você gosta de peixe?

E de repente uma mudança no ar, uma certa mudança na qualidade da luz noturna. Meu coração gela, minhas bochechas queimam, estou ciente da presença no momento em que ela entra na sala, meus olhos saltando do principezinho para a porta. Ela está disfarçada, entre todas as coisas, de mendiga, e exagerou no cheiro a ponto de estar repugnante. Ela está com o lábio inferior curvado e babando, e, se eu despenteasse seu cabelo, acho que um pardal poderia irromper de dentro. Quase me levanto do meu lugar e grito: "Enteada, você vai se limpar e se recompor neste minuto, ou eu juro que vou espancar esse seu traseiro rosado!" mas esta é Ítaca. O templo dela, mesmo sendo minúsculo e inútil, é maior que o meu. Sou eu quem não deveria estar nesta festa, não ela.

Ela sabe disso, é claro; e me vê em um instante. Faço uma carranca, mas não me curvo diante de seu olhar, pelo contrário, fico um pouco mais rígida, um pouco mais ereta. Ela se move devagar, muito devagar, mancando de um lado para outro para pedir um pedaço de carne, um punhado de grãos. Antínoo diz a ela para sair, para ir embora, uma aleijada fedorenta, vá embora, vá embora! Eurímaco sorri, zombeteiro e diz "ah sim, sim, claro, ah sim", e não lhe dá nada de seu prato. Anfínomo dá a ela um pedaço de pão mergulhado em mingau; Andraemon finge que ela não está ali, Kenamon para e tenta conversar com ela, fale-me sobre você, conte-me como veio parar neste lugar, é fascinante, e ela o satisfaz por quase um minuto antes de se cansar de sua curiosidade e seguir adiante mancando. Quando ela se aproxima de Penélope, a rainha ordena que a mendiga seja acomodada perto do fogo e lhe deem bebida e comida como é o costume do palácio, e Electra observa que é apropriado que alguém tão perto da morte visite um banquete para os mortos, porque não há nada nesta vida agora que Electra não relacione ao pai.

E assim, afinal, ela se senta ao meu lado no lugar de honra perto da lareira, ajusta sua bengala, chupa uma lasca de osso gorduroso calmamente, os dedos pegajosos e um pouco menos sujos sob seu vestido esfarrapado, até que, finalmente, quase enlouquecendo com sua grosseria e arrogância, questiono:

– O que, em nome de Hades, você pensa que está fazendo?! Sua aparência está completamente ridícula, não pode apenas… Quero dizer, seu cabelo! E o que é esse cheiro, isso é…

– Fezes de porco – Atena responde, a leveza de sua voz celestial audível apenas para meus ouvidos. – Acredito que cria o disfarce mais autêntico se passar com cuidado nos pulsos e na nuca.

Eu recuo, com os olhos arregalados, e me prendo a meio fôlego de declarar: vou contar para o seu pai, eu vou, vou ter uma palavrinha com ele, ele não vai aceitar isso, apenas espere, apenas…

Mas Atena simplesmente sorri, como se já conseguisse escutar as palavras que eu poderia dizer, como se já soubesse de tudo isso e conhecesse o resultado, vaquinha presunçosa, madamezinha, sempre ostentando sua suposta sabedoria, seu suposto intelecto, é apenas… ela me deixa… pelo meu nome, eu a detesto!

– E você é…? – ela pergunta por fim.

– Um mercador de Argos – retruco, passando meus dedos cobertos de anéis pelo meu cabelo cuidadosamente oleado. – Embora eles me vejam apenas com o canto do olho e esqueçam imediatamente ao afastar o olhar. Ao contrário de algumas pessoas, eu não preciso fazer uma grande entrada.

– Um mercador de Argos – ela repete sem rodeios. – Lápis-lazúli? Botas de couro vermelho? Placas de ouro no cinto? – Seu desprezo é igualado apenas pelo quanto ela está tentando não rir.

– Pelo menos estou perfumada com o aroma de ambrosia que acalma os sentidos, em vez de fezes de porco! – sibilo em resposta. – Pelo menos quando as pessoas mal me veem, o que elas mal veem é agradável para seus olhos mortais sem graça, ao invés de... *disto*! – Eu gesticulo furiosamente de alto abaixo para sua forma esfarrapada, mas ela apenas sorri os dentes encantados para parecerem amarelos, com os quais rasga outro bocado de pão. Viro meu rosto em desgosto, espantando a imagem na frente dos meus olhos como a um mosquito zumbindo.

Por um momento, isso é tudo o que há entre nós: o deboche dela e meu desdém. Mas há uma razão pela qual ela veio a este salão nesta noite, creio eu, e não vou dar a ela o prazer de facilitar suas perguntas.

Atena fala com a boca cheia, os olhos varrendo a sala, quando sua curiosidade enfim supera seu orgulho.

– Senti sua presença na lua passada nesta ilha, mas não pensei que se rebaixaria tanto a ponto de andar entre os mortais. Houve uma briga, ou teria havido uma briga, entre os pretendentes. Eu a resolvi, é claro; mas você estava lá. Por que veio a Ítaca, conspiradora?

– E onde eu deveria estar, deusa da guerra? No Olimpo, bajulando Zeus para que ele envie ao seu Odisseu um vento favorável? Ou você parou de se rebaixar por um homem?

– Você fala como se ele fosse meu animal de estimação; mas *você* está no palácio dele. O que seu marido-rei pensaria disso?

– Ao amanhecer estarei em Creta bebendo o sangue que me oferecem de uma tigela dourada, não se preocupe, enteada – respondo, ríspida. – Entretanto, por vezes, convém até mesmo à mais grandiosa se lembrar dos mais... pobres entre seus súditos. Que adoradores pitorescos você tem aqui em Ítaca. O que lhes falta em oferendas, costumes, riquezas, cultura e graça eles compensam com um fascínio por peixes, e uma certa dedicação ao seu nome.

– Há uma diferença entre nós, madrasta – responde ela, com o sorriso de um tubarão. – Eu mereço adoração por meio de aprendizado e ações. Ao agricultor dou a oliveira; ao guerreiro dou um escudo. Em contrapartida, você parece meramente... *esperar* devoção, sem a ação que a mereça. Pergunta por que, sendo assim, nenhuma carne é queimada em seu nome em Ítaca?

119

Nenhuma carne é queimada em meu nome porque há pouquíssima carne em Ítaca para queimar. Solteironas e viúvas mantêm suas orações silenciosas, para si mesmas.

– Você esteve observando Odisseu por tempo demais. Você esquece que Ítaca é uma ilha de mulheres. Os homens podem orar a você, podem derramar sangue em sua homenagem, mas as mães chamam meu nome quando suas bolsas se rompem.

Atena pisca para mim, com os olhos arregalados como a coruja que é sua mensageira. Não é sempre que se vê a deusa da sabedoria confusa, mas quando ela fica, é como se alguma parte de sua mente tivesse encontrado uma parede que ela simplesmente não consegue compreender, como se qualquer assunto além do alcance de sua compreensão apenas não possa existir. Então, lentamente, uma palavra de cada vez, como se destrinchando algum grande assunto incompreensível:

– Quem se importa com as mães?

Meu marido engoliu a mãe de Atena inteira para tentar impedir o nascimento de sua filha, mas ela rastejou para fora de seu crânio mesmo assim, pegajosa dos fluidos cerebrais dele e coberta de sangue. Zeus, por motivos que não entendo, se afeiçoou à menina imediatamente, e, por sua vez, Atena não mencionou toda a história do canibalismo materno nem uma vez, apenas para manter a civilidade.

Se eu fosse devorar Atena, gostaria que ela fosse servida em uma cama de tâmaras. As pernas cozidas com lentidão, a barriga frita depressa em óleo. Imaginar isso às vezes me diverte, mas, pensando bem, é provável que ela me cause indigestão.

– Quem… se importa com as mães? – Atena repete, testando as palavras e achando-as satisfatórias. – Os poetas não cantam sobre… sobre o parto. Os poetas não se importam se o leite materno flui bem ou pouco. A única mãe que vale a pena nomear é aquela que acolhe seu filho guerreiro de volta em casa! As únicas canções de que se lembram, as únicas canções que são cantadas nos palácios dos reis, são sobre os homens que fazem algo importante! Os guerreiros e os heróis que morrem lutando para criar uma reputação! Quem diabos se importa com a porra das *mães*?!

– Toquei num ponto fraco – sugiro educadamente, apreciando o rubor avermelhado subindo pelo pescoço dela.

Quando ela está mais furiosa, suas bochechas incham como as de um peixe. Ela puxou isso do meu marido, só que ele também tem uma outra característica: a pequena veia se contorcendo na lateral do pescoço se rompe e se contorce como uma enguia que está sufocando.

– Por que está aqui, velha mãe? – pergunta ela, ríspida, finalmente. – Seu marido suspeitaria que está fazendo alguma grande indiscrição se a encontrasse espreitando por aqui.

No Olimpo, se ela ousasse se dirigir a mim dessa maneira, eu me voltaria para Zeus e gritaria: "Você vai permitir que ela fale assim comigo?!"; e para Poseidon, que a detesta talvez ainda mais que eu, choraria e diria: "Por que todos os meus parentes me abandonam?". E eles arrastariam os pés, pareceriam um pouco constrangidos e diriam para Atena que não se comportara nada bem; e por algumas semanas ela ficaria emburrada nas ilhas orientais, vestida de pastora até que tudo se acalmasse; e algumas ninfas esfregariam meus pés e abanariam meu rosto, até que eu me cansasse da tagarelice incessante delas. Atualmente, isso seria uma vitória.

Mas esta noite, em Ítaca, há apenas mortais, e eles não compreendem as palavras dos deuses.

– Talvez eu esteja guardando a família de Odisseu. Talvez alguém devesse.

Os lábios de Atena se curvam em desgosto.

– Eu *protejo* a família de Odisseu. Eu sou a protetora dele.

– Dele, não deles. Já deu uma olhada neste salão? Qual é exatamente a natureza da proteção que você oferece? Murmurar no ouvido de um egípcio? Cólicas estomacais para um pretendente que comeu javali demais?

– A hora deles vai chegar. Odisseu retornará.

– Ah, Odisseu retornará! Bem, então está tudo certo. Fico tão feliz em saber que você tem tudo sob controle.

– Eu poderia contar para Zeus sobre suas indiscrições – ela rosna.

Eu me inclino toda para a frente, e ainda há uma pitada em mim, uma pitada do fogo que vem apenas das orações das mulheres ensanguentadas que imploram para que seus bebês não morram.

– E eu para meu irmão Poseidon, que me ama quase tanto quanto despreza meu marido. E, apesar de acabarmos sendo punidos por isso, poderíamos erguer os mares e afogar o pequeno Odisseu, dar seus ossos para as águas-vivas. Eu aceitaria o castigo, para contrariar você.

Atena é uma deusa da guerra e da sabedoria. Eu a vi levantar sua lança com tristeza nos olhos, como se dissesse "Ah bem, ah bem, tentei ser misericordiosa, mas você é tolo demais para viver", e quando chega o momento, não há como pará-la, nenhuma redenção ou esperança de fuga. Pelo menos com o ardente Ares, pode-se orar para que o coração dele derreta depois de ter ardido.

Por um momento nós nos equilibramos, ela e eu. Nós poderíamos nos enfurecer – ah, nós poderíamos estilhaçar as paredes de pedra desta ilha, agora mesmo, com nossas divindades combinadas –, mas então quem veria? Os olhos do Olimpo se voltariam para Ítaca, e embora eu certamente fosse punida por ter ousado agir como uma deusa deveria, tendo me envolvido em assuntos de homens – de *homens*, meu marido diria, de *homens* de verdade em vez de meras mães! – A situação de Atena dificilmente seria melhor. Embora ela tenha jurado ser virgem, à noite eu a vejo espiando a ilha de Calipso, a ponta da língua acariciando as cerejas entreabertas de seus lábios, enquanto Odisseu geme no leito perolado da ninfa. Se algum deus-homem visse seu olhar, o que diria? Que arrebatamento Zeus decretaria se percebesse que sua filha era, afinal de contas, um ser sexual?

Por um momento, eu esqueço o quanto odeio a cara presunçosa e arrogante dela, e quero sussurrar em seu ouvido, *deixe-me mandar alguém para sua cama*. Se não um homem, então aceite uma mulher. Os deuses não são capazes de imaginar que conseguimos ter prazer sexual quando um homem não está presente para nos agradar. Não é quebrar as regras, é apenas… viver um pouco. Aqui. Não sente algo aqui? Você não merece sentir um pouco mais? Deméter e Ártemis, até mesmo a velha e chata Héstia, sabem um pouco do que estou falando. Fizemos coisas quando a lua está velada, gritamos um êxtase cujo som, se os homens em nossas vidas pudessem ouvir, poderia fazer até Zeus questionar a própria alardeada proeza. Você também poderia, Atena, se esquecesse por um momento de pensar como um homem.

Acho que vejo nos olhos dela: o cálculo de tudo o que há entre nós. Daquilo que está acima de nós, os olhos dos homens, observando cada um de nossos movimentos, de repente, ela se recosta, vira um pouco o rosto, queixo empinado, como se não houvesse nada desordenado aqui, nem no mundo.

– Vejo que os filhos de Agamêmnon vieram para cá – comenta ela, fria como o mar.

– Vieram mesmo.

– Procurando pela mãe, sem dúvida.

– Sem dúvida.

– É um crime terrível um filho matar a mãe… e, também, um crime o filho não vingar o pai. Eu me pergunto como Orestes vai conciliar esses dois.

Eu dou de ombros. Eu não dou a mínima se ele os reconciliará ou não.

– Você amava Clitemnestra, eu me lembro. Ela agia como o próprio Zeus. Fazia decretos. Julgava. Atravessava o palácio enquanto todos se curvavam e se prostavam diante dela. Teve amantes, que se dedicaram tanto ao prazer dela quanto ao deles. Quantas vezes ela orou para você pedindo que o marido não voltasse? Parte da brisa que soprou Agamêmnon para longe de suas costas não veio, acredito, do tridente de Poseidon. Seu irmão do mar sabe que você interferiu no vento norte? Seu marido sabe? – Eu não digo nada, mas ela tem a cortesia de pelo menos não sorrir.

– Você sabe que Clitemnestra deve morrer. Orestes será rei; um grande homem. Assim será.

– Você tem um fraco por jovens carentes, não é? Acha que Orestes agradecerá aos deuses por ordenarem-lhe que mate a mãe? Acha que a coroa vai repousar tranquila naquela cabeça dura dele quando tiver terminado?

– Os poetas cantarão o nome dele, e eu estarei ao seu lado. – Seus olhos disparam para o garoto aos pés de Orestes, e cintilam com algo que eu não gosto neles. – Telêmaco também.

– Talvez, só desta vez, nossos interesses estejam alinhados. Não sou inimiga de Odisseu.

– Mas você é amiga de Clitemnestra.

– Sou amiga de todas as rainhas, de Penélope também.

– Penélope? Penélope não… – Atena lança um olhar para a mulher sentada em silêncio no canto mais distante do salão. Talvez eu tenha falado demais; há uma quietude fora do comum no rosto de Atena, como se ela estivesse vendo a esposa de Odisseu pela primeira vez, uma contração de algo inesperado na ponta do nariz. Ela se levanta, e há uma frouxidão em seu disfarce de mendiga, um brilho de algo celestial em sua aura que faz até os pretendentes descontentes olharem em sua direção, os olhares deslizando para cima como se seus olhos fossem cegos, mas seus corações pudessem ver um pedacinho do Olimpo.

Então desaparece em uma onda de ouro, e eu rapidamente coloco um certo encanto nos olhos entorpecidos que testemunharam isso, para que não ficassem instantaneamente cegos devido à passagem de minha enteada e para que esquecessem que tinham tido um vislumbre de uma deusa.

Típico da maldita Atena, sempre fazendo com que os outros limpem sua bagunça. Ela pode ser um problema, antes que tudo isso acabe.

Capítulo 20

Há um vale perto do templo de Ártemis, enterrado na floresta escarpada, onde apenas as criaturas selvagens vão. Um riacho corre dele para o mar, muitas vezes desaparecendo entre as rochas, de modo que sua origem é difícil de rastrear. É protegido do vento por muros altos de pedra irregular, embora o som de uma voz erguida em raiva possa percorrer todo o caminho desde seu ponto mais alto até a costa da ilha. É para esse lugar, na hora mais escura, que as mulheres vão.

Sêmele as trouxe até aqui, sua palavra sussurrada pela ilha por Urânia e suas prestativas primas. Às esquecidas; às filhas solteiras de pais mortos, às viúvas de maridos perdidos, ela enviou sua mensagem. Venham, diz Sêmele, quando as mulheres se reúnem. Não tenham medo, pois há algo aqui que vocês podem fazer.

Esta noite Teodora, filha da incendiada Fenera, vai também, erguida de seu catre duro nos casebres que cercam o templo escondido, com o arco nas costas. Teodora não tem casa, nem família, nem homem. Ela segue as mulheres pela noite.

Ela segue com uma lamparina abafada e a gloriosa luz das estrelas até a parte mais profunda da ilha, onde a floresta escurece e não se sente mais o cheiro de sal no ar. Ela segue para onde os ursos podem rosnar ou os lobos podem uivar, até um bosque iluminado à luz do fogo, onde as mulheres esperam. Algumas ela acha que conhece: Sêmele e suas filhas; as esposas que dizem que ele está perdido, apenas perdido; as mães que permanecem de braços rígidos e queixos teimosos, afastadas da emoção e da dor, apenas seguindo em frente. Em Ítaca é isso que se faz – apenas segue-se em frente. Nesta noite há quarenta mulheres reunidas. Amanhã haverá mais.

No meio de todas elas, está outra mulher, vestida com farrapos de animais rasgados e cintos de facas. Ela se vira para avaliar esse possível exército formado pelas abandonadas e perdidas, observa suas armas: machado de lenhador, faca de pescador, foice de fazendeiro e arco de caçador. Ela não parece desaprovar.

– Certo – declara Priene. – Qual de vocês é capaz de matar um lobo?

À tênue luz do amanhecer, acho que ouço um guincho de coruja. Atena está por aqui, sim, ela está por aqui, cuidando de seus negócios; mas como eu, deseja ficar invisível. Não seria bom para Zeus imaginar que nós, deusas, nos envolvemos demais em assuntos de homens.

A luz reflete prateada do mar espelhado, e no alto do palácio de Odisseu um homem brinca com os dedos pela coluna da criada que está deitada ao lado dele e sussurra: você será livre. Você será livre. Você será livre.

Outros homens tentaram levá-la para suas camas, sem lhe prometer nada, presumindo que eram donos de seu corpo, assim como de seu trabalho. Ela chutou, gritou e mordeu, e todos, exceto um, desistiram. Esse é o primeiro homem que a segurou e disse: você será livre.

Você será livre.

Ela acha que ele está mentindo, está quase certa disso, mas a intenção é o maior afrodisíaco.

Você será livre.

À luz nascente do dia, Telêmaco coloca sua armadura e corre pelas colinas de Ítaca.

Correr usando armadura completa é algo que ele sabe que os mirmidões costumavam fazer, aqueles famosos guerreiros de Aquiles. Eles colocavam seus capacetes emplumados e com escudo e lança corriam morro acima e à beira do mar. Ao meio-dia, paravam apenas tempo suficiente para lutar, ferindo-se gravemente para aprender a tolerar a dor, depois continuavam correndo até que, finalmente, ao anoitecer, exaustos de seus trabalhos viris, banqueteavam-se com vinho e mulheres, que ficavam encantadas com a proeza desses homens, porque não há nada como fazer sexo com um homem que esteve correndo por doze horas para realmente criar o clima.

É assim que Telêmaco entende os costumes dos mirmidões e está profundamente equivocado em quase todos os pontos. Ele agora é capaz de correr uns bons 25 minutos usando armadura completa, antes de desabar em um estado de semi-inconsciência por exaustão, com a cabeça latejando e os membros como chumbo, tão viril quanto um dente-de-leão. Se ele conhecesse o pai – se o pai tivesse estado aqui para ensinar-lhe o caminho do guerreiro, como pais devem fazer –, Odisseu teria se sentado ao lado dele e dito: "Em nome de Atena, garoto, o que está fazendo? Nunca se treina para entrar em uma batalha, apenas para fugir dela! Já falei para você a respeito da genialidade tática que é a corrida de três minutos?"

Ninguém mais poderia explicar isso a Telêmaco, exceto o pai. De outros homens seria covardia, inacreditável. Vindo de Odisseu é a profunda sabedoria paterna. Telêmaco tem todos os tipos de ideias engraçadas quanto à sabedoria dos pais. Meu velho me devorou assim que nasci; nossos pais não são tudo o que eles dizem ser.

E ainda assim...

... aproxima-se do alto do morro atrás da fazenda de Eumeu, ofegante, e já há outro ali, mais alguém que gosta de uma rápida caminhada logo pela manhã. Kenamon está sentado, com o queixo erguido e virado para o sul, como se pudesse sentir o cheiro de seu lar trazido à luz dourada do sol nascente. Será que ele tem a própria Penélope, esperando em algum lugar no final do Nilo? Será que ele deixará esta rocha branca com lágrimas salgadas e desafiará os deuses para retornar atravessando um mar vingativo? Talvez; porém, os poetas não se importam.

Telêmaco diminui a velocidade, sentindo ao mesmo tempo uma sensação de indignação por sua privacidade ter sido quebrada pela intromissão desse estranho em seu reino, sua manhã e seu treino, mas também curiosidade. Tal qual a mãe, ele não tem certeza se sabe o que é ver um homem adulto na ilha, ao menos não um que não esteja de ressaca ou negociando peixe, e há tamanha quietude no rosto de Kenamon, que ele pensa que talvez o pretendente esteja em oração, e não é certo interromper um homem em comunhão com os deuses, mesmo deuses estrangeiros que não ouvem vozes erguidas tão longe de casa.

(Será mesmo verdade? Um bater de asas de falcão, uma forma manchada contra o sol – Hórus, se for você e você não trouxe oferendas adequadas, eu vou fazer picadinho de você, seu merdinha atrevido, volte aqui agora mesmo!)

(Talvez fosse apenas um falcão...)

Então Kenamon abre os olhos, vê Telêmaco, levanta-se, faz uma reverência.

– Príncipe de Ítaca, bom dia.

Telêmaco gesticula; por favor, não é nada. Ele gosta de fazer o gesto. É muito régio. Sua mãe às vezes o faz, mas com um gesto de mulher mais gentil, como se dissesse: "Ora, você me honra, mas de verdade, eu não mereço seu respeito". Telêmaco odeia quando a mãe faz isso, e jurou que, quando dispensar as pessoas, será da maneira adequada e própria de um rei.

– Vejo que encontrou seu lugar favorito – diz ele, sentando-se na grama ao lado do egípcio.

– É verdade. Obrigado por me mostrar. É... ao mesmo tempo, libertador e aprisionador – comenta Kenamon – estar cercado por tanta água. – E Telêmaco está se chutando, porque é exatamente isso que deveria ter dito, esse é o tipo de comentário perspicaz no qual o filho de Odisseu deveria ter pensado. Em vez disso, ele fica sentado, calado, envolvido demais com o próprio monólogo interno para realmente se envolver com as coisas que o egípcio diz, até que por fim Kenamon pergunta: – Como anda o treinamento?

– O quê? – Telêmaco, suor pingando, usando armadura completa no alto de uma colina; agora não é hora de esquecer por que ele corre toda manhã, mas por um momento parece que talvez ele tenha esquecido. – Ah, a milícia, é… vai ser bom, eu acho. Estamos todos treinando pesado. Venho aqui de manhã, antes que Pisénor nos reúna, porque… Bem…

– Você é o filho do rei – Kenamon oferece ante o silêncio de Telêmaco. – É seu dever ser o mais forte, o mais corajoso, defender seus companheiros, certo?

Quando os poetas falam de Aquiles, eles deixam de mencionar algumas coisas. Eles passam por cima de quanto tempo ele passou chorando nos pelos do peito de Pátroclo, e como suas lágrimas eram ranhentas. Eles são um pouco vagos sobre o quão apertados os mirmidões ficavam quando entoavam juntos canções sobre o amor fraterno e sobre a diferença entre um tapa viril na coxa e uma carícia na perna do seu vizinho. E eles não mencionam quanto tempo Aquiles passou sendo muito desajeitado com uma espada, ou aquela vez que ele acidentalmente se acertou na cabeça com a própria lança, enquanto a girava dramaticamente como as asas do sicômoro, porque simplesmente não é bonito ter que se *esforçar* para ser um herói. Heroísmo, caso você acredite nos bardos, é uma qualidade inata, um dom recebido ao nascer, e a ideia de que antes de suas aventuras másculas há um período de treinamento de quinze anos repleto de músculos distendidos e usando o arco infantil simplesmente não se encaixa no ambiente de valentia.

Telêmaco compreende o que é ser um herói por meio dos bardos, e não pelo seu pai. Eles insistirão que Odisseu, aos treze anos, já lutava desarmado contra javalis, enquanto enganava Hermes e compunha versos épicos com temática náutica. Ao passo que eu, para quem o tempo é apenas uma névoa a ser afastada como as nuvens, poderia tê-lo informado que os melhores versos adolescentes de Odisseu eram os seguintes:

Vi uma cabra pela manhã
No topo de uma colina
Fui pegá-la
Mas ela fugiu
Como um caranguejo

É claro, é útil para Penélope que os bardos cantem a versão mais emocionante da vida de Odisseu. Às vezes, ela até os paga em segredo para adicionar um ou dois versos que dizem "Ta-ram-ta-ram e quando ele retornar ta-ram-ta-ram ele vai massacrar todos os que macularam sua casa ta-ram-ta-ram o poderoso, poderoso Odisseu."

Lamentavelmente, Telêmaco não tem ciência do subterfúgio da mãe e, em vez disso, a velha Euracleia o regala com histórias de como, aos dois anos, Odisseu já matava cobras com os dentes, e como aos cinco anos falava três línguas e sonhou com uma águia, um sinal certo de grandeza.

Telêmaco nunca sonhou com uma águia, embora Apolo saiba que ele tente.

Agora, sentado ao lado de um estranho de uma terra distante, e ele tem essa sensação terrível de que, ao contrário de todos os outros heróis de outrora, ao contrário daquele Héracles de merda e daqueles abençoados por deuses e poetas, ele, Telêmaco, filho de Odisseu, realmente precisa se esforçar se quiser sobreviver. Ele não receberá algum dom de velocidade sobrenatural, da dança da espada ou de facilidade com as palavras. Não terá o luxo de uma missão olimpiana – encontre um velo, mate sua mãe – para estabelecer sua reputação. Em vez disso, piratas e lutas difíceis em uma praia sangrenta, estratagemas à meia-noite e a zombaria bêbada de homens que gostariam de ser seu pai. E se ele quiser sobreviver, deverá se levantar todas as manhãs e correr até não poder mais correr, e treinar todas as noites e reconhecer – como o irrita! –, reconhecer quando comete um erro.

Aqui está, então: o momento crucial.

Verifico os céus para ter certeza de que Atena não está observando, mas, se ela estiver, está se escondendo bem.

Sento-me ao lado de Telêmaco, uma deusa à sua esquerda, um estranho à sua direita, e tomo sua mão na minha.

É isso, garoto, sussurro em seu ouvido. *Esta é a sua chance de não ser um completo idiota.*

Em seu coração, os poetas cantam grandes feitos. Há um lugar onde seu pai deveria estar, mas estava tomado por mulheres e histórias de outros homens, criando uma imagem de seu pai que nunca teria sido real, nunca poderia ter sido humana.

Você é um herói, Telêmaco?

Pressiono meus lábios em seu ouvido e faço a outra pergunta. *Você é um homem?*

Kenamon diz:

– Quero dizer, eu gosto de peixe tanto quanto qualquer um, e vocês fazem coisas excelentes com ele, é claro, mas de onde eu venho, não tem tanto peixe, a dieta, sabe, é... demora um pouco para se acostumar, e eu acho...

Telêmaco deixa escapar:

– Você me ensina?

Kenamon se vira e pergunta:

– Como?

– Você me ensina? A lutar? Você disse que foi um soldado, e Pisénor é… ele não é muito… e meu pai não teve a chance de me mostrar como usar o arco dele.

Seus lábios tremem como se ele fosse uma criança pega de pé junto ao jarro quebrado. É possível ser homem e ser vulnerável? É possível um homem pedir ajuda, é possível que um homem implore a outro homem por ajuda? E, no entanto, Odisseu reza para Atena, se prosta e chora, e como ela se emociona ao ouvir seu nome na voz dele.

– A milícia… – murmura Kenamon. – Pensei que Pisénor…

– Ele nos ensina a ficar em fila segurando lanças. Se eu estivesse em um exército, lutando contra os troianos diante de suas muralhas, faria sentido. Mas vamos lutar contra invasores, piratas ilírios. Eles não vão ficar enfileirados. Não vão lutar… com honra. E quando as fogueiras forem acesas e formos chamados, não acho que… Eu não posso ter certeza… Não tenho certeza de quantos realmente virão. Se o filho de Odisseu morrer sem fazer algo notável, na calada da noite, acho que talvez… Acho que será mais fácil para todos. – Isso é o mais próximo de uma pura verdade que Telêmaco já se atreveu a pensar, quanto mais dizer em voz alta. Ela não pode durar muito tempo. – Quando meu pai voltar, haverá sangue. Ele vai matar todos os pretendentes. Haverá guerra. Será necessário para purificar Ítaca.

Os lábios de Kenamon estão apertados, suas sobrancelhas franzidas. Ele conhece o significado de "purificar", mas não tem certeza se o entende nesse caso. Há algo na linguagem deste lugar que falta ao seu aprendizado.

– Aqueles que se aliam a mim – continua Telêmaco – viverão. Mas é perigoso. A cada dia que meu pai não retorna, corro mais perigo. Perigo por parte de homens que não lutam com… honra. Preciso sobreviver até meu pai voltar. Pisénor me ensina o que é capaz, mas é… Você era um soldado. Você pode… ensinar-me.

Kenamon fica em silêncio por um momento e, embora sua mente não seja tão clara para mim, acho que tenho um vislumbre dela. Por um momento ele é um pretendente, encarando o garoto que poderia, se não fosse cuidadoso, virar-se contra ele num instante e cortar sua garganta. Será que Telêmaco fará isso? Nenhum deles sabe.

E então, Kenamon é apenas um homem de novo, que se recorda do dia em que o sobrinho nasceu, e como ele adorava brincar com espadas de brinquedo, enquanto os insetos chilreavam à luz do anoitecer, e ele vê como Telêmaco é jovem, e por um momento sente-se velho.

– Está bem – responde ele, finalmente. – Príncipe de Ítaca, vou ensiná-lo a lutar.

As mãos seguram os antebraços um do outro, apertam com força. Este é um vínculo de homens, e, na noite seguinte, Telêmaco sonhará com falcões, que não são bem uma águia, mas definitivamente está se aproximando.

À primeira luz do dia, enquanto o filho choca lâminas com um estranho de uma terra distante, Penélope está no penhasco acima de Fenera, velada, com Eos ao seu lado.

– Certo – diz ela, por fim. – Se você fosse minha prima, para onde você iria?

Capítulo 21

Penélope ronda os penhascos acima de Fenera.

Isso não é incomum. Ficar no topo de um penhasco observando, melancólica, o mar, é um passatempo elegante para a esposa de Odisseu. Atinge todas as notas exatas de união casta que são esperadas e exigidas, ao mesmo tempo em que dá a oportunidade de fugir do fedor implacável dos pretendentes no palácio. Se ela for vista, as pessoas comentarão: lá vai Penélope, lá vai nossa rainha enlutada, não a perturbemos, pois ela está claramente lamentando agora, para que depois possa parecer impassível. Ah, abençoado seja seu coração partido, não é maravilhoso ver uma mulher que guarda seus sentimentos apenas para si mesma e para o mar profundo e escuro?

Em geral, ela escolhe um penhasco razoavelmente próximo à cidade, caso ocorra uma emergência, mas a presença de Orestes e Electra ocupando seus segundos melhores aposentos proporciona uma certa trégua da ameaça de violência imediata, uma breve onda de paz ansiosa, e assim ela pode ir mais longe.

Ela não vê o filho há dias, mas esse pensamento ainda não lhe ocorreu em toda a sua rica plenitude e potencial. Quando isso acontecer, ela sentirá um aperto na garganta, uma náusea no peito, uma reviravolta na barriga ao concluir, mais uma vez, que é uma mãe terrível.

Neste momento, estar em um penhasco, aparentando ser casta também lhe dá a oportunidade de andar, perto ou ao redor do referido penhasco, de preferência com o vento chicoteando suas roupas de uma maneira que encarna tanto a tempestade selvagem de seu coração enlutado quanto, ao mesmo tempo, uma mulher firme contra as intempéries, endurecida em sua fidelidade e coragem.

Ela às vezes se pega refletindo se Clitemnestra não teria se beneficiado de morar mais perto do mar. No rico conforto de Micenas, abençoada com brisas suaves e a abundância exuberante da suculenta colheita de uma terra fértil, deve ter sido muito mais desafiador atingir as notas certas de devoção piedosa exigidas de uma rainha. Talvez se ela tivesse mais oportunidade de dar a impressão de uma firme humildade e um pouco de virtuosa autonegligência, Clitemnestra talvez não precisasse ter fugido do cadáver empalado de seu amante morto, o filho uivando fúria, fúria, vingança e fúria às suas costas.

A perfumada Urânia, comerciante de todas as coisas que podem ser compradas e vendidas – mas acima de tudo, segredos – para um pouco afastada de Penélope, com Eos ao seu lado. É aceitável que as mulheres testemunhem coisas desse tipo, elas acrescentam uma dose de solenidade à ocasião. Por fim, sem ninguém além das três mulheres e do vento para ouvir sua voz, Eos informa:

– Andraemon estava exigindo vê-la de novo ontem à noite.

– Estava?

– Antínoo brigou com Anfínomo. Antínoo diz que, como o pai está pagando pela milícia, é como se ele próprio servisse em suas fileiras e, portanto, ele não precisa ir à guerra. Anfínomo riu e disse que Antínoo sempre foi um covarde, e os dois quase partiram para a briga.

– Onde eles estão agora?

– Antínoo está emburrado na casa do pai. Anfínomo está treinando com a lança.

– Alguém deveria avisar Anfínomo para não ficar bom demais nisso. Seria uma pena se ele se tornasse alvo de facas à meia-noite cedo demais.

– Ele muitas vezes olha com carinho para Melitta. Vou mandar que ela sussurre em seu ouvido.

– Faça isso. E onde estão Electra e seu irmão?

– Orestes está rezando.

– Não, quero dizer, onde ele está… Espera, sério? – Penélope para de andar por tempo suficiente para encarar sua sombria criada. – O tempo todo?

– O tempo todo. Coloquei Phiobe para servi-lo dia e noite, e ela relata que ele não come quase nada, não bebe nada além de água e reza constantemente para Zeus. Ele parece… muito devoto.

– Essa é uma maneira de descrever. E Electra?

– Ela também reza, mas de uma maneira muito mais tradicional. Ela encontrou um bom lugar à sombra ao lado da sua piscina de banho favorita.

– A pedra acima da abertura onde a água cai?

– Exatamente.

– Ela tem um excelente gosto para cenários. Prossiga.

– Ela se banha ali, o suficiente para se considerar um ritual, depois esfrega sujeira no rosto e depois se banha mais uma vez. Leaneira e Autônoe a servem, mas sempre que chegam visitas ela se cobre de barro depressa e faz uma expressão distraída e lúgubre. E assim que as pessoas se vão, ela para e fala com vivacidade com aquele homem dela, Pílades, e dá ordens e recebe relatórios. Então, à noite, ela volta ao palácio, se cobre com cinzas de novo, vai para o quarto do irmão, fica lá até que o banquete seja chamado, depois o segue como a ama segue a criança até o banquete.

– Você acha que Orestes sabe sobre a irmã estar no comando?

– Autônoe não tem certeza do quanto Orestes sabe ou se importa com qualquer coisa. Ele está preocupado.

– O assassinato iminente da própria mãe pode fazer isso com um homem. Ele é... confiável?

– Suponho que isso dependeria do que você quer dizer. Ele não foi rude, ou tentou qualquer coisa com as mulheres, se é que essa seja sua inclinação. Ele agradece e perguntou o nome de Autônoe, com sinceridade, acredita ela, pelo menos quatro vezes.

– Como ele está se saindo com Telêmaco?

– Ele não perguntou o nome do seu filho mais de duas vezes.

Penélope suspira.

– E Electra? Ela parece... interessada no meu filho?

– Ela sorri para ele, e às vezes segura a mão dele, e diz como o irmão está grato por toda a ajuda de Telêmaco, e que Ítaca sempre foi uma fiel aliada do pai deles. Mas Telêmaco está tão ocupado tentando falar com Orestes que não tenho certeza se ele notaria a atenção da irmã, mesmo se houvesse muito para ver.

É preciso toda a força de vontade de Penélope para não revirar os olhos.

– Vou conversar com ele sobre isso. Como vai a busca por Clitemnestra?

– Os micênicos não conhecem a ilha. Eles estão ficando mais... grosseiros. Ontem, revistaram a fazenda de Sêmele e foram rudes com ela e as filhas, roubaram alguns grãos, pelo que as mulheres disseram. Quase encontraram as armas também.

– Envie minhas desculpas e um presente para Sêmele. Quão bem vocês conhecem Fenera, Eos? Urânia?

– Há flores que crescem nas proximidades que, ao serem esmagadas, exalam um aroma agradável – pondera Eos, à maneira de um poeta. Então, um pouco mais prática – Além disso, às vezes tivemos que comprar mercadorias do povo de Fenera que eles contrabandearam por nossos portos, quando o inverno estava difícil.

– Se você estivesse fugindo deste lugar à noite, para onde iria?

– Há algumas pescadoras na baía além – sugere Urânia, os olhos fixos no rosto de Penélope. – E o palácio não fica longe.

– O que mais?

– Cavernas, mas é necessário ter algum conhecimento delas. O templo de Ártemis, a choupana do velho Eumeu, embora ele dificilmente receba bem os hóspedes.

Penélope assente para o nada, os olhos voltando-se para o mar.

– Temos que tirar os micênicos de Ítaca. – Seus dedos giram em torno de um anel de ouro com um selo que não deveria ser visto nesta ilha. Ela conhece Eos desde que eram meninas, uma princesa e uma escrava arrastadas para Ítaca; Urânia segurou sua mão, enquanto gritava quando Telêmaco nasceu, mas mesmo agora hesita. Então ela sacode a cabeça, estende a mão para Urânia, o anel na palma. – Preciso que você fique com isso.

Urânia levanta-o devagar, vira-o para um lado e para o outro. Demora um pouco para entender; então não demora, e o medo floresce em seu rosto normalmente sereno.

– Isso é… Onde achou isso?

– No corpo de um contrabandista, morto em Fenera.

– É… dela?

– Acho que sim. Minha prima nunca entendeu o valor de todas as coisas bonitas que ela tinha. É possível que ela tivesse demais para realmente apreciar todas.

– O que você quer que seja feito com isso?

– Leve-o para longe daqui.

– Não seria mais fácil atirá-lo no mar?

– Preciso que ele retorne.

– Sério? Por que… quando?

– Assim que você puder. Ele precisa ir para o norte, para Hyrie. Enviei um mensageiro há alguns dias para espalhar a notícia sobre minha prima pelas ilhas ocidentais e para ordenar que os portos fossem fechados. Despachei-o… devagar. Se for rápida, você deve chegar a Lêucade antes dele. Ninguém além de nós pode saber disso. Não posso me dar ao luxo de que Orestes fique… inseguro neste momento. Quem sabe o que os pretendentes farão se Micenas retirar sua proteção da casa de Odisseu?

– Farei isso. Mais alguma coisa?

– Sim. Nosso barquinho para emergências. Quem sabe de sua existência?

– Eu mesma, Eos, Autônoe…

Penélope acena com a cabeça, meio ouvindo, os olhos voltados para o céu como se procurasse um sinal auspicioso.

– Pode ter chegado a hora de algumas outras saberem do segredo.

Urânia segura o anel com força, sobrancelhas erguidas.

– O que exatamente você tem em mente?

Capítulo 22

Há um templo no alto de um caminho sinuoso e poeirento em um pequeno vale no coração de Ítaca, emoldurado por árvores baixas e sujas que se agarram às rochas desta ilha como os pelos emaranhados da axila. Tem uma qualidade de decadência diferente do santuário maior de Atena, que fica a cerca de duas horas de caminhada seguindo uma trilha estreita. Claramente, menos riqueza real foi gasta nele. Menos frutos de saques foram dedicados à sua honra, e menos pessoas com barrigas gordas e mentes inchadas vêm se curvar e se prostrar diante de sua porta suja. No entanto, observe com mais cuidado, e as paredes de madeira rústica e o piso varrido apontam para uma certa dedicação, embora o objeto de sua adoração não perceba ou se importe.

O cheiro de folhas escuras de pinheiro paira no ar ao redor deste lugar, e o cheiro de couro fresco secando ao sol também. Flores silvestres brancas crescem entre as pedras que se reclinam contra suas partes ocidentais, como se o templo tivesse sido arrancado do próprio solo em vez de construído por mãos mortais, e há guirlandas de hera e trepadeiras murchas colocadas acima da porta. Sou cautelosa ao me aproximar, embora a filha a quem homenageia não seja nada comparada a mim, e raramente se dê ao trabalho de aparecer por qualquer coisa que não seja o mais ultrajante dos sacrilégios. Brigas familiares demais começaram devido a desrespeitos a santuários, e devo admitir isso sobre Ártemis, ela é capaz de guardar um rancor fantástico. Pelo menos isso é algo que temos em comum.

Há várias mulheres juradas ao serviço da caçadora, mas apenas uma nos interessa agora, pois já a encontramos antes. Anaitis, que esteve na costa sangrenta de Fenera e sabia para que lado uma espada ilíria poderia cortar. A sacerdotisa volta agora da floresta com um par de coelhos mortos no quadril, satisfeita com seu trabalho, e fica surpresa ao descobrir que de todos os muitos – em geral maltrapilhos – adoradores que vêm à sua porta, hoje a própria Penélope está ajoelhada diante do santuário. Isso atraiu alguma atenção; adoradores, que vêm tanto pela fofoca e quanto pela porção de mel das colmeias do templo que é compartilhada ocasionalmente, estão agora exibindo uma súbita piedade para estar perto da rainha que está rezando. Reunidas também estão algumas das mais jovens no sacerdócio, tentando ao máximo não se mexerem ou parecerem impressionadas demais com a presença da realeza, seus cabelos rebeldes empurrados apressadamente para trás, suas unhas sujas escondidas nas palmas das mãos.

Anaitis vê tudo isso, mas Anaitis não é como as outras mulheres de Ítaca. Ela não é, já lhe asseguraram, muito parecida com qualquer pessoa em qualquer lugar. Ela não tem paciência para pessoas que não dizem o que querem dizer. Ela não entende por que alguém diria: "Nossa, Héstia! Amei o seu penteado!" quando na verdade o que se quer dizer é "Ah, não aquela velha chata da Héstia; Héstia, não conte aquela história sobre o fazendeiro de cevada de novo, todos nós já ouvimos, não foi divertida da primeira vez; ah não, lá vai ela, alguém me dê um vinho, vinho *forte*". Nesse sentido, ela tem muito em comum com meu amado filho, meu Hefesto, que foi tantas vezes ridicularizado por meus irmãos ignorantes que agora, quando ele entra ressentido no cômodo para contemplar os olimpianos, mal se dá ao trabalho de abrir a boca para dizer "bom dia" ou "boa tarde", sabendo que qualquer resposta que surja acabará por aborrecê-lo.

Em Anaitis, sacerdotisa de Ártemis, reconheço algo do meu menino, e por isso ela receberá de mim mais cortesia do que talvez mereça.

É por isso que, ao ver uma rainha ajoelhada diante do altar de Ártemis, ela não se precipita com uma reverência e uma porção de prostração sacerdotal, inclinando-se rapidamente para conversas sobre consertar o telhado ou cavar uma fossa melhor nos fundos para mijar. Em vez disso, com coelhos sangrando na lateral de sua coxa, ela se aproxima da rainha, acena uma vez para a figura grosseiramente esculpida no altar que pode ser uma mulher, mas não tem nenhuma semelhança com uma deusa, e diz:

– O que você está fazendo aqui? – Penélope levanta a cabeça lentamente. Isso dá a Anaitis tempo para reconsiderar sua posição e acrescentar – Vossa majestade.

– Uma rainha não deveria mostrar devoção a todos os deuses?

– Pensei que Atena fosse sua patrona.

– Atena é a patrona do meu marido – ela responde com o mais fraco e vazio dos sorrisos. – Minha posição é mais fluida.

Anaitis não gosta da palavra "fluida". Ela ouviu as pessoas a usarem e depois rirem de uma maneira que a deixa profundamente desconfortável. Tampouco, está de todo certa de que uma mulher deva escolher e mudar o centro de sua devoção com tanta facilidade quanto o vento muda. Claro, é possível fazer oferendas a Poseidon antes de zarpar, depois rezar para Deméter antes de espalhar sementes ao vento; porém, a longo prazo, Anaitis sempre foi ensinada que é melhor escolher um patrono e ser-lhe fiel, com base no fato de que a intervenção celestial de uma divindade leal de verdade, que se importa com você, sempre causará uma impressão melhor do que uma oração espontânea a Ares no momento em que as coisas ficam difíceis.

A este respeito, como tantos outros, eu diria que Anaitis tem razão; muitos escravos meio resmungões poderiam aprender algo com o compromisso firme da sacerdotisa. No entanto, a quem uma rainha deveria se dedicar, sendo a governante de uma terra inteira? Acaso ela não reza também pelo ferreiro e pelo curtidor, pela prostituta e pelo pastor também? Qual divindade é mais apropriada quando é preciso a bênção de todos nós para manter um reino unido?

Reze para mim, a rainha das rainhas, sussurro, suave como a pele da corça recém-esfolada. *Vou ensiná-la a bajular todos eles até a submissão.*

Um vento frio sopra, levantando as folhas ao redor da porta do templo, e afasto-me apressada, esforçando-me para ouvir do outro lado da soleira para que Ártemis não perceba minha presença no solo sagrado dela.

Anaitis não sabe ao certo como discutir com a realeza. Ela muda seu peso de um pé para o outro. Ela tem a sensação de que as coisas que deveriam ser óbvias e fáceis, com esta rainha, não são. Ela consegue abaixar a voz a um sussurro, ao mais leve toque da raposa atravessando a floresta no inverno.

— Vi uma mulher do leste na floresta acima do templo ontem à noite, liderando as mulheres que vêm aqui. Ela disse que não vai rezar aos deuses gregos, mas que qualquer bom caçador entenderia o negócio de que ela tratava. Os homens sabem? Ouvi falar de uma milícia.

— Não. Eles não sabem. Por que... você está reconsiderando sua oferta de abrigo para as mulheres no bosque?

— Não. Ártemis ficaria satisfeita. Atena também, eu acho.

Atena ficará furiosa quando descobrir, embora eu ainda não tenha certeza se é porque ela está tão envolvida com as travessuras de seus homenzinhos heroicos, ou porque ela não pensou nisso primeiro. De qualquer forma, será uma briga terrível, mas nisso, ela cederá a mim. Se ela quiser que seu Odisseu volte para casa, se ela quiser que Odisseu tenha uma casa para a qual voltar, ela cederá.

— Se as mulheres forem chamadas para lutar, irá se juntar a elas? Você claramente tem um bom olho e um braço forte.

— Talvez — pensa Anaitis. — Elas vão matar os pretendentes?

— Ah não. Pelo menos, ainda não.

— Por que não?

– Porque se matarmos os pretendentes, provocará uma invasão do continente. Uma mulher não deve massacrar os homens em seu palácio, muito menos com um exército de mulheres apoiando-a. Seria completamente inaceitável e justificaria até mesmo que nossos aliados mais antigos, até mesmo Nestor, viessem para cortar minha cabeça. Ou levaria meu filho a fazer isso por eles, o que seria a escolha correta se ele esperasse sobreviver ao ataque de seus colegas pretendentes a reis.

– Mas… se Odisseu voltar? Ele não vai matar esses homens?

– Talvez.

– E isso também não desencadearia uma invasão?

– Talvez não. Ele é um rei. Matar cem homens desarmados é uma ação digna de um rei.

– Compreendo. – Anaitis não compreende. Ela entende, é claro, que essa é a sociedade e como a sociedade funciona. Ela é inteligente; aprendeu essas lições. O que ela não entende é por que, do jeito que é, a sociedade é tão insuportavelmente estúpida, governada por completos imbecis. Nesse ponto, mais uma vez, estamos inclinadas a concordar. – Acho que entendo por que você veio rezar para a caçadora, em vez de para a guerreira donzela – acrescenta ela, agachando-se de forma um pouco mais confortável ao lado de Penélope.

– Você viu os micênicos, imagino?

Anaitis faz uma careta.

– Estiveram aqui ontem. Eles foram rudes.

– Eles não desonraram o santuário? Não entraram no lugar sagrado?

– Não, nem mesmo eles chegariam tão longe. Ártemis manteve todo o exército grego acuado até que Agamêmnon sacrificou a filha mais velha para aplacar-lhe a ira – acrescenta ela, alegrando-se com o pensamento. – Eles não arriscariam irritá-la novamente.

"*Papai!* Papai papai papai papai papai eles mataram meu cervo sagrado papai papai papai papai papai!" choramingou Ártemis no ouvido do meu marido. Essas não foram bem as palavras dela, é claro, mas se você traduzisse a gritaria estridente de indignação que ela causou no Olimpo quando Agamêmnon abateu um de seus malditos veados abençoados, isso é basicamente o que teria ouvido. "Papai papai papai papai papai papai papai!"

– Está bem! – meu marido explodiu. – Pode ter seu maldito sacrifício humano!

Esse sempre foi o problema de Zeus, nunca parar para pensar nas coisas. Menelau segurou Clitemnestra pelo pescoço para impedi-la de arrancar os olhos do marido enquanto Agamêmnon enfiava a faca no peito de Ifigênia.

Nenhum dos outros deuses assistiu – nem mesmo Ártemis. Hermes foi contar a ela depois que havia acabado e ela disse: "Ah, é mesmo?" e eis que os ventos se voltaram para Troia. Apenas Hades e eu aparecemos para testemunhar a criança no altar, enquanto Clitemnestra berrava e Electra, jovem demais para ver tanto sangue, chorava sem entender. Ifigênia tinha nove anos. Os poetas fingem que ela era mais velha, muito sábia para sua idade. Sábia o bastante para aceitar morrer. Dessa forma, os heróis da Grécia não precisariam segurá-la por pulsos tão magros que ficavam escorregando pelas mãos dos soldados, enquanto a faca rachava seus ossos.

"Ora, veja bem, você deixou Ártemis ter a filha de Agamêmnon, então por que não me dar a tripulação de Odisseu?!" importunou Hélio quando os homens de Odisseu mataram seu gado sagrado, e bem, sim, por que realmente não? Meu marido permitiu que um pai matasse a própria filha por um cervo caçado por engano, então entregar a Hélio, sempre um parente incômodo, a vida dos últimos homens de Ítaca parecia justo. Esse é o tipo de péssimo precedente que é estabelecido quando o rei dos deuses está ocupado demais espiando dentro do vestido de alguma mortal para governar corretamente.

– Ártemis de fato é uma deusa grandiosa – Penélope admite, pois talvez também esteja contemplando precisamente quão flexível é a definição de grandeza.

– Uma protetora das mulheres.

Anaitis desloca seu peso um pouco para a frente e para trás e não encara Penélope.

– Bem. Uma protetora das mulheres. Certo.

– E o templo dela é um santuário que os homens não perturbarão.

– Eles seriam massacrados pela deusa – responde Anaitis afetadamente, e talvez esteja certa mesmo. Atena adora quando um guerreiro robusto vestido de bronze se ajoelha diante de seu santuário interno, e quando um homem violou uma mulher em seu altar, foram os cabelos da mulher que ela transformou em cobras em retribuição por esse sacrilégio. Eis a sabedoria de Atena. Ártemis, no entanto… Ártemis é muito menos encantada com as qualidades dos homens.

– Você… precisa de santuário?

– Não. Ainda não.

– Mas talvez… precise?

– Espero que não chegue a esse ponto. Tenho aliados em Cefalônia que, caso as coisas fiquem… difíceis, confio que vão me ajudar.

– Ouvi dizer que os portos estavam fechados.

– Há outras maneiras de chegar a Cefalônia sem ser por meio dos portos. Esta ilha está cheia de enseadas e recantos escondidos onde se pode manter um pequeno barco, veloz e com remos e vela, que uma mulher pode usar. O povo de Fenera entendia isso.

Anaitis assente e, não tendo nada de bom para dizer, não diz nada. Penélope semicerra os olhos de novo, oferecendo uma parca devoção – mal chegava a agitar o ar santificado deste pequeno lugar. Observo suas orações como poeira à luz do sol, antes de ela se levantar, apertar brevemente a mão de Anaitis, por um momento parece que vai se curvar, depois se vira e se afasta depressa deste santuário de folhas e pinheiros.

Eos está do lado de fora, esperando.

– Correu tudo bem? – ela pergunta em silêncio, mas Penélope a silencia com um dedo rápido sobre os lábios, até que estejam sob a curva da floresta que envolve o vale, e ninguém, exceto os deuses, possa ouvi-las.

– Muito bem mesmo – ela diz por fim. – Se tivermos sorte, metade da ilha saberá sobre nosso barco ao pôr do sol.

Capítulo 23

Um encontro noturno em um corredor. Electra ainda usa cinza. Penélope usa seu véu. Ela teve sucesso em evitar sua prima de Micenas até agora, optando por dedicar suas atenções a Orestes. Mas Electra aprendeu os corredores deste palácio – encontrou até o arsenal onde esconderam o arco de Odisseu –, estudou os hábitos de seus habitantes.

– Se ela for parecida com a mãe, tomará o arsenal e nos colocará na ponta da lança se não conseguir o que quer – avisa Eos.

– Se ela for parecida com a mãe, deixará o arsenal intocado e matará a todos nós durante o sono com uma faca de açougueiro – corrige Autônoe, descascando a casca grossa de um figo com um sorriso largo.

Agora Electra está diante de Penélope, cada uma guardada às costas por servas usando véus. Ao lado da irmã, está Orestes, espremido pelo criado Pílades, como se eles não tivessem conseguido decidir se andavam na frente ou atrás das mulheres, e acabaram empurrados para o meio. O corredor é apertado demais para essa formação desajeitada, e cabe a Penélope forçar sua voz a tomar um tom entre a suavidade e a seriedade.

– Como vai a busca por sua mãe, boa prima? – questiona ela.

Então:

– Nada bem – retruca Electra, antes de imediatamente substituir sua carranca por um sorriso e acrescentar, doce como néctar: – nada bem. Teremos que começar a procurar nos lugares sagrados, ou talvez até no palácio.

– É claro que você pode procurar no palácio, é claro! Mas lugares sagrados? Isso não irritaria os deuses?

Ao lado de Electra, Orestes assente com a cabeça. Ele sabe tudo sobre irritar os deuses; sua família é conhecida por isso. Electra também sabe que a própria família é amaldiçoada, mas sendo amaldiçoada considera que o pior dos danos já está feito, então, para o Hades com tudo isso. O que mais os deuses podem fazer?

Queridinha, sussurro em seu ouvido, *você ainda não viu nada.*

– Talvez mais homens – Electra reflete. – Talvez pudéssemos pedir ao meu tio para enviar ajuda de Esparta, alguns de seus soldados para ajudar a proteger as ilhas.

– Que excelente ideia – Penélope gorjeia. – Posso enviar uma mensagem para Nestor em Pilos também, e para todos os reis da Grécia. Tenho certeza de que todos de bom coração e nobre espírito têm interesse nesse assunto.

O sorriso de Electra é fino como a adaga que a mãe cravou no coração de seu pai, afiada como a lâmina que matou sua irmã. Ela acena com a cabeça uma vez para Penélope, que se afasta para o lado para deixá-la passar.

À noite, ocorre um banquete desorganizado.

Orestes não come, a menos que Electra o alimente. Ela ergue um prato diante dele, pega a carne em um pedaço de pão, insiste: coma, bom irmão, coma; e ele come, calado, tudo o que ela lhe oferece.

Dois homens micênicos estão atrás dele, observando a sala como se talvez Clitemnestra tivesse se disfarçado de pretendente, já estivesse aqui, tentando conquistar a mão de Penélope.

Os poetas cantam algumas canções sobre Agamêmnon, sua grandeza, seu poder, sua força infinita. Um deles começa uma canção que menciona em um verso como o pai de Agamêmnon matou o próprio irmão e serviu os sobrinhos para o irmão em um guisado, tornando-o, na verdade, o segundo membro daquela família específica a servir a carne de um parente em um banquete; entretanto, julgando a multidão, o bardo passa rapidamente por essa parte da cantiga.

As criadas circulam pela sala, servindo em silêncio à massa de homens amuados.

Os poetas não cantam sobre as mulheres.

Ah, antes... antes eles chamavam meu nome, levantavam a imagem da deusa mãe abençoada, o útero cheio e os seios erguidos para os céus, eles enfiaram seus dedos na terra e gritaram "Mãe, Mãe, Mãe!" Um dia, porém, meu irmão Zeus se cansou de suas labutas no que diz respeito ao mortal e ao divino. Ele viu o que os outros tinham e quis mais, mais para si mesmo; embora já fosse considerado grandioso, o que faz trovejar e o portador do relâmpago do céu. Ele não entendia dessa forma. As dádivas que os outros possuíam o diminuíam. As honras que outros recebiam sentia como um insulto contra a própria grandeza. E como ser grande entre iguais era ser minúsculo e medíocre aos olhos dele, ele se elevou – e tendo poucas alturas às quais subir além de já ser o pai dos deuses, isso necessariamente exigia que rebaixasse os outros.

Os poetas não cantam sobre as mulheres, e as mulheres cantam apenas em funerais, ou longe dos ouvidos dos homens.

Entretanto, quando o banquete tiver terminado e o ar estiver escuro, enquanto os poetas dormem e o trovejante ronca sob céus dourados, eu cantarei e vocês ouvirão. Venham comigo; vaguemos pelos corações das servas silenciosas, enquanto os homens de Ítaca e Micenas roncam em esplendor embriagado.

Eos tinha treze anos quando Odisseu a deu de presente de casamento à jovem Penélope. Por algum tempo, Penélope foi distante e dura, fazendo o melhor que podia para ser uma rainha. Mas Eos segurou sua mão, e Urânia, seus pés quando Penélope gritou e Telêmaco nasceu, e quando uma mulher passou tanto tempo olhando para a vagina dilatada de outra mulher, você pode afastar essa outra mulher para sempre e fingir que isso nunca aconteceu, ou pode descer do seu pedestal e admitir um vínculo que é mais próximo que laços de sangue.

Eos jurou que nunca terá filhos. Consequentemente, igual a Atena, ela jurou nunca ter um homem também; porém, ao contrário da minha enteada, encontra muitas outras maneiras de se distrair nas noites frias de inverno.

Autônoe servira em muitas casas antes de Penélope a comprar, e era considerada um gosto adquirido. Havia desafio em seus olhos, uma língua afiada que levou a muitas surras. Embora fosse determinado pela lei de todos os lugares civilizados que nenhum homem poderia tocar sua propriedade sem consentimento, quanto à sua observância, essas leis eram sempre frouxas, e se seus antigos mestres tinham a esperança de implantar sua semente na barriga dela, a única coisa que cresceu de seus ataques foi vingança, vingança e fúria, vingança.

– O que você quer? – Penélope perguntou um dia depois que Autônoe quase arrancou os olhos de um homem em um momento de raiva e rebeldia, e Autônoe ficou surpresa com a pergunta, nunca tinha imaginado que pudesse ser feita, não tinha ideia de como responder.

– Poder – retrucou ela finalmente. – Poder como o poder que você tem.

– Como vai consegui-lo?

– Talvez um homem se case comigo?

– Esse é o seu plano?

Autônoe hesitou. Na verdade, a única coisa mais estranha para ela do que ser perguntada sobre o que desejava, era ser convidada a considerar como poderia obtê-lo. Então Penélope disse:

– Aprenda com uma rainha, o maior poder que nós mulheres podemos possuir é aquele que tomamos em segredo.

Foi quando eu soube que amava Penélope. De todas as rainhas da Grécia, nunca pensei que pudesse amar uma que parecesse tão mansa e que se curvasse tão profundamente às vontades dos homens. Eu estava errada.

Melanto não se importou em ser vendida para Penélope. Pelo menos, no palácio de Odisseu ela tem refeições decentes, dois dias de folga a cada oito, roupas que não pinicam muito e a própria cama. Além disso, ela também sentiu o fedor do poder e, embora não o saiba, não seja capaz de compreendê-lo, uma fome se alojou em sua barriga que deve ser saciada um dia.

Phiobe nasceu escrava, reza para Afrodite à noite, gosta do toque de homens que se esforçaram e um dia perceberá que deveria rezar para mim. Afrodite é uma deusa para as jovens e aquelas que ainda não perderam.

Euracleia foi a ama de Odisseu quando ele nasceu, amada de Anticlea. Quando Penélope chegou a Ítaca, Euracleia mexeu no cabelo dela e disse: "Não se preocupe com nada, tia Euracleia cuida de tudo!" e dava bolos doces a Telêmaco, quando a mãe o proibira de comer, e o deixava lamber mel de uma tigela, e beliscava suas bochechas e dizia coisas como: "Não ouça sua mamãe quando ela gritar, você é especial!"; até que finalmente Penélope invadiu o quarto de Anticlea e gritou: "Quero que essa mulher vá embora!".

Então a sogra, que estava deitada na cama, apenas ergueu os olhos devagar e piscou algumas vezes para a jovem rainha e finalmente suspirou: "Você está sendo histérica, querida. Você deveria se deitar um pouco".

Quando Anticlea morreu, Euracleia arrancou os cabelos. Ou melhor, ela tirou algumas mechas, mas era um trabalho difícil e lento, sendo assim, ela cortou o restante de qualquer maneira, quando ninguém estava olhando, o que fez o mesmo efeito. Três dias depois, Eos foi até ela e disse: "Penélope diz que você foi tão leal e tem se doado tanto. Ela considera que chegou a hora de você passar alguns de seus deveres para servas mais jovens, para que você possa desfrutar da riqueza de sua idade".

Euracleia gritou e rosnou e chamou Penélope de todo tipo de coisas vis na cara dela, coisas que se ela não fosse a ama de Odisseu teriam feito que fosse vendida para uma fazenda de porcos em um minuto. Penélope sorriu e deixou que ela desabafasse, e quando terminou apenas disse: "Bem. Espero que isso esteja resolvido", e assim Euracleia estava acabada. Ela ainda assombra o palácio, resmungando e condenando cada grão de poeira, cada palavra sussurrada, mas ninguém presta mais atenção a ela. Ela se pergunta como não notou Penélope se tornando uma mulher, em vez de uma menina. Ela sente que Penélope deve ter feito algo muito traiçoeiro para conseguir isso quando ninguém estava olhando.

Leaneira foi arrastada das cinzas de Troia pelos cabelos.

Ela não fala de seus sonhos, nem mesmo para o homem que jura que a ama.

– Você sabe que eu nunca vou machucá-la – disse ele, na noite em que ela finalmente cedeu ao seu abraço. – Você sabe que pode dizer não quando quiser.

Leaneira não diz não há tanto tempo. Não foi uma opção que lhe fora dada. Ela tenta agora, para ver como é, sussurra, depois fala um pouco mais alto, e como prometido, ele parou. Um homem, e ainda, um guerreiro, e ele parou quando ela pediu. Ela chorou, e ele a abraçou, e na noite seguinte ela não disse não de novo.

– Quando eu for rei em Ítaca – disse ele – você será livre.

Há vários pretendentes que sussurraram isso para as criadas. Não ocorreu a Antínoo, de olhos escuros, que apenas supõe que seus encantos animais serão suficientes para seduzir qualquer criatura de duas pernas, e sente que conspiram contra ele, por esse não ser o caso. Mas Eurímaco tentou, tropeçando, desajeitado nas palavras, e Melanto ao menos parece aturar isso. Até Anfínomo fez uma tentativa, mas não conseguiu ser realmente convincente, então recorreu a algumas bugigangas e uma história sobre estrelas cadentes.

Mas ele, o amante de Leaneira, disse isso de uma forma que parecia sincera, verdadeira e completa. Ele não era um menino, mas um homem, sábio e astuto. Ele abraçou-a e disse: "Você ficará livre, embora parta meu coração ter que me deitar com sua senhora em vez de você", e ela voltou os olhos para a lua crescente e não respondeu, o que ele supôs ser um sinal de afeição da parte dela, e ele a abraçou um pouco mais perto do calor de seu peito.

Agora Leaneira espera nos portões do palácio, envolta em um xale da cor da meia-noite, e quando Eos retorna de sua conferência com Urânia, senhora dos espiões, Leaneira se aproxima dela e murmura em seu ouvido:

– Andraemon. Ele quer falar com Penélope... e em particular.

Eos diminui o passo, só um pouco, depois põe a mão no braço de Leaneira e murmura:

– Aqui não.

Elas se sentam perto do poço. Nenhum homem tira a própria água no palácio de Odisseu. As pedras estão frescas, úmidas, com musgo verde grudado na borda mais escura. Eos está sentada com os joelhos virados para Leaneira à beira da borda escura, as mãos no colo, pronta para estender a mão e confortar, como viu Urânia fazer quando a velha desejava que algo fosse feito.

– Há quanto tempo você foi designada para servir Andraemon, Leaneira?

Eos aprendeu com Urânia que era melhor, ao fazer perguntas, já saber as respostas. Leaneira também sabe disso. Ela aprendeu rápido, quando os gregos a tornaram uma escrava.

– Nove luas.

– E quanto tempo desde que ele a levou para a cama?

Leaneira viu os gregos se revezando com as mulheres de Troia, e parecia-lhe que não o faziam por prazer, desejo ou por apreciarem a carne das mulheres. Eles o faziam porque tudo aquilo – toda a guerra, toda a raiva, mágoa, perda e dor – tinha sido em vão. Para quê? Por uma única noite de fogo e para que alguns reis tomem todos os despojos? Quando o sol nasceu acima das cinzas de sua cidade, os soldados da Grécia ainda estavam feridos, ensanguentados e perdidos, só que agora não havia mais histórias, nenhum poeta para lhes dizer que eram heróis. Então, em vez disso, eles se tornaram feras, cometendo sacrilégios contra vivos e mortos, pois seus pais não lhes ensinaram outra forma de ser homem a não ser uivar para o sol escarlate.

Ela nunca pensou que voltaria a olhar para um homem depois daquele dia. Sorrir seria desonrar a irmã, violar a mãe, cujos ossos ainda estavam insepultos em meio às cinzas de Troia. E, no entanto, agora ela está sentada junto ao poço com a mulher que deseja ser a espiã favorita de Penélope, que sorri como se fosse carinhosa e diz: "Andraemon é bonito, não é?".

– Três luas. Eu tenho… tido relações com ele… por três luas.

– Você não está… ?

Um rápido aceno de cabeça. Essa é a pergunta que só as mulheres fazem.

– Não. Eu sou cuidadosa. Conto os dias a partir do momento em que sangro. Ele… entende.

– Você gosta da companhia dele?

– Ele não é indelicado. Ele é diferente dos outros. Os outros são garotos. Ele é um homem. – Eos espera, com as mãos cruzadas no colo. Leaneira solta um suspiro longo e lento. – Ele quer falar com Penélope. Ele é insistente. Afirma que só ele é capaz de proteger Ítaca desses ataques piratas. Está oferecendo trazer setenta mercenários de Patras. Mas Penélope não o recebe.

– Por que acha que ela faz isso?

– Ela não pode demonstrar favor a nenhum pretendente.

– Sim, claro. Contudo, mais do que isso. Você já ouviu falar desses ataques em nossas costas? Lêucade, Fenera? Piratas não atacam apenas para levar escravos. Eles atacam para serem pagos para não atacar novamente.

– Andraemon não faria isso. Ele é um bom homem.

– Você acredita nisso?

– Acredito. – Ela acredita. Ela não acredita. Os corações dos mortais são inconstantes, esvoaçando até a morte com o bater irregular das asas da borboleta.

– Eu não. – Eos se levanta depressa, como a garça magricela que se afasta do leito do rio. – Acho que ele é como todos os outros.

O que você sabe sobre os homens? Leaneira quer retrucar. O que você sabe sobre as coisas que os homens fazem, quando suas histórias são destruídas? O que você sabe sobre quem eles são, quando cada palavra que foi derramada em seus ouvidos – herói, guerreiro, conquistador, rei – se revela uma mentira? Você em seu palácio de sombras e segredos, o que você sabe?

Ela não faz isso. Ela não é como Eos, a salvo no favor de sua senhora, ou Autônoe, que teve a sorte de aprender a rir. Em vez disso, ela se levanta como Eos e, de frente para ela, diz:

– Você me pediu para me... aproximar de Andraemon. Para aprender os segredos dele. Para ser seus olhos. Estou lhe contando o que vi.

– E ele não lhe disse a mesma coisa que todos os outros homens no palácio falaram para todas as outras empregadas? "Ajude-me, e quando eu for rei você será recompensada. Você será livre". Ele perguntou sobre fofocas, sussurrou sugestões em seu ouvido, pediu para você espionar Penélope?

– Claro que ele fez isso. O homem que faz menos que isso é um tolo.

Eos suspira, solta uma respiração cansada.

– O que você quer? – finalmente, ela pergunta. – Se Penélope mostrar qualquer favor a ele, os outros o verão como uma ameaça.

– Ela encontrou homens em segredo antes. E aquela mulher entra pela janela dela.

– Você não a viu; *você não a viu!* – Eos se enfurece da mesma maneira que sua senhora, em explosões frias e afiadas que desaparecem tão depressa quanto apareceram. Clitemnestra faz o mesmo; vocês, rainhas da Grécia, não são tão diferentes umas das outras quanto pensam.

Por um momento, as duas mulheres se encaram à luz do anoitecer, e é Eos, não Leaneira, quem cede.

– Vou falar com Penélope – promete ela.

Capítulo 24

Telêmaco está treinando para ser um homem.

Pela manhã, ele treina com o egípcio atrás da fazenda de Eumeu. À tarde, treina com Pisénor e seu bando de meninos e pirralhos. Os moleques do velho Eupites, pai de Antínoo, agrupam-se em uma extremidade do pátio, e os filhos do furioso Pólibo, pai de Eurímaco, na outra. Telêmaco e seu grupo de jovens seguidores fazem o possível para serem amigos de todos, mas ninguém responde às suas tentativas educadas. Anfínomo e Egípcio vão de uma ponta a outra do grupo tentando estimular e persuadir um pouco de cooperação, mas à noite, quando a milícia parte coberta de suor e óleo, os pais sussurram para seus homens: "não deem ouvidos àquele Pisénor ou aquele Egípcio ou a quem quer que seja! Ouça apenas a mim. Vocês servem a *mim*, não a Ítaca".

Telêmaco observa a lua. Ela está crescendo, e ele não é tão burro que não seja capaz de contar os dias até que ela esteja cheia novamente. Talvez desta vez os ilírios não venham. Talvez Lêucade e Fenera apenas tiveram azar.

– Encare seu inimigo nos olhos. Deixem que vejam sua intenção – entoa Pisénor para os meninos que cambaleiam sob seus escudos. – Eles vão perder a batalha ali, no seu olhar; nesse momento eles já estarão esmagados. Rujam como o leão! Usar a espada é apenas terminar o serviço.

Aquiles rugia como o leão? Provavelmente, Telêmaco decide. Seus olhos eram como os olhos de Ares, que destroem apenas de olhar. (Os olhos de Ares, na verdade, não fazem isso. Estão entorpecidos de olhar por muito tempo para o mundo e ver apenas perigo. Essa foi uma qualidade que Aquiles acabou compartilhando com o deus da guerra, e então ele morreu.)

Do outro lado da ilha, homens micênicos – veteranos de Troia – batem nas portas de todas as cabanas e oficinas. "Abram, em nome de Agamêmnon!" eles rugem. Ainda não estão rugindo por Orestes. Telêmaco os observa, maravilhado com o quão suja suas armaduras são, como seus escudos são amassados e, no entanto, o quanto essas cicatrizes parecem torná-los mais grandiosos.

E ainda assim:

– Mova seus pés! Coloque força no golpe! – orienta Kenamon de Mênfis, e Telêmaco obedece. – Se você não consegue alcançar minha garganta com sua lâmina, o mínimo que pode fazer é cortar meus dedos!

Kenamon tem uma abordagem para a guerra muito diferente de Pisénor. Se Telêmaco fosse filho de Ájax ou Menelau, ele poderia ignorar completamente os ensinamentos de Kenamon e optar por se contentar com o aprendizado mais destemido de Pisénor. Mas ele se recorda que é filho de Odisseu; Odisseu que gostava de atirar com arco e flecha a uma distância segura, que inventava bobagens com cavalos e projetos secretos, e que sempre conseguia chegar às linhas de batalha com lentidão suficiente para estar três ou quatro homens atrás da ponta afiada da briga. "Desculpem, desculpem, estou atrasado, a carruagem atolou de novo, aquela coisa imprestável!"

Lembrando-se disso, à tarde Telêmaco ruge para Pisénor, ruge para mostrar que é um guerreiro, mas de manhã, antes de seu treinamento mais formal, ele mira um chute forte no joelho exposto de Kenamon, erra e, em vez disso, o acerta-o no saco.

– Oh, eu sinto muito, eu sinto... ah, sinto tanto! – balbucia, mas secretamente fica bastante impressionado com o efeito geral.

E à noite, embora o período oficial de luto tenha terminado, os pretendentes são subjugados diante do olhar de Electra em seu banco alto, e a lua cresce, e Clitemnestra não é encontrada.

Uma noite, quando a lua está quase cheia, Andraemon agarra Leaneira pelo braço.

– O que, em nome de Hades, você está tramando? – rosna ele. – Ela nem *olhou* para mim. Você disse que conseguiria fazê-la falar! Você disse que faria...

Leaneira está confusa. Ela puxa o braço, esfregando-o. Ela já foi agarrada, socada e puxada antes, é claro. O choque físico não é nada. Mas este é um homem que fez promessas para ela, e agora seus olhos estão vermelhos à luz do fogo, os pretendentes esperam atrás de portas entreabertas, e o ar está pegajoso e frio nos corredores do palácio.

– Ela vai ver você. Ela vai vê-lo em breve.

Ele apenas balança a cabeça e se afasta. Decepcionado, não com raiva. Entristecido pelo fracasso dela; ele pensara tanto dela antes.

Nos céus, a lua fica cheia.

Há um barco, escondido em uma enseada conhecida apenas por algumas mulheres de Ítaca.

Pelo menos, *era* conhecido apenas por algumas – Urânia, Eos, Autônoe, algumas de confiança da casa de Penélope.

Então chegou ao conhecimento de Anaitis, a sacerdotisa de Ártemis, que sussurrou para uma noviça em absoluto sigilo, que murmurou para a irmã que, imediatamente, contou à mãe que contou à prima que contou a uma amiga que, imagine só, vende peixe, e, na verdade, dentro de um período muito curto de tempo...

É uma descida escorregadia e perigosa até a beira da água, por uma escada de corda pendurada na beira do penhasco. Mas se você conseguir chegar até a beira da água, há rochas negras entre as quais se encontra um caminho, com cuidado, às vezes esticando o braço para se equilibrar nas pontas dos dedos em feixes de ervas daninhas incrustradas de sal e lodo escorregadio. Este lugar é pequeno demais para ser de grande interesse para qualquer um, exceto os piores contrabandistas, e muito difícil de chegar para as pescadoras fazerem o esforço. Às vezes, as crianças vêm caçar caranguejos aqui, e é possível encontrar bons mexilhões na rocha sobre a qual as ondas se quebram na curva da baía, se estiver disposto a arriscar a escalada.

O barco pertence a Urânia. Pode transportar dez pessoas, seis das quais podem remar, e tem uma vela triangular remendada. É mantido abastecido com carne seca e água limpa, e mesmo quando o vento está contrário, é forte o bastante para transportar suas passageiras a pequena distância entre Ítaca e Cefalônia, onde se pode encontrar, por exemplo, aliados dispostos ou um lugar para se esconder. Normalmente, Urânia o mantém à vista de todos, e suas mulheres saem para pescar e pegam uma quantidade razoável. Algumas vezes é mantido atracado no final de uma trilha escondida pelos altos arbustos verdes que se agarram teimosamente às colinas espinhosas de Ítaca como dedos de uma Fúria, pronto para levar embora uma rainha ansiosa em busca de um rápido refúgio.

Nesta noite, ele está nesta enseada, totalmente carregado e preparado para tal emergência, uma sombra mais escura na noite.

Uma mulher, usando vestes imundas, aproxima-se da beira do penhasco. Ela odeia como está cheirando. Odeia os espinhos que arranham suas pernas. Odeia o gosto de peixe e o cheiro de sal. Odeia a escuridão e a trilha sinuosa e, acima de tudo, ela odeia esta maldita ilha. Este lugar amaldiçoado e pestilento, ela o detesta. Se pudesse ter ido por qualquer outro caminho, ela o teria feito, mas todos os navios rumo ao oeste precisam parar em Ítaca.

Ela carrega uma lâmpada roubada e, por um momento, se atrapalha no escuro, à luz escassa, procurando a escada de corda enrolada acima do penhasco. Quando a encontra, não consegue acreditar que é por meio disso que deve descer, anda mais para a esquerda, depois mais para a direita, não encontra outro meio de descer, chuta-a por cima da queda, ouve o lento sorver do mar abaixo, o rugido e a sucção acima da profundeza pedregosa, faz uma pausa para reconsiderar suas escolhas, protege a chama de sua lâmpada enquanto o vento a fazia tremular.

Um problema logístico: como descer mantendo sua luz acesa. Ela se senta na beira do penhasco, põe um dedo do pé sobre o abismo e imediatamente o puxa para trás. Esta não é a maneira. Ela tenta rolar de bruços, as pernas chutando no ar, tateando em busca da corda, rosna para a noite:

– Como por tudo que é... Mas o que... Este é o mais estúpido... *Odeio esta maldita ilha, odeio...*

Um estalo de tojo quebradiço à sua esquerda faz com que ela se cale. Ela salta de pé, erguendo sua tocha bem alto como uma arma, procurando a pequena lâmina em seu cinto. Pelo menos ela conseguiu ficar com isso e sabe que vai usá-la.

Sêmele está nas sombras, com a filha Mirene ao seu lado. A velha dá uma tossida educada, apoiando-se no machado. Mirene, filha de um pai morto há muito tempo e nunca conhecido, espia por trás dela, educadamente curiosa, segurando um cajado de pastora, as sobrancelhas franzidas como se tentasse desvendar o mistério dessa mulher que não sabe usar uma escada. Então outra mulher, e outra, e mais três emergem da escuridão. Uma está com o arco em punho – Teodora da cidade destruída de Fenera entre elas, uma flecha armada, algo em sua face que não estava lá quando ela apenas caçava coelhos.

Por um momento, as mulheres ficam ali, contemplando umas às outras sob a forte pancada do vento oeste. Então, a mulher em farrapos abaixa a tocha, cospe, levanta os olhos e murmura:

– Mas que droga!

Capítulo 25

Elas se encontram na fazenda de Sêmele.
 É, como tantas partes de Ítaca, um local modesto, mas sua modéstia esconde certa verdade. As mulheres da casa foram forçadas a deixar de lado suas dignidades femininas e assumir ideias empreendedoras em questões de artesanato, trabalho e indústria. Assim, dois escravos libertos vivem em um pequeno terreno a poucos minutos a pé da porta, que são absolutamente geniais fundindo estanho e chumbo, e, na outra extremidade da fazenda um ex-lavrador, que ficou aleijado quando tropeçou enquanto lavrava, em seus dias de convalescença teve várias ideias interessantes sobre o uso do estrume.
 A mulher vestida em andrajos está sentada em um banquinho perto do fogo. Seu cabelo está despenteado, mas ela ainda faz algum esforço para prendê-lo no alto da cabeça e arrumar alguns cachos castanho-escuros em mechas soltas ao redor do rosto franzido. Dizem que ela nasceu de um ovo, e há algo no comprimento de cisne de seu pescoço, na palidez cremosa de sua pele, no brilho de seus olhos cor de âmbar, enquanto seu olhar faísca de um lado para o outro que a marca como filha de Leda. Maquiagem de branco de chumbo e banho de mel à noite não foram feitos para ela; ela não precisa dessas coisas. Ela tem o queixo pontudo do pai e os lábios carnudos e firmes da mãe, mas suas mãos – considero as suas mãos as mais lindas, mais perfeitas, oito dedos delicados e dois polegares longos que parecem se curvar na inclinação de suas pernas, como estandartes descansando antes de uma guerra, as unhas fortes e limpas, a pele quase brilhando por anos de óleo e sombra.
 Há uma faca no cinto de Sêmele. É uma coisa delicada e fina – não uma ferramenta de agricultora. Ela a tirou do vestido da mulher enquanto a outra gritava, chutava e mordia, mas agora a mulher esfarrapada está sentada ali, calma, como se nada tivesse acontecido; como se fosse a coisa mais simples do mundo. Ela espera, e não agracia suas guardas com conversa, mas se senta, ereta e firme. Esperei muito tempo dessa maneira, pronta para atacar meu marido e exclamar minha defesa altiva: "Mas bebê Héracles estrangulou as cobras, então por que mesmo você está gritando comigo?". Depois do orgulho,

há sempre a rendição, é claro – um colapso, uma crise de choro e agarrar a bainha das vestes dele – mas é necessário levar algum tempo para chegar a esse ponto, deixar o homem sentir que lhe derrotou e que você de fato entendeu como suas ações estavam erradas.

Ela dominou a primeira parte, a réplica orgulhosa, o lampejo de fúria no canto do olho, e houve um tempo em que Agamêmnon, que também tinha essa inclinação, achou isso incrivelmente atraente. Mas nem ela nem ele dominaram a segunda parte do processo, e assim o casamento deles vacilou, para dizer o mínimo.

Quando Penélope chega, ela está com os olhos turvos por ter sido acordada, envolta em uma capa de fazendeiro, um pouco sem fôlego. Ela para à porta, emoldurada por estrelas eclipsadas por nuvens velozes, enquanto a névoa baixa flutua em torno de seus tornozelos. Por um momento, as mulheres se encaram, antes de Sêmele, que passou um longo dia e uma longa noite acordada a essa altura, demanda:

– Bem? É ela?

– Sim – responde Penélope. – Essa é Clitemnestra.

– Olá, patinha – cumprimenta Clitemnestra.

– Olá, prima – murmura Penélope, procurando outro banco. Por um momento, nenhuma das mulheres entende; então Mirene percebe e corre para oferecer o seu à rainha, que sorri e toma o assento oferecido, enquanto a filha de Sêmele fica de braços cruzados, sem saber o que fazer com tanta realeza junto à lareira.

– Acho que tem tojo no seu cabelo.

– Eu *odeio* esta ilha! – Clitemnestra balbucia, remexendo na coroa de cachos acima de seu couro cabeludo para puxar as mechas emaranhadas. – Você, garota! – Um gesto imperioso para Mirene, que claramente foi julgada maleável. – Ajude-me!

Mirene olha para Penélope, que balança a cabeça suavemente.

– Eos, poderia fazer a gentileza?

Eos se afasta da porta, abaixa sua lâmpada, aproxima-se da rainha de Micenas, que está remexendo no cabelo, e começa a separar cuidadosamente suas madeixas.

– Eos tem talento para cuidar até do cabelo mais difícil – explica Penélope, seus olhos brilhando à luz do fogo. – Entre muitos outros dons. Sêmele e a filha dela podem ser suas anfitriãs, mas você é hóspede delas e deve se comportar de acordo com esse costume.

– Achei que hóspedes fossem sagrados em Ítaca.

– E são. É por isso que Eos está ajudando com o seu cabelo.

Clitemnestra dá uma única risada alta e forte, mais uma vez não muito diferente do grasnar do cisne que dizem que a gerou.

– Você demorou bastante para me encontrar, Penélope-pata.

– Você deveria agradecer por ser a mim e não a sua filha.

– Electra? Ela está aqui? Claro que está. Ela não consegue deixar as coisas para lá, não é.

– E seu filho também.

Clitemnestra se enrijece, apertando as mãos antes de, um hábito, um instinto de calma, relaxá-las de novo. O sorriso está travado em seu rosto. É o sorriso doentio que encontra diversão apenas na acidez e no desconforto que traz a todos que veem seus lábios venenosos. Agamêmnon achou aquele sorriso cativante, por um tempo. Aquele que conquistou toda a Grécia pensou que poderia conquistá-lo também, uma vitória final que por tanto tempo lhe escapara, e ele estava errado.

– Orestes? Como ele está? – ela murmura, como se fosse a pergunta mais simples do mundo.

– Ele reza muito.

– Ele é um bom garoto.

– Ele está aqui para matá-la.

– Claro que ele está. Ele sempre entendeu seu dever.

– Você não parece particularmente aborrecida com isso.

– Orestes nunca poderia me aborrecer. Ele está fazendo o que tem que ser feito. – Penélope ergue uma sobrancelha diante disso, e os dedos de Eos param seu cuidadoso desembaraçar do cabelo de Clitemnestra. A rainha micênica se mexe um pouco na cadeira, depois questiona – Como me encontrou, patinha?

– Por favor, não me chame assim. Eu sou a rainha das ilhas ocidentais.

– Ah, patinha – Clitemnestra faz beicinho – seu marido está morto, seu filho está sem exército e você está... o quê? Cortejando meu filho de maneira desesperada pela boa vontade e fortuna dele? Talvez tentando unir Electra e Telêmaco? Acredite em mim, ela vai engoli-lo inteiro e cagar os ossos dele.

– Você é a mãe dela.

Um bufo de desdém; obviamente Penélope não entende nada da relação entre mãe e filha.

– Encontrei um corpo na praia, um homem chamado Hyllas – informa Penélope, mal impedindo sua voz de estalar com desgosto imperial.

– Encontrou?

Sêmele passa a Penélope a faquinha retirada do cinto de Clitemnestra. Penélope a gira entre os dedos, observa a ponta da lâmina, a pequena guarda que poderia deixar um anel sangrento no ponto em que se crava no pescoço de um homem.

Devolve à velha fazendeira, balança um pouco a cabeça, sente um estranho fascínio pelo chão sob seus pés, fala em um tom vago, como um general falaria de soldados mortos em algum campo distante.

– Orestes e Electra trouxeram homens para minha ilha. Tem sido uma verdadeira novidade, ter uma grande tropa de homens andando por aí. Eles vasculharam todas as fazendas e aldeias. Vão revistar meu palácio. É vergonhoso, é claro, mas é o tipo de vergonha que, como você diz, uma rainha de pequenas terras espalhadas deve tolerar. Não conseguirem encontrá-la deixa três possibilidades. Que você esteja escondida em terras selvagens, muito pouco provável, dado tudo o que sei sobre você. Que você escapou desta ilha; ou que você está em santuário em um templo. Estou tentando convencer meus primos de que é o primeiro caso.

– Electra não vai acreditar em você.

– Estou trabalhando para convencê-la.

Os lábios de Clitemnestra se curvam, algo que quase pode ser um reconhecimento, um lampejo de respeito, mas ela desconhece tanto a expressão que não consegue mantê-la por mais de um instante, antes que seu sorriso venenoso retorne ao seu lugar de costume.

Penélope repara nisso? Talvez. Mas, tal qual o marido, ela sabe falar como se não houvesse plateia, tecer uma história como se fosse algo íntimo, um segredo compartilhado.

– Na noite em que Hyllas morreu, Fenera foi atacada. Mas ele não foi morto por ilírios; embora eu ache que ninguém foi morto por ilírios naquela noite.

– Não. – Clitemnestra joga a palavra como sujeira de suas unhas. – Observei das falésias. Eram gregos, vestidos com roupas de Ilíria. – Ela vê as sobrancelhas de sua prima se erguerem e dá de ombros. – Desde que meu marido derrotou e submeteu boa parte da Grécia, muitos soldados gregos têm navegado como se pertencessem a tribos bárbaras, disfarçando-se grosseiramente para fazer parecer que ainda honram a paz de Micenas. É uma tática de criança, facilmente percebida se alguém passou tanto tempo quanto eu recebendo verdadeiros embaixadores ilírios reais e presentes ilírios de verdade em sua corte.

Aqui está; aqui está a razão pela qual Odisseu escolheu Penélope acima de todas as outras mulheres em Esparta. Não apenas pela conveniência da união e pelo pequeno aumento de prestígio que ela lhe trouxe; não apenas porque se dizia que ela era filha de uma náiade, abençoada com um pouco de magia em seu sangue. Aqui está; aqui está o momento em que suas primas riem e apontam e cantam: "Penélope pata, Penélope pata!", e a jovem Penélope, cujo pai a atirou de um penhasco quando ela era apenas um bebê, e a quem os mares salvaram de se afogar por meio um tanto deselegante de um bando de patos valorosos, aqui ela está sentada enquanto as meninas riem, cantam e puxam seu cabelo, e é como se ela estivesse em outro mundo, em outro lugar onde nenhuma zombaria ou farpa pudesse tocá-la, sem dor nem raiva em sua expressão. No final, as valentonas se cansaram de cantar para uma pedra, e Odisseu sentou-se ao lado dela e disse: "É inútil zombar do oceano, não é?" e ela ergueu o olhar e, embora ficasse calada, havia algo no canto de sua boca que parecia concordar. Agora Clitemnestra, filha de Zeus, está sentada em uma casa de fazenda miserável em Ítaca e novamente fala com Penélope, como costumavam fazer quando crianças; e é como se a água a encarasse de volta, engolindo cada pedra lançada sem sequer ondular.

— Você matou Hyllas, naquela noite em Fenera — suspira Penélope. — Minha teoria é que você pagou a ele para contrabandeá-la de Micenas para Ítaca, e o plano era continuar a viagem de Ítaca para o oeste. Mas em algum momento da viagem, ele aumentou o preço além da sua disposição de pagar, ou descobriu quem você era e percebeu o quanto ele poderia ganhar por traí-la, certo?

— Contrabandistas são gananciosos — responde Clitemnestra com um encolher de ombros. — Hyllas era apenas medianamente ganancioso e medianamente estúpido. Ele me ameaçou, falou comigo como se eu fosse alguma... alguma troiana em fuga! Ele ia me trair. Eu não tive escolha.

— Ele não achou que você fosse uma ameaça. Você conseguiu chegar perto; perto o suficiente para sentir o hálito dele. Você enterrou sua lâmina, a lâmina que está agora no quadril de Sêmele, na garganta dele. — Clitemnestra não nega. Ela talvez esteja orgulhosa disso, como eu estou orgulhosa dela. — No entanto, com Hyllas morto, você não tinha uma saída fácil de Ítaca, e o corpo logo seria descoberto. Nisso, porém, você teve sorte. Os não ilírios vieram, e você pode deixar o corpo dele entre os mortos, apenas mais um cadáver.

— Você sabe por que os invasores atacaram aquela aldeiazinha nojenta? — Clitemnestra pergunta de repente, inclinando-se para a luz do fogo. — Você gostaria de saber?

— Fenera era um refúgio de contrabandistas; lucrativa, porém indefesa.

— Qualquer rainha deveria saber disso. Mas você sabe como os *piratas* sabiam? Eu sei. E posso lhe dizer, se você me perguntar com jeitinho. Eu não fui a única que viu a vila queimar.

Os lábios de Penélope se afinam.

– Você matou Hyllas, deixou o corpo dele, e os invasores vieram. Isso está claro. Mas você já havia pagado por parte da viagem, para que ele a trouxesse até Ítaca. Você deu a ele uma joia, ouro, marcada com o selo de Agamêmnon. Um anel, uma peça única.

– Você os encontrou?

– Encontrei.

– Onde?

– No cadáver de Hyllas.

– Ah! Eu sempre soube que você era um corvo em vez de um pato! Rei e rainha de Ítaca, coletores, tirando dos pratos de outras pessoas, vocês dois.

– Eu sou a rainha que talvez ainda salve sua vida, prima.

– Muito mal é uma rainha. Alguém de fato se curva quando você passa? Alguém reverencia seu nome? Eu sei o que é governar.

– Você soube. Agora você é apenas uma assassina. Quando Orestes encontrá-la, você será um cadáver.

– Ele é um bom garoto – retruca ela. E de novo, um pouco mais baixo – ele é um bom garoto.

Quando Agamêmnon encontrou Clitemnestra pela primeira vez, ele havia acabado de assassinar o marido dela. O bebê deles berrava no quarto ao lado, um menino tão novo no mundo que Clitemnestra ainda trazia as dores de seu nascimento na carne. Ela agarrou a adaga do cinto de Agamêmnon e tentou enfiá-la no coração dele, mas ele agarrou seu pulso e a segurou com força, enquanto seus homens entravam no quarto onde o bebê estava, e então o bebê não chorou mais. Havia tanto ódio nos olhos de Clitemnestra, que não se desviaram do rosto dele – era um entorpecente diferente de qualquer outro que o tirano já havia visto.

Vou possuir aquilo, ele pensou, enquanto o olhar dela se enterrava nele. Vou quebrar aquilo.

Agamêmnon sempre gostou de quebrar coisas. Ele deu o punhal para ela como presente de casamento, e ela o aceitou sem dizer uma palavra.

– Eu estava um pouco incerta quanto a como atraí-la, depois que você matou Hyllas – confessa Penélope, enquanto a aurora ao leste torna o horizonte cinza. – Embora Ítaca seja uma ilha pequena, é cheia de esconderijos. Você não estava nas terras selvagens; você é delicada demais. Nem nas aldeias, nem em Cefalônia; caso contrário, meu pessoal ou o de Micenas já a teriam encontrado. Buscar santuário em um templo parecia o mais provável; seria o único lugar que os micênicos não destruiriam. O único lugar que eu também não violaria. Não no templo de Atena;

mais uma vez, eu teria sabido. Muitos homens de poder se reúnem lá, muitos olhos observam de seus limites. Onde então? O altar de Ártemis talvez, distante das cidades, um santuário para mulheres, mesmo que aquela deusa tenha uma relação menos que favorável com sua tribo. Estava perto o suficiente, e as sacerdotisas a protegeriam se você fosse até elas em busca de ajuda. Elas não poderiam protegê-la se você partisse, é claro, mas você dificilmente sairia de Ítaca, enquanto os homens de Electra estivessem rondando minha ilha. Lembro-me de você como a epítome da impaciência, grosseira e agitada. Esconder-se deve ter sido um tormento.

– Eu aprendi a ser paciente, prima.

– Mas não o bastante – responde Penélope, mais ríspida do que tinha a intenção. – Como era quase certo que você estivesse no templo, a questão era como arrastá-lo para fora dele. Há uma suspeita geral em Ítaca que, se as coisas com os pretendentes não derem certo, serei forçada a fugir para meus aliados nas ilhas. Para isso, mantenho um barco, secreto, mas sempre preparado. Foi algo simples comentar isso com Anaitis no santuário. O povo de Ítaca adora fofocar, e Anaitis... bem, imagino que ela ficou satisfeita por vê-la partir sem violar o juramento sagrado de proteção. E então, aqui está você.

– Aqui estou – concorda Clitemnestra. – O que me torna seu problema agora, não?

Penélope se remexe na cadeira, inclina-se para a frente, entrelaçando os dedos, inclina-se para trás; por um momento esquece, ao que parece, como ser uma rainha. Eos passa os dedos por um nó solto do cabelo de Clitemnestra. Brinco com as pontas, esfrego as costas da rainha micênica, sussurro: *estou aqui*. Olho irritada para Penélope, acrescento um pouco mais alto, mas não tão alto que as mortais possam ser mortas pela minha presença oculta, *aqui estou eu*. Penélope pode ser uma rainha, uma suplicante em meu domínio, mas Clitemnestra foi a única filha de Esparta que ousou sentar-se no trono do marido.

– Por que você veio para Ítaca, prima? – suspira Penélope.

– Não é por sua causa, patinha – retruca Clitemnestra, ríspida e clara. – Eu não tive escolha. Suas ilhas miseráveis estão no meu caminho, quem dera se Poseidon as afundasse.

– Você pensou em me pedir ajuda?

– Absolutamente não.

– Por que não?

Ela bufa. Não é um som agradável, bonito, mas Clitemnestra nunca sentiu necessidade de agradar a outra criatura além dela mesma. Isso também era algo que Agamêmnon achava fascinante, até que não achou mais.

– Porque eu sei tudo sobre você, patinha, se lamentando e choramingando por Odisseu. Ai, pobre de mim, ai, minha vida miserável, o que os homens vão dizer? Você não é nenhuma rainha. Você é apenas uma viúva, legitimando com seus sorrisos qualquer que seja o decreto dos homens da casa de Odisseu. Você não tem coragem para me ajudar.

Penélope suspira, balança a cabeça.

– Está vendo algum homem aqui?

Clitemnestra olha para suas captoras e, por um momento, parece finalmente vê-las por seu sexo. Há um lampejo de algo – poderia até mesmo ser dúvida? – em sua testa, que ela esconde em um instante, afastando Eos do seu lado, sentando-se mais ereta em sua cadeira.

– Pelo que posso ver, existem apenas dois tipos de homens em Ítaca. Velhos encolhidos em seus cantos e garotos enfileirados para se enfiar entre suas pernas.

– Essa é uma excelente avaliação da masculinidade de Ítaca – Penélope admite. – Já que consegue observar isso com tanta clareza, estou surpresa que você não seja capaz de perceber as consequências. Electra ordenou o fechamento dos portos. Eu poderia lhe dar meu barco, mas ele só a levará até Cefalônia, onde homens micênicos estão rondando a costa, e grandes recompensas foram oferecidas por sua cabeça. Eles vão capturá-la e matá-la. Seu filho vai derramar seu sangue no meu solo. Portanto, você ficará aqui, como hóspede de Sêmele e minha, até que eu tenha garantido a remoção de seus filhos de minhas ilhas.

– Remoção? De que maneira?

– Obviamente esperando, impotente, que algum velho faça alguma coisa. É apenas para isso que sirvo, não?

Clitemnestra nasceu da mesma ninhada de ovos da qual Helena nasceu. Seus irmãos cintilam no firmamento. Muito pouco a surpreende e, no entanto, talvez agora ela reconsidere uma série de suposições que fez. Ela não teve que reconsiderar muito durante toda sua vida.

– Electra nunca vai desistir.

– Ela é muito parecida com você.

– Ela não é nada parecida comigo! – Penélope inclina a cabeça para o lado, observando a rainha micênica se recompor, antes que Clitemnestra, mais calma, acrescente: – Aquela menina sempre puxou ao pai.

– Papai é um herói e você é apenas uma vadia estúpida! – gritou Electra, aos onze anos, batendo a porta na cara da mãe. Clitemnestra não consegue se lembrar o porquê a filha bateu a porta, mas deduziu que era apenas uma fase pela qual ela estava passando.

– Meu pai é um herói e você é apenas… apenas… apenas uma mulher! – retrucou Telêmaco, aos doze anos, afastando-se furiosamente de Penélope enquanto ela tentava convencê-lo a… fazer alguma coisa. Aprender horticultura básica. Estudar direito e precedentes. Algo útil para um rei, sem dúvida. Algo que não era ser um herói diante das muralhas de Troia. Ela pensara que era uma fase também.

Duas rainhas sentam-se agora em silêncio e se perguntam: existe um limite para o que uma mãe pode dar? Nós deuses aplaudimos aquelas que dão tudo, tudo, mais do que tudo e mais do que jamais poderia ser suficiente. Qualquer mulher que dá apenas tudo o que tem para dar e depois não lhe resta mais nada, condenamos aos campos flamejantes do Tártaro e dizemos apenas: é para as crianças.

Ocorre a Penélope que ela não sabe se *gosta* do filho. Ela o ama, é claro, e se colocaria diante de lanças para salvar a vida dele. Mas será que ela gosta dele? Ela não tem certeza se há o suficiente do homem que Telêmaco será para que saiba.

Clitemnestra não gosta de Electra. Ela viu a filha espiando pela porta de seus aposentos uma noite, quando Egisto estava trabalhando, mas ela não gritou pare, pare, meu amor, pare. Ela nunca soubera o que era ser adorada por um homem, experimentar o próprio prazer, o próprio êxtase, até conhecer Egisto. Mais tarde, ela disse a si mesma que era melhor que a filha *devia* ver, que Electra devia saber que as mulheres também podem gritar de prazer ao toque de um homem; que um homem pode escolher pensar no prazer de uma mulher tanto quanto no próprio. Ela pensou que talvez Electra entenderia então, e que ela ficaria feliz pela mãe, mas parecia que depois daquele dia Electra odiara Clitemnestra mais do que nunca, mais até do que no dia em que estiveram juntas ao lado do altar sobre o qual Ifigênia morreu.

– Papai teve que matar Ifigênia – proclamou Electra, em uma noite de bebedeira quando o banquete estava terminando. – Ele fez isso pelos gregos e pelos deuses. Você não deveria ter tentado interferir!

Tanto Penélope quanto Clitemnestra contaram aos filhos que os pais eram heróis, quando eles ainda eram crianças e perguntavam onde os pais estavam. Parecia uma bondade. Parecia ser a coisa certa a fazer.

– Suponho que não tenho escolha a não ser confiar em sua… discrição – pondera Clitemnestra, enquanto as duas rainhas se sentam à sombra do fogo. – Isso deve deixá-la satisfeita.

– Não deixa. No entanto, serei discreta.

– Vi tochas na floresta acima do templo algumas noites atrás; e agora há mulheres usando espadas em sua ilha. Você está... *conspirando*, patinha?

– Quando não se tem ouro, nem soldados, nem nome nem honra, o que mais uma mulher pode fazer?

Clitemnestra assente. Ela tinha ouro, soldados e nome, não exatamente honra, mas os três primeiros serviriam. Agora ela tem farrapos e sujeira em seu cabelo, e seu nome; ora, ela não tem certeza do que é seu nome agora.

Por um momento as duas mulheres ficam sentadas em silêncio, Clitemnestra ereta como uma coluna do templo de Zeus, Penélope um pouco curvada, sua curiosidade transparecendo por sua expressão franzida. Por fim, Clitemnestra retruca:

– Fale, pata! Não fique aí sentada me encarando!

– Por que você fez aquilo? – Penélope sussurra. – Por que matou Agamêmnon?

Os olhos de Clitemnestra se arregalam de raiva, de desespero, e em seu coração ela grita Egisto, Egisto, e ainda sente a língua dele contra a curva quente de seu pescoço. A voz dela, quando fala, queima como gelo, não como fogo.

– Por que... eu o matei? O homem que matou minha filha? Que matou meu filho? Que voltou de sua guerra trazendo prostitutas para colocar na minha cama? O assassino, o monstro da Grécia, o... Você deveria me *agradecer*. Toda a Grécia me agradece! Você deveria estar de joelhos beijando meus pés, deveria... *Por que eu o matei?*

A testa de Penélope franze-se por um momento, mais confusa do que ferida pelas palavras de Clitemnestra.

– Não – por fim ela murmura. – Isso não. Quero dizer... por que você o matou *daquela* forma?

Clitemnestra congela como a cobra pronta para atacar, depois se enrola de volta em si mesma, menor agora, uma mulher, não uma rainha. E claro, há mais. Pois sim, sim, tudo isso é verdade, esse legado de sangue e assassinato; porém, ainda assim, Clitemnestra curvou-se e sorriu e saudou "Ó marido amoroso, bem-vindo ao lar!" quando Agamêmnon chegou ao cais. Atirou-se aos pés dele e proclamou "Meu herói! Meu amor! Oh, maior dos reis!" e havia pétalas espalhadas diante dos pés dele, e ele foi carregado em uma cadeira de ouro para o palácio, enquanto Clitemnestra muito publicamente, e com apenas uma pequena ajuda de uma cebola, chorava de alegria por seu retorno.

Só mais tarde, quando ele estava de costas, ela deixou a carranca retorcer seu rosto, a fúria martelar seu coração. Então Egisto saiu das sombras, abraçou-a com força e sussurrou:

–Ainda não, meu amor. Ainda não. Nós devemos ser cuidadosos. Devemos ser sábios. Não ataque. Ainda não.

Egisto, que era ele próprio filho de um rei, o tio morto de Agamêmnon, um homem com tanto direito de governar em Micenas quanto qualquer outro. No entanto, ele havia sido reduzido a um poeta, a um homem que tinha que dar prazer às mulheres para sobreviver, o mais baixo de todos. Ele a segurou enquanto ela tremia de fúria, enquanto sua pele se arrepiava devido ao toque de Agamêmnon, e sussurrou: espere, meu amor. Espere. Você é tão corajosa, você é tão forte. Ninguém mais em toda a Grécia seria capaz de fazer isso, mas você é.

Ela temeu que Agamêmnon pudesse imediatamente exigir possuí-la, a mão pressionada contra o rosto dela para virar-lhe a cabeça para o lado, para que ele não precisasse olhar para ela enquanto fazia seus negócios. Mas não, ele estava embriagado com o vinho e a adoração dos homens da cidade para pensar na esposa, então ela ficou atrás dele e sorriu e respondeu:

– O que desejar, meu amor – e alojou as escravas troianas no segundo melhor quarto do palácio e se perguntou se ele esmagava os rostos delas quando as usava também, se os pescoços delas doíam de serem dobrados.

Espere, espere, sussurrava Egisto, e assim ela esperaria. Esperaria até a hora certa, para o veneno, ou a febre, por alguma chance sutil de se vingar que a permitiria bancar a viúva enlutada. Mas então, uma noite, quando ela estava adormecendo, Agamêmnon irrompeu pela porta e rugiu:

– Que porra você andou fazendo, mulher?

Ela se arrastou de seu sono quando ele partiu para cima dela, atingindo-a uma vez no rosto – e ela sabia que devia cair imediatamente, ela sabia que ele gostava de bater em mulheres quando elas estavam de pé.

– Que porra é essa? Você baniu as pessoas? Você baniu meus *amigos*?

– Eu fiz cumprir a lei, bani inimigos de Micenas, governei como me ordenou…

Ele bate nela mais uma vez, mesmo ela estando caída, e então ela temeu, realmente, temeu.

– Você não governa! – bradou ele, saliva nos olhos dela, o sangue escorrendo do nariz. – Eu sou o rei! *Eu sou o rei!* Você é apenas uma… uma *coisa!* Você não comanda! Você não exila meus amigos! Você não fala com homens ou mercadores ou generais ou conselho ou qualquer homem *a menos que eu mande!*

E aí está, aí vem.

Alguém sussurrou no ouvido dele, murmurou: "Agamêmnon, quanto à sua esposa…"

Alguém contara a ele que quando ele estava fora, ela se sentava na cadeira dele, falava com a voz dele, e aqueles que questionaram a princípio eram logo silenciados. Ela era uma mulher, e ela governava como um rei, e agora – aí está, sempre seria assim – ele a pega e a atira na cama, e embora ela grite e arranhe e tente enfiar os dedos nos olhos dele, ele ainda é mais forte do que ela. Ele sempre foi mais forte do que ela.

E, quando ele termina, fica deitado ofegante nos lençóis pegajosos, sua opinião declarada da melhor maneira que sabe.

Egisto envia uma mensagem de fora do palácio: *Estou indo, estou indo, reunirei homens e tomaremos de volta o que é nosso...*

Mas ele não aparece.

Agamêmnon chama de volta seus amigos banidos, os ladrões e mentirosos que roubaram sua corte enquanto ele estava fora, os bajuladores e patifes que sussurravam mel enquanto desafiavam a lei. Ele desnuda Clitemnestra diante deles, diz: "Implore perdão a eles", e quando ela não implora, quando ela não se curva, ele a deita sobre o próprio joelho e a espanca até ela sangrar, e ainda assim Egisto não aparece.

E então, uma noite, quando ele empurrou a cabeça dela contra a parede e afastou suas pernas – *vadia, puta de merda, vadia imprestável, eu sou o rei, eu sou o rei, eu sou o rei!* –, certa noite, quando ele havia terminado, fica ali, suando vinho e carne, e ela se levanta para se lavar, para esfregá-lo do corpo, e vê a faca que às vezes usa para cortar frutas ainda na tigela de prata. Aquela lâmina que fora seu presente de casamento.

E para de se limpar, pois terá que se lavar novamente.

E pega a adaga.

– Você parece uma merda... – diz ele, mas a frase nunca será terminada.

Ela age.

Não por seu filho, morto na corte de Tântalo.

Não por sua filha, abatida no altar de Ártemis. Ela faz isso naquela noite, imprudente e precipitada, por si própria.

Ninguém mais.

Eu a amo, sussurro, enquanto o sangue escorre por seus braços.

Eu a amo, proclamo, conforme Egisto é convocado de seu covil para ver, horrorizado, o cadáver. "O que é que você fez?" ofega ele, e ela não tem resposta.

Eu a amo, murmuro, enquanto ela foge pela noite. *Você é amada pela rainha dos deuses. Você se libertou, você voa como a lua pela noite, você é justiça, você é vingança, você é a lâmina justiceira na escuridão! Você é a minha Clitemnestra.*

Alguns dias depois, Orestes atirou a lança que acabou com a vida de Egisto. Ele foi o primeiro homem que o filho matou.

Eu a amo, sussurro, enquanto Clitemnestra senta quieta e silenciosa na noite de Ítaca. *Eu estou aqui*. Deslizo meus dedos entre os dela, então estendo a mão mais uma vez e pego as mãos de Penélope na minha, ligando-as a mim, uma à outra naquele local quieto. *Minhas rainhas*, murmuro, enquanto o sol surge no horizonte leste. *Não tenham medo*.

Lá fora, uma coruja pia na noite que se desvanece, e sinto por um instante a presença de outra, arrebatada pelo bater de asas emplumadas.

Capítulo 26

Na escuridão além da fazenda de Sêmele, Priene espera. Teodora de Fenera está ao seu lado, com o arco nas costas. Urânia, espiã-mestra da rainha, está um pouco afastada com uma de suas criadas. Há outras também – espie mais fundo na escuridão e lá estão elas, as viúvas, as meninas órfãs, as donzelas solteiras e as pescadoras esfarrapadas. A rainha chamou e elas atenderam ao chamado, e agora que Penélope se aproxima seguida por Eos, elas esperam em silêncio no escuro.

Penélope pega as mãos de Urânia, sussurra em seu ouvido. A velha acena com a cabeça, gesticula para que suas mulheres vão embora; seu trabalho aqui está feito. Em breve haverá mais trabalho.

Então a rainha se aproxima de Priene. A guerreira não se curva. Ela não demonstra nenhuma deferência à mulher nem ao homem. Penélope para a alguns passos de distância, considera Priene à luz fraca das lanternas, observa a escuridão acumulada ao redor delas, os olhos um pouco escondidos na sombra. Diz finalmente, alto o suficiente para que todas ouçam:

– Priene. Capitã.

Priene nunca foi chamada de "capitã" antes. Em sua tribo não havia necessidade desses títulos. Todos compreendiam seu dever, seu lugar; não precisava ser explicado por histórias, imposto pelos fortes aos fracos. Mas esta é a Grécia, onde essas palavras têm um poder próprio.

– Rainha – responde ela, não tendo certeza se essa é a forma correta de tratamento e, também, não se importando muito. Em seguida: – Então é a esposa de Agamêmnon.

Penélope lança um olhar para o céu, para a lua poente, para a linha cinzenta do horizonte, depois faz um gesto um pouco para o lado, para que as duas possam caminhar juntas falando mais baixo.

– Sim. É ela.

– Ela fez mesmo? Ela o matou? – Priene não consegue manter o tom de admiração afastado de sua voz. – Ele estava no banho, nu, como contam? Ela bebeu o sangue dele? Ela comeu a virili…

– Não fiz essas perguntas específicas. Como vai o treino? Será lua cheia em breve. – Um encolher de ombros; isso é óbvio e, portanto, não vale a pena comentar. – Os invasores vêm com a lua cheia – acrescenta Penélope, observando a luz tênue brincar no rosto de Priene, procurando um sinal em seu movimento. – As mulheres estarão preparadas?

Priene considera a questão apenas tempo suficiente para chutar uma pedrinha que estava em seu caminho.

– Não.

Penélope se segura, retém a respiração afiada que teria soltado, quer discutir, lembra-se de não o fazer. Ela é paciente. Ela se recorda disso o tempo todo. Ser paciente é sentir uma raiva ardente, uma fúria impotente, enfurecer-se e oscilar contra a injustiça do mundo e ainda assim – ainda assim – ficar calada. Isso é o que ela passou a entender sobre a paciência, embora ninguém mais pareça compreender o ardor dela em seu peito. Então, em vez disso, ela diz:

– Muito bem. Vou deixá-la cuidar do seu trabalho. Bom dia para você.

– Rainha – chama Priene, antes que Penélope possa partir. – Esta Clitemnestra.

– O que tem ela?

Priene se endireita um pouco e toca o coração com dois dedos da mão direita.

– Vou rezar para que ela seja abençoada e tenha boa sorte.

Priene não reza há muito tempo. *Ore para mim, ore para mim!* Sussurro em seu ouvido, enquanto as mulheres partem. *Ore para mim, minha impetuosa, ore para Hera!*

Priene não escuta. Seu coração está fechado para todos, exceto a senhora do leste que se banha no fogo da aurora da manhã.

De manhã, Anaitis está nos portões do palácio, os pés plantados como as raízes do freixo.

– Uma sacerdotisa de Ártemis, que maravilha – exclama Autônoe. – Por favor, entre.

Anaitis olha carrancuda para a mulher, para o palácio, para a própria cidade ao seu redor, como se suspeitasse que tudo fosse uma armadilha, e por fim, relutante, cruza a soleira. Ela não bebe o vinho que lhe é oferecido, nem se senta na cadeira oferecida, mas fica de pé, parecendo um tronco, com os braços cruzados, por quase uma hora enquanto pretendentes grogues e de ressaca passam por ela, até que finalmente Penélope aparece.

– Boa sacerdotisa – entoa a rainha – estamos honradas com sua visita.

– Não, não está – responde Anaitis. – Não é assim que as pessoas são.

– Por favor, vamos conversar em particular.

Elas conversam, um tanto constrangidas, diante do santuário doméstico de Héstia, onde apenas as mulheres se preocupam em rezar. Minha irmã é uma velha solteirona sem graça demais para se importar se a sacerdotisa de outra deusa está diante de seu santuário como se lhe pertencesse, caso fosse a *minha* imagem diante da qual esta serva de Ártemis falava, eu teria enviado verrugas.

– Bem? Onde ela está? – sibila Anaitis.

– Se por "ela" você se refere à minha prima, ela está perfeitamente segura.

Um bufo, um suspiro, mas Anaitis não tem certeza do que fazer com essa informação inesperada, não preparou palavras adequadas além de um arrastado "Mas será que ela está mesmo?!" o que, agora que ela está de fato aqui, parece um pouco juvenil. Penélope suspira, sorri, resiste à vontade de dar um tapinha nas costas da outra mulher.

– Deixando de lado meus… sentimentos conflituosos quanto ao fato de você ter escondido a mulher mais valiosa da Grécia inteira em seu templo, e minha opinião igualmente complexa e com várias nuances sobre como você estava disposta a informá-la sobre meu barco…

– Do qual você me falou! – Anaitis quase guincha, antes de olhar para sua sombra para ver se ninguém mais ouviu seu esganiçar. – Você *queria* que eu contasse para ela! Você queria que eu a tirasse da ilha!

Penélope espera um instante até que a ira da sacerdotisa diminua, depois sorri e acena com a cabeça mais uma vez.

– Claro que quero que Clitemnestra vá embora. Mas ela *não* é filha de náiades. Suas habilidades para velejar se estendem a comentários sobre os ombros cobertos de óleo dos remadores bonitos nas proximidades. Este resultado é o menos ruim ao nosso alcance no atual momento.

– Ela está sob *minha* proteção. Ela reivindicou santuário.

– Ela *estava* sob sua proteção. Quando deixou o terreno do templo, ela não estava sob a proteção de ninguém além da dela própria. Agora está sob a minha.

– Ártemis ficará…

– Ártemis ordenou que Agamêmnon matasse a filha dela. Seja como for que os deuses se agem em nossas vidas, boa irmã, não vamos imaginar que eles ajam por qualquer capricho, exceto o próprio.

Se eu fosse Apolo, mestre de histórias e tecelão de baladas, poderia terminar minha história aqui mesmo, com esta afirmação mais que perspicaz. Infelizmente, ele está ocupado demais afinando sua lira em Delos, enquanto belos garotos com vozes ainda juvenis atendem às suas, digamos, inclinações musicais; e portanto, deixarei a história continuar, embora duvide que uma declaração mais sábia e apropriada jamais será feita.

Anaitis se agita e infla as bochechas e, se fosse totalmente honesta, não sabe como se sente sobre toda essa situação. Enfim declara:

– Quero vê-la.

– Não.

– Por que não?

– Porque não quero que toda Ítaca saiba onde Clitemnestra se encontra.

– Eu nunca…

– No entanto, você compreende por que eu não corro o risco.

Anaitis definitivamente sente alguma coisa – talvez seja indignação? – diante disso, mas, de novo, nunca está de todo certa até que tenha tido a chance de parar e pensar sobre as coisas, qual é o sentimento que a guia com mais força a cada momento. Então, em vez disso, ela diz, nariz arrebitado, olhos afastados:

– Posso guardar seus segredos, rainha. Você sabe que eu posso.

– Eu sei. E sou grata.

– Será lua cheia em breve.

– Estou ciente.

– As mulheres vão lutar quando os piratas chegarem?

– Não.

– Por que não?

– Elas não estão preparadas e, mesmo que estivessem, não tenho certeza de onde os ilírios atacarão.

– Ah. – O entusiasmo de Anaitis é tão inconstante quanto o de sua senhora; elas também têm isso em comum. – Então o que podemos fazer?

– Refleti um pouco sobre isso. Os sacerdotes do templo de Atena às vezes honram a lua cheia com um sacrifício; eu mesma já participei muitas vezes para rezar por meu marido. Creio que o templo de Ártemis talvez também possa querer celebrar. Talvez algum tipo de… festividade à meia-noite? Algum banquete sagrado para coincidir com a lua cheia? Canções, danças, bolos de mel para as crianças, esse tipo de coisa? O tipo de evento devocional que pode encorajar o povo do litoral a ir um pouco para o interior, longe das águas calmas do mar.

Os olhos de Anaitis se iluminam.

– O templo de Atena, é claro, é bem abastecido. Todos que passam pelo porto param para homenagear a famosa patrona de Odisseu. Enquanto Ártemis... estamos mais a fundo na floresta, menos pessoas vêm...

– Vou garantir que estejam devidamente abastecidas.

– ... o telhado também está vazando, as tempestades do inverno passado...

Penélope está cansada demais para barganhar, cansada demais para revirar os olhos.

– Enviarei carpinteiros para cuidar do telhado, e carroças com oferendas.

– A deusa ama uma dança da meia-noite – Anaitis conclui com um único aceno de cabeça satisfeito, que rapidamente se dissolve de novo em uma carranca. – E esse outro assunto? O... a mulher que não pegou um barco?

– Por enquanto, ela está segura, eu juro.

– Por enquanto?

– Estou cuidando disso. – Penélope suspira. – Eu sei que é... Sei que estou pedindo sua confiança. Mas estou fazendo o melhor que posso para resolver todas essas coisas.

Parece a Anaitis que o mundo está cheio de pessoas tentando fazer o melhor que podem, e que é raro que isso faça qualquer diferença. No entanto, talvez que tentem fazer o melhor seja tudo o que ela realmente possa pedir. Anaitis sabe que foi usada e não se ofende muito com isso. Usá-la é a coisa razoável a se fazer, e ela não tem tempo para pessoas que não respeitam a razão.

– Tenho certeza de que a deusa ficará encantada com nossas devoções – reflete ela.

Penélope acena com a cabeça, sorri.

– Fazemos o que podemos para honrar o divino.

Capítulo 27

Na noite nublada, espio dos céus e acho que vejo...
... sim, olhe de novo, e lá está ela.

Atena senta e chirria como uma completa imbecil, uma coruja no galho enegrecido de uma antiga árvore murcha. Pios seguidos de tolos pios, piscando na escuridão reflexiva, como se eu não fosse vê-la, como se eu não conseguisse sempre ver através de seus disfarces ridículos.

Chirrio após chirrio, e deixo-a piar um pouco na árvore acima do palácio, porque, embora eu deteste, Ítaca *é* mais domínio dela do que meu, e é preciso escolher nossas batalhas para quando temos certeza de que podemos vencer.

Uuh uuh, ela diz, e não... espere. Olhe de novo. Sob o céu de nuvens velozes, eu quase poderia deixar de notar, mas ela está fazendo mais do que caçar ratos esta noite.

Atena chama a névoa da meia-noite que se eleva do mar agitado, e a névoa responde. Ela se entrelaça nos sonhos do velho Eupites, pai do miserável Antínoo, que gostaria de ver seu filho rei das ilhas ocidentais e agora se encontra nu e envergonhado enquanto Pólibo, Egípcio e toda a multidão de homens antigos apontam, riem e atiram fezes de porcos nele. Como chegou a isso, ele se pergunta, enquanto se vira e se contorce de vergonha, escondendo sua forma enrugada do ódio deles, velhos que às vezes foram servos de Laertes, às vezes companheiros de armas e amizade, se voltaram uns contra os outros?

Atena chama a névoa da meia-noite e, ao seu comando, ela desliza para dentro das narinas de Anfínomo, um soldado que se tornou apenas um pretendente de uma viúva, que sonha com lanças e sangue e a dança da morte, e sucumbe de novo e de novo sob a espada de um herói de cabelos dourados cujo rosto ele não consegue ver, apenas para se levantar e sucumbir de novo e de novo.

Atena chama na névoa da meia-noite, e seus sonhos tocam todos os pretendentes do palácio, pesadelos de sangue, terror e vingança há muito merecidos. E seus sonhos tocam o adormecido Orestes, mas um toque não é suficiente para romper os laços de angústia que já o envolveram em seu sono, ela precisará de um aríete para afastar a imagem do rosto da mãe dele, quando ela se vira de sua mente sangrenta.

E seus sonhos tocam o velho guerreiro Pisénor, por quem ela tem certo apreço, e por apenas uma noite ele acredita que sua milícia de meninos esfarrapados é capaz de vencer. E seus sonhos tocam Kenamon de Mênfis, que na verdade não tem ideia do que fazer com essa violenta intrusão em suas horas de sono, já que esta é a primeira vez que uma deusa da Grécia lhe envia visões.

Os sonhos dela não tocam as mulheres do palácio.

Uuh uuh, chirria a coruja, uuh uuh, e não ocorre à minha enteada que as mulheres de Ítaca merecem um pouco de atenção.

Eu poderia rir, cuspir na cara dela, colocar meu polegar e dedo indicador sobre aquele bico estúpido dela e gritar *uuh uuh, sua tola* diante daqueles olhos amarelos piscantes. Talvez mais tarde. Ainda não.

Então vislumbro outro sonho que ela enviou, quase não o noto, é minúsculo e preto como carvão. Esse sonho não é de modo algum carregado na névoa, mas é despachado na mordiscada de uma mosca de asas finas que eclodiu de uma poça de água parada sob a janela de Telêmaco. Ela rasteja entre os lençóis, com um zumbido estridente e alto, farejando a exalação quente da respiração dele, antes de enfim se prender ao pulso suave do pescoço e, com um impulso, enterrar sua tromba na doce lava do sangue rubro.

E enquanto o inseto se farta, o rapaz sonha e grita em seu sono, e eu não sei que sonho ela lhe enviou, não consigo vê-lo. Eu poderia descer do Olimpo e arrancar o inseto do pescoço dele, espremer a miragem que ela enrolou nele, mas ela saberia, ela veria e voaria para meu marido e diria: "Ah, grandioso pai, não o incomoda que sua esposa esteja interferindo nas mentes dos mortais?"

E então meu marido diria: "Não, Hera não, de jeito nenhum!" e dentro de um dia eu seria chamada a estar ao seu lado e informada que ele tem um banquete que deseja que eu prepare, ou alguma profecia que precisa ser moldada, ou algum completo absurdo, alguma farsa ridícula para me manter longe do reino dos homens, enquanto ele me observa de nariz empinado e se pergunta se eu – *eu* – fui infiel.

Assim seria essa história, como foi tantas vezes antes. Eu sou, afinal, a deusa das esposas, e é dever da esposa ficar em casa.

Sendo assim, permito que Atena envie seu sonho ao filho de Odisseu, e não tenho ideia do que ele sonha, só que ele acorda suando e ofegante, e esta noite minha ignorância me apavora.

E dessa forma a lua esconde sua luz atrás das nuvens, mas para nós que separamos o céu com o toque de nossos dedos, ela cresce.

E então:

Um dia antes da lua cheia, em uma tarde nublada de céu com nuvens velozes do tamanho que só se encontra acima das águas cambiantes de Poseidon, um marinheiro é arrastado até o salão e jogado aos pés do conselheiro Egípcio.

Egípcio ouve sua história, então chama Pisénor e Medon.

Pisénor e Medon ouvem sua história e mandam chamar Penélope. No momento em que Penélope acabou de ouvir, a coisa toda está carregada com o tédio da repetição, e os ricos detalhes e as justificativas esquivas que embelezaram sua narrativa inicial, agora se dissolveram em declarações maçantes de fatos, de tempo, lugar, maneira e não contém nada mais, nem mesmo especulação.

Egípcio diz:

– Devemos contar ao rei Orestes! – E todos concordam que é uma boa ideia.

Orestes é convocado e Electra vem, seguida alguns passos atrás pelo irmão e pelos homens leais.

– O que é isto? – Ela exige saber, na crescente aglomeração dos bons, dos poderosos e dos meramente curiosos. – Que balbúrdia é essa?

Penélope observa a moça por detrás do muro de sábios conselheiros que agora procuram falar por ela, e reflete que, apesar de todos os protestos de Clitemnestra, há muito da mãe na filha. Como não poderia haver, quando o pai estava há tanto tempo longe de casa?

– Este homem é um comerciante de Córcira – declara Pisénor, que sempre gosta de se envolver quando a realeza, mesmo realeza não coroada, está presente. – Ele opera o comércio de âmbar dos portos do norte até o Nilo. Mostre a sua Alteza o que você nos mostrou!

O marinheiro, cujo nome é Orígenes e que de fato merece melhor do que isso, abre a palma da mão para revelar o objeto de todo o alvoroço. É dourado, pesado, encaixa-se perfeitamente nas dobras de sua pele castigada pelo sol. Electra se inclina para pegá-lo, girando-o lentamente de um lado para o outro. A luz da tarde através das janelas do salão é um mel denso, desenhando linhas duras e lanças quentes pelo ar parado. Ela sente o peso do anel em sua mão, examina seus detalhes, não se preocupa em mostrá-lo ao irmão.

– É da minha mãe – declara ela por fim, e há um ofegar e um inspirar um tanto exagerados e generalizados. Penélope está um pouco atrasada na expiração, tendo deduzido que era óbvio com toda a confusão que todos sabiam que era da mãe de Electra, mas, ainda assim, o efeito geral é agradável. – Como você conseguiu isso? – Electra demanda do homem encolhido; e, mais uma vez, Penélope não será quem dirá isso, mas há muito de Clitemnestra no brilho do olho de Electra, na inclinação de seu queixo. De quem mais ela aprenderia a ser rainha de qualquer maneira?

– Uma mulher veio a Hyrie – responde ele, e alguns relatos atrás isso teria sido um balbucio rastejante, cheio de justificativas e pompa, mas agora é uma versão um pouco mais calma, considerando quantas vezes ele já repetiu e ainda não perdeu um membro. – Procurando uma passagem para o norte. Ela embarcou com um comerciante chamado Sóstrato, que havia comprado um carregamento de madeira de mim não faz duas luas. Ela pagou a passagem com este anel, que ele me deu para honrar a dívida que tinha para comigo. Mas quando tentei trocá-lo por carga para trazer para o sul, fui levado perante o senhor da cidade, que me levou perante um micênico que jurou que era o anel da rainha traidora Clitemnestra. Eles então mandaram buscar homens que me trouxeram para cá, e aqui estou. Para honrar e servir – acrescenta ele apressadamente, agora que a realeza está presente – lealmente, pois sou um servo.

Penélope escuta com tanta curiosidade quanto todos os outros no salão, pois esta é, na verdade, a primeira vez que ouve essa história, e enquanto escuta ela se pergunta quais partes têm o toque de Urânia. Decerto a mulher que primeiro deu o anel a Sóstrato, ela seria da casa de Urânia, mas ela se foi agora, transportada escondida para algum lugar seguro de onde não precisa retornar por muitas luas. Quem mais, talvez? Será que Sóstrato também era de Urânia, ou era apenas uma peça útil a ser usada, um meio de levar o anel a Orígenes e este à corte de Penélope? (É o último caso. Sóstrato não sabe como foi usado, nem Orígenes jamais perceberá quão previsível é seu comportamento, ou como seus planos são manipulados com facilidade. O único risco que Urânia correu foi quando o guarda do porto não reconheceu de imediato o anel na mão de Orígenes, e a velha espiã teve que mandar uma garota para sussurrar no ouvido do homem que ela já tinha visto algo igual em Micenas. Ninguém se lembra dessa garota agora.)

Electra fecha o punho em torno do anel como se pudesse sangrar dele, os dedos brancos, o pulso tremendo.

– Hyrie está em seu domínio, não é? – ela questiona Penélope. – Por que os navios ainda estão navegando a partir dali?

173

Penélope abriu a boca para responder, ou melhor, para se desculpar, para se virar e dizer: "Bons conselheiros, como essa coisa terrível pôde ter acontecido?"; quando Medon fala.

– O mensageiro ao norte foi atrasado por ventos desfavoráveis. Ele acabou de retornar para nós.

Isto é... em parte verdade. A notícia partiu primeiro para o sul, para os portos de Zaquintos, e lá o mensageiro foi atrasado tanto por ventos desfavoráveis quanto por vinho favorável, talvez não lhe tendo sido comunicado quão urgentes eram as palavras que carregava. Tais falhas de comunicação são um flagelo comum, apesar de lamentável, em um reino insular.

Electra franze o cenho, bufa, uma leoa rondando, farejando uma trilha seca e sangrenta.

– Para onde essa mulher foi?

– Não sei – confessa Orígenes, encolhendo a cabeça para o peito tal qual um pássaro assustado. – Sóstrato comercializa no norte, com os bárbaros pálidos. Mas ele navegou há uma semana; eu não tinha ideia de que o anel era tão importante!

– Podemos preparar os navios – oferece o micênico, Pílades, sem esperança. – Talvez navegar na maré noturna...?

– Falaremos disso em particular – retruca Electra, e então, ciente de que talvez tenha sido um pouco contundente demais nessa declaração, acrescenta: – Meu irmão emitirá suas ordens em breve.

Ela se vira com um aceno de cabeça, um pequeno ato de cortesia, já que o palácio não é exatamente seu, e segue para seus aposentos, o anel ainda apertado em sua mão. Orestes a segue, e os nós dos dedos dele também apenas ossos e nenhum sangue, onde ele segura a espada ao lado do corpo.

– Que conveniente – reflete Medon ao ouvido de Penélope, enquanto a multidão, tendo sido negada parte de seu entretenimento, se dispersa.

– O que quer dizer? É uma pena terrível, mas dificilmente conveniente.

– Uma pena, sim, mas nada que pudéssemos ter feito para impedir. Se ao menos o mensageiro tivesse ido para Hyrie antes de Zaquintos, talvez sua prima não tivesse escapado.

– Isso é especulação; e especulação inútil.

Um tamborilar de pés, e aqui está ele, Telêmaco, atrasado como sempre para a festa.

– O que aconteceu? – questiona ele, sem saber se deve dirigir sua pergunta para Medon, Egípcio ou mesmo, estranhamente, a mãe, e acaba direcionando-a para um ponto em algum lugar entre o ombro de Medon e o nariz de Penélope.

– Clitemnestra escapou – resmunga Pisénor.

– Clitemnestra pode ter escapado – esclarece Medon, as mãos pressionadas sobre a curva de sua barriga.

– É uma vergonha! – late Egípcio. – Teremos que compensar Orestes!

– Uma mulher parecida com minha prima foi vista pagando a passagem para o distante norte – suspira Penélope. – O anel que ela usou para pagar por sua viagem é conhecido por estar na posse da rainha fugitiva.

– Em nome de Zeus – respira Telêmaco, empalidecendo sob seu rubor suado. – Então nós falhamos?

– Essa é uma maneira de considerar a situação – reflete Medon.

O menino se endireita.

– Devo falar com Orestes. Pedir desculpas pessoalmente. Este é o meu reino, e devo assumir a responsabilidade. – As sobrancelhas de Penélope poderiam ter transposto o canal que divide o leste do oeste, mas ela não diz nada. – Ele parecia... Bravo?

– Quem sabe o que Orestes pensa. – Medon está se tornando hábil em estudar o teto enquanto fala, como se tivesse acabado de notar a tecelagem de uma aranha no canto. – Mas a irmã dele não ficou nada satisfeita.

– Devo ir até eles. – Telêmaco, sem dúvida, soa muito majestoso ao endireitar a postura e dizer essas palavras. – Devo tentar desfazer alguns dos danos dessa incompetência!

Ele tem um bom passo, devo admitir. Ele faz todo o trajeto até a porta de Electra sem tropeçar nos próprios pés ou arranjar um nariz ensanguentado. Os velhos e as mulheres o observam partir, antes de finalmente Medon se inclinar para o lado de Penélope e murmurar:

– Eu deveria... fazer alguma coisa?

– Não – suspira ela. – Ele não pode fazer nenhum mal, e talvez Electra goste de um pouco de humilhação abjeta de alguém da idade dela. Estou com dor de cabeça e devo me retirar para o meu quarto para... – Ela procura as palavras, os dedos girando no ar como a tecelã no teto.

– ... contemplar suas aflições femininas? – sugere Medon prestativamente. – Deitar-se silenciosamente na dor de seu triste sofrimento?

– Sim. Isso. Obrigada.

Ela se vira para ir embora, mas ao fazê-lo, Medon se aproxima.

– Será lua cheia amanhã.

– Eu sei.

– Você deveria conversar com seu filho.

– Deveria? – Uma onda de pânico, um momento de confusão. O que ela deixou passar agora? O que há no ponto cego que é seu filho que ela não é capaz de ver?

– Pisénor está preparando sua milícia para patrulhar as falésias. Se os invasores retornarem…

– Ah… entendi.

– Ele teria muito azar se encontrasse um inimigo. E, no entanto, esse é o propósito dele.

– O que… o que você recomenda que eu diga? – Lá está ela de novo, só por um momento, a garota da qual Medon se lembra, espiando através da rainha. Não há brincadeira em sua voz, nenhuma sagacidade afiada; ela não consegue encarar os olhos do velho.

– Você poderia dizer que está orgulhosa dele? Que ele é muito corajoso.

– Estou? É isso… é isso que você diria?

Medon dá um tapinha na barriga, como se tal gesto fosse quase uma reverência.

– Ele é seu filho. Tenho certeza de que você vai pensar em alguma coisa.

Capítulo 28

Electra informa:
— Meu irmão partirá imediatamente com dois navios para Hyrie e buscar informações sobre nossa mãe. Vou ficar em Ítaca.
— É claro, você é bem-vinda para ficar o tempo que quiser, seja como pudermos servir. Mandarei enviar provisões para abastecer os navios de seu irmão e...
— Os deuses estão do nosso lado — Electra declara. — Ele vai encontrá-la.
E se não o fizer, Menelau está em Esparta e esfrega as mãos, nham nham nham, ele pensa, veja para Micenas sem rei, que tragédia, que coisas terríveis têm acontecido às antigas propriedades de meu irmão, nham nham nham.
— Estamos honrados em servir ao rei — diz Penélope, e por um momento, quase esquece que ela é velha e majestosa demais para se curvar para Electra e para o rapaz silencioso ao lado da moça.

À noite, ela envia Eos até a fazenda de Sêmele.
Ela mesma fica em casa, tecendo a mortalha de Laertes. Os pretendentes sentam-se em fileiras no salão, sob o olhar ardente de Electra, e não rugem de embriaguez, e ficam surpresos ao descobrir que têm mais medo dessa pequena criatura vestida de cinzas do que de seu irmão que partira.
Quando Eos cruza a soleira da fazenda de Sêmele, Clitemnestra se levanta e dispara:
— Onde está Penélope? Onde está meu filho?
— A rainha está no palácio, entretendo sua filha — responde Eos baixinho, mãos cruzadas diante dela. Clitemnestra bufa, muito poucas pessoas podem entreter Electra, e raramente da maneira que pretendem. — Seu filho navegou para o norte, depois que chegou a notícia de que você foi vista partindo de Hyrie.
— Sério? Ele acreditou nisso?
— Mostraram um anel seu para ele. O anel que você deu a Hyllas.
Clitemnestra tem sobrancelhas poderosas, muito adequadas para arquear.
— Talvez a patinha não seja tão tola, afinal. Então, quando eu zarpo?

– Ainda há micênicos vigiando o porto. Menos do que havia, agora que Orestes partiu, mas o soldado Pílades ficou para trás com Electra.

– Por quê? Por que eles ficaram?

Os lábios de Eos se contraem em seu rosto pequeno e firme, e ela não tem uma resposta. Isso a preocupa, mas se sua rainha não fala disso, ela também não falará. Felizmente, a atenção de Clitemnestra se desvia antes que qualquer uma das mulheres possa se debruçar muito sobre esse assunto.

– Electra não pode observar tudo. Todo mundo sabe que sua pequena ilha é um paraíso para contrabandistas e tipos miseráveis.

– Amanhã será lua cheia. Ninguém vai navegar então.

– Por que não? Certamente é o momento perfeito.

– É quando os saqueadores vêm.

Clitemnestra se inclina para a frente, subitamente interessada, estudando a parede de mármore do rosto impassível de Eos.

– Saqueadores? Seus falsos ilírios, você quer dizer?

– Eles atacam na lua cheia.

– Ah, é claro que atacam. Mas eles já deveriam ter enviado um emissário. Penélope deveria tê-los pagado. Por que ela não o fez? – Eos fica em silêncio. Eos aprendeu a ficar em silêncio há muito tempo. – A menos que o preço seja alto demais? – sussurra Clitemnestra. – A menos que o preço seja o reino, não? Vocês têm um problema com um dos pretendentes? Algum homem grande e forte foi até a porta de Penélope e disse: "Case comigo e prometo que seus problemas vão embora"? Ele *foi*, não foi? Que delícia. Sabe, se eu fosse rainha em Ítaca, eu o levaria até a porta do meu quarto, prometeria a ele tudo o que desejasse, então enfiaria minha adaga em seu olho e atiraria seu corpo no mar. Um acidente terrível, todos diriam. Eu pagaria os poetas para que dissessem isso.

Eos assente com a cabeça, considerando isso, desenrolando a cena diante de seus olhos, antes de perguntar:

– Como isso está indo para você?

Clitemnestra recua a mão para esbofetear a criada, para fazê-la girar pela sala, mas Sêmele agarra seu punho antes que ela possa soltá-lo e balança a cabeça devagar. Clitemnestra deixa a mão cair e cai com ela, voltando a sentar em sua cadeira.

– Em breve – diz Eos. – Quando a lua estiver um pouco menos brilhante. – Ela observa a rainha caída por mais um momento, então se vira e vai embora.

Capítulo 29

Amanhecer em Ítaca. O último amanhecer antes de uma noite beijada pela lua cheia e redonda.

Não há nuvens no céu, e isso é lamentável, pois não haverá nada para mascarar a luz da lua cheia, um presente para guiar os marinheiros. Na colina atrás da fazenda de Eumeu, Telêmaco recua de um golpe da espada de Kenamon, mas o egípcio aproveita sua vantagem.

– Se você retroceder, eu avançarei! – declara ele. – Vou continuar avançando até que não haja mais nenhum lugar para o qual você possa recuar! Só recue se estiver armando uma armadilha, agora *mova-se*!

Depois, pegajosos e exaustos, Kenamon e Telêmaco sentam-se à beira da água doce acima de onde os porcos de Eumeu fungam com focinhos úmidos, e o egípcio tira a camisa e molha o rosto e as axilas, mergulha os dedos dos pés na água e suspira e, depois por um momento, inseguro de seu corpo magro ao lado do corpo completo deste homem, Telêmaco faz o mesmo, e lá eles ficam por algum tempo.

Por fim Kenamon diz:

– Hoje é noite de lua cheia.

Telêmaco acena com a cabeça, mas não responde.

– Você está com medo? – Telêmaco nega com a cabeça e ganha, para seu espanto, um leve soco no ombro. – Não seja ridículo, garoto! Claro que você está com medo. Você acha que seu pai não ficava com medo toda vez que ia para a batalha? Tendo medo é que você vê a lança vindo na direção do seu olho. Tendo medo é que você escolhe onde e quando atacar. Tudo isso... – Kenamon gesticula vagamente para as armas espalhadas ao redor deles – não ensina como usar uma espada ou um escudo. Ensina como se concentrar, como se manter em movimento, quando se está com medo demais para pensar.

Nos arvoredos acima do templo de Ártemis, Teodora pratica com o arco. Ela recua a corda e tump, tump, tump, até que finalmente Priene para ao lado dela e diz:

– A árvore já aguentou o bastante.

Teodora volta a puxar a corda do arco, expira, solta a flecha. Priene observa e não diz mais nada. Priene não tem um lar para defender. Seu lar era seu povo, e seu povo está morto. Ela não tem certeza se gosta das mulheres que está treinando; ela tem certeza absoluta de que nunca vai gostar da rainha a quem serve. Mas ela se recorda de uma ideia de lar, e a vê nos olhos de Teodora, e por um momento pensa que vê uma espécie de beleza, e acha a coisa toda profundamente confusa.

Kenamon diz:

– Lute com segurança, garoto – enquanto Telêmaco se levanta com um barulho de latão.

Telêmaco acena com a cabeça, e os olhos do egípcio não deixam as costas do menino enquanto ele se afasta.

Pôr do sol, um espelho dourado sobre o oceano, uma moldura de sangue no céu a oeste.

Pisénor está com seus companheiros comandantes da milícia: Egípcio, Pólibo, Eupites.

– Quando eles vierem... – começa Pisénor.

– Se eles estão mesmo vindo! – retruca Eupites.

– ... teremos que concentrar nossas forças.

– Bem, então o porto, é claro! – exclama Pólibo, no mesmo instante em que Eupites declara:

– Naturalmente os grãos.

Por um momento, os dois homens olham carrancudos um para o outro. Egípcio pigarreia e acrescenta:

– Há aldeias desprotegidas ao norte...

– Sem o porto, Ítaca morrerá de fome – proclama Pólibo, enfatizando cada palavra com um golpe do dedo no ar.

– Sem grãos, Ítaca também passará fome! – retruca Eupites.

– O porto tem defensores, e os silos estão no interior... – começa Egípcio debilmente. Muitas das razões pelas quais Odisseu não levou esse conselheiro para a guerra estão se tornando cada vez mais aparentes.

– Não podemos correr riscos – brada Pólibo. – Temos que proteger o bem mais importante que Ítaca tem... e esse é o porto!

– Mesmo para os ilírios, esses dois alvos são improváveis...

– Se você quer que meus homens lutem, você protegerá os celeiros.

Pisénor mal consegue se impedir de suspirar. Essas palavras eram esperadas, é claro, desde o primeiro dia em que ele negociou com esses velhos das ilhas. Ele não sabia como lidaria com eles na época e, para sua vergonha, ainda não sabe o que dizer a eles agora. Finalmente Egípcio diz:

– Talvez se abordarmos essa questão de modo... tático. – Egípcio nunca esteve em batalha. – Colocamos vigias nos pontos mais ao norte e mais ao sul, com cavalos velozes e tochas. Se avistarem navios, cavalgarão para alertar a milícia, que podemos guarnecer tanto no porto como nos celeiros, bem como em locais pela ilha, para se reunirem e defenderem onde quer que avistemos os navios se aproximando.

Os sábios de Ítaca contemplam essa sugestão. Pisénor não. Ele já sabe que treinou meninos para morrer, e nada mais. Ele sabe disso há muitas semanas e, ainda assim, não sabe, pois é um homem dividido em dois: o sábio que vê a verdade das coisas, e o soldado que teme envelhecer, que viu a morte uma vez no campo de batalha, mas recusou-se a olhá-la nos olhos. Atena, onde você está agora? Onde está sua sabedoria guerreira? Deveria resplandecer sobre este homem quebrado; deveria envolvê-lo em sua graça. Mas você nunca se importou com os quebrados, no final das contas.

O comandante que dá valor às suas tropas tenta dizer: "Isso não vai funcionar. Mesmo se eles puderem se reunir, levará muito tempo. Não haverá o suficiente...", porém, as palavras saem apenas como um suspiro.

– Quero pelo menos vinte homens no porto! – demanda Pólibo.

– Quero vinte nos celeiros – retruca Eupites.

– Isso não deixará o suficiente para defender o restante da ilha... – Egípcio começa.

– Mas, como você disse, assim que recebermos a notícia dos vigias, nossos homens podem se juntar aos outros – responde Eupites. – Eles enfrentarão os ilírios com força total e os expulsarão.

Egípcio lança um olhar para Pisénor, esperando que o velho diga alguma coisa, qualquer coisa, que possa mudar essa situação. Pisénor não diz nada. Ele está com a cabeça pendendo e seus lábios estão curvados quando finalmente, ele diz para o silêncio que o espera:

– Não vejo outro jeito. – Pois, de fato, ele não vê.

Conforme o pôr do sol se transforma na noite, a milícia sai em marcha.

Eles fazem um pequeno espetáculo disso, com lanças e escudos e uma variedade de armaduras de uma dúzia de tipos diferentes, amarradas a panturrilhas de garotos e peitos magros. Telêmaco lidera a fileira o melhor que pode, o que recebe alguns aplausos. Tanto Eupites quanto Pólibo pensaram em se opor a isso, estimulados por seus filhos pretendentes indignados; afinal, não é o exército de Telêmaco que marcha, mas uma milícia de homens itacenses, da qual ele é apenas um.

Entretanto, lhes ocorre então que podem estar vendo o filho de Odisseu marchar rumo à morte, e mesmo que não morra, ele está marchando para defender a propriedade deles, e a propriedade que, com um pouco de sorte, seus filhos herdarão. Essa revelação pode trazer humildade a outros homens, mas o veneno da ambição penetrou tão fundo em suas veias e, em vez disso, eles apenas alisam suas barbas e não encontram os olhos de ninguém enquanto os garotos partem.

Anfínomo caminha alguns passos atrás de Telêmaco, quatro homens ao seu lado. Ele está calado, o que é incomum, e não falará de qualquer assunto mais importante do que um comentário sobre a brisa ou uma pergunta sobre a melhor forma de cozinhar um coelho até que os trabalhos da noite estejam concluídos. Ele é o único dos pretendentes que se junta à milícia em seu trabalho. "Não adianta ser rei de uma ilha se você não está disposto a lutar por ela", opina ele, e está completamente certo, e todos acham isso muito irritante mesmo.

Kenamon fica ao lado do povo reunido para assistir a Telêmaco marchar, e sorri para o jovem quando ele passa, e o rapaz sério, sem saber o porquê, sorri de volta.

Penélope não assiste à partida do filho, e ele finge não a procurar na multidão.

Mais tarde ela dirá que foi porque não queria distraí-lo, mas na verdade, embora tivesse a intenção de ir, ela mesma estava ocupada com outros assuntos, e perdeu o rufar do tambor da milícia, quando eles se reuniram, pensando que era apenas mais um ruído em seus ouvidos. Isso, pelo menos, é o que ela dirá a si mesma.

Aqui, junte-se a mim enquanto a lua cheia se ergue sobre Ítaca.

Vamos, cavalgando em sua luz, brilhar pelos corredores do palácio, onde Andraemon, sentado com Antínoo e Eurímaco, ri e diz:

– Você chama isso de história? Deixe-me contar uma história para *você*!

Às vezes, muito raramente, os olhos de Andraemon se desviam para onde Penélope está sentada tecendo a mortalha, e há uma expressão em seus olhos que parece dizer: a qualquer momento em que você se sentir farta, querida, a qualquer momento, apenas me diga.

Ela não encontra o olhar dele, mas isso não significa que sua mensagem não seja ouvida.

Leaneira serve comida à mesa, folhas de videira e caldo de peixe, o vinho tinto manchando lábios de roxo. Ela coloca um prato diante de Andraemon, que não a encara, nem lhe agradece, nem ela dirige uma palavra a ele enquanto trabalha.

Electra se senta e não come.

– Orestes retornará em breve – diz ela – com a cabeça de nossa mãe.

Pílades está sentado ao lado dela e faz um bom trabalho em não dar tapinhas no joelho dela com cada proclamação que ela faz com o queixo empinado.

No templo de Ártemis, as mulheres se reúnem. Não há homens aqui, e então o mais estranho dos sons é ouvido – o de vozes femininas, erguidas em outras notas além do canto fúnebre. Algumas entoam canções sobre a floresta e o veado, dançando ao redor da grande fogueira que as sacerdotisas fizeram, e ouvem orações esperançosas ao som dos tambores. Outras, aqueles que se encontraram em segredo sob as folhas da floresta à noite, são mais cautelosas em sua diversão. A mulher mais velha ali é a tia de Sêmele, arrastada contra a vontade de seu recanto na costa norte, para o que ela agora proclama ser "Uma porcaria de festa!", embora ela goste bastante da comida.

A mais nova é uma menina de três anos, filha de um homem de Elis que jurou que ficaria, mas na verdade estava de passagem. Ela não sabe o que são piratas e mares bravios, ainda não entende o significado pleno da escravidão e come tanto mel das colmeias de Penélope que passa mal.

Algumas das mulheres, as do bando de Priene, trouxeram pequenas facas, ou algumas ferramentas de fazenda. "Essa coisa velha? Esqueci que estava carregando", dizem elas. Elas não estão prontas para lutar, é claro, mas se algum ilírio ousar vir até mesmo para esta terra sagrada, elas não morrerão despreparadas.

Priene observa da orla da floresta e, em pouco tempo, Teodora se junta a ela, com o arco ao lado do corpo, e elas não falam nada enquanto a lua se eleva.

Capítulo 30

Em uma sala silenciosa no topo do palácio noturno, uma porta se abre. Três figuras passam esvoaçantes, em silêncio; as mãos ao redor das pequenas chamas que as guiam. Elas batem uma vez a uma porta pesada, furtivas, depois descem escadas frias rumo a um porão oco sob a terra. Outra porta, guardada, *toc toc*, um ferrolho pesado retirado, uma barra de madeira levantada. Entram em um espaço que cheira à terra úmida e giz. Há algumas peles penduradas em um estrado; no chão há alguns lingotes de estanho e outro de bronze. Há duas taças de prata, um presente de casamento de Icário para a filha, talvez, ou de Laertes para o filho. Há o cheiro de peixe seco e um saco de precioso sal. Na maior parte, há o chão vazio, ainda marcado com os contornos empoeirados de lugares onde talvez estivessem baús de ouro reluzente ou bronze roubado, madeira saqueada, ou frascos de perfume doce do sul. No centro deste lugar vazio está Penélope, com Eos ao seu lado, uma lâmpada entre elas.

As três figuras chegam a esta sala param, envoltas em sombras, então uma dá um passo à frente, ergue sua lâmpada mais alto, para observar a cena.

– Andraemon – diz Penélope.

– Rainha – responde ele.

– Espero que perdoe o adiantado da hora e a incivilidade de nosso local de encontro. Tenho certeza de que consegue entender por que eu não desejo que os outros pretendentes saibam de nossa conversa e por que é claro que não seria apropriado tê-la em meus aposentos.

Ele acena com a cabeça uma vez, num gesto brusco, lançando um olhar para as mulheres atrás dele. Leaneira faz menção de ir, porém Penélope ergue a mão e, um pouco, a voz.

– Eu gostaria que Leaneira e Autônoe ficassem, por favor. Já é inaceitável que eu encontre um homem que não seja meu marido ou meu filho, sozinha. E acredito que Leaneira tem algum interesse no resultado de nossa conversa, certo? Ela tem sido muito insistente para que eu fale com você.

Andraemon olha para a criada troiana, que vira o rosto para a sombra.

– Eu tenho... tentando conversar em particular, sim – diz ele. – Mas a senhora tem sido evasiva, minha rainha. Temo que tenha deixado as coisas para muito tarde.

– Peço desculpas. Como sabe, não posso demonstrar favor especial a nenhum pretendente, para que os outros não se ofendam.

– Alguém pensaria que a senhora estava ofendendo a todos nós com sua atitude.

– Lamento que essa seja a impressão causada. E, no entanto, é melhor ofender a todos do que apenas um, não é? Por uma questão de equilíbrio? – Ele franze o cenho, lançando a luz de sua lanterna pelos escassos tesouros da sala, seus olhos brilhando prata, quando a luz passa pelas taças de casamento. – Meu tesouro – Penélope explica sem rodeios. – Como pode ver, os tempos não têm sido favoráveis.

– Por favor – Ele faz uma careta. – Todo mundo sabe que a rainha de Ítaca guarda ouro em alguma caverna escondida. Seu marido é descendente de Hermes, seu sogro navegou no *Argo*, foi abençoado quando se casou com presentes do próprio deus trapaceiro.

– Presentes de um trapaceiro? Isso não soa como uma base sólida para uma economia.

Para sua surpresa, Andraemon sorri.

– Não. Não, não. Mas tanto o seu marido como o pai dele eram notórios saqueadores e ladrões, antes da guerra. Estanho e âmbar fluem por seus portos; então não tente me convencer de que Ítaca não tem ouro na barriga.

– E como você acha que pagamos pela guerra? – suspira ela. – Acha que todo aquele tempo que meu marido estava em alguma praia de Troia, que os homens da Grécia poderiam simplesmente colher tudo o que precisavam da areia? A cada dez luas, mensageiros retornavam a Ítaca exigindo que eu enviasse mais, mais, mais. Armas para substituir as lanças quebradas. Madeira para consertar as carruagens. Lã e cânhamo para as tendas, velas, mantos e mortalhas. Ouro para os aliados mutáveis de Agamêmnon. E, claro, mais homens. Eu enviei todos os meninos com idade suficiente para puxar corda ou segurar um capacete de soldado para Troia, nenhum retornou. Então me explique, por favor, me explique. Como, com uma ilha de mulheres e cabras, acha que devo encher meu tesouro?

Andraemon anda um pouco para a esquerda, um pouco para a direita, estudando o rosto de Penélope, os cantos da sala baixa e sombria.

– Você é uma mulher inteligente – diz ele finalmente. – Perspicaz no comércio.

– Ah sim, o comércio. Você está certo de que as ilhas ocidentais estão em uma posição favorável para realizar muitos negócios nessas águas movimentadas. Mas mesmo que eu pudesse lucrar muito com o empreendimento; e, na verdade, mal posso ganhar o suficiente para manter minha casa no estado deplorável que a vê agora; vocês pretendentes esgotaram meus recursos. Deliberadamente, é claro. Quanto mais vocês comem, quanto mais vocês bebem, quanto mais vocês testam a ponto de quase quebrarem todas as regras sagradas que se interpõem entre hóspedes e anfitriões, mais desesperada me deixam. Uma mulher desesperada com um tesouro vazio deve, decerto, ceder em algum momento. Deve em algum momento escolher um marido, para acabar com esse lento sangramento. Eu enxergo seu estratagema e o respeito. Não posso desonrar minha casa deixando de alimentá-los e, o mais importante, não posso tentar governar sozinha e negar os pretendentes por completo, especialmente agora que minha prima Clitemnestra provou o quão desastrosa tal tentativa seria. Deve haver um rei em Ítaca, mas quem? Eurímaco? Anfínomo? Você?

– Eu seria um bom rei. – O que se pode ouvir nas palavras de Andraemon? Uma promessa? Uma ameaça? Uma verdade? Algo dos três, talvez, dependendo de como se está inclinado a ouvir.

– Talvez você fosse – Penélope suspira. – Contudo, você mataria meu filho.

– Não.

– Por favor. Estamos falando com honestidade agora, no escuro, como Leaneira queria.

Leaneira estuda o chão, o rosto ardendo como a lâmpada em sua mão.

Andraemon hesita, então um sorriso lento curva seus lábios.

– Muito bem. Seria mais simples matá-lo, é verdade. Entretanto, caso você se comprometa comigo esta noite, irei exilá-lo em vez disso. Mandá-lo para Nestor ou Menelau para ser educado, ter oportunidades. Ele não sofrerá nenhum dano de minha parte.

– Nenhum dano? – reflete ela. – Quanto tempo acha que levará para ele reunir homens e voltar para guerrear contra você? Um ano? Talvez dois?

– Essa seria uma escolha dele. Não minha.

– Não vamos fingir que ele fará qualquer outra. Não; você o exilará e ele retornará e tentará destroná-lo. Se você, se defendendo, o matar, então terei perdido meu filho de qualquer maneira. E se ele, atacando você, matá-lo, então talvez ele volte sua lâmina contra mim por ter ousado me deitar com um homem que não o pai dele, e minha vida será... precária. Estamos todos aprendendo com Clitemnestra a esse respeito. De qualquer forma, o exílio é apenas a morte adiada. Antínoo, é claro, simplesmente enviaria assassinos atrás do meu garoto. Eu não lhe imputo dizendo isso. Apenas aponto que é uma coisa que algumas pessoas fariam.

– Algumas pessoas – retruca ele. – Mas eu sou um soldado, não um filho de fazendeiro qualquer.

– Ah sim, um soldado. Forte, capaz de me defender quando a guerra chegar.

– Eu *defenderia* você – declara ele. – Não apenas porque você é rainha. Eu defenderia uma mulher.

– Eu agradeço, é bom saber disso.

Ela se cala, e o silêncio é estranho para Andraemon. Ele não está acostumado a ficar esperando pelos pensamentos de outras pessoas, muito menos a contemplação de uma mulher de cuja resposta seu destino depende. Finalmente:

– Bem? – demanda ele. – Temos um acordo?

– O que vai acontecer com Leaneira se você for rei? – pergunta Penélope.

Leaneira ergue a cabeça depressa, estreitando os olhos. Andraemon olha na direção dela, surpreso, como se tivesse esquecido que ela estava no cômodo.

– O que quer dizer?

– Vai mantê-la como sua concubina? – Ele abre a boca para vociferar, para argumentar e responder, mas as palavras não saem. Penélope sorri. – Se eu dissesse que me casaria com você, mas que o preço fosse Leaneira, você pagaria? Não digo que espero que você seja fiel. Sem dúvida, com o passar dos anos, supondo que sobrevivamos, você desejará se divertir em pastagens mais jovens e frutíferas. Mas não com ela.

Andraemon olha novamente para a criada, cujos olhos agora ardem, brasas brilhantes levantadas do chão para fixar-se no rosto de Penélope.

– O que você sugeriria?

– Venda-a. Não me importo onde. Não me interessa com quem minhas servas se deitam, apenas que sejam leais. A troiana é leal a você, não a mim, e sendo assim ela não é mais de utilidade para mim.

– Se eu disser não?

– Então nunca se deitará no meu leito conjugal – Penélope responde sem rodeios. – Anfínomo é bom com uma lança e consegue reunir homens. Não tenho certeza se ele é capaz derrotá-lo em uma luta justa, mas eu garantiria que qualquer luta desse tipo não seja justa. Vamos, vamos, não seja absurdo, esse é um pequeno preço que estou pedindo que você pague por Ítaca. Desista da criada, exile-a em alguma fazenda e você pode ser rei.

– Eu vou libertá-la.

– Não – responde Penélope, contemplando as pontas dos dedos como se de repente tivesse visto uma mancha nelas. – Não vai.

– Eu jurei que faria.

– Então terá que quebrar esse juramento. Tenho certeza de que não será muito difícil para você. Ela é apenas uma escrava.

Agora, Andraemon anda de um lado para o outro. Um pouco para a esquerda. Um pouco para a direita. Zeus costumava andar dessa maneira ao contemplar assuntos de grande importância. Ele descobriu que a ação do movimento, de andar de um lado para o outro, fazia parecer menos estúpido, do que quando ele apenas ficava parado, o queixo caído, o olhar erguido, perdido em pensamentos. Um líder deve aparentar que seu pensamento é algo vibrante e potente, consumindo todo o seu corpo, toda a sua força. Para muitos, a performance do pensar muitas vezes excede a energia real sendo gasta no pensamento em si.

Devo admitir isso sobre Atena: ela não tem medo de apenas ficar parada pensando.

Andraemon chega a uma conclusão, e é dramática, e ele enrijece o queixo e estufa o peito e não encara Leaneira nos olhos.

– Está certo – diz ele. – Por Ítaca, pelo reino. Temos um acordo.

Leaneira não ofega, não se dobra de dor. Esse não é um momento extraordinário, essa perda cortante de esperança. Esta é apenas uma retomada da vida como ela sabia que deveria ser vivida; uma conclusão inevitável. Um retorno à normalidade. A esperança era a ilusão bruxuleante. A esperança era a enganadora. Ela semicerra os olhos, e em um sussurro, deixa-a partir.

Andraemon não olha na direção dela conforme se dirige para Penélope, talvez para agarrar sua mão ou até mesmo – o ultraje – selar o acordo com um beijo.

Ela se afasta, uma mão levantada.

– Há uma outra coisa – diz ela depressa, e ele sibila entre os dentes. – Os ilírios estão atacando as costas de Ítaca. Eles vêm a cada lua cheia. Primeiro Lêucade, agora Fenera. Eles parecem ter algum conhecimento do meu reino, sabem onde atacar, quais são os locais mais vulneráveis. Ouvi rumores de que eles foram guiados até Fenera, de que alguém subiu em um penhasco para mostrar-lhes o caminho. É claro que muitos mercadores e comerciantes passam por meus portos que podem ter lhes passado informações, mas suspeito, acredito, que as estejam recebendo de uma fonte um pouco mais próxima. E eu me pergunto, por que saqueadores atacariam sem fazer exigências? Até os ilírios conhecem as regras do jogo; o lucro está em comprar a proteção, não em arriscar sua vida saindo para o mar. Onde estão as propostas de paz, as ofertas de segurança para o meu povo em troca da pouca riqueza que tenho? E me parece que *você*, Andraemon, foi o mais insistente de todos os homens em meu palácio a pedir para falar comigo.

– Eu não sou paciente – responde ele. – Ítaca deve ter um rei.

– Não é paciente... sim, isso parece certo. Paciência. Uma coisa tão difícil. Os outros estão dispostos a comer até me deixar na pobreza, a beber e se divertir com mulheres até a *minha* paciência acabar. Mas não você. O que, eu me pergunto, você faria para... acelerar as coisas? Você esteve em Troia. Você conhece muitos homens guerreiros, homens que eles mesmos podem estar sentindo a pontada da ganância faminta agora que a guerra acabou. Imagino que seria fácil sussurrar nos ouvidos deles que há um lucro a ser obtido. Ou o lucro da pilhagem fácil de ataques bem-sucedidos, ou o lucro do ouro de proteção que devo pagar tirando de algum... tesouro estranho que todo mundo parece ter certeza que eu possuo. Ou talvez o lucro de um reino inteiro, agora sob o comando de seu velho camarada e amigo. De qualquer maneira, lucro fácil para homens famintos.

Andraemon lambe os lábios. Ele não é tão bom em jogos de astúcia quanto pensa, pois quando está escolhendo quando mentir ou falar a verdade esse é seu sinal óbvio. Antínoo, que é bom nos dados, sabe disso, e é um dos poucos segredos que ele não contou para seus colegas apostadores no salão do palácio.

– Quando eu for rei – ele diz por fim – prometo que nenhum ilírio atacará nossas praias.

– Sim – murmurou ela. – Imaginei que você prometeria. Essa foi uma das outras razões pelas quais tenho me mantido longe de você, é claro. Para evitar esse confronto. Se eu não falasse com você, então talvez você pudesse imaginar que ainda poderia conseguir tudo o que deseja, e nessa fantasia retardaria seus ataques ao meu povo. Mas se conversássemos, como agora devemos, uma resposta deveria ser dada. Ou eu me vendo para você, ou não me vendo. Se eu fizer isso, arrisco meu filho e provoco uma guerra sangrenta contra Anfínomo, Antínoo, Eurímaco e todos os outros pretendentes na ilha. Se eu não o fizer, estaremos em guerra de qualquer maneira. Você mandará chamar seus homens e eles saquearão meu litoral até que não haja mais nada, certo? Essas são as certezas que surgem da conversa e, como vê, para evitar a queda do machado, evitei-o.

– Não mais – rosna ele. – Não mais.

– Não. Mas a lua cheia está nascendo, e esta noite muitos homens e meninos podem morrer. Meu filho pode morrer. Então, estou aqui para deixar minha posição clara. Conheço seus crimes, seus pecados contra meu reino, e nunca vou perdoá-lo. Quando Orestes voltar com a cabeça de Clitemnestra, ele será meu aliado. Pedirei ajuda a Micenas, e ele a concederá. Então me dedicarei a provar que você violou todos os laços de hospitalidade que prezamos. Os outros pretendentes vão adorar a oportunidade de destruí-lo; eles lutarão pelo privilégio de atirar a primeira pedra. É o que acontecerá quando Orestes for rei em Micenas. Mas esta noite, para evitar derramamento de sangue, estou lhe dando uma chance – mande seus homens pararem. Não tem nada a ganhar aqui. Seu plano não vai funcionar, e se continuar nesse caminho, irei destruí-lo.

Mesmo um homem que sabe como manter uma boa aparência enquanto pensa é, por vezes, pego com cara de tolo.

– Você... acabou de dizer...

– Eu estava curiosa para saber quais seriam seus termos. Quanto a que tipo de homem você é de verdade. Agora eu sei. Agora nós conversamos. Enquanto você é meu convidado, não posso fazer-lhe mal, portanto, é claro, que você é bem-vindo aqui. Você pode fazer seus amigos atacarem minhas terras e não há nada que eu possa fazer para evitar isso. Mas quanto mais fizer isso, quanto mais você tentar me forçar, pior será para você. Seria sensato acabar com essa loucura agora, para nós dois. Isso é o que eu queria dizer a você. Faça-os parar.

Andraemon fica calado, boquiaberto e imóvel. Penélope parece desapontada com essa conduta, pois levanta a mão e aponta os dedos para a porta.

– Acabamos. Você fará sua escolha. – E, então, um adendo: – Pode ir agora.

Andraemon já foi dispensado da presença de Menelau da mesma forma, mas Menelau era um rei. Ele balança na ponta dos pés, oscilando como se não tivesse certeza se deveria mergulhar para a frente e atacar sua inimiga ou recuar. Penélope espera, os dedos ainda apontados para a porta, Autônoe ao seu lado. Então ele gira e se afasta.

As mulheres ficam para trás.

Penélope se vira para Leaneira.

Há muitas palavras no ar e muitos fantasmas que as pronunciariam. Euracleia, se não estivesse roncando lá em cima, gritaria: sua vadia, sua harpia, sua rameira sem vergonha! Nós a acolhemos e é assim que você nos retribui, nós a alimentamos, a vestimos, sua vadiazinha!

Anticlea, morta com os lábios vermelhos, teria apenas dado as costas para ela e dito: amanhã você será enviada para o mercado. Diga adeus a qualquer uma que possa querer se dignar a falar com você.

Anticlea, esposa de Laertes, mãe de Odisseu, era também filha de Autólico, filho de Hermes. Ela foi estuprada, um dia antes de seu casamento, por Sísifo por causa de um gado roubado; ele considerou essa a maneira mais conveniente de mostrar seu desagrado.

No dia seguinte, enquanto ainda sangrava, ela se assegurou de atrair seu novo marido para o leito conjugal, para que seu sangue pudesse ser confundido com outra coisa que não dor, e seu filho nascesse de um pai digno. Quando Penélope chegou a Ítaca, ela aprendeu muito sobre o que era ser uma rainha com Anticlea. Aprendeu que quando o vento sul está lento e pesado, não deve suar; nem quando o norte uiva durante o inverno mais rigoroso, não deve estremecer. A tempestade pode arquear suas costas, mas apenas você pode voltar a endireitá-la.

Leaneira e Penélope se encaram e, por um instante, não tenho certeza de qual é a rainha.

Morte a todos os gregos, sussurra a batida do coração de Leaneira. Então Penélope diz:

— Há boas casas em Cefalônia, Hyrie. Pessoas em quem confio.

Leaneira encara, e não tem certeza do que está encarando, do que essas palavras pressagiam.

Penélope se aproxima um pouco mais dela, e a animalesca Leaneira recua, um rosnado se espalhando no canto de sua boca. Autônoe fica perto e apenas a observa, curiosa.

— Urânia precisa de mulheres. Eu preciso de mulheres para cuidar da terra do meu marido. Há propriedades, bosques; com o tempo você poderia encontrar um marido, encontrar um...

— Não preciso de um marido! — rosna Leaneira. — *Eu tinha um marido!*

Penélope recua um pouco com seu grito, enquanto Autônoe olha para a porta fechada atrás delas, talvez receosa de que o grito da mulher ecoe pela casa adormecida, acorde os pretendentes.

— É verdade — Penélope diz finalmente. — Você tinha. E ele está morto. Sua casa se foi. Nada mais lhe resta. Você será usada por homens que sabem disso. Isso é tudo que você é agora. Você é alguém para ser usada. Entende?

Leaneira não vai chorar. Mais tarde, talvez amanhã, enquanto balança os dedos na água fria do riacho corrente, ou à noite, quando o cheiro das vinhas atingir seus sentidos como os lábios de um amante; ela chorará incontrolavelmente, correrá uivando para um lugar de escuridão. Mas não agora. Agora não.

— Você me ordenou... você me *disse* para...

— Eu pedi que você observasse Andraemon. Percebi que ele estava interessado em você. Seduzido por você. Mas você escolheu a cama dele.

– Escolha? Que escolha? *Que escolha?!*

Troia queima, e Leaneira às vezes se pergunta por que não teve coragem de queimar com ela.

– Talvez nenhuma – reflete Penélope, a voz como cinzas sobre a poeira. – Este é o mundo em que vivemos. Não somos heróis. Não escolhemos ser grandiosas; não temos poder sobre nossos destinos. Os retalhos de liberdade que temos são escolher entre dois venenos, tomar a decisão menos pior possível, sabendo que não há resultado que não nos deixe feridas, ensanguentadas no chão. Você não tem escolha. Suas escolhas foram tiradas de você. Eu as tirei. Usarei você tão prontamente quanto qualquer homem. Vou dobrá-la à minha vontade, vou feri-la, se isso servir aos meus propósitos e ao meu reino. E se me oferecessem o domínio de toda a Ítaca em troca de descartá-la, eu o faria em um instante. Andraemon e eu somos iguais nisso. A única diferença é que ele não sabe disso. Ele... acha que ele é do tipo heroico. E ele nunca entenderá. Você entende?

Leaneira não acena. Não fala. Ela não dará essa satisfação para uma grega.

– Andraemon está esperando do lado de fora dessas portas – Penélope sussurra, suave como seda de aranha. – Ele vai implorar seu perdão, jurar que apenas disse aquilo porque a ama. Ele ainda tem uma utilidade para você. Assim como eu.

Quando Penélope tinha dezesseis anos, aquele que desejava ser seu marido virou-se para ela e perguntou: "Você me aceita?" e fez parecer que havia uma escolha. Ele perguntou como se a filha bastarda de uma náiade e de um rei pudesse dizer não ao único pretendente que via nela algo melhor do que as filhas de Leda e Zeus, suas primas nascidas de um ovo de cisne. Como se ela tivesse algum poder. Não foi, ela sentiu, um começo completamente honesto para o relacionamento, mas foi, pelo menos, uma boa jogada.

Leaneira endireita as costas.

Encara Penélope nos olhos.

Pergunta:

– Estou dispensada, minha rainha?

Penélope assente.

Leaneira se vira, luta por um momento com a porta pesada, avança no escuro. Autônoe ergue uma sobrancelha, mas Penélope balança a cabeça.

– Deixe-a ir.

– Ela pode nos prejudicar. Há coisas que ela sabe – murmura Autônoe.

– Deixe-a ir – repete a rainha. – Se ela for ser útil para nós, deve pensar que escolheu fazê-lo. E se ela não for, então o estrago já está feito. Não deveríamos ter deixado as coisas irem tão longe entre ela e Andraemon. Somos responsáveis.

Na escuridão da noite, Leaneira corre. Ela corre até o riacho que corre atrás do palácio, uma fina faixa de água até o mar. Ela corre rumo ao frescor e quietude, até a sombra oculta das árvores pesadas, cujos galhos pendurados se inclinam sobre o riacho como se suas folhas estivessem sedentas por um gole. Ela pensa em se atirar no oceano, em gritar em uma língua que ninguém aqui é capaz de falar, em pegar uma faca da cozinha e enfiá-la em Penélope, em Autônoe, em Euracleia, em Andraemon, em si mesma. Ela cambaleia pelos degraus frios de lama até o riacho e quase grita quando uma mão agarra seu braço, mas transforma o som em um silvo de gato, enquanto arranha e golpeia o rosto meio pálido à luz crescente da lua, pronta para enfiar os dedos nos olhos, nariz e lábios até que algo ceda.

Um grunhido de dor, um afastar, um praguejar, e ela para, estática, com os dentes ainda à mostra, enquanto Andraemon agarra sua pele sangrando e exclama:

– Vagabunda! – Ele toca a própria carne, mas a única coisa que escorre dos rastros das unhas dela é um líquido fino e claro de pele rasa, em vez de sangue. Ainda assim – Vagabunda! – murmura ele mais uma vez, antes de conseguir transformar o som em um sorriso, em quase uma risada. – Você me pegou.

– O que você quer?

– Você sabe o que eu quero. Pedir desculpas. – Implorar por perdão, talvez. – O que eu disse lá... Eu estava tentando fazer a coisa certa, acabar com isso ali mesmo. Você ouviu o que ela disse... ela odeia você.

– E você? – demanda ela. – Você não estava tentando defender minha honra.

– Sua... honra? – Ele tropeça na palavra, soa por um momento como se fosse rir, consegue mais uma vez transformá-la em um sorriso, as mãos nos braços dela, segurando-a firme, ereta, com um aperto em algum lugar entre o sacodir de um irmão e o abraço de um esposo. – Eu não sabia que alguém tinha alguma honra para defender. Com certeza eu não tenho. Você sabe tão bem quanto eu que, para ser rei em Ítaca, terei que possuir a rainha prostituta. É assim que as coisas são. Você sabe disso. Mas é você que eu amo. Só você.

– Você está enviando os invasores? – Leaneira ouve a própria pergunta apenas em parte. Ela está cansada, sente o peso de cada osso sob sua carne curvada enquanto ela está nas mãos dele. – Você está mandando piratas atacar Ítaca?

– Sim – responde ele, com honestidade. – Estou. Eu tinha a intenção de que fosse uma provocação, para acabar com esse assunto antes que mais pretendentes pudessem aparecer e complicar as coisas. Agora pretendo simplesmente tomar à força todas as riquezas que ela não me dará pelo casamento. De um jeito ou de outro, eu as terei.

– E eu? – pergunta ela.

– E você – responde ele. – Custe o que custar, eu terei você.

– Então podemos partir hoje à noite. – Ela o sente enrijecer, mas insiste, inebriada com o luar. – Você a ouviu, ela nunca se casará com você. Você terá que tomar o que quer à força, você *está* tomando à força. Ela sabe disso sobre você. Então por que ficar? Podemos partir esta noite. Ela nunca vai nos encontrar, e você ainda pode saquear e invadir e nós podemos ser livres.

– Não é… Não é tão simples.

– Por que não? O que poderia ser mais simples? Você não é Páris, eu não sou Helena. O que poderia ser mais simples do que isso?

– Para sermos verdadeiramente livres, precisamos de riqueza. As incursões levam sua parte de escravos e mercadorias, mas eu tenho que dividir com a tripulação, eles têm que receber o que eu lhes prometi. Posso ser o capitão deles, posso lhes dizer onde atacar, mas até encontrarmos o tesouro dela, ouro de verdade…

– Ela não tem nenhum! Ela mente e trama e engana, mas eu a conheço; ela passa os dias negociando cabras e peixes! Não há ouro! – Leaneira quase grita, percebe que não consegue mais conter as lágrimas, não consegue mais evitar que seus ombros estremeçam.

Andraemon suspira, um pai paciente, e a segura junto ao peito. O toque dele a repele, o abraço condescendente de um ladrão, a fonte de sua angústia, e ainda assim ela nunca o deixaria soltá-la, e aperta os dedos contra a carne macia das costas dele e o segura um pouco mais apertado e chora.

Morte a todos os gregos.

– Meu amor – suspira ele, com os dedos acariciando o couro cabeludo na nuca dela, emaranhando em seu cabelo. – Minha linda. Vê como Penélope mentiu para você?

Leaneira não chorou desde Troia, mas esta noite ela fecha os olhos e deixa as lágrimas correrem como o rio até o mar, enquanto Andraemon a abraça apertado.

Acima, a lua é uma esfera perfeita no céu estrelado, e, abaixo dela, vêm os piratas.

Capítulo 31

Encontro Atena parada na praia, os dedos dos pés descalços enrolados na areia preta enquanto as ondas batem em seus tornozelos. Ela não usa disfarce e não carrega um ramo de oliveiras, mas sua lança e escudo. Seu capacete está ao lado, meio lavado pelas ondas. Ela está observando o mar, olhando para onde três navios deslizam em direção a Ítaca, o vento às suas costas e os remos batendo rápido contra a espuma.

Eu tenho adiado isso por tempo demais. Agora homens com lâminas e chamas chegam a Ítaca; agora não há escolha a não ser conversar com a senhora da guerra. Hoje à noite nossos interesses se alinham, ou esse negócio acaba para sempre.

Retiro minhas sandálias douradas e me aproximo dela, tremendo de prazer com o toque frio do oceano enquanto ele roça entre meus dedos dos pés. Quando me aproximo, ela diz:

— Você esteve se intrometendo, velha.

— Você também, deusa da sabedoria – respondo.

Seus lábios se contraem de desgosto, mas ainda assim seus olhos não deixam a forma dos navios enquanto eles voltam suas proas em direção à costa. Pergunto-me se é tarde demais para ter uma palavra com meu irmão. "Não seria bom, querido", eu poderia dizer, "se uma rajada atingisse todos os portos de Ítaca, ou um tornado inesperado acontecesse? Isso realmente perturbaria o povo de Odisseu". Talvez ele mordesse a isca, talvez não. Atena não fará isso, é claro; ela está esperando o momento em que seu pai ordenará a Poseidon que renuncie ao seu rancor contra o rei de Ítaca, e deve jogar um jogo longo e lento.

Uma tocha brilha no topo de uma colina; mais alguém viu os navios. Ele acena freneticamente para o sul, mas o vento apaga a tocha e ninguém vê seu sinal. Deixo meus olhos deslizarem para o garoto que a acendeu, que ainda agora luta para montar um dos poucos cavalos velozes de Ítaca, para galopar rumo aos celeiros, ou talvez para as docas, onde o resto da milícia espera ociosa, distante demais, pequena demais, uma perda de tempo se alguma vez houve uma.

Atena declara:

— Eles estão rumando para a costa.

E de fato estão, homens começando a vestir armaduras agora, a testar os gumes de suas lâminas. Seu destino ainda não está claro, o vento empurrando a lateral dos navios enquanto eles dobram as velas e puxam os remos.

– Então – Atena reflete, enquanto observamos os navios se aproximarem. – Um exército de mulheres?

– Não foi ideia minha. – Dou de ombros.

– Mas você dificilmente desencorajou o empreendimento.

– Sou prática. A ilha não tem homens suficientes em idade de lutar, e ainda assim há pessoas aqui que lutariam.

Ela contrai os lábios. Em algum lugar do interior, um garoto galopa até seus amigos e não consegue acreditar que seu cavalo se mova tão devagar quando a morte viaja tão depressa pelo mar.

Por fim, ela diz:

– Se Zeus descobrir, ficará furioso. É muito aceitável que as mulheres das tribos orientais vistam calças e andem a cavalo, mas não nas terras dele.

– Estou contando com o fato de que meu marido não vai verificar.

Ela assente. Essa é uma boa suposição a se fazer. Eu olho de relance em sua direção e ela ainda não encontra meu olhar. Ela vai contar? Ela e eu sempre nos detestamos e, no entanto, apesar de ela ser uma vaquinha ilegítima, nascida de uma união vil entre uma titã e um deus, ela é sábia. Ela precisa que Odisseu tenha um lar para onde voltar. Por fim:

– Eu não gosto que você se intrometa em Ítaca.

– Eu mal interferi – retruco bruscamente. – Apenas observei com atenção; como você faz agora.

– Por que Clitemnestra está aqui? – Ela faz uma cara feia. – Sua preciosa assassinazinha? – Eu suspiro, não a agracio com uma resposta. Finalmente ela dispara – Você falou com Ártemis?

– Não. Por quê?

Agora ela vira a cabeça, e seu olhar é de desprezo fulminante.

– Mulheres treinando com arco e flecha? Construindo armadilhas para homens, aprendendo a lutar na floresta ao redor do templo dela? Festivais em homenagem a ela que coincidem com um ataque às praias de Ítaca? Por favor. É apenas o egocentrismo que a impediu de uivar pela floresta. Não que ela vá desaprovar; porém, ela desaprovará que tudo isso esteja acontecendo sem a bênção dela, sem que ela tome sua parte do sangue. É melhor você falar com ela antes que ela descubra de outra forma, caso contrário ela *irá* correndo direto para o Pai.

Meus lábios se curvam em desagrado com o pensamento.

– Suponho que você não...

– De jeito nenhum. Embora eu não vá expor esse seu pequeno empreendimento, ainda, querida madrasta, não vou arriscar meu nome me envolvendo nele. Faça seu próprio trabalho.

– Estou salvando a terra de Odisseu para Odisseu! – Explodo.

– Você a está salvando para a esposa dele – responde ela, afetada. – Como se alguém se importasse se ela sobrevivesse até o fim da história dele.

Engulo uma repreensão amarga. Se estivéssemos em qualquer outro lugar, eu poderia enfiar a palma da mão em seu rosto pelo desrespeito, ou chamá-la de mil nomes, cada um uma formiga mordedora para se enterrar em sua carne. No entanto, aqui, esta noite, somos brevemente aliadas, e precisarei que ela fique calada no Olimpo, se eu quiser liberdade para fazer meu trabalho. A verdade disso me fere, faz meu estômago revirar; Atena foi sábia quando jurou nunca ser uma esposa, não que eu tivesse tido muita escolha a esse respeito.

Por fim, ela diz:

– Guardarei seu segredo, rainha dos segredos. Permitirei que você faça... seja lá o que pensa que está fazendo. Mas eu tenho um preço.

Eu me eriço, ardo, resplandeço uma luz divina, um pouco divina demais, um clarão de fogo na praia, melhor extinto antes que a areia aos meus pés se transforme em vidro, ou um olho celestial perambulante capte minha fúria. A ousadia da mulher! Barganhando *comigo*!

Ela observa os navios sem piscar, como se o brilho do meu poder não lhe interessasse e, aos poucos, eu diminuo. Sou brevemente tão mortal quanto a forma que pareço usar, uma mulher velha e cansada que luta para lembrar agora o que era ser jovem.

– Qual é o preço? – pergunto.

– Telêmaco – responde ela. – Ele é meu.

Eu tenho que conter a vontade de dar de ombros.

– Esse é um preço alto a pagar – minto, para manter as aparências. – Dar a você o filho de Odisseu, assim como o pai para que brinque com eles; os outros podem se ressentir se houver *dois* heróis que cantam suas glórias em vez de um. Dirão que você é gananciosa.

– Eles não vão dizer nada do tipo. Tanto pai quanto filho têm uma astúcia que os torna meus por natureza – retruca ela, depressa. – Os deuses são tolos e cegos; eles pensam que os poemas mais grandiosos são sobre morte em batalha e o arrebatamento de rainhas. Mas as histórias que viverão para sempre são sobre os perdidos, os temerosos, que por meio de amargas dificuldades e desespero encontram esperança, encontram força... encontram o caminho de volta para casa. A vitória sempre deve ter um preço. Eu quero Telêmaco. Ele é meu. Não vou me meter com você, se você não se meter com ele.

Haverá consequências para esta noite, temo eu, mas ela não me deu tempo para pensar nelas. Astuta Atena, a sabedoria dela pode ser o material bruto e básico do mercado, bem como a inteligência do simpósio.

– Está certo – concordo. – Temos um acordo.

Uma explosão de fogo dança entre nós, invisível a olhos mortais; um contrato selado entre deusas, escrito em nossos ossos de diamante. Estremeço ao seu toque, mas ela parece impassível, os olhos voltados para as águas. Há o começo de um franzir de cenho, enquanto ela observa os navios que se aproximam. Sigo seu olhar, vejo as embarcações virando novamente, a cerca de cem metros da costa, corrigindo seu destino e movendo-se para evitar um aglomerado de rochas meio escondidas sob as ondas. O cavaleiro no escuro quase é derrubado de seu cavalo quando este tropeça na trilha de terra e grita: "Eles estão aqui! Eles estão aqui!" mas não consegue enviar sua voz em meio ao vento noturno.

– Aonde eles estão indo? – questiono, quase para mim mesma, enquanto os invasores se voltam para uma pequena enseada, um lugar de caranguejos e crianças descalças. Não há saque ali, nenhum ouro escondido ou escravos, apenas pedras e um desembarque difícil. Uma figura espera por eles na praia, uma tocha brevemente erguida e respondida por outra no navio. Ele é o mesmo homem que guiou esses homens para Fenera, o rosto envolto em sombras. Por um momento, Atena parece não saber, então seus olhos se arregalam.

– Laertes – exclama ela.

Olho para o interior da ilha e entendo num instante a mesma coisa que ela já adivinhara: o caminho difícil que leva da água até uma fazenda isolada onde um velho ronca como lama molhada. Pai de um rei, desprotegido a não ser por alguns meninos e mulheres, o velho monarca de Ítaca, último dos Argonautas, dorme.

– Decerto eles não ousariam?!

– Eles ousariam – responde ela bruscamente, erguendo o capacete. Há ácido em sua boca, vingança em seus lábios. – Eles atacariam o *pai* dele.

Coloco a mão em seu braço antes que ela possa se virar.

– O que você vai fazer? – pergunto. – Se matá-los, Zeus com certeza saberá, Poseidon sentirá o gosto do sangue na água, e depois? Serei banida de volta para o Olimpo por me intrometer nos assuntos dos homens, e você nunca conseguirá tirar Odisseu de Ogígia. Eles dirão que você ultrapassou seus limites; tudo o que fazemos é suspeito, especialmente no que diz respeito às ações dos homens.

Seus lábios se curvam, mostrando os dentes, mas ela não se move, os olhos brilhando acima da água. Então, sem uma palavra, ela some, transformada em névoa prateada sob minha palma. Faço uma cara feia e me dissolvo no vento, uma rajada particularmente gelada levada para cima e para dentro, atravessando a ilha, perseguindo-a na escuridão. Ela não vai muito longe; Ítaca não é uma ilha grande. Em vez disso, ela se instala como a memória de uma doença em uma palidez fina sobre Telêmaco, onde ele espera à sombra de um dos estábulos de Eupites, destacado para guardar os bens de seus inimigos com um bando de quatro ou cinco homens, e em seu coração ela sussurra: *olhe!*

Ele se remexe, um pouco lento, lerdo devido à friagem da noite e ao adiantado da hora. Agarro uma lasca de luar, enrosco-a no meu mindinho, faço-a deslizar pelo mar para tocar a forma de um navio. Ele ofega e se endireita de uma vez, alerta, a mão indo para sua lança; enquanto Atena, quase sacudindo-o pelos ombros, sibila tão alto quanto se atreve: *OLHE!*

Agora ele vê os navios nas ondas; agora ele ouve o bater dos cascos do cavalo conforme o mensageiro se aproxima, espuma saindo da boca do animal que ele monta, linhas de suor brancas gravadas em seu flanco.

– Saqueadores! – o menino grita. – Saqueadores!

– Vá até Laertes – Atena sussurra enquanto giro inquieta no ar ao redor dela. – Salve-o!

Capítulo 32

Duas batalhas são travadas em Ítaca naquela noite.
Nenhuma é cantada pelos poetas.

A segunda batalha é travada entre um grupo de dezesseis garotos e trinta e nove piratas. Os outros rapazes da milícia jamais ouviram o grito, nunca vieram. Estavam vigiando os armazéns de Pólibo ou guardando a vivenda de Eupites. Os guardas de Anfínomo, com cinco de seus homens, uma aldeia de peixe e barro, embora as mulheres estejam no interior em algum banquete do templo em honra de Ártemis, sobre o qual ninguém se deu ao trabalho de contar à milícia. Não, a primeira vez que Anfínomo e seu grupo ouvirão sobre a batalha em que deveriam ter lutado é pela manhã, quando as canções de luto se espalharem pela ilha como o primeiro pólen da primavera.

Aqui, portanto, sob este luar, estão apenas dezesseis garotos da milícia de Pisénor correndo rumo à sua destruição. Telêmaco está lá, é claro, despertado por Atena para agarrar, sem medo, lança e escudo. Três dos outros são seus amigos, meninos criados pelas mães desde a infância, leais à sua causa. Eles têm dificuldade, a princípio, para encontrar um ao outro, agitando tochas pelos vales baixos e ondulantes, enquanto tropeçam pela noite prateada, procurando se unir em uma pequena força de bronze e lança.

Da costa, vêm os invasores. Eles ainda usam seus trajes ilírios, pois se os outros reis da Grécia descobrissem quão amargamente a fé de Penélope como anfitriã é traída por um de seus hóspedes, todas as leis de hospitalidade estariam acabadas e Andraemon seria preso pela garganta às paredes do palácio. Portanto, eles estão porcamente disfarçados, mas de modo tão grosseiro, um débil arremedo de disfarce. Não se engane, esses são veteranos de Troia, mercenários dos mares da Acaia, que sabem apenas lutar e saquear.

Eles atracam seus navios na areia áspera, um som como facas sobre osso, se reúnem na praia, onde um homem os espera. Ele está encapuzado, os ombros largos, as mãos em punhos. Já o vimos antes, sussurrando nas sombras, observando Fenera queimar. Ele gesticula – venham, venham, eu sei o caminho, venham – e conduz os pretensos ilírios pela trilha estreita para longe do mar, sem grito de guerra ou tambor de batalha, uma tropa de ladrões e assassinos na escuridão.

– Para onde estão indo, para onde estão indo? – balbucia um dos rapazes da milícia, e Atena volta a tocar o braço de Telêmaco e sussurra: *pense, rapaz, pense, para onde eles vão, para onde eles vão…?*

Ela poderia lhe dizer, é claro, mas ele é filho de Odisseu e ela tem certas expectativas que agora ele deve atender. *Pense, garoto, pense!*

É difícil para Telêmaco pensar com todos esses olhos sobre ele, mas nenhum outro comandante veio – nem Egípcio, nem Pisénor –, então ele deve provar a si mesmo agora e fazer um julgamento, e esse julgamento precisa estar certo.

Você conhece cada centímetro desta ilha, sussurra Atena, *você ansiava por escapar dela, ficou no topo das rochas e sonhou com grandes batalhas em lugares distantes, mas agora você PRECISA usar seu conhecimento! Pense! Você sabe onde os invasores desembarcaram, sabe que não há nada para eles ali, então onde há algo de valor? Para onde eles vão?*

Ela está prestes a apenas gritar para ele, a sacudi-lo pelos ombros, gritando, *em nome do Olimpo, garoto, você é um completo idiota?!*; quando ele percebe, os olhos se arregalando e a respiração arquejando nos pulmões.

– Vovô – ele sussurra, e Atena revira os olhos em muda satisfação, *finalmente, garoto, finalmente!* Ela estava começando a pensar que você não valia o tempo dela, afinal de contas. – Meu avô! – repete ele, um pouco mais seguro de si, levantando-se para comandar a presença dos garotos ao seu redor. – Eles estão indo para a fazenda de Laertes!

Os meninos da milícia correm no escuro. Atena corre ao lado deles, uma sombra que lhes dá fôlego, lhes dá força, então estão por um momento livres mais uma vez, crianças brincando no campo, livres de armaduras, sem pensamentos de morte em seus corações, apenas de bravura e histórias – as histórias dos poetas, as baladas dos heróis que eles se tornarão. Como é estranho que, para transformar esses meninos em homens, Atena primeiro os torne crianças, tirando de suas mentes todos os pensamentos sobre mortalidade, toda a noção de sangue, enquanto eles correm, correm, correm rumo à fazenda de Laertes.

Já estou lá, é claro, despertando a casa com ventos frios, sonhos horríveis, picadas de insetos que coçam em sua pele quente e uma lembrança do cheiro de fumaça. Laertes é um dos últimos a acordar, e rola sob o fino tecido de lã que ele chama de cobertor – bem menos delicado do que a mortalha que sua nora finge tecer –, e resmunga e reclama, um pouco de saliva escorrendo no canto de sua boca.

Não posso golpeá-lo no rosto nem o deslumbrar com minha presença divina, pois outros verão, Zeus se agitará nos céus e se perguntará o que exatamente a esposa está fazendo brincando com a mente dos homens; então pego uma das velhas que serve Laertes e faço sua bexiga doer de modo que ela choraminga e corre depressa para a escuridão, onde ao luar ela talvez olhe para o mar.

Olhe! Eu grito para ela. *Veja!*

Posso ter exagerado na manobra da bexiga, porque ela está tão concentrada em se aliviar que, no primeiro minuto, não consigo levá-la a fazer nada além de suspirar enquanto se agacha acima da vala, mas quando ela finalmente termina, sacudo-a mais uma vez e rosno o mais próximo do audível que consigo: *OLHE, MULHER ESTÚPIDA!*

Ela enfim levanta a cabeça e por um momento não enxerga, mas coloco uma coisinha em seus olhos, e ela olha de novo e finalmente percebe o brilho do luar em armaduras, o som do metal trazido pelo vento. Ela não entende, mas, de repente, pensa que entende e, correndo para dentro da casa, grita:

– Há soldados! Há soldados vindo! Odisseu voltou!

O som da palma da minha mão batendo na minha testa é suficiente para sacodir a poeira do teto baixo, para fazer cair palha do telhado. Laertes, que é um pouco mais cauteloso nessas coisas, senta-se devagar, a boca remexendo nas gengivas rosadas como se não pudesse falar antes de exercitá-las até aquecê-las, e no fim diz:

– Soldados?

– Vindo para cá! – grita a mulher. – Seu filho voltou!

Não sei por que Atena é tão obcecada pelo filho de Laertes, mas devo admitir isso sobre o pai dele: às vezes, ele não é um completo tolo. Há uma razão pela qual ele navegou com Jasão no *Argo*, e dado que o restante daquela tripulação continha filhos bastardos de Zeus com músculos como o de um leão e cérebros de mariposa, posso garantir que Laertes não era valorizado por sua força de aço. Em vez disso, ele oferecia uma sagacidade selvagem, uma covardia silenciosa à qual Jasão teria feito bem em prestar um pouco mais de atenção, quando as coisas ficavam difíceis. É assim que ele se levanta da cama, não se preocupa em colocar muito mais do que um pedaço de pano – já um tanto manchado – para cobrir suas partes mais íntimas, e manca até a porta. Ele espia a noite, respira fundo, ouve o som da escuridão e proclama:

– Agora vamos fugir e nos esconder em uma vala.

A velha suspira, e eu poderia abraçar o velho, apertá-lo até ele estourar.

– Mas senhor... – ela começa.

– Quando meu filho voltar, ele virá sozinho, respeitosamente e com a devida explicação de onde esteve nos últimos oito anos – retruca Laertes. – Ele terá, em suma, que se humilhar um bocado. Traga meu manto! Vamos nos esconder até que todo esse negócio acabe.

Ela corre para pegar a capa dele, enquanto eu giro animada no ar ao redor dele. Laertes semicerra os olhos. Ele reconhece minha presença, talvez; lembra-se de seu toque, de quando era um homem mais jovem, mas agora não é hora de pensar no passado. Vestindo seu manto cinza esfarrapado e desbotado, ele acena com a cabeça uma vez e, com a dignidade do centauro, foge orgulhosamente.

Alguns minutos depois que ele faz isso, os invasores chegam à sua porta. Eles entram e encontram o lampião aceso, o cobertor bagunçado na cama baixa de madeira. Chamam pelo velho, pensando talvez que Laertes, sendo de sangue nobre, responderá quando seu nome for chamado como se fosse Heitor ou Aquiles, e não estivesse na verdade escondido em uma vala do outro lado de um campo escuro que fedia à merda de porco. Rei de Ítaca! eles chamam. Apareça, velho! Apareça!

Laertes não aparece, mas fica deitado de costas para a casa, com as pontas dos dedos entrelaçadas diante do peito, como se tentasse calcular o movimento das estrelas acima, enquanto os de sua casa se encolhem em silêncio.

Quando fica claro que Laertes não poderá ser encontrado e as riquezas da casa são escassas na melhor das hipóteses, um dos invasores com um pouco de iniciativa pega uma tocha em chamas da lareira e a atira no calor da cama remexida do rei, iniciando assim o incêndio que vai, antes do amanhecer, destruir a fazenda do velho Laertes.

Feito isso, eles se afastam, sem riquezas ou resgate, e retornam ao navio.

Assim termina a primeira batalha da noite.

A segunda é travada alguns minutos depois, quando os invasores, voltando da pira nascente da fazenda de Laertes, com as mãos vazias e os rostos amargos, caminham direto até a fileira de meninos armados, os escudos travados e as lanças erguidas, que Telêmaco colocou ao longo do caminho para bloquear sua fuga. O primeiro não exatamente ilírio a vê-los para com tanta força que seus colegas mais próximos quase trombam com ele, um leitão nos braços e uma cabra amarrada às costas, e então a marcha dos homens diminui, espalhando-se em uma pequena meia-lua de piratas um tanto confusos. Eles estão confusos por uma série de razões. Em primeiro lugar, não esperavam qualquer tipo de resistência e, portanto, o muro silencioso de potenciais-homens armados diante deles é um impedimento indesejável às suas ambições. Em segundo lugar, a resistência que eles esperavam teria sido com certeza de fazendeiros armados com bastões, não homens talvez quase treinados com lanças e escudos. Mas, infelizmente, qualquer impressão de que esses são os lendários soldados de Ítaca, bravos seguidores de Odisseu, diminui um pouco após uma inspeção mais cuidadosa, pois eis que a couraça daquele garoto é grande demais para o corpo dele, as bordas empurrando suas axilas de modo desconfortável e sem jeito para os lados, de forma que seus ombros se abrem como asas de gaivota. E eis que o elmo de outro mal se encaixa em sua testa trêmula, e o escudo de outro já está quase totalmente deformado, um lado achatado contra o braço. De fato, se esta é a melhor tropa que Ítaca pode reunir, então a era dos heróis está realmente acabada.

E então os piratas olham, e olham de novo com um pouco mais de atenção, e pela primeira vez parecem discernir que o que falta aos meninos em experiência militar, bom equipamento e perícia, eles também carecem total e categoricamente em números.

– Bem – murmuro no ouvido de Atena, enquanto deslizo ao seu lado atrás da linha de itacenses. – Agora está tudo acabado.

Ela me encara, mas há incerteza em sua testa. Ah, se ela pudesse lutar com esses garotos, ela sozinha mudaria o rumo da batalha; a lâmina cantaria tais canções em sua mão, tal simplicidade em seu movimento, o menor passo, a dança mais fácil, um discurso de sangue. Para o glorioso Ares, cada batalha era um golpe triunfante do machado, um enorme rolar de poder, o rugido dos pulmões e o trovejar da arma contra o escudo. Mas já vi Atena vencer uma luta apenas cortando as mãos de seus inimigos que seguravam a lâmina, tirando um dedo de cada vez com a mais leve torção do punho, como se dissesse, vamos lá, vamos ser sensatos quanto a isso.

Ela poderia, se desejasse, fazê-lo agora, assumir o disfarce de apenas mais um garoto da ilha e destruir esses piratas. Mas outros ouviriam sua música; os olhos se desviariam do Olimpo e os grandes deuses se perguntariam o que é que nós mulheres estávamos fazendo em Ítaca, *intrometendo-se*, sempre intrometendo-se. Está tudo muito bem se Atena se intrometer com Odisseu, ele é um herói e está ocupado transando com uma ninfa de qualquer maneira, mas isso? Isso cheira a algo... vulgar. Essa intromissão sussurra poder e liberdade.

Então, em vez disso, Atena murmura:

– Convoquei outra. – E antes que eu tenha a chance de perguntar o que ela quer dizer, os piratas sacam suas lâminas. Não sicas, não a arma curva dos ilírios, mas as espadas curtas dos gregos, armas que se pode segurar contra a garganta de uma mulher enquanto explica em palavras curtas qual seria o futuro dela. Armas que se pode usar quando se quer ter uma mão livre para arrastar uma criança para sua embarcação, pronta para obter lucro.

Eu direi isso para os meninos de Telêmaco, eles não vacilam. Sua pequena fileira, de um garoto de extensão, não vacila. Ela se curva um pouco quando os invasores começam a se espalhar ao redor deles, esforçando-se para se manter coesa, mas ainda com espaço para se mover. Os piratas não soltam gritos de guerra; não há provocações, nem zombarias, nem gritos de rendição. Os homens dos mares são experientes demais em seus negócios para desperdiçar fôlego com qualquer coisa que não seja cortar, esfaquear, o movimento da batalha, e os rapazes agora estão sentindo o primeiro toque de mortalidade mordiscando as bordas de sua coragem, o primeiro sussurro de dúvida e de pavor.

– Firme – murmura Telêmaco, tanto para si mesmo quanto para os outros. – Firme. Façam como Pisénor ensinou. Fiquem atrás do escudo. Fiquem juntos.

Pisénor de fato ensinou isso, mas ele ainda não havia explicado o que fazer quando se está totalmente cercado por veteranos que não respeitam seu armamento ou sua habilidade, que estão começando agora a ver a palidez assustada dos jovens diante deles, e em cujos olhos está o lugar onde o medo se transformou em reflexão e um plano calmo que leva apenas à morte. À medida que o círculo se fecha, fico surpresa ao sentir Atena agarrar meu braço. Ela está pálida, os lábios comprimidos, os nós dos dedos brancos onde segura a lança, e por um momento não sei o que fazer diante disso. Então ela sussurra:

– Aconteça o que acontecer, salve Telêmaco.

Em uma batalha de espada contra lança, uma lança bem usada deveria levar vantagem. Seu alcance permitirá que um soldado treinado corte a garganta de seu inimigo muito antes de uma espada chegar ao alcance. No entanto, esses meninos ainda não estão bem treinados, e assim, após um momento de pequena consideração, um dos piratas, podemos chamá-lo de líder, avança, e com a mão nua alcança abaixo da ponta da lança mais próxima que oscila diante de seu rosto, agarra-a pela haste e puxa com tanta força que o garoto que segura a outra ponta cai de cara na lama. Alguém ri e, naquele momento do mais sombrio desespero, os piratas atacam.

Quando as musas cantam, elas não cantam sobre escaramuças como essas. Elas não cantam sobre pés escorregando, vozes clamando e espadas se chocando contra escudos. Elas não cantam sobre garotos tendo capacetes arrancados de suas cabeças, sobre piratas que percebem que podem apenas ignorar os ataques de seus inimigos, que cada golpe é insignificante, perto do golpe mortal que podem desferir. Elas não cantam sobre massacres.

Ah, alguns dos garotos de Ítaca revidam. Alguns têm sorte e acertam uma ponta de lança no alvo. Outros mudam suas armas para lâminas cortantes mais curtas à medida que a fileira desmorona, enfrentando seus atacantes nos termos deles, perdendo todas as vantagens de distância e alcance. Atena sussurra em seus corações, coragem, coragem, coragem, mas não fica ao lado deles enquanto caem, uivando no escuro. Ela também não retira a dor deles; esse não é o dom dela. Se fossem mulheres, poderia ter sido o meu, mas em vez disso eu circulo, impotente, acima da cena sangrenta.

Telêmaco se sai mal nos primeiros segundos, qualquer batalha desse tipo é medida em segundos, não em minutos, tentando se manter atrás de seu escudo como Pisénor havia ensinado, tentando estocar sua lança para a frente e para trás. Mas dois homens trabalham juntos para derrubá-lo, um puxando a ponta de sua lança para a esquerda enquanto outro avança para a direita para agarrar o cabo da arma e tirá-la das mãos do jovem. Telêmaco pensa em segurar, mas a solta um momento antes de ser puxado para o chão e se afasta, puxando a espada e batendo com o escudo no peito do homem mais próximo. Isso derruba o pirata com mais sucesso do que Telêmaco esperava, e em seguida ele tenta dar um golpe cortante na barriga do outro pirata, que salta para longe, largando a lança de Telêmaco na lama.

Em sua vala ali perto, Laertes pode ouvir o som da batalha, e ainda está deitado de costas, estudando as estrelas. Uma de suas criadas chora baixinho e ele sussurra:

– Nada disso! – E o som dos soluços é abafado às pressas.

Ao redor de Telêmaco, garotos estão tombando, seu sangue regando a terra. Atena mergulha por apenas um momento para desviar uma lâmina que se dirige para a parte de trás da cabeça dele, cortando as pontas de seu cabelo; então ela se afasta de novo caso mesmo aquela pequena intervenção chame a atenção, deixando-o girando confuso devido à passagem de ar atrás de seu crânio. Um pirata desfere um golpe que ele apara mal com o escudo, força total encontrando seu fraco bloqueio, e ele cambaleia para trás. Ele lida um pouco melhor com o golpe seguinte, correndo para encontrá-lo antes que pudesse atingir velocidade total, mas mesmo isso ressoa por seu braço e vibra em sua espinha com o pulsar de força sobre força. Ele sabe que seus amigos estão morrendo, e que ele também morrerá, mas tenta um truque que um egípcio lhe ensinou, cortando por baixo da cobertura de seu escudo buscando os tornozelos de um pirata. Para sua surpresa, ele acerta, deslizando através de sangue e carne, mas o impulso de seu golpe é atrasado pelo impacto de uma forma que nunca foi durante o treinamento, então ele perde um precioso tempo de recuperação, no qual outro homem dirige sua lâmina com força contra seu peito. Ele desvia da ponta, que desliza pelo círculo de seu escudo para se dirigir direto para seu braço, mas o garoto não percebe a dor, o sangue muito alto em seu crânio, a respiração muito escassa em sua garganta.

– Ajude-o! – Atena clama, e há genuína angústia em sua voz, uma coisa que eu nunca pensei que ouviria. Olho para ela e sinto algo, estranho e embolado, que quase pode ser pena. Ela poderia ajudá-lo se quisesse, mas a que preço? Quantos anos mais de prisão o pai poderá receber se Atena intervier agora para salvar o filho?

Outro golpe derruba Telêmaco, e ele tropeça no corpo de um menino que já foi seu amigo, cai, tenta se levantar, as mãos atrapalhadas por armamento, as pernas chutando procurando se firmar contra sangue e carne.

– Ajude-o! – grita ela, e mais uma vez olho para ela e me pergunto o que ela espera que eu faça. Não sou uma criatura de guerra; eu castigo aqueles que abandonam uma batalha com veneno e bile, mas suas batalhas ainda são deles.

Um pirata arranca o escudo das mãos de Telêmaco, e por um momento ele está descoberto, a garganta nua, o peito nu, os olhos ainda maiores do que a lua cheia que os ilumina. Outro puxa a espada para trás para desferir um golpe mortal, zangado demais para ser eficiente, selvagem demais para ser rápido, querendo que sua vítima veja seu fim.

O dardo atinge seu peito em um ângulo vindo por trás, a ponta emergindo de seu ombro esquerdo como se ele fosse uma cerca mal construída, e percebo com um leve sobressalto de indignação que não era para mim que Atena gritou.

O pirata não cai de imediato e, quando o faz, é na mesma direção em que o dardo voou, como se apenas isso agora pudesse lhe dar impulso. O próximo dardo voa longe, errando o pirata que se vira para encará-lo, mas o golpe de Kenamon, quando ele salta da escuridão, é algo que parece girar no ar, uma estocada ascendente que parece ser para a barriga, mas se vira para o último momento para entrar de lado para o pescoço. O pirata cai, Kenamon pousando quase em cima dele, e no jorro de sangue e estrondo de dor o egípcio estende a mão para o rapaz caído e rosna:

– Corra, garoto! Corra!

Telêmaco pega a mão que lhe é oferecida, usa-a para ficar de pé, olhando ao redor para a cena sangrenta. Apenas alguns da milícia ainda estão de pé, o chão agora semeado com os corpos de meninos e homens, e por um momento parece que ele balançaria a cabeça, recusaria o resgate que veio em sua direção.

Nisso, pelo menos, eu tenho certo poder. Aproximo-me do garoto antes que ele possa abrir a boca para dizer algo absurdo, deslizo minha respiração por seus lábios e assobio no coração dele, *CORRA!*

Atena nunca diria tal palavra; não faz parte de seu vocabulário.

Talvez um dia ela tenha a delicadeza de agradecer por fazer parte do meu.

Telêmaco vira as costas para seus amigos e, com Kenamon ao seu lado, corre para o escuro.

Capítulo 33

A aurora deveria ser rubra depois de uma batalha, mas raramente é. Guerras demais são travadas sob seu olhar cintilante para que ela se torne carmim por qualquer coisa que não seja o mais espetacular dos eventos. Então, surge um fresco amanhecer prateado, perfumado com flores e sal.

Na praia abaixo da fazenda de Laertes, há três linhas cortadas onde três navios atracaram e três navios há muito zarparam.

No caminho que leva do mar às colinas, os meninos ociosos da milícia de Pisénor, aqueles que não vieram, aqueles que não chegaram a tempo à própria morte. Eles ainda estão de armadura e segurando suas lanças, alguns envergonhados por suas falhas na noite, a maioria, aliviados. Aqueles que viram os corpos dos mortos estão gratos por não terem estado lá, mesmo que sua honra seja diminuída. Há aqueles que estão começando a entender que a honra não é nada em comparação a um coração que ainda bate.

Laertes está sentado em um banquinho que foi um dos poucos objetos a serem resgatados das ruínas queimadas de sua fazenda, de braços cruzados, com as costas viradas para as cinzas. Os membros sobreviventes de sua casa percorrem os restos carbonizados, vasculhando o carvão escaldante em busca de bugigangas ou itens dignos de nota. Medon já falou em reconstruir, em recomeçar, mas Laertes não diz nada, de braços cruzados, olhando direto através do velho conselheiro, como se ele não estivesse ali.

A poucos passos da colina de sua fazenda, as carpideiras vieram mais uma vez para contar os corpos dos mortos.

Elas devem tirar a armadura da cerca de uma dúzia de garotos que jazem na terra, corvos circulando seus restos mortais, o chão úmido de sangue. Devem colocá-las em pilhas cuidadosas para serem lavadas e devolvidas ao arsenal, e então preparar os corpos para o enterro, as mortalhas apertadas para fechar as muitas feridas abertas na carne dos meninos. Dos cinco ainda vivos, um morrerá de seus ferimentos esta noite, chamando por Apolo, deus dos curandeiros, que não virá.

Mais dois sobreviverão, com o tempo, e um se recuperará totalmente, agraciado por pura sorte, não havendo intervenção divina sobre ele.

Não há piratas mortos. Não porque eles não morreram – seis foram realmente mortos –, mas seus corpos foram levados para serem atirados no mar, para que ninguém em Ítaca olhe muito de perto para os rostos ou para as armas dos mortos e diga: "Espere um momento, pensei que eles fossem ilírios."

As carpideiras chegam, como sempre fazem, e se ajoelham ao redor da massa de terra sangrenta para lamentar e fazer todo o negócio com cabelos e cinzas em que são tão boas. Anaitis vem do templo de Ártemis para assistir sem palavras; Egípcio e Pisénor observam sombrios enquanto os corpos são levados. Pólibo e Eupites não puderam ser encontrados. Anfínomo se apoia em sua lança e não dormiu a noite toda, não dormirá na noite vindoura, até que finalmente a exaustão seja esmagadora, e ele durma uma hora inquieta e acorde com os olhos turvos e vergonha no peito.

Kenamon fica mais afastado. Ele lavou o sangue de seu rosto e de sua lâmina. Apenas caso se olhe bem de perto é possível ver a menor mancha vermelha nos trajes dele, e, quando ele a encontrar mais tarde, esfregará em água fria até que não reste mais nada.

Telêmaco está sentado numa pilha ensanguentada perto dos pés do avô, enquanto a velha babá Euracleia choraminga:

– Meu pobre menino! Meu querido menino! Uma ferida, que ferida! Meu querido menino!

Ele de fato tem um pequeno arranhão no ombro, onde a ponta da espada de um pirata se cravou. Não é tão profundo quanto poderia ter sido, a velocidade do golpe diminuída pelo arrastar sobre o escudo no caminho em direção à carne dele, mas servirá como uma cicatriz apropriadamente viril para lembrar ao mundo que ele, Telêmaco, foi sangrado em batalha. Não seria educado perguntar como ele sobreviveu com tão poucos ferimentos, quando todos os outros estão mortos. Ele é filho de Odisseu e sobreviveu; isso basta.

Penélope está parada alguns passos à frente dele, pálida como uma teia de aranha. Ela não correu até ele como Euracleia fez. Pelo contrário, quando a notícia chegou ao palácio com a primeira luz do amanhecer – uma batalha, um incêndio na fazenda de Laertes! – ela se compôs com cuidado e lentidão, pediu a Eos e Autônoe que se armassem em segredo, convocou todos os guardas em cuja lealdade ela pudesse confiar e cavalgou pela manhã nascente.

Ela pensava no filho?

Ora claro que sim, a cada passo. A cada queda do casco do cavalo, ela pensava no filho, e às vezes pensava em fazer o animal galopar, e depois não o fazia. Por que correr para ver seu filho morto? Por que correr rumo àquele momento do destino, para encontrar o cadáver ensanguentado que esteve em seus sonhos todas as noites desde que o primeiro pretendente chegou? Não. Uma viagem lenta e constante, majestosa e régia, será suficiente. Cada minuto em que ela não o vê morto é outro em que ele ainda pode estar vivo. É outro momento em que seu filho respira, em sua mente, se não na realidade, outro segundo que ela pode apreciar de todos os muitos e muitos anos que ela percebe agora que não apreciou o bastante.

Chegando ao local do incêndio, ainda quente enquanto as pessoas corriam do riacho para a casa para jogar água nela, ela olhou através da meia-luz do dia nascente para tentar ver ordem, sentido, obter um número de mortos ou uma noção da escala desse acontecimento. Ela viu Laertes primeiro e, aproximando-se dele, ajoelhou-se a seus pés e não sabia o que perguntar ou dizer, mas parecia que ele também não sabia, pois apenas acenou com a cabeça, e ela pensou que talvez houvesse uma espécie de perdão no gesto, emoldurado à luz do fogo.

À princípio, ela não viu o filho, sentado miserável na grama alta, a espada ensanguentada ao lado, mas notou Kenamon um pouco afastado, que apenas assentiu e deu o sorriso vazio de quem esqueceu o prazer, e então, à ligeira inclinação da cabeça dele, ela vê Telêmaco.

Ela se aproxima com pernas que acha que podem falhar e, a um passo em falso, Eos avança para apoiá-la pelo braço, sustentando-a nos últimos passos até que esteja diante do filho.

– Telêmaco – suspira.

Ele ergue o olhar devagar, vê os olhos da mãe, desvia o olhar.

Antes havia um menino que corria para a mãe quando ralava o joelho.

Uma criança que ria ao ser abraçada por ela.

Antes, um jovem que lhe pedia conselhos e valorizava sua resposta.

Agora há um soldado ensanguentado sentado na grama, que viu os amigos morrerem naquela noite e não tem nenhum interesse verdadeiro na mãe.

Há coisas que ela deveria dizer. Meu filho, meu amor, meu lindo menino. Meu Telêmaco. Você é tudo para mim. Ela deveria correr para ele e envolvê-lo em seus braços. Mas ele vai ficar com raiva se ela fizer isso. Ele dirá: eu sou um homem agora. Não me escondo atrás de mulheres. Eu não preciso ser conhecido como filho de uma mulher!

E ele vai empurrá-la, cuspir aos seus pés, e nunca mais olhar nos olhos dela.

Mas talvez, um dia, ele se lembre de que ela estava lá, que chorou por ele, que seu amor supera todos os outros. Talvez um dia que ainda esteja por vir.

Penélope fica paralisada, não fala e não se move, pensa que tudo é culpa dela e sabe que perdeu o filho de uma maneira que transcende a violência. Ela abre a boca para falar, para desabafar: Telêmaco. Meu filho.

Ela pensa que vai dizer a ele que está orgulhosa dele. Ela acha que vai dizer a ele que o pai ficaria orgulhoso dele. Ele não vai odiá-la por isso.

Nesse momento, porém, Euracleia é toda "Meu querido menino!" e "Que ferimento!" e espalha beijos molhados pela testa dele e o abraça, embora ele se encolha enquanto Penélope observa. Telêmaco não parece responder muito aos cuidados de sua velha ama, mas também não a repele ou resiste enquanto ela lhe diz como ele é um herói, um homem. Ah, mas foi terrível, foi terrível, você deve ter matado tantos, você salvou a vida de seu avô, você o salvou, um homem, um homem, tão terrível, *seu ferimento!*

Algumas vezes pensei em fulminar Euracleia por ser uma insuportável, mas quando observo com um pouco mais de atenção, vejo algo de mim nela que é um pouco parecido demais para me deixar confortável, sendo assim afasto minha ira e sinto que é tudo incômodo de maneiras sobre as quais escolho não me deter.

O ar deixa os pulmões de Penélope e, nos anos seguintes, ela se surpreende ao se perceber ainda respirando.

Eis aqui a nossa cena.

Telêmaco, sentado no chão, enquanto Euracleia o bajula, guincha e arrulha para ele.

As mulheres de Ítaca, levando os corpos dos amigos dele. Egípcio e Pisénor, silenciosos em seu fracasso.

A fazenda incendiada do pai do rei de Ítaca.

Laertes, calado em seu banco como se fosse o trono de Zeus, de costas para as cinzas de sua velhice.

Kenamon, mais distante. Anfínomo, mais próximo.

Penélope no centro de tudo, o vento puxando seu véu, escondendo as lágrimas em seus olhos do olhar dos homens.

Dessa forma todas as coisas poderiam ter permanecido, pois não creio que a mãe ou a ama teriam despertado Telêmaco ou Laertes de seu repouso, exceto que finalmente outra chega a cavalo. Electra, ladeada por alguns de seus homens micênicos. Ela examina a cena em chamas, sente o cheiro de sangue no ar, considera o canto das carpideiras, conta rapidamente os corpos dos garotos ensanguentados que estão sendo carregados na traseira de uma carroça, vê Telêmaco, hesita, depois se aproxima.

Ela passa direto por Penélope, olha carrancuda para Euracleia até que a velha ama se encolhe e se afasta de seu olhar, então se ajoelha diretamente na frente do garoto calado e sangrando, e toma as mãos dele nas próprias.

– Telêmaco – ela chama, sem um pingo de bondade, sem uma migalha de simpatia em sua voz. Lentamente, ele ergue os olhos para encontrar os dela. Ela desenhou cinzas no rosto com dois dedos, como se pudesse dividir suas feições ao meio. Ela as usa pelo pai, mas hoje, talvez, também as use por Ítaca. – Vingança – declara ela.

Ele pisca, como se a palavra viesse de uma língua desconhecida, e atrás da princesa, Penélope enrijece.

– Vingança – repete Electra, apertando as mãos dele com força. E de novo: – Vingança.

Ele acena com a cabeça uma vez, levanta-se lentamente, estremecendo com a dor por todo o corpo ao fazê-lo. Quando, mais tarde, ele remover sua armadura, encontrará hematomas nas costelas e por todo a extensão dos braços, o choque do metal desviando o metal martelado em seus ossos. Ela dá um único sorriso trêmulo quando ele se levanta, e então, em um movimento súbito, abraça-o, abraça-o apertado, solta. O sangue dele mancha a pele leitosa dela, e ela fica satisfeita.

– Vingança – sussurra ele, e Electra sorri como se ele pertencesse a ela.

Capítulo 34

Eles levam Laertes para o palácio, de volta ao seu antigo quarto. Ele fareja o ar e diz:

– Alguém esteve dormindo aqui!

– Orestes, príncipe de Micenas – responde Penélope, de cabeça baixa, como sempre fica diante do sogro.

– Hum. – Ele estava pronto para fazer tamanho estardalhaço, ah como estava, estava preparado para se divertir muito, deixando a vida de todos miserável, tão miserável quanto a própria; porém, Orestes, filho de Agamêmnon... Bem, até Laertes tinha que admitir que isso provavelmente era aceitável, quase. Do jeito que as coisas andam.

Os pretendentes estão reunidos junto aos portões do palácio. Eles vieram para demonstrar respeito, ao menos na aparência, mas a maioria agora está se perguntando: haverá mais luto? Mais dias sem divertimento e alegria, sob os olhos cobertos de cinzas de Electra e de Penélope?

Andraemon está atrás dos outros, e quando Penélope passa em seu cavalo cinza, ele olha para ela, uma sobrancelha erguida como se dissesse: já teve o suficiente?

Ela não lhe retribui o olhar.

Electra para diante da porta do quarto de Penélope e solta:

– Piratas, Penélope?

Ela faz parecer uma falha moral, ou alguma pestilência encontrada em um bordel. Há algo em sua voz que sugere que, se alguém ousasse fazer um pouco de pirataria em seus domínios, ela os teria comido no jantar. A família de Atreu sempre teve certa inclinação por petiscos de carne humana.

– Piratas – responde Penélope, e essa é toda a resposta que está disposta a dar.

Enquanto Telêmaco, ensanguentado, mas andando, passa pelas ruas silenciosas da cidade, ninguém vem saudá-lo. Anfínomo se aproxima, conforme chegam perto dos portões do palácio, tenta dizer algumas palavras de consolo, palavras entre guerreiros:

– Telêmaco, eu...

... mas o jovem atira-lhe um olhar que até mesmo ele recua e se cala.

– Você precisa se banhar, precisa ser massageado com óleo, meu lindo menino! – grasna Euracleia. – Água quente; vão buscar água quente!

Oito empregadas levam quase uma hora para buscar água quente suficiente para encher a banheira que Euracleia arrastou pelo chão de pedra, e a cada minuto ela grita e grasna que as mulheres estão andando devagar demais, devagar demais – vocês são todas tão inúteis!

Penélope desce quando o último balde é jogado e diz:

– Eu mesma cuidarei do meu filho.

Euracleia faz beicinho, as mãos nos quadris, mas já aprendeu o bastante para não discutir com a dona da casa. Então Telêmaco levanta a cabeça e fala pela primeira vez.

– Não.

Há um fino respingo de sangue em seu rosto, como manchas de ovo de pato. Veio do coração do homem que Kenamon matou com aquele primeiro dardo, mas na confusão e na escuridão, com o rugido em sua cabeça, Telêmaco não tem certeza de quem é o sangue, ou sequer se é o seu próprio.

– Telêmaco – Penélope começa. – Você está ferido. Deixe-me cuidar de você.

Ele se levanta devagar de seu poleiro na borda da banheira fumegante, endireitando-se e fazendo uma careta de dor, e rosna, quase grita:

– *Eu não preciso da minha mãe!*

Penélope recua e, pela primeira vez que consegue se lembrar em muitos anos, há calor em suas bochechas, calor em seus olhos, que nem ela consegue disfarçar. Até Euracleia descobriu repentina e espontaneamente os benefícios de ser pequena, cinzenta e invisível. Telêmaco afunda de volta, a cabeça abaixada. Há uma leve tosse vinda da porta. Electra está ali, com o cabelo já puxado para longe do rosto, as mãos nuas e os dedos curvados.

– Vou ajudá-lo com sua armadura, primo – diz ela sem rodeios, e Telêmaco a encara por um momento, quase confuso, antes de dar um aceno cansado. Electra se aproxima, passa a mão sobre o bronze ensanguentado, inclina o queixo dele para um lado e para o outro, como se procurasse confirmação de que não há mais ferimentos, esfrega algumas gotas espalhadas de sangue nas pontas dos próprios dedos e descendo pelo pescoço dele. Olha para as mulheres mais velhas de pé na porta. – Obrigada, senhoras – diz ela. – Eu chamo se precisar de ajuda.

Euracleia é esperta o suficiente para desaparecer em um instante.

Penélope fica onde está, uma árvore atingida por um raio, oscilando na brisa fria da tempestade. Se ela piscar, talvez derrame toda a água de seus olhos, então ela não pisca, não se move. Electra lança outro olhar em sua direção, como se estivesse surpresa ao vê-la parada ali.

– Obrigada – repete. – Eu mando chamá-la.

Coloco minha mão na de Penélope. *Venha*, sussurro. *Venha. Apoie-se em mim.*

Ela não sabe enquanto lhes dá as costas, mas sou eu que a levo da porta, a seguro antes que ela caia, enxugo as lágrimas de seus olhos, para que ninguém veja nela um sentimento impróprio para uma rainha.

Sem fraqueza, sussurro. *Sem lágrimas. Apenas você pode endireitar suas costas.*

Ela cambaleia, a mão na barriga, um suspiro, uma inspiração de fôlego difícil.

Então, ela se endireita, devagar.

Expira a tolice.

Fica de pé como as montanhas.

Aperto sua mão uma última vez na minha, então a solto.

Capítulo 35

Penélope não está no banquete à noite.
Nem Telêmaco, ou Electra.

Em vez disso, para surpresa de todos, Laertes desce devagar e se senta na mesma cadeira que é reservada para o filho, corpo torcido para a direita, as pernas estendidas para a esquerda, como se não encontrasse conforto sentando-se direito. Ele encara os pretendentes reunidos, que se calaram com sua chegada, antes de finalmente bradar:

– Então? Vocês não vão comer, seus cães? – E arranca um osso do prato que a criada mais próxima carrega. Ele mastiga com a boca aberta, sorrindo enquanto a carne vermelha se torna cinza sob seus dentes amarelos, e aos poucos, de cabeça baixa, os pretendentes comem.

Andraemon não está entre eles, nem Anfínomo.

Antínoo sussurra:

– Ouvi dizer que eles nem sequer lutaram, ouvi dizer que nenhum ilírio foi morto!

Eurímaco murmura:

– Alguns dos que morreram eram nossos amigos, Antínoo, servos de nossos pais...

Antínoo bufa para o prato.

– Você acha que meu pai enviaria alguém a quem ele realmente valorizava para morrer naquela milícia ridícula? Os únicos mortos eram aleijados e idiotas.

– Antínoo! – A voz de Laertes ecoa pelo salão, silenciando-os. – Parece que você está dizendo algo importante! Por que não compartilha com o salão?

Em outra vida, Laertes teria sido um tutor realmente aterrorizante para os fedelhos de Ítaca. Antínoo sorri, um sorriso que deveria ser amigável e sai como um brilho de lábio e língua moles, e levanta as mãos.

– Não, não, na verdade, não! Estava apenas... honrando as vidas heroicas perdidas.

– Claro que estava – ri Laertes. – Isso é bem a sua cara.

Kenamon está sentado afastado dos outros, com o cenho franzido. Sua habitual curiosidade amigável esta noite foi substituída por um silêncio que ninguém ousa penetrar.

A lua começa a minguar e, sob as cinzas enegrecidas da fazenda de Laertes, sete mulheres se encontram em segredo.

– Eles atacaram meu sogro! Eles atacaram o rei de Ítaca!

Penélope não ergue a voz desde… ela não consegue se lembrar. Não convém a uma rainha gritar ou bater o pé ou andar de um lado para o outro com fumaça nos cabelos, mas esta noite só há mulheres para vê-la, então ela ergue as mãos para o céu e rosna:

– Atacaram Laertes! Mataram os meninos, meninos! Crianças em roupas de metal! Meu filho… Eles poderiam ter… Como ousam?! *Como ousam?!*

Atena também observa, da beira do bosque. Vejo o brilho de sua lança, sinto o cheiro de seu hálito presunçoso e santificado pelas cinzas flutuando na escuridão. Ela está observando Penélope, e talvez pela primeira vez veja algo nos olhos da rainha que a interesse. Um fogo – uma fúria. Algo que fala de guerra. Atena não olhou para a esposa de Odisseu antes. Não tenho certeza se estou satisfeita que ela esteja olhando agora.

As mulheres de seu conselho permanecem em um silêncio educado, enquanto Penélope ronda e xinga, jura maldição e ronda um pouco mais, desabafando finalmente o calor do dia na escuridão fresca da noite. Priene está armada, com a mão no punho da espada, como se esperasse que os invasores voltassem, rastejando de volta dos mares agora mesmo, e ela não adoraria isso? Ela os observou trabalhar da escuridão da floresta, e sim, ah, mas sim, ela os conhece agora. O cheiro deles está em suas narinas, ardendo.

Teodora está ao lado dela, um arco na mão, aljava no quadril. As bolhas em suas mãos estouraram, e agora novos calos se formam, quentes e grossos nas dobras de seus dedos. Sêmele carrega uma faca de caça, um utensílio aceitável para uma mulher que trabalha nessas terras difíceis, menos uma arma do que uma ferramenta surpreendentemente afiada, dependendo de para quem você pergunte. As armas que Eos e Urânia carregam estão escondidas, como é apropriado para mulheres do palácio. Apenas Anaitis está desarmada. Talvez ela pense que Ártemis a defenderá, quando chegar o momento.

A lembrança de Ártemis me atravessa como o galope do cervo, uma batida indesejada em meu coração. Terei que fazer algo sobre minha enteada em breve, antes que a lua escureça. Maldita seja até o Tártaro, mas Atena está certa nesse ponto também.

– De tudo que ele poderia ter feito... de todos os lugares... *este*! Viola todas as leis, todos os contratos de decência, ele *comeu da minha comida*, bebeu meu vinho, ele... Como ele *ousa*?!

Diante do conselho de homens, Penélope não pode fazer tais perguntas. As respostas são, é claro, óbvias, mas ela não pergunta essas coisas por ignorância. Em vez disso, ela as exclama como muitas vezes as mulheres fazem, tentando compreender uma arrogância, uma confiança, uma noção de direito displicente entre os homens da mesa de Ítaca que foi atirada tão longe da compreensão das mulheres que, embora elas possam ver todas as evidências diante delas, dizendo "olhe, veja, isso é verdade", em seus corações elas ainda têm dificuldade para acreditar. Eu me senti assim uma vez, quando Zeus me segurou pelo pescoço, depois de ficar entediado com minhas irmãs, suas ex-esposas. Eu sabia o que ele fazia comigo, entendi pelo olhar em seus olhos que ele estava tomando apenas o que considerava que lhe era devido, uma coisa lógica e certa, e, ainda assim, até hoje há uma parte de mim que ainda não consegue entender. Vejo aquele olhar quando ele observa as mulheres, e percebo que o que o torna rei entre os deuses não é tanto o raio que ele empunha, e simplesmente que ele acredita que está acima de todos.

– É interessante que tenham ido atrás de Laertes – comenta Priene finalmente, talvez entediada com a fúria de Penélope. – Audacioso. – Há uma nota de admiração em sua voz. Essa luta agora se intensificou, e ela está satisfeita em saber que quando matar piratas, estará matando soldados que merecem sua atenção, em vez de meras bestas gregas. Há uma noção de honra nisso; uma palavra estranha que ela pensou ter deixado para trás, mas que agora desponta outra vez no horizonte de sua lembrança.

– Andraemon – rosna Penélope, a palavra uma maldição atirada ao chão. – Ele tenta me forçar, sequestrar o pai de Odisseu! O pai dele; a arrogância disso, a pura...

– E quase conseguiu também. – A voz de Priene flutua, e vejo um lampejo de sorriso nos lábios de Atena, uma estrategista assistindo à outra planejar. – Pura sorte que Laertes acordou e fugiu.

Como! Sorte? Eu vou lhe mostrar a sorte, senhorita, vou...

Anaitis limpa a garganta, e talvez a sacerdotisa seja boa em seu trabalho, talvez ela possa sentir um pequeno lampejo de exasperação divina no vento.

– Sorte... ou as bênçãos dos deuses.

Eu me acalmo um pouco, resistindo à vontade de enviar picadas de insetos para o pescoço nu de Priene, ovos inchados de amarelo sob sua pele.

– Não há nada que possamos fazer contra Andraemon? – pergunta Urânia pensativa. – Há... meios discretos de removê-lo.

– Está sugerindo que eu me livre de um dos meus próprios hóspedes? – retruca Penélope, ainda exaltada, mesmo com aquelas que ama. Urânia retorce os lábios, uma cuidadosa consideração de um pensamento blasfemo. Penélope afasta a ideia com uma careta. – Mesmo se eu pudesse me livrar de Andraemon, os outros nunca aceitariam isso. Um deles poderia se atirar de um penhasco por conta própria, e ainda assim me culpariam. Diriam que eu estava tramando. Temos que lidar com Andraemon de outra maneira, provar ao mundo que ele violou todas as leis de hospitalidade para que ele possa ser despachado com justiça, aos olhos de todos.

– Ah, só isso então – suspira Urânia.

– Onde está Leaneira? – Penélope pergunta, virando-se para Eos.

– Ainda no palácio. Ela cumpre seus deveres e não diz nada.

– Ela fala com Andraemon?

– Ele falou com ela brevemente ontem à noite, mas se ela o viu desde então, não foi observado.

Um aceno rápido; assunto a ser tratado mais tarde.

– Quando as mulheres estarão prontas? – Penélope se vira para Priene, que olha para a lua como se procurasse a resposta dela.

– Elas estão indo bem – responde ela finalmente. – Melhor do que eu esperava. Teremos que escolher nosso campo de batalha com cuidado. Ontem à noite, sua milícia de meninos estava espalhada em cinco lugares diferentes em Ítaca, totalmente incapaz de se reunir para uma batalha, muito menos para vencê-la. Andraemon controlou todas as batalhas até agora. Eu vou controlar a próxima.

– E como propõe fazer isso?

– Obviamente – explica ela – nós o atraímos para uma armadilha.

Há um silêncio constrangedor no campo. Então Urânia murmura:

– Telêmaco...

– Não. – A voz de Penélope é um chicote e, embora Urânia estremeça, ela tenta mais uma vez.

– Andraemon provou estar interessado em sequestrar, ou matar, o sangue de Odisseu. Se pudéssemos garantir que Telêmaco esteja em um determinado lugar em um determinado momento...

– Não vamos arriscar meu filho!

– Ele sabe disso? Sobre nós? – Priene pergunta, casual como o ar.

– Não.

– Ele deveria?

Penélope solta um suspiro lento e irregular.

– Os amigos dele estão mortos. Sua louvada milícia foi derrotada. Sua bravura... questionada. Qual de vocês pretende aproximar-se do meu filho e dizer-lhe que uma assembleia oculta de mulheres vai fazer o que ele, filho de Odisseu, não foi capaz de fazer? – Priene se move para erguer a mão, mas Teodora a impede. Penélope olha carrancuda ao redor do círculo. – Meu filho deve ser senhor de si mesmo. Eu sei disso. Mas até que ele se capaz de seja defender, eu o defenderei mesmo que ele me odeie por isso. Entendido?

Há um aceno de cabeça, um coro murmurado de assentimento.

Por fim, Urânia questiona:

– Andraemon sequestraria *você*?

Não há malícia na pergunta, apenas uma indagação educada sobre um ponto estratégico. Há algo quase libertador na franqueza da pergunta, um estalo de tensão cantante e um exalar. Penélope reflete por um momento, depois balança a cabeça.

– Não. Se aprendemos alguma coisa com minha prima Helena, é que levar uma rainha embora, com ou sem o consentimento dela, apenas causa problemas.

– E quanto a Clitemnestra? – Sêmele pergunta. Todos os olhos se voltam para ela.

– Seria imprudente permitir que Andraemon saiba que temos a rainha – murmura Urânia. – Quanto mais cedo pudermos tirá-la de Ítaca, melhor.

– Agora que os saqueadores de Andraemon se foram, pelo menos por enquanto, as águas devem estar seguras o suficiente – responde Penélope. – Urânia, vou precisar que você providencie a passagem da minha prima.

– Não vai entregá-la para Orestes? – pergunta Anaitis.

– Não. Pensando na política seria... seria o mais sábio... mas acho extremamente desagradável a ideia de um filho matar a mãe em minhas terras. Os pecados dela foram graves, mas ela não agiu sem... motivo. Não tenho dúvidas de que minha prima vai causar confusão em outro lugar, chamar a atenção para si mesma; ela nunca foi modesta. Contudo, não estará aqui, e não será minha culpa.

Linda rainha, murmuro, acariciando a bochecha de Penélope. Você também pode ser minha amada. Todo o meu poder será seu, e você será minha, favorita dos deuses.

Para concluir, Urânia declara:

– Bem, se não podemos usar isca humana para atrair Andraemon, teremos que oferecer outra coisa.

Penélope suspira.

– Vou pensar nisso. Enquanto isso, Priene, preciso que você encontre um lugar aceitável para uma luta.

A guerreira acena com a cabeça uma vez, vira-se, Teodora às suas costas. Vejo Atena observando as mulheres partirem, sinto-a emaranhando-se em seus sentidos, misturando-se com seus sonhos. Então há um som como uma coceira na base das minhas costas, uma mosca zumbindo que não posso matar, uma película em meus dentes que não pode ser lavada. Volto-me para a fonte e vejo, ah, que desgosto, Anaitis oferecendo uma oração a Ártemis, as mãos postas, os olhos fechados. É a mais sincera das orações, é uma pena, e me irrita e me faz ranger o queixo.

À beira do campo, as árvores se curvam e as folhas ondulam. Procuro novamente por Atena, mas ela se foi, deixando-me mais uma vez para fazer o trabalho sujo. Agito meu punho à sua partida, e o vento frio se agita com meu desagrado, a garoa gelada caindo em uma pequena, porém bem delimitada, área ao redor de Anaitis e das mulheres ali reunidas.

Capítulo 36

Os dias passam em Ítaca.
Pólibo invade o conselho, seguido um pouco menos dramaticamente por Eurímaco, seu filho.

– Você não pode simplesmente entrar enquanto estamos... – Egípcio começa, mas Pólibo o interrompe.

– Por que os micênicos ainda estão aqui? – demanda ele. – Por que eles ainda estão revistando nossos navios?

No canto onde habitualmente se senta, Penélope não ergue os olhos de sua contemplação de fios. Autônoe dedilha uma nota no alaúde. É alta, um pouco viva demais para os ouvidos, e a melodia que ela parece estar procurando não está terminada.

– Orestes foi atrás da mãe... – Medon tenta de novo, porém, mais uma vez Pólibo não aceita nenhuma desculpa.

– Orestes pode ter ido embora, mas os homens da irmã insana dele ainda estão por toda parte, entrando em todos os navios que passam pelo porto, não importa de onde zarpem! Não tive nada além de reclamações, e esta manhã eles recusaram passagem a um dos homens de Nestor até que tivessem revistado o navio da proa à popa! Perdi meu fôlego me desculpando abjetamente pelos *seus* erros, e estou farto!

Telêmaco não está no conselho. Ele mal foi visto pelos últimos cinco dias, e se Autônoe não o tivesse visto arrastando-se até a fazenda de Eumeu, um braço em uma tipoia e a espada ao lado do corpo, nem mesmo Penélope teria certeza de que seu filho não tinha sido engolido inteiro pela terra. A ausência dele talvez seja um alívio, pois hoje significa que ninguém ergue a voz até Pólibo ter terminado de erguer a dele.

Pisénor fica calado e acinzentado, enquanto o velho grita. Medon espera; Egípcio fumega, mas não responde. Autônoe procura outra nota que cai, por um completo acaso é o que parece, como uma pontuação estranha, toda vez que Pólibo tenta respirar, até que enfim, ele se volta para ela e brada:

– Quer parar de dedilhar?!

No silêncio, Autônoe ergue uma sobrancelha, mas não responde. Penélope, de olhos baixos, totalmente concentrada, ao que parece, em seu trabalho com a lã, murmura:

– Acho o som da música calmante. Como esposa de meu marido, é claro, devo comparecer ao conselho em nome dele, mas os assuntos são tão pesados e tão complexos que preciso de um pouco de música calmante, para evitar que minha cabeça fique confusa com todas as coisas importantes das quais os conselheiros tratam. Por exemplo, esse negócio com os micênicos parece realmente muito difícil. Parece que, fora ordenar que os filhos de Agamêmnon deixem a ilha, uma ação que sem dúvida resultaria em você, eu e todos os nossos parentes sendo queimados vivos quando eles voltassem, não há muito que esses bons homens possam fazer, exceto esperar e ter esperança. Entretanto, não tenho certeza sobre essas coisas; talvez haja algo em que outra pessoa possa pensar. – Outra nota, talvez a resolução de um acorde; Autônoe sorri como se tivesse resolvido um grande mistério musical. – É claro que até então – reflete Penélope – sou profundamente grata a você por suportar o peso de tais indignidades com tanta nobreza. Parece-me que toda a ilha deve a você, e ao seu filho, um grande agradecimento por seu tato, tolerância e paciência contra a provocação de um poder que poderia, caso não fossem nossos aliados, nos esmagar como a uma margarida.

Em algum lugar nos recessos mais calmos da mente de Pólibo, ocorre-lhe que ele sente falta da esposa com mais intensidade do que jamais poderia ter imaginado. Ela morreu ao dar à luz um filho que não durou a noite, mas sempre que a vontade de gritar, de se enfurecer e de bradar contra a injustiça o atingia, ele podia desabafar com ela, e depois que acabasse, ficar em silêncio novamente e, dessa forma, não se enfurecer contra pessoas que talvez, se ele fosse honesto consigo mesmo por um momento, não merecessem de todo sua ira.

Ele não é totalmente honesto consigo mesmo; o momento da racionalidade passa. Há apenas dor agora, onde deveria estar a memória da mulher que ele amou, e a dor é inaceitável. A tristeza tira sua masculinidade. Ele nunca a examinará, nunca a lavará com bálsamo fresco, nem a nomeará, nem a chamará de sua, e assim, em vez disso, ela se enrola para dentro, para dentro e para dentro, como a raiz da erva daninha que se torna uma árvore dentro do solo não vigiado de seu coração. Assim vai o espírito de um homem que certa vez foi bom.

Em vez disso, ele rosna:

– Mulheres e tolos trôpegos! Vocês não seriam capazes de governar ovelhas, muito menos uma ilha! – Gira nos calcanhares e se afasta como uma tempestade. Eurímaco o segue. Ele aprendeu com o pai o que é ser um homem e ainda está aprendendo. Se a mãe estivesse viva, ela teria lamentado as lições que aprendera.

No silêncio da câmara do conselho, Egípcio é o primeiro a falar. Ele está um pouco amedrontado desde a noite em que a fazenda de Laertes foi incendiada, mas também não é nada além de um homem que lida com as coisas. Boa sorte ou grandes desastres, ele continuará cambaleando; é sua maior qualidade como conselheiro.

– Por que os micênicos ainda estão vasculhando nossos navios? Por que Electra ainda está aqui?

É a vez de Pisénor responder, dizer o óbvio, como é seu costume. A premonição faz com que todos os olhos se voltem para ele, mas ele não fala, ainda encara o nada, perdido nos próprios pensamentos e na sua vergonha. Os meninos que sobrevivem na milícia voltaram a treinar. Há mais espaço no pátio, agora que alguns foram mortos, e Pisénor não voltou para ensiná-los, nem Telêmaco para liderar. Em vez disso, Anfínomo se coloca diante deles, dá um pigarro e diz:

– Bem. Certo. Então. Vamos tentar... lançamentos de dardo, está bem?

Não será aceitável que Anfínomo o faça por muito mais tempo, e tanto Penélope quanto Pisénor sabem disso. Isso daria a ele aparência de ser um líder responsável, um bom homem, um soldado capaz, todas qualidades adequadas a um rei. É muito melhor que ele volte a ser um bêbado, comum e desinteressante.

Mais alguns dias. Penélope vai deixar seu general magoado ter mais alguns dias.

No silêncio do conselho, Medon limpa a garganta.

– Bem, se ninguém mais... Está claro que todos nós pensamos isso... está claro que Electra pensa isso.

Egípcio não fala nada e, por um instante brevíssimo, Autônoe interrompe sua melodia. Medon olha de um para o outro, a incredulidade crescendo em seus olhos antes que ele deixe escapar:

– Ela ainda pensa que Clitemnestra está aqui! Por que mais ela teria ficado para trás quando o irmão partiu?

– O anel... a evidência diante dos olhos dela... – começa Egípcio, e Medon levanta as mãos.

– Eu sei, eu sei. Parece tolice. Clitemnestra se foi, fugiu. Mas eles têm que matar alguém. Orestes não pode ser rei em Micenas até que o pai seja vingado.

Medon não olha para Penélope enquanto diz isso, mas os olhos de Egípcio piscam na direção dela. É claro que seria melhor que Orestes matasse Clitemnestra, mas, na falta dela, uma prima seria aceitável, e se fosse possível dizer que essa prima a ajudou a escapar?

Penélope cantarola um contraponto à melodia de Autônoe, como se lembrasse de uma canção de infância.

Então Egípcio propõe:

– Devemos considerar a contratação de mercenários – e pela primeira vez, todos na sala ficam gratos pela mudança de assunto. – Está óbvio que precisamos de soldados treinados para defender as ilhas. O ataque à fazenda de Laertes provou isso.

– Quem vai pagar por eles?

– Ora, vamos! Todo mundo sabe que Autólico deu um tesouro a Odisseu, que há ouro escondido...

– *Ouro escondido*, você também não, acha mesmo que...

– De que outra forma ela continua pagando pelas coisas? Os banquetes, os pretendentes... ela disse que o arsenal estava vazio, mas Pisénor armou a milícia...

– Peixe, lã, óleo, âmbar e estanho. – A voz de Penélope ainda está meio que acompanhando a música da serva, uma brisa suave no cômodo. – Temos pouquíssimos excedentes, mas temos muito peixe, ovelhas e cabras e muitas oliveiras. É claro que estes são itens muito comuns por toda a Grécia, mas acrescentamos certo trabalho; não apenas lã crua, mas fios refinados que as mulheres transformaram em excelentes novelos que podem ganhar um pequeno prêmio se vendidos a certos comerciantes em Pilos. Não apenas azeite, mas o melhor azeite que prensamos, leve e aromático, valorizado por muitas famílias ricas na Cólquida. Os fios e óleos de menor qualidade guardamos aqui, para o comércio interno; Ítaca se satisfazendo com maior facilidade com produtos simples do que nossos primos do interior. E quanto ao âmbar e ao estanho, eu vendo a preços exorbitantes o peixe fermentado e a água doce que os comerciantes precisam para suas viagens rumo ao sul, e compro a uma taxa que posso então cobrar um preço significativamente mais alto pelo estanho e âmbar que eles trazem das florestas do norte. Em suas viagens de volta, ocasionalmente eu também compro linho, ouro, madeiras raras, especiarias, cobre e fragrâncias doces que alcançam um excelente preço quando enviadas para Esparta ou Argos, aproveitando ao máximo o mar e o comércio oriental. Assim mantenho os pretendentes alimentados. É muito simples, na verdade.

A sala está silenciosa. Se os poetas não cantam sobre os desejos sexuais das mulheres, deixe-me assegurar-lhe – nenhum acorde jamais foi tocado em um salão nobre sobre o preço do peixe. Ah, com certeza todos os conselheiros de Odisseu estão *cientes* do comércio, mas falar disso na alta sociedade? Impensável! É algo que seus escravos de confiança devem fazer ou, na pior das hipóteses, suas esposas. Os homens importantes de Ítaca estão ocupados demais fazendo coisas mais dignas de poesia, como perder batalhas ou roubar as amantes de outros homens. De fato, Penélope não poderia ter expressado uma ideia mais embaraçosa naquele momento do que se tivesse se levantado e proclamado: "Além disso, eu sangro de minhas partes íntimas a cada lua e dei uma risadinha na primeira vez que vi o pau de Odisseu".

Egípcio finalmente balbucia, incapaz de processar este momento:

– Mas... e o tesouro de Odisseu?

– Acabado, temo eu. Todo gasto.

– Como isso é possível? – lamenta ele. – Por que os pretendentes viriam se não pelo tesouro?

Penélope pisca duas vezes, três vezes, e pela primeira vez parece encontrar o olhar dele.

– Eu não acabei de dizer? Porque coloco um preço exorbitante nas mercadorias que vendo dos comerciantes do mar ocidental. Se as pessoas querem acreditar que eu alimento os pretendentes com carne, com algum... ouro presenteado há vinte anos por um semideus com uma inclinação para roubar vacas, então a escolha é delas. Eu tenho sido extremamente clara quanto à importância de comprar por um preço baixo e vender caro.

Autônoe não está rindo. Autônoe ficou um pouco melhor em abafar sua risada ao longo dos anos.

Finalmente Medon limpa a garganta.

– Talvez devêssemos... encerrar a sessão – sugere. – Vou fazer mais algumas investigações sobre o assunto dos micênicos, e talvez Pisénor... talvez Egípcio possa examinar a questão dos mercenários e precisamente quão pouco podemos pagar por eles. Sim? Sim. Obrigado a todos.

Pisénor se retira apenas quando Egípcio toca seu braço, indicando-lhe que deve se mover.

Egípcio lança um olhar por cima do ombro enquanto eles vão embora; Medon, porém, permanece plantado diante de Penélope, um sorriso no rosto e não nos olhos. Ele espera que a porta se feche antes de se voltar totalmente para sua rainha e perguntar:

– Clitemnestra está em Ítaca?

A música cai dos dedos de Autônoe. Penélope olha para sua criada e acena com a cabeça uma vez. Autônoe corre para a porta, deslizando por ela para ficar do lado de fora, protegendo o corredor contra todos os olhos, todos os ouvidos que possam ousar se intrometer. Eos e Penélope permanecem, e nenhuma das duas finge dar a Medon nada menos do que sua total atenção.

– Caso ela estivesse – declara Penélope enfim –, ela teria vindo para cá contra a minha vontade.

Medon solta um silvo de frustração, as mãos voando para a cabeça.

– Ela está *aqui*?!

– Eu não disse isso...

– Onde ela está? Você a tem? Diga-me que ela não está no palácio!

– Posso afirmar categoricamente que minha prima não está no palácio.

– Electra sabe? Deuses abençoados, se ela descobrir...

– Ela claramente suspeita. Claramente suspeita. Se ela tivesse acreditado por completo na história do anel...

– Claro que foi você – geme ele, agarrando a mesa como se um enjoo fosse dominá-lo. – Tudo aquilo com os mensageiros e Zaquintos e... é claro que foi você. O que você fez?

– Tentei mandar meus primos para Hyrie – suspira ela. – E de lá, com esperança, para casa, de mãos vazias.

– Você sabe que eles não vão embora de mãos vazias! Eles precisam ter uma cabeça!

– Eu estava tentando ganhar tempo.

– Tempo para Electra bisbilhotar! Tempo para eles decidirem que *nós* somos o inimigo? Em nome de Zeus, o que você estava pensando?!

– Eu estava pensando que Electra iria acreditar – retruca ela, sua voz se elevando enquanto o faz, então abaixada de novo, às pressas, a um rosnado de empurrar os dentes, enquanto os olhos de Eos se lançam instintivamente para a porta. – Eu estava pensando que eles teriam ido embora e Clitemnestra teria ido embora e que poderíamos voltar a ser apenas perturbados do modo local e itacense!

Medon sacode a cabeça, agarra a mesa com um pouco mais de força, se endireita, abre a boca, não consegue encontrar as palavras, se abaixa de novo.

– Todos nós vamos ter mortes terríveis, terríveis – conclui.

– Obrigada, conselheiro, por seu sábio conselho.

– O que você vai fazer agora?

– Não tenho certeza. Eu não previ que Electra ficaria tanto tempo, ou que seus homens seriam tão… entusiasmados em seus deveres. Eu vou pensar em algo. Ela não pode ficar aqui para sempre.

Medon assente sem concordar, o gesto mudo de um homem que viu a inevitabilidade e a reconhece sem prazer.

– E os mercenários?

– Mercenários. – Penélope faz uma careta. – Eles existem para serem pagos, não para lutar. Seria mais fácil pagar direto a Andraemon e acabar com isso.

Medon se ergue de novo como se tivesse sido atingido por um raio.

– Andraemon?

– O quê? Ah, sim, você não estava…

– Os saqueadores são homens de Andraemon? Você tem certeza disso?

– Sim. Tenho certeza.

– Aquele… aquele *abutre* come à mesa de Odisseu, bebe o vinho de Odisseu, e os homens dele tentaram sequestrar o pai de Odisseu?

– Creio que é isso mesmo.

– Você tem provas? Se puder provar, podemos executá-lo agora mesmo.

– Infelizmente, não tenho provas. Do modo como as coisas estão agora, é a palavra dele contra a minha.

A pouca força que lhe foi concedida volta a deixar Medon. Ele parece pálido, quase doente, tão grisalho quanto Pisénor e com uma causa semelhante.

– Case com ele.

– Perdão?

– Case com ele. É a única maneira. Claramente é isso que ele quer e não estamos em posição de recusar.

Os lábios de Penélope se afinam. Ela olha de relance para Eos, cujo rosto não responde, mas Medon vê o olhar voar e, com um esforço final, murmura:

– O quê? O que mais eu não sei?

– Você sabe que entre todos os homens eu confio em você…

– A última vez que você disse isso, você tinha 21 anos e havia roubado o bracelete de sua sogra para dar como garantia por um carregamento de azeite.

– Investimento que se mostrou muito lucrativo, não?

Medon conhece Penélope há mais tempo do que o pai dela e, se formos honestas, ficou mais feliz em conhecê-la do que talvez o pai dela.

– O que foi que você fez? – sussurra ele, sem saber qual de todos os sentimentos dentro de seu peito, tristeza, medo, orgulho, ressentimento, amor, é agora o mais intenso.

Ela solta um suspiro longo e lento.

– Eu não contei para você porque pode ser visto como… politicamente inoportuno, caso se torne de conhecimento público… e talvez, dependendo de sua visão das coisas… um tanto sacrílego.

Ele joga as mãos para o ar.

– É claro! Sacrilégio! O que mais esse dia poderia trazer?

– Há, como você sabe, mulheres no leste que lutam com os homens…

Quando o queixo dele cai, ele consegue ouvir o peso estalando em seus ouvidos.

– Você não fez isso.

– Pentesilea, por exemplo, lutou contra o próprio Aquiles…

– E morreu!

– Contra *Aquiles*, todos morreram lutando contra Aquiles, era sua característica predominante.

– Se os reis da Grécia descobrirem que você está pensando em formar um exército… mulheres… *um exército de mulheres…!* se os pretendentes descobrirem…

– Eles não vão. Ninguém irá.

– Como você esconde um exército?

– Medon – repreende Penélope –, que pergunta tola. Você o esconde exatamente da mesma forma que esconde seu sucesso como comerciante, sua habilidade com a agricultura, sua sabedoria política e sua sagacidade inata. Você esconde como mulheres.

Medon abre a boca para protestar com o barulho e o volume das ruidosas gaivotas que circulam peixes podres, e descobre que as palavras o deixaram. Derrotado, ele quase cai na mesa às suas costas, enquanto Eos se levanta, pegando a lã em seus braços e deslizando, a um aceno de Penélope, em direção à porta.

– Horríveis, mortes horríveis – Medon oferece debilmente, sua última palavra.

Penélope descansa a mão suavemente em seu braço.

– As coisas estão chegando ao fim – declara ela, sem malícia ou prazer. – Há assuntos sobre os quais ainda precisarei de sua ajuda.

Capítulo 37

Leaneira.
Ela ainda está aqui.

Euracleia a vê enquanto ela atiça o fogo na cozinha para mais um banquete sem fim, e faz uma cara feia: "Vagabunda troiana!".

Leaneira mal nota as palavras quando as ouve. Euracleia costumava insultá-la melhor, costumava ter um dom para a crueldade que atingia direto o âmago do coração de uma criada. Mas suas palavras estão se esgotando junto com seu poder e a força de seus membros, e agora Leaneira mal a ouve falar. Melanto se inclina para perto, os braços carregados de lenha empilhada tão alto que ela precisa equilibrar a tora mais alta com a ponta do queixo, e murmura:

– Você está... bem?

Leaneira não responde e observa as chamas atingirem a madeira.

Estripando peixes ao sol da tarde, uma faca na barriga, corta, abre, puxa, intestinos no balde a seus pés, Phiobe se aproxima de Leaneira enquanto esta trabalha e comenta:

– Ouvi dizer que aconteceu algo entre você e a rainha! Conte para, conte, *por favor*, conte...

Leaneira pega o próximo peixe, corta, abre, puxa...

– Ah, por favor, vai conte pra mim, vai, por favor, eu só...

Volta-se para Phiobe, com a faca na mão, e grita, ruge, ruge tal qual o fogo rugiu por Troia:

– Vá embora! Vá embora, vá embora, vá embora, *vá embora*!

Colocando os pratos para o banquete da noite.

Eos, que aprendeu a ser gelo com a rainha que ama, a vê e diz:

– Não, essas não. As outras. Eles estavam bêbados de novo ontem à noite e quebraram três de nossas melhores tigelas.

Leaneira lança um olhar na direção de Eos, o rosto contraído como se para gritar, berrar, suspirar: o que importa? Eles quebram tudo no final de qualquer maneira.

Mas Eos já passou, sem dar espaço para conversa, então Leaneira desfaz seu trabalho e obedece.

Leaneira serve carne no banquete à noite. O clima está voltando a melhorar, agora que a fumaça se dissipou por Ítaca. Laertes passa a maior parte de seus dias presidindo às cinzas de sua fazenda, reconstruindo, diz ele, melhor, maior e com pontas afiadas escondidas em lugares duvidosos também, e com um belo muro alto ao redor da vivenda. Ele raramente está no banquete. Electra se mantém em seus aposentos, rezando, dizem, e Telêmaco não é visto há dias. Isso deixa apenas Penélope e suas criadas, talvez, às vezes, um conselheiro pálido ou dois, e assim o volume e a alegria dos homens mais uma vez aumentam.

– Leaneira – ri Antínoo enquanto ela passa por ele –, ouvi dizer que você está procurando um homem para aquecer sua cama agora que Andraemon não quer mais você. Posso ter pena de você se estiver ficando seca.

Os outros ao redor da mesa riem, Eurímaco enxugando os lábios gordurosos com as costas da mão, sem ter certeza se essa é uma piada apropriada, mas rindo, porque os outros o fazem. Leaneira passa por eles sem dizer uma palavra, e uma mão se choca contra seu traseiro, aperta, e as risadas aumentam ainda mais enquanto ela se afasta.

Andraemon está de volta ao banquete, e não olha para Leaneira uma única vez, mas encara Penélope como se pudesse encará-la à submissão, com a mão apertada ao redor do pequeno ornamento de pedra que usa em torno do pescoço. Os outros perceberam isso e se reúnem em volta dele, batem os punhos na mesa e entoam seu nome.

– Andraemon vai derrubar Penélope com os olhos! – grita Nisas. – Vai despi-la com seu olhar!

Penélope está sentada a seu tear, tecendo a mortalha de Laertes, e não ergue o olhar. Os homens batem os pés e cantam: "An-dra-e-mon, An-dra- -e-mon, An-dra-e-mon!", e quando o olhar dele não vacila e ela não levanta a cabeça ou se despe espontaneamente, eles explodem em um rugido, uma enxurrada de risadas, antes de voltarem entediados para seus lugares.

Kenamon se senta à parte e, quando Autônoe passa, ele sussurra:

– Telêmaco está aqui?

A pergunta surpreende a serva, que faz uma pausa longa o suficiente para realmente pensar em sua resposta.

– Ele retornou do… repouso esta tarde, e está rezando.

Telêmaco, no andar de cima em seu quarto, olha para o mar e definitivamente não está rezando. Ele observa um navio sair veloz pelas águas, o vento e a força dos remadores o transportando rápido como uma águia, e há algo na maneira como ele inspira que me desagrada. Observo com um pouco mais de atenção, e então noto de canto de olho aquela maldita coruja. Está em cima da parede do lado de fora e, quando me aproximo de Telêmaco, abre o bico e diz: uuh, uuh, uuh. E faz: *eu a vejo* uuh.

Por um momento, eu encaro Atena, desafiando-a a piar para mim mais uma vez; porém, sinto o toque de nossa barganha nos meus ossos, ardendo suavemente em minha alma. O olhar dela está fixo no filho de Odisseu, como se ela fosse consumi-lo por completo, e com um estremecimento eu me afasto.

Capítulo 38

Eu adiei algumas coisas por tempo demais.
    Com um brilho de desgosto, coloco o vestido e as sandálias douradas de que menos gosto, e pego o vento que dobra as copas das árvores da floresta.
    Lá, lá embaixo. Há um bosque onde Ártemis se banha.
    Há muitos bosques onde Ártemis se banha, mas esse tem uma atração especial para ela, combinando bancos macios de grama que capturam o sol quente do oeste, com pedras lisas dentro da água nas quais se pode posar, as pernas repousando dentro do riacho fresco. Há uma cachoeira e uma piscina escavada abaixo, atrás da qual cavernas de cristal de safira cintilam e reluzem, e nas proximidades fica a toca de uma ursa com seus filhotes, que ataca qualquer coisa que se aproxime, seja homem ou animal; algo que Ártemis acha inquietantemente engraçado. "Veja!", grita ela. "Olhe como suas partes internas são moles!"
    Desço em uma nuvem para evitar o pior dos nativos ursinos, e aproximando-me por cima da grama orvalhada, ouço o lento retesar de um arco, conforme uma de suas damas guardiãs puxa a flecha na corda.
    – Pare com isso – exclamo para ela, e por um momento ela apenas pisca para mim, aparentemente sem medo da rainha dos deuses, antes de abaixar devagar a arma. Conforme me aproximo do lago, outras mulheres de Ártemis me observam, bem mais de uma dúzia ao todo, algumas armadas com arcos, outras com facas ao lado do corpo e carne ensanguentada nos dentes. No entanto, apesar de serem um bando hediondo, minha enteada também tem um gosto, preciso admitir, por mulheres muito belas, os cabelos fabulosamente lavados e trançados, óleo massageado em seus corpos extremamente nus e musculosos.
    Contornando uma pedra coberta de musgo à beira da água, olho para baixo e lá está a própria deusa da caça, reclinada na superfície da lagoa, enquanto ao lado dela uma donzela… digamos que ela está penteando o cabelo de Ártemis, para manter a decência.
    – Você poderia fazer mais barulho? – proclama minha enteada enquanto estou à beira da água. – Ouvi você chegando a quilômetros de distância.

– Eu não queria surpreendê-la – retruco. – Dado o quanto você detesta ser surpreendida. – Ela suspira, de modo exuberante, de olhos fechados, o cabelo da cor das folhas de outono flutuando levemente ao redor de sua cabeça. Tento manter meu olhar em seu rosto tanto quanto possível, mas os acontecimentos distrativos que estão ocorrendo no momento rapidamente me perturbam e deixo escapar – Você poderia se vestir um pouco? Quero dizer, é tudo muito… mas como suas mulheres evitam sentir frio?

– Elas correm nuas pela neve no inverno – comenta Ártemis. – Correm até suas bochechas ficarem coradas e seus pulsos rugirem em suas cabeças, então caem nos braços umas das outras ao redor do fogo, a carne de sua carne abraçadas em uma…

– Sim, obrigada, eu já entendi.

Ela bufa, gesticulando para afastar a donzela que estivera de outro modo muito ocupada, e abre os olhos. Por um momento, ela parece quase surpresa ao me ver, antes de dizer:

– Céus, você está tão velha assim?

Eu respiro fundo.

– Faz muito tempo desde que você nos agraciou com sua presença no Olimpo, enteada. Seu pai sente sua falta.

Ela se ergue lentamente da água, sem fazer nenhum esforço para cobrir sua nudez, gesticulando para que as companheiras se afastassem um pouco para que possamos conversar em particular.

– Não, ele não sente. Ele sente falta do meu irmão. Eles compartilham gostos semelhantes em… muitas coisas.

– Está bem. Ele não sente sua falta.

– E você com certeza também não – acrescenta ela.

– Eu… As coisas nunca são tão simples quanto você parece pensar, enteada. Admito que nem sempre concordamos sobre as coisas…

Ela solta um bufo de escárnio, quando faz uma pausa para torcer o cabelo, jatos de água escorrendo pela curva de suas costas até a sombra de suas nádegas. Ártemis nunca se aproximou da noção aceitável de feminilidade. Sua pele é escura demais por causa dos dias sob o sol; suas pernas fortes demais, suas coxas grossas demais, os seios pequenos e ombros largos demais. Ela pode se disfarçar quando quiser de menino e ir vaiar as cerimônias de seu irmão Apolo, ou torcer pelos homens que correm nos jogos de verão, sem ter medo de alguém chamá-la de mulher; no entanto, há inegavelmente uma beleza em sua força e uma graça em seus movimentos que até Afrodite pode invejar.

– ... no entanto, somos ambas deusas – continuo entredentes. – Nós partilhamos... certos laços, não é?

– Partilhamos? – entoa Ártemis. – Não tinha notado.

Lanço um olhar para o firmamento. O céu está limpo, mas até Zeus hesita antes de espiar os bosques sagrados de Ártemis. Ela não poderia desafiá-lo em sua ira, é claro, mas, eu juro, a garota é infernal. Ela faz os homens pagarem por onde seus olhos vagam. Então, em um sussurro rouco, arrisco e digo:

– Nós duas desprezamos o governo dos homens, não é mesmo?

Ela lança um olhar para mim e desta vez talvez veja mais do que meu rosto, minhas mãos, meu desconforto, enquanto estou parada à beira da água. Ela se endireita, enrolando o cabelo atrás do pescoço grosso, uma faixa de músculo triangular que vai dele até o topo de seus braços.

– O que você quer, velha rainha?

Soltei uma respiração lenta e cuidadosa.

– Tenho um projeto que pode ser do seu interesse.

Um aceno de sua mão, uma flexão do pulso descartando a ideia.

– Não estou interessada em seus planos. Seja o que for, tenho certeza de que vai me entediar.

– Há homens que estão atacando uma certa ilha. Eles vêm a cada lua cheia. Certa noite, eles tentaram sequestrar o pai do rei daquela ilha. Estão fazendo isso não por ouro ou por resgate, mas para forçar uma mulher a se casar com um homem que ela não quer.

– E daí? Ela deveria apenas matar o homem e acabar com isso.

– O homem é um hóspede sob o teto dela.

Ártemis bufa. Ela entende as leis sagradas da hospitalidade, e até mesmo ela não as violará, mas como tantas das leis dos deuses e dos homens, elas a aborrecem. São estúpidos e sem graça e ela não tem tempo para nenhum dos dois.

– Então? Não vejo como isso seria do meu interesse.

– A mulher veio com uma solução um tanto inovadora.

Ártemis pisca, imóvel como madeira. Ela é capaz de ficar parada, fingindo ser tola por muito tempo se quiser; a quietude é uma habilidade de caçadores. Sinto vontade de repreendê-la, de dar-lhe uma bronca por agir como criança, mas este bosque pertence a ela e preciso dela. Tenham pena de mim, ó céus, mas preciso dela.

– Em um bosque próximo a seu templo, ela tem uma guerreira do leste ensinando as mulheres dela a lutar.

Mais uma vez, Ártemis pisca, mas agora creio que talvez sua mente esteja em outro lugar, embora seu corpo permaneça, esvoaçando pelos espaços de seus templos como o aroma de pinho. Então seus olhos se arregalam e lentamente ela diz:

– Essa é Ítaca?

Sinto o desejo de engolir em seco, mas controlo-o; minhas bochechas não irão corar, nem minhas pálpebras vão piscar a menos que eu deseje. Ártemis se endireita um pouco mais, os ombros recuando.

– Essa é Ítaca? – repete ela, a indignação crescendo em sua voz. – Houve um banquete em minha homenagem na lua cheia, todas as mulheres reunidas, a dança foi terrível, mas gostei da comida. A sacerdotisa tem orado por força com lança e arco, e na floresta, à noite, tenho ouvido o som de flechas voando, mas elas não atingiram nenhuma das criaturas da caça. O que você tem feito na *minha* floresta, mulher?

Por um momento ela fica mais alta, mais larga, e lá está ela, a arqueira sanguinolenta, carmesim na língua, sangue nos olhos. Eu considero igualar-me em altura, deixando todo o esplendor do meu poder brilhar sobre este lugar, mas não o faço. Devo ser, por mais repugnante que seja, mansa, a planejadora, não a rainha, então permaneço quieta, parada sob seu olhar, e apenas respondo:

– Sim. Essa é Ítaca.

– Mulheres com arcos? Na minha floresta? Sem oferecer sangue para *mim*?!

A essa altura, os homens mortais teriam se transformado em criaturas inferiores da floresta sob sua fúria, em uma lebre ou em um esquilo guinchando. Enfrento toda a força de sua ira e, embora esteja um pouco quente nas bordas, deixo-a passar por mim como a água do rio.

– Você teria aparecido quando elas chamassem? – pergunto educadamente. – Ou estaria ocupada demais… lavando o cabelo?

Por um momento, penso que fui longe demais, e sua fúria agitará até os idiotas preguiçosos do Olimpo. Então, acrescento:

– Veja, é bem simples. Há mulheres armadas com arcos e lanças que estão perfeitamente dispostas a matar em seu nome. Mas para que elas sobrevivam, para que floresçam, precisarão da sua bênção. Não a minha. Não a de Atena. A sua. Elas precisam da caçadora.

Lentamente, o fogo rubro se apaga nos olhos de Ártemis. Ela se retrai um pouco, parece encolher, volta a ser uma mulher, mexendo nos cabelos como se nada no mundo a tivesse perturbado.

– Matar homens, você diz? – pergunta ela, tão leve quanto um pássaro canoro.

– Sim.

– Piratas?

– Exato. Veteranos de Troia que vão saquear as praias de Ítaca.

– Para tentar forçar aquela rainha… qual é o nome dela?

– Penélope.

– Certo. Aquela de que os patos gostam. Para tentar forçá-la a se casar?

– É mais ou menos isso.

Os lábios de Ártemis se estreitam. Eu espero. Se há algo que a caçadora não gosta mais do que não ter sua parte na matança, são casamentos.

– E você está propondo que as mulheres os matem? Que enfiem flechas em seus olhos, arranquem seus corações e esfolem a pele de sua carne ainda sangrando e assim por diante?

– Eu não tinha chegado ao ponto de esfolar, mas em geral, sim.

Ela faz outra pausa para piscar para mim, e há uma expressão em seu olhar que, se eu não fosse uma deusa contida, poderia ter lido como um grito de: *mas querida madrasta, essa com certeza é a melhor parte*.

– O que Atena pensa de tudo isso? – ela pergunta por fim, perdendo o interesse em sua trança e sentando-se na grama ao meu lado, joelhos para cima, braços cruzados sobre as canelas, tão à vontade socializando quanto um urso em um simpósio.

– Ela está ciente, mas permanece distante. Seu principal interesse é levar Odisseu para casa. Se Poseidon descobrir que ela também está ajudando Penélope e Telêmaco, ele alegará que ela ultrapassou seus limites e nunca permitirá que Odisseu saia da ilha de Calipso. Ela tem que ser diplomática em seus negócios e sugeriu que eu falasse com você.

– Aposto que isso colocou vespas no capacete dela – ri Ártemis. – Ter que vir até *mim* para pedir ajuda. Sabia que uma vez ela tentou me dar um tapinha na cabeça? O polegar dela tinha gosto de erva-doce.

– Ela sabe que você é poderosa, uma grande protetora… – começo, mas Ártemis descarta minhas palavras com um aceno de sua mão.

– Não gosto de falar. Mas eu gosto de ver Atena com cara de idiota. E você? Por que se importa?

– Isso é assunto meu.

Ela faz um som obsceno entre os lábios, e eu me irrito, pensando mais uma vez em trovões e retribuição, mas ela está totalmente imperturbável, com todo o poder do mundo na ponta dos dedos e ela sabe disso. Cansada, suspiro.

– Há três rainhas na Grécia. Não acho que falarão de outras rainhas depois delas.

As sobrancelhas de Ártemis franzem e depois sobem novamente. Por um momento, acho que há quase pena em seus olhos, e voltamos a ser irmãs, rebelando-nos contra a tirania de Zeus.

– Ah, rainha dos deuses – suspira ela. – Eu me recordo de você. Você já foi poderosa. Antes que os poemas fossem reescritos por ordem de Zeus, antes que o passado fosse todo... coisas humanas inventadas... Eu me recordo. Você cavalgava com Tabiti e Inana do leste e o mundo estremecia abaixo de você. Os mortais erguiam os olhos de suas cavernas com as mãos pintadas de ocre e sangue e clamavam Mãe, Mãe, Mãe. Você derrubava o céu sobre seus inimigos e ordenava que os mares se abrissem para aqueles que você amava. Contudo você confiou em Zeus. Você jurou que seu irmão nunca a trairia. E veja você agora, esquivando-se do olho do céu, para que ele não veja as pegadas que você deixa sobre a terra.

Minha vergonha é uma dor sendo empurrada na minha barriga, o peso do meu irmão enquanto ele me pressionava, as queimaduras que as lágrimas deixaram em meu rosto. Escolho quando endireitar minha coluna, mas ela fica rígida, tão, tão rígida.

– Eu... – hesito, procurando as palavras. – Eu... Nenhum homem pode sobreviver. Nenhum deles pode sair vivo de Ítaca. Caso se espalhe que as mulheres de Ítaca defenderam o que lhes pertence, não restará nada para defender. Você vai... você vai me ajudar?

Ela considera isso por um momento, então acena com a cabeça uma vez, e se levanta da margem do rio.

Minha vergonha é um mundo sem amizade, uma vida sem confiança. Nunca vou confiar novamente. Jamais amarei uma criatura que não seja minha. No entanto, agora, minha enteada, a quem detesto, pega minha mão entre as suas e sorri, e me ocorre que o caçador conhece algo da qualidade da misericórdia quando procura dar o tiro mais limpo e certeiro.

– E coloque uma roupa! – acrescento, no silêncio entre nós.

Ártemis infla as bochechas, mostra a língua, e eu sei que ela vai lutar quando a lua nascer novamente sobre Ítaca.

Capítulo 39

Venha: vamos observar os mares em movimento.

Ao norte, Orestes está carrancudo, na popa de seu navio, enquanto seus homens rondam as ilhas ocidentais. Eles estão nesse jogo há dias, meses, semanas, perseguindo a mãe dele. Ele não acha que vão encontrá-la. Ele não consegue imaginar que será rei. Essa noção não o inquieta tanto quanto inquieta a todos ao seu redor, e sendo um homem que gosta de agradar, ele se mantém calado.

A leste, Menelau senta-se com os pés em cima da mesa de servir, um copo de água e vinho na mão como um casco, e questiona:

— Quem mais irá apoiar minha reivindicação, se eu for forçado a fazê-la? — Então ele sorri. Menelau não tem muitas razões para sorrir há muito tempo.

Ao sul, Calipso propõe:

— Farei de você um deus.

E por um momento, por mais que um momento, Odisseu considera essa proposta. Então ele nega com um gesto de cabeça. Que tipo de deus ele seria se uma mulher o tornasse um?

E a oeste, Leaneira percorre o salão do palácio dos reis de Ítaca, retira a taça vazia da frente de Andraemon, e ele não pisca, não reconhece a presença dela, não olha para ela.

Autônoe suspira e diz:

— Que bagunça, teremos que esfregar, teremos que...

Leaneira tira baldes de água do poço sob as estrelas à meia-noite.

Euracleia murmura: "Vadiazinhas".

Leaneira segura o carneiro parado, enquanto Eos passa a faca em sua garganta.

Antínoo pergunta:

— Como anda o sudário de Laertes? Espero que você seja melhor debaixo dos lençóis do que fazendo eles?

Leaneira carrega o tear de Penélope para o quarto, Melanto ao seu lado. Ela limpa a baba e a saliva dos bêbados, afasta mãos das próprias coxas, joga madeira seca no fogo, limpa as cinzas do fogão, lava túnicas no riacho, persegue um rato, mexe a panela, raspa escamas de peixe, revira o solo acima das valas de urinar.

Joga os ossos de carne e o pão gorduroso com que os pretendentes fizeram suas refeições para os porcos, os cães, as gaivotas e os corvos que comem atrás dos portões do palácio.

Fora dos muros do palácio, Eurímaco entoa:

– ... e entããããão as torres caíram na velha Trooooooiaaaa...!

Junto aos portões do palácio, Antínoo se inclina para Anfínomo e declara:

– Ninguém está impressionado com seu fingimento de soldado. Ninguém está impressionado mesmo.

Em uma pequena sala no canto mais movimentado do palácio, Kenamon ergue os olhos para o céu e se pergunta se seus deuses podem ouvi-lo nesta terra estrangeira. Eles poderiam, caso se dessem ao trabalho de ouvir, embora sua voz fosse tênue e de pouco interesse.

Leaneira está sentada à beira do riacho estreito que desce para o mar, enquanto os insetos noturnos entoam suas canções, e lava os pés, lava as mãos, mas não consegue lavar a fumaça.

Ela toma uma decisão e apaga sua lamparina.

Na escuridão, dedos na parede, movendo-se pela memória, ela desliza pelo palácio de Odisseu. Aonde vai? Buscar uma faca, talvez? Buscar uma arma para matar sua dor, ou acabar com outra pessoa que causa dor?

Eu a sigo, curiosa, porém ela não faz uma parada para se armar, como Clitemnestra faria, mas segue para o mais sacrílego dos lugares: os quartos onde os homens dormem. Apenas alguns dos pretendentes dormem entre as paredes do palácio; os mais honrados, os que não têm um lugar para onde ir que os guarde, ou os que carecem de familiares e amigos em Ítaca. Andraemon não é nada disso, mas ganhou sua cama entre as paredes em um jogo de dados contra um homem de Samos, que agora dorme na cidade na casa suja que fora o repouso de Andraemon.

Ela reconhece a porta dele pela velha madeira rachada, pelo jeito que ela raspa na pedra quando é aberta, pelo cheiro dele no quarto. Ele está dormindo, e então ao toque da presença dela no quarto, ele está bem acordado, a mão buscando a faca ao lado de sua cabeça. E então ele pisca e vê a obstrução que a forma dela faz na escuridão, e a ouve dizer seu nome.

– Andraemon – sussurra ela, acomodando-se em cima dele. – Eu escolho você.

Ele hesita por um momento, a mão ainda na faca. Então solta a lâmina. Passa a mão pelo peito, pelo pescoço, pelos lábios, pelos cabelos dela. Ele a agarra com força, puxa a cabeça dela para a dele, prova a boca dela com a própria boca, afasta-a, os dedos ainda entrelaçados.

– Eu não acredito em você – declara ele.

Ela não recua com o toque dele. A mão direita dela repousa sobre o coração dele, a esquerda se fecha em torno da pedra que ele ainda leva ao pescoço, o pedacinho dele de Troia.

– Eu sei onde Penélope esconde o tesouro. O ouro dado a Odisseu pelo avô dele; os despojos da pilhagem e os bens que ela acumula, eu sei...

O aperto dele se estreita, e mesmo ela não consegue esconder a careta de dor repuxando o canto de seus lábios. Ele ergue a cabeça aproximando-a um pouco mais, perto o suficiente para morder.

– *Eu não acredito em você.*

Ela pega o braço dele pelo pulso, segura até que ele afrouxe um pouco, então diz:

– Deixe-me provar.

Capítulo 40

Na escuridão, Penélope bate à porta de Electra. É respondida por uma das criadas de Electra, com o rosto pintado de cinzas, que a vê e apenas diz: "Espere".

É ultrajante que uma rainha seja forçada a esperar no próprio palácio e, por um momento, Penélope prende a respiração. Mas então ela a solta, devagar, expira, calma, e semicerra os olhos e espera um pouco mais até que a porta se abra novamente.

– Boa rainha. – Electra está sentada de frente para a janela, com as costas meio viradas para a visitante. Por um momento, Penélope vê Anticlea ali, sentada exatamente da mesma maneira que essa princesa micênica, a meio caminho de afogar sua tristeza, seu coração já submerso nas profundezas escarlates. – Desculpe tê-la feito esperar. Eu estava rezando.

Ela não estava rezando.

– Claro – murmura Penélope, com um pequeno aceno de cabeça. – E lamento tê-la incomodado a esta hora, mas temi estar negligenciando-a, a mais importante de todos os meus hóspedes.

Um pequeno gesto da mão, afastando a ideia.

– Você tem sido uma anfitriã tão gentil quanto esperávamos.

Penélope olha para as criadas, e vendo seu olhar, Electra as dispensa com uma inclinação do queixo, mas embora elas saiam, não convida Penélope para se sentar.

– Alguma notícia de seu irmão? – Penélope pergunta por fim.

Electra nega com a cabeça.

– Espero ouvir boas notícias dele em breve.

– É claro. E você está... se sentindo bem?

Outra dispensa; a questão é trivial demais para se ocupar com ela. Penélope sente-se prestes a suspirar, a soltar uma respiração reprimida, e se impede. Em vez disso, comenta:

– Ouvi falar que o seu servo, Pílades, creio que seja o nome, ainda está procurando pelas docas. Meus conselheiros dizem que seus homens patrulham Ítaca.

– Há quem tenha ajudado minha mãe a escapar – responde Electra, leve como o verão. – Outros que devem ser punidos.

– Nem me ocorreu que esse poderia ser o caso, mas é claro, você é sábia.

Os olhos de Electra flamejam, assim como os da mãe, e ela se vira um pouco na cadeira para olhar com maior atenção para a rainha mais velha.

– Sou? Isso significa muito, vindo de você, prima.

O fantasma de Anticlea ainda assombra este quarto, repreendendo a jovem Penélope, flagrada chorando quando o marido partiu. Criança! Não pisque. Não vacile. Não prenda a respiração. Mantenha-se ereta. Você é uma rainha, não uma menina!

Há um desafio no olhar de Electra e uma oportunidade também. Penélope a vê, entende-a, e por um momento pensa em aproveitá-la. Mas não, ainda não. Ainda não. Ela acena com a cabeça, não exatamente uma reverência, murmura:

– Bem, se você tem tudo o que precisa…

Há um lampejo de quase decepção detrás dos olhos de Electra, e então ela se vira. Dispensa Penélope com as costas da mão, o atrevimento, a ousadia, não sei se fico impressionada ou indignada, Penélope também não.

– Sim, sim, obrigada. – Mesmo em sua arrogância, Electra se contém antes de acrescentar – Pode ir. – Mas Penélope sente o fantasma de Anticlea à sua esquerda, o roçar da minha presença à sua direita, e assim como a névoa do inverno, sai para a escuridão.

Três noites depois, Orestes retorna.

Ele chega ao pôr do sol, vindo do norte, e Electra corre para o cais e se atira a seus pés e proclama:

– Meu irmão! Meu rei!

Não há tambores batendo, nem trombetas orgulhosas. Orestes não ergue a cabeça decepada da mãe para a multidão ver. Em vez disso, ele se volta para os conselheiros de Ítaca, enquanto a irmã chora aos seus pés, e apenas informa:

– Não encontramos vestígios dela em Hyrie.

Os velhos se remexem inquietos. Mesmo Pólibo e Eupites, um pouco atrás, têm a astúcia de empalidecer.

Electra solta um berro, um uivo animal de fúria e ira, um pouco alto demais, um pouco dramático demais para o meu gosto, mas cumpre sua função. Ela soluça e bate os punhos contra a terra, até que, afinal, o irmão se ajoelha e a levanta sem dizer nada, apoiando-a por um braço, como se ela fosse uma pena quebrada caída do céu, enquanto eles retornam, silenciosos, para o palácio de Odisseu.

– Bem – comenta Medon, enquanto ele e Penélope observam os homens de Orestes desembarcarem de seus navios danificados. Ele tenta pensar em quais palavras podem se seguir que melhor encapsulam a complexidade de sentimentos que estão se agitando agora em seu coração e, no fim das contas, se contenta com as mais concisas.

– Mortes horríveis, horríveis.

Penélope lança um olhar fulminante para ele através do véu, depois segue os primos até o palácio.

Orestes está na sala do conselho, Electra atrás dele.

Do outro lado, estão Telêmaco, Medon, Pisénor e Egípcio.

Penélope senta-se em seu canto com suas criadas, mas desta vez, Autônoe não toca.

Orestes fala enquanto olha para algum outro lugar, em alguma outra voz que mal é destinada à audição humana.

– Navegamos por muitos dias. Fizemos muitas perguntas em Hyrie, mas não tivemos resposta. Navegamos para oeste, e investigamos os navios que vimos. Contudo, não havia sinal. Navegamos para o norte. Entretanto, não havia sinal. Estávamos ficando com pouca água e comida, e então uma tempestade surgiu e nos empurrou para o sul, de volta para Ítaca. Da minha mãe não há sinal.

Lanço um olhar para o céu e me pergunto por um momento: meu irmão mandou Orestes de volta para esta ilhota miserável? As tempestades são dele? Mas não, não. Poseidon está tão ocupado atacando Ogígia com ondas impenetráveis, seu ódio focado em Odisseu e apenas Odisseu. Eu não acho que ele teria a esperteza de atormentar a vida da esposa de Odisseu, trazendo os filhos de Agamêmnon de volta. Às vezes, uma tempestade é apenas uma tempestade. Ainda assim, uma coisa a observar...

Egípcio afirma:

– É uma tragédia, uma tragédia terrível, mas é claro que toda Ítaca está à sua disposição; custe o que custar...

Medon interpõe:

– Não temos muito, é claro, Ítaca não é rica, mas sim, para ecoar o sentimento do meu colega, se pudermos ajudar, nós...

Telêmaco declara:

– Encontraremos a bruxa. Iremos destruí-la. Dou-lhes a minha palavra.

Há um silêncio um pouco constrangedor. Não sei o que Atena vê no garoto.

Orestes apenas responde:

– Obrigado. – E então, por todos estarem olhando para ele, esperando que diga algo mais, que faça um pequeno discurso talvez, ele acrescenta:

– Obrigado.

As pessoas ainda estão encarando-o, e de repente ele é apenas um quase homem de 22 anos que foi mandado para longe de casa para ser criado pelos pais de outros homens, para ser separado da dor, culpa e ira da mãe. Ele tinha cinco anos quando Ifigênia morreu, e o pai o mandou para Atenas com um grito de: "Não quero que ele seja criado por mulheres!". Em Atenas, espancaram-no e disseram-lhe que era o que o pai dele desejaria, e que se o pai dele desejava, é claro que Orestes merecia ser espancado. E, no entanto, de alguma forma estranha, por alguma reviravolta peculiar do tear que faz as Moiras gargalharem com suas travessuras, estou suspeitando cada vez mais que Orestes deseja ser um bom homem. Decerto, esta será sua ruína.

Agora todos os olhos estão fixos nele, e só desta vez, neste exato momento, ele não consegue suportar. Ele não consegue suportar o que vê em seus rostos, não consegue suportar suas falhas ou quem deve se tornar. Ele se vira e quase corre, quase foge rumo ao frio empoeirado do palácio, Electra apenas um momento atrás.

À medida que a sala se esvazia de micênicos, restam os itacenses, um pouco embaraçados. Medon se vira para Penélope e seus lábios moldam as palavras não ditas: *morte horrível*.

Ela suspira, abre a boca para falar, mas para sua surpresa, Telêmaco sai na frente.

– Devemos vasculhar Ítaca novamente – proclama o rapaz. – Devemos vasculhar todas as ilhas.

– Hum, mas nós já…

Ele bate o punho na mesa com força suficiente para fazer Medon dar um pulo.

– Fomos desonrados! Fomos enganados! Falhamos com Orestes e com toda a Grécia! Será que apenas eu vejo o que acontecerá se Clitemnestra não for morta? Orestes cairá. Electra será… e Menelau tomará Micenas! Ele tomará os reinos do norte, ele se nomeará rei de todos os gregos e ninguém se oporá a ele! Ou se ele não o fizer, e descobrir-se que alguém… – ele não olha para a mãe, o quanto ele não olha para a mãe – protegeu a *vadia* rainha da Grécia, então Ítaca vai queimar! O reino de meu pai queimará e será justiça pelos pecados que cometemos!

A sala fica em silêncio. Há, é preciso dizer, alguma astúcia na análise política de Telêmaco, mas é tão difícil separá-la da tirania da estupidez juvenil que a enquadra, que mal é notada pelos ouvintes. Então Penélope diz:

– Posso falar com meu filho a sós?

Os conselheiros, aliviados, rapidamente assentem e se dirigem para a porta, mas Telêmaco os impede.

– Qualquer coisa que minha mãe disser, ela pode dizer aqui, diante de todos vocês.

– Telêmaco...

– Ela pode falar diante de todos vocês! – repete ele. – Eu não sou uma criança para ser educada em particular, mãe, não sou um menino com quem você pode falar como se eu não soubesse de nada. Sou filho de Odisseu. Eu sou o herdeiro deste reino, eu derramei meu sangue por ele. E serei tratado como o filho de um rei.

Quanto disso, pergunto-me, é a influência de Atena no moleque? Ela, apesar de todos os seus inúmeros defeitos, não é muito propensa a fazer beicinho ou a grandes exibições de pompa. Talvez todo esse rosnado repentino do filhote de leão seja para mostrar dentes que são apenas dele.

Penélope está tão pálida quanto o vestido. Ela pronuncia uma palavra de cada vez, moldando o som da língua aos dentes, para que não se tropece na fala.

– Você é o filho de um rei – resmunga ela por fim. – Mas eu ainda sou sua mãe.

– Você me deu à luz – responde ele – mas eu sou um homem agora. Os homens têm deveres para com suas mães. Eles lhes devem amor, consideração e cuidado. Cumprirei meu dever como seu filho. Mas homens não se escondem atrás de suas mães. Os homens fazem o que é necessário e o que é certo.

– E os homens não se aconselham?

– Eles o fazem. Com aqueles que são sábios.

– Mães não são sábias?

– Helena foi sábia quando abandonou os filhos? Clitemnestra foi sábia quando assassinou o marido? Você foi sábia, mãe, quando deixou os pretendentes entrarem no palácio, sorriu e se curvou para eles e disse: "ah sim, senhor" e "ah não, senhor" e "permita que eu lhe sirva vinho, senhor".

– Eu não fiz nada disso, você sabe que eu não fiz nada disso, eu...

– E agora? – ele rosna. – A casa do meu avô foi atacada! Meus primos desonrados! Meus amigos mortos, massacrados, seu sangue... e vocês... vocês ficam aqui, todos vocês, ficam aqui conversando. Vocês são fracos! Vocês são covardes. Vocês não estão aptos a educar homens.

Alguém tem que sair da sala, enraivecido neste momento e, fazendo justiça a toda a pose de Telêmaco, ele ainda é o mais jovem da reunião e o menos experiente em se manter firme, então é ele quem sai.

Os conselheiros olham para qualquer lugar, menos para o rosto de Penélope.

Ela hesita por um momento – tempo demais, minha querida, tempo demais –, então o segue, chamando seu nome. Ele não olha para trás, mas enquanto ela corre atrás dele, outro dá um passo à frente, um dos maiores sorrateiros do palácio, Andraemon, lá está ele, sorrindo brilhante, olhos brilhantes como a lua, e Penélope para tão rápido que quase tropeça nos próprios pés. Andraemon segue o olhar dela atrás do filho que se afasta, depois sorri, faz uma reverência e segue em seu caminho.

Assim se perdeu a última chance que Penélope tinha de abraçar o filho junto a seu coração, por muitos anos vindouros.

Capítulo 41

Kenamon aguarda Telêmaco atrás da fazenda de Eumeu, mas Telêmaco não aparece.

Kenamon procura Telêmaco nos corredores do palácio, mas Phiobe informa:
– Desculpe, senhor, o jovem príncipe está ocupado.

Kenamon acha que vê Telêmaco falando urgente e baixo com Electra.

Pensa vê-lo sentado, silencioso e sombrio, com Orestes, mas, ao se aproximar do micênico, outro, Pílades, se interpõe entre ele e o filho de Odisseu e declara:
– Os príncipes estão conversando. Obrigado.

Ele não tem certeza se "obrigado" se traduz com clareza entre esta língua e a sua, pois parece não expressar nada mais do que "afaste-se, seu estrangeiro intrometido", em vez de qualquer expressão significativa de gratidão ou apreço. Mas não é sábio se aprofundar muito nessas coisas, ele tem descoberto, então afasta-se como ordenado.

Apenas quando a lua é uma unha fina, minguando no céu vespertino, ele encontra Telêmaco sozinho, parado no pátio vazio onde durante o dia os remanescentes desorganizados da milícia tentaram treinar. Ele está erguendo um escudo com o braço ferido, erguendo-o, empurrando-o para a frente, testando seu peso, estremecendo com a dor. Ele continua por um tempo, sem ser visto, até que por fim Kenamon limpa a garganta e dá um passo à frente.

Telêmaco se vira, pronto para lutar, dentes e olhar e ardor e rosnado, e então cede um pouco, ao ver o egípcio, e desvia o olhar, como se estivesse envergonhado.
– Como está se recuperando? – Kenamon pergunta.

Telêmaco não responde.
– Devia ir devagar. É bom praticar, mas se fizer demais e cedo demais, apenas vai se machucar ainda mais.

Telêmaco avança com o escudo em direção a um inimigo invisível, um movimento tolo, e seu rosto se enruga de dor, o suor brilhando, visível em sua testa. Kenamon observa, sem julgamento ou condenação, e talvez seja a estranheza disso, a estranheza da bondade, que faz Telêmaco baixar suas armas e, finalmente, colocá-las de lado.

Ele se senta no chão empoeirado, encostado na parede, os joelhos puxados contra o peito. Não convida Kenamon para se juntar a ele, mas depois de um tempo, o egípcio o faz, amigavelmente, imitando a postura dobrada do homem mais jovem.

– Quer conversar? – Kenamon finalmente pergunta.

Telêmaco recusa com um gesto da cabeça.

– Você já orou?

Telêmaco hesita, depois nega com a cabeça mais uma vez.

– Se você não consegue conversar com os homens, deveria pelo menos falar com os deuses – repreende Kenamon. – Não que eles vão ouvir, mas é bom falar.

– E dizer o quê?

– Não sei. Tudo o que você precisa dizer. Tudo o que você acha que não pode dizer para mais ninguém. Tudo o que não pode me dizer.

Telêmaco pensa sobre esta declaração por um tempo, o rosto corado enquanto o suor seca lentamente em uma crosta salgada.

Ele quer dizer: malditos, malditos, malditos sejam todos.

Ele quer dizer: perdoem-me, perdoem-me, perdoem-me.

Ele quer dizer: queria ter morrido.

Ele quer dizer: estou tão agradecido por ter sobrevivido.

Ele quer dizer: não foi nada como eu imaginei, e eu não sou um herói. Não um herói. Não sou herói. Não sou herói.

Ele quer dizer…

… bem, ele mal sabe o que quer dizer. Ele mal sabe qualquer coisa agora; depois de tantos anos sem dizer nada, as palavras em seu coração se misturaram em uma terrível bagunça, uma tempestade de coisas não faladas, tão confusas que agora ele não consegue distinguir entre mar e céu.

Mas então ele diz uma coisa, que é importante e verdadeira, e que é, do jeito que os tempos estão, incomum. Ele encara Kenamon nos olhos e diz sem rodeios:

– Obrigado.

Kenamon acena com a cabeça, abre a boca para dizer *não foi nada*, ou talvez *você fez o melhor que pôde*, ou talvez até *estou orgulhoso de você*, mas ele não tem chance, por ter dito a verdade, algo vulnerável, algo que ele não ousaria dizer a ninguém mais em voz alta, Telêmaco se levanta e vai embora, para não quebrar e deixar o relâmpago de sua alma cair sobre um homem que poderia, impossivelmente, ser seu amigo.

À noite, no lugar secreto longe dos olhos dos homens, Clitemnestra se exalta.

– O que quer dizer outro atraso? Por que outro atraso?

Sêmele se acostumou com o temperamento de Clitemnestra. Na verdade, ela se acostumou tanto que mal percebe que outro ataque de raiva está acontecendo, enquanto a rainha micênica ronda e anda de um lado para o outro e joga os braços para o ar.

Penélope está na porta iluminada pela lua, Eos atrás dela, ambas encapuzadas e veladas contra a noite vigilante.

– Orestes está de volta – suspira Penélope. – Com os navios dele e Pílades nas docas, teremos que encontrar outra oportunidade para tirá-la.

– Orestes? Ele voltou? Como ele está?

Penélope demora um momento para refletir sobre as palavras, sem saber o que pensar da súbita vibração na voz de Clitemnestra, do anseio ofegante em sua fala.

– Ele está… bem. Tão bem quanto sempre esteve.

– Ele não se feriu em sua viagem? Não houve tempestades?

– Ele está no palácio agora, silencioso e deprimido como sempre.

– Ele não está deprimido, não fica deprimido! Ele está com o coração partido, é claro, mas é corajoso. Ele é um menino muito corajoso.

Clitemnestra viu o filho em onze ocasiões desde que ele fora mandado para Atenas. Em oito dessas ocasiões, ele foi visitá-la e, obediente, ficou diante dela e recitou tudo o que aprendera e demonstrou algumas das habilidades que lhe haviam sido ensinadas. Duas vezes, ela foi visitá-lo e, orgulhosa, ficou atrás da janela observando-o treinar nas artes da guerra. Uma vez, ele correu pelo caminho em direção à cabana onde ela e Egisto estavam escondidos, um bando de homens às suas costas, e atirou a lança que matou o amante dela, enfiando a espada na coluna de Egisto apenas para ter certeza de que estava feito, antes de voltar sua atenção para a mãe. Mas ela estava no cavalo que Egisto a mandara montar, galopando noite adentro, a cabeça do animal voltada para a frente, a dela virada para trás para testemunhar a masculinidade de seu filho guerreiro.

Ela não teve, portanto, que explicar ao filho nenhum dos seguintes assuntos, tais como: o que significa a queda da voz e dos testículos de um menino, por que apareceram pelos em lugares inesperados no corpo dele, como falar com as meninas, como consertar um rasgo em uma túnica, como cozinhar, como julgar em questões de direito nas quais o precedente não está claro e como seu pai era. Outros abordaram alguns desses assuntos espinhosos, embora, no caso do último, ela possa se surpreender ao saber que Orestes na verdade tem uma noção até bem clara de como Agamêmnon era tanto como homem e quanto como rei.

Ela não teve que ouvi-lo, aos treze anos, fazer beicinho e bater os pés e proclamar que tudo no mundo é muito injusto, o mais injusto que poderia ser, e que ninguém o entendia.

Ela não teve que aturá-lo se recusando a comer alimentos que ele não gostava, nem chamando-a de estúpida e velha, nem se recusando a fazer as tarefas e insultando os professores. Orestes, sempre que via a mãe, apresentava seu melhor comportamento, e assim dava a melhor das impressões, como na verdade ela também. Foi Electra quem viveu perto de Clitemnestra durante anos de seu governo, e diga o que quiser por Electra, ela tem um mau humor que até eu admiro.

Penélope, é claro, viu tudo isso e muito mais no próprio filho, e talvez seja a proximidade com seu familiar que deixa a itacense tão confusa, quando Clitemnestra exige saber do filho que a mataria:

– Ele está comendo bem? E esfregando regularmente os dentes com carvão; é tão importante cuidar dos dentes.

– Não faço ideia dos cuidados dentais dele – responde Penélope. – Mas vi Electra colocando comida na boca dele, quando ele se recusa a comer, o que, embora um pouco… incomum, significa que ele ainda não está definhando.

Clitemnestra acena com a cabeça, uma vez, bruscamente.

– Pelo menos aquela garota serve para alguma coisa. E os amigos dele? Ele tem boas companhias?

– Entre os homens dele, ele tem Iason e Pílades, os quais parecem… muito fiéis.

– Pílades é um bom homem, ele vai se certificar de que meu filho esteja bem. Ele fala muito de mim?

– Ele não fala de quase mais nada.

Clitemnestra aperta as mãos, pois eis que o filho fala dela! Ele não é de falar muito, mas pelo menos ela está em sua mente. Depois, um pensamento mais sério:

– Se Orestes está de volta, Electra vasculha a ilha em busca de mim?

– Oficialmente, não. Oficialmente, eles aceitaram que você fugiu.

– Oficialmente é para tolos que não têm imaginação.

– Não oficialmente – admite Penélope – Pílades e seus homens atravessam Ítaca todos os dias para "caçar". Eles estão trazendo carne como um "presente" para minha mesa para agradecer por minha hospitalidade. Enquanto fazem isso, estão visitando todas as casas, todos os recantos e todos os alojamentos florestais da ilha. Iason também levou homens para Cefalônia, onde eles vão "pescar" em todas as enseadas, cavernas e portos. Até onde eu sei, eles não pegaram nenhum peixe.

– Eles sabem que estou aqui.

– Electra suspeita, disso eu tenho certeza.

– Como? Você deveria ser esperta, patinha. Não é inteligente o bastante?

– Talvez – murmura Penélope – rumores sobre minha esperteza me prejudicaram. Talvez sua filha também ache que sou inteligente.

– Bem, eu não posso ficar aqui – desabafa Clitemnestra, com um movimento imperioso da mão abarcando o quartinho. – Vai ter que me mudar para algum lugar mais seguro.

– Você está segura o suficiente com Sêmele por enquanto. Minhas mulheres vigiam a estrada; se houver algum sinal de problema, você será movida.

– Por que não posso voltar ao templo? Era ainda mais patético do que este alojamento, mas pelo menos eu estava segura no santuário!

– Electra ofereceu recompensa a certas mulheres da ilha para vigiar os templos. Naturalmente elas obedeceram, para não serem consideradas traidoras.

O sorriso de Clitemnestra é o sorriso lento do crocodilo.

– Contudo, elas contaram para você. É claro. Pergunto-me o que meu filho diria se suspeitasse do que as viúvas de Ítaca realmente fazem no escuro.

– Baseado em sua conversa até agora, muito pouco – Penélope retruca. – Ele parece um tolo.

Clitemnestra avança, com as unhas primeiro. Sêmele estica um pé, relaxada como se não fosse nada, fazendo a rainha tropeçar quando passa. Penélope recua quando Clitemnestra tropeça, depois deixa-a cair. Clitemnestra bate primeiro no chão com a mão esquerda, depois cai sem fôlego, arranhando a terra insolente, um silvo como o de uma víbora ferida saindo de seus lábios.

Penélope acena para Sêmele em agradecimento.

– Precisa de alguma coisa, minha amiga? – Sêmele dá de ombros. – Então me despeço. Agradeço, como sempre, por sua hospitalidade.

Ela se vira, deixando Clitemnestra rosnando no chão.

Capítulo 42

A lua está envolta em escuridão quando os portões de Hades se abrem. Começou com um sussurro.

Leaneira sussurrou seu segredo no ouvido de Andraemon.

– Vou provar para você – ofegou ela, enquanto ele fechava os dedos em sua pele. – Vou provar que o amo. Escute. Escute.

Andraemon ouviu a verdade e mordiscou seu pescoço e sibilou:

– Se você estiver mentindo...

– Não estou mentindo. Eu o amo. Eu escolho você.

Eles se moveram juntos na escuridão, e na noite seguinte ele observou quando ela se ofereceu, e então observou mais uma vez, e na terceira noite teve certeza da verdade e abraçou-a com força e sussurrou:

– Quando eu for rei, você ficará acima de todas as outras mulheres, e Penélope servirá a *você*.

Ela desviou o rosto do dele, para que ele não pudesse ver a expressão em seus olhos quando ele disse isso.

Andraemon então sussurrou no ouvido de Eurímaco. Melhor, ele sentiu, que isso viesse de outro dos pretendentes; melhor que ele não se arriscasse demais.

Eurímaco nunca foi capaz de guardar um segredo em sua vida, então deixou escapar no ouvido de Antínoo, dizendo que o tinha ouvido de Melanto, que o amava, por causa do ótimo amante que ele era.

Antínoo ignorou a última parte dessa declaração, mas sussurrou o resto para o pai, e Eupites explodiu de fúria e exigiu que Antínoo observasse um pouco mais para confirmar a afirmação, e quando Antínoo o fez, Eupites rugiu: "AQUELA HARPIA VAGABUNDA!" tão alto que os vizinhos colocaram a cabeça para fora pelas portas entreabertas e perguntaram a seus escravos o motivo de tanto barulho.

Finalmente, quando a lua está escondendo seu rosto, Eupites e Antínoo entram marchando no salão da noite onde o banquete está se desenrolando e rugem:

– ONDE ESTÁ ESSA RAINHA?!

O salão fica em silêncio. Telêmaco, Orestes e Electra estão sentados na parte mais distante da porta, e esta fica extática como se a rainha pudesse ser a que lhe interessa, a única que importa, antes de lembrar com um pequeno suspiro que outra rainha está sentada atrás dela, Penélope, tecendo pacientemente em seu tear enquanto os pretendentes jantam.

– ONDE ESTÁ ESSA CHAMADA RAINHA DE ÍTACA?!

Eupites acrescenta, apenas para esclarecer qualquer confusão, e com isso o último dos pretendentes se cala. Anfínomo se remexe inquieto; Kenamon rígido e cinzento, qualquer alegria que pudesse ter sentido ao chegar a Ítaca perdida agora em noites de isolamento barulhento, cinzas e sangue.

Os olhos se voltam para Penélope, e ela, por fim, fica de pé, com as mãos cruzadas à frente do corpo, pequena e, ao que parece, mansa, até que fala. Então sua voz é um chicote, girando pela sala.

– Como ousam perturbar os pactos sagrados deste banquete?

Eos se afasta das sombras das costas de Penélope, para os corredores do palácio, busca mais criadas, homens leais, reúnam-se, reúnam-se, todos ficarão com os ouvidos colados às portas, onde está Urânia, prepare o barco, encontre Priene; vá!

Eupites não nota a saída da criada. Ninguém nunca nota. Leaneira se encolhe a um canto, as mãos segurando uma jarra de vinho. Autônoe observa o salão das portas da cozinha, uma faca escondida discretamente atrás das costas. Ela sabe que se houver uma luta, as servas morrerão, porém, ela os fará sangrar por isso.

O velho marcha pelo salão em direção a Penélope, até ficar a poucos passos dela, ignorando os filhos de Agamêmnon, filho de Odisseu. As chamas quentes da raiva agora são um carvão em brasa em seu coração; ele as usará, e não será usado por elas, este homem ardiloso de Ítaca.

– Mentirosa – ele cospe aos pés dela. – Traidora. Ousa invocar as leis da hospitalidade quando *você* as quebra todos os dias e todas as noites, quando *você* mancha o nome de seu marido e a honra do trono dele?

O salão se agita, olhos dançando de um homem para outro. Estão desarmados, mas ah, ah, eles pensam, talvez agora seja revelado, talvez agora saibamos que ela dormiu com *este* pretendente ou talvez *aquele*, que ela já escolheu um homem que seria rei, e então teremos um problema, então teremos uma confusão em nossas mãos. Alguns dos homens mais sábios começam a observar os arredores, procurando ferramentas com as quais possam improvisar armas, móveis que possam jogar. Alguns dos mais sábios lançam olhares para a porta. Melhor sair e voltar mais tarde com lanças; os sobreviventes poderão dizer aos poetas o que cantar, afinal.

– Você me acusa de traição? – rosna Penélope. – Você entra em minha casa e mancha minha honra na frente de meus convidados? Por todos os deuses, se eu fosse um homem, eu o esbofetearia, não importando quem fosse. É apenas minha modéstia feminina que me restringe.

Electra aprova esta declaração. Telêmaco fica um pouco chocado com ela. Orestes, se é que a ouve, não mostra nenhum sinal naquela cara dele. Penélope, porém, por mais que haja fogo em sua voz, fala com cuidado e devagar. Ela também preparou suas palavras, não necessariamente para este momento, já que ela não sabe de todo o que é este momento, mas para mil momentos como este, mil torções do fio do qual sua vida pode depender, planos dentro de planos, à espera do desastre.

Eupites sorri. É o sorriso que a perturba mais. Então ele abre os braços e se vira lentamente para os pretendentes, para o salão, abarcando tudo.

– Vocês todos me conhecem – proclama ele. – E todos vocês conhecem meu filho, o homem mais honrado e honesto entre vocês.

Eurímaco quase gargalha em desacordo, mas é chutado por baixo da mesa por Anfínomo antes que possa deixar seu desprezo soar.

– Cada homem aqui quer a mesma coisa: que haja um rei em Ítaca. Para que Ítaca volte a ser forte, para que toda a Grécia conheça nosso poder. Para que um homem digno se sente no trono que ela... – um dedo apontou para o rosto de Penélope, embora ele não se dignasse agora a olhar para ela – afirma proteger. Servir. Boa gente de Ítaca – Eupites não considera provável que homens de fora de Ítaca possam ser bons –, vocês estão sendo enganados. Vocês estão sendo traídos. Esta prostituta espartana, esta megera...

Telêmaco se levanta. Ele também está desarmado e não é inteligente o bastante para procurar uma arma improvisada, mas vai aprender. Kenamon balança um pouco a cabeça para o garoto, sente-se, sente-se, mas se Telêmaco vê o egípcio, não lhe dá atenção.

– Eupites, se meu pai estivesse aqui, ele o daria para os cachorros!

– Mas ele não está aqui, está? – rosna Eupites, aquecendo-se para seu tema, o peito bombeando para corresponder à ação do peito estufado de Telêmaco. – Nem vivo nem morto, apenas desaparecido! Mas todos nós sabemos, pobre rapaz, você também deve saber, todos sabemos que Odisseu *está* morto. Morto e enterrado, e *ela*... – um dedo apontado na direção de Penélope novamente – nos enrola! Tece-nos, pode-se dizer, em algum padrão, tece-nos como um sudário ainda por cima, e, falando nisso, Penélope, como vai essa bela mortalha que você está tecendo para o bom rei Laertes?

Ela não fala, nem se move, mas como o galho fino da bétula prateada quando a tempestade passa, parece estremecer da raiz ao topo, os dedos se fechando uma vez e depois relaxando. Não falar imediatamente é seu primeiro erro, pois quando ela finalmente retruca:

– Que bobagem é essa? Você fala de traição e mortalhas, insulta meu nome, o de meu marido... – O salão já viu o lampejo de dúvida dentro dela. Anfínomo levanta, e, porque Anfínomo levanta, Eurímaco também o faz. Alguns outros seguem, e então há um movimento geral para cima, porque se um homem vai piscar neste salão, todos os outros devem piscar também ou ficar cegos.

Eupites irradia como o sol, dissipando a última névoa da noite.

– O que foi que você disse? Permitam-me tecer uma mortalha para o bom Laertes e, quando terminar, escolho um marido? Uma condição justa. O ato leal e atencioso de uma nora dedicada. Mas quanto tempo demora! Quão lento o trabalho, quão agonizante o esforço. Cada ponto leva um dia e, no entanto, aqui está você sentada com seu precioso tear, e para quê?

Ele dá um passo em direção a ela, e por instinto ela recua. Telêmaco se interpõe entre os dois, e por um momento é um soldado, quase um homem, maior e mais forte que Eupites. Antínoo talvez devesse aproveitar este momento para se interpor também, para encará-lo homem a homem, mas isso não lhe ocorre. É muito inteligente ou extremamente tolo, aquele ali.

Novamente Eupites estende os braços para a sala, como se dissesse vejam, vejam – a mãe fica muda, o filho se apresenta como se quisesse ser rei! Que mentirosos e tiranos seria essa família de Odisseu. Depois, em voz mais baixa:

– Não nos perguntamos por que é que demora tanto? Não nos perguntamos por que essa mulher leva tanto tempo?

Eles se perguntaram. Está escrito em seus rostos, e aqueles que não se perguntaram antes estão fazendo um trabalho apressado para recuperar o atraso e fazer a pergunta agora. Kenamon observa Telêmaco, Antínoo, calculando talvez a maneira mais rápida de atacar, o alvo mais fácil de desarmar, a maneira mais rápida de escapar. Procuro Atena, mas não sinto sua presença, pergunto-me se devo chamá-la pelo nome, gritar por sua sabedoria. Não tenho certeza se conseguiria aguentar. Talvez seja hora de trazer aquelas fortuitas cobras mais uma vez, ou uma estratégica infestação de aranhas? No entanto, enquanto me pergunto qual intervenção pode ser mais eficaz sem levantar suspeitas demais, meus olhos caem sobre os de Electra e, por um momento, acho que ela me vê.

Ela me vê.

A filha de Clitemnestra olha fixamente para mim e, embora eu esteja envolta naquele local que a mente mortal não pode perceber, para que não arda só de me ver, ela olha e eu juraria por minha própria divindade que ela *me vê*. E em seus olhos há o toque rubro das Fúrias, a centelha de uma divindade, uma profanação, que é mais antiga até do que os próprios Titãs. Ela vai ser uma rainha; que estranho que demorei tanto para entender isso, para notar em seus olhos! Mas naquele momento ela me vê, e eu a vejo, e ela será uma rainha na Grécia, amada por mim. Quando as outras estiverem mortas e enterradas, quando o corpo de Clitemnestra estiver queimado e Penélope tiver dado seu último suspiro, apenas Electra permanecerá, a última mulher a carregar meu fogo. Mas ainda não, ainda não.

Eupites ergue o braço para Penélope, retrai o sorriso como o arqueiro que prepara o arco e proclama:

– Foi-me dito que todas as noites esta rainha mentirosa se retira para seus aposentos, não reza, não dorme. Em vez disso, ela pega sua agulha e, à luz tênue da lamparina, desfaz o trabalho que a vimos fazer durante o dia. Para cada dez linhas que a vemos tecer de dia, à noite ela desfaz nove.

A reação a isso não é tão imediata ou tão profunda quanto Eupites esperara. Quase todos os homens no salão para quem isso era novidade tinham imaginado, de uma forma ou de outra, atos sexuais terríveis ou atos vis, incluindo incesto, por que não? As façanhas de Clitemnestra haviam tornado moda façanhas de terríveis rainhas – terríveis rainhas *sexuais*, nada menos, rainhas de uma sexualidade aterrorizante que todo homem abominava por completo e ficaria inteiramente fascinado em conhecer –, de modo que a revelação de que ela estava tomando um pouco de liberdade com o tear não se assentou sobre eles com tanta facilidade. Nisto, pelo menos, Antínoo é um pouco mais útil, pois ao ver o salão não irromper imediatamente em condenação, ruge:

– Mentirosa! Rainha traidora! – E alguns de seus amigos, e mais alguns que sentem para onde o vento está soprando, juntam-se a ele, até que por fim, com o pensamento independente de um pepino, o salão inteiro está gritando, rugindo, apenas Kenamon e Anfínomo ficando um pouco constrangidos à parte, calados.

Nos corredores a portas fechadas, as criadas correm, reunindo os poucos homens leais de Penélope, armem-se, armem-se, uma cavaleira já está em seu cavalo e galopa em direção ao templo de Ártemis, outra corre para a casa de Urânia. As mulheres na floresta podem não chegar ao palácio a tempo de fazer qualquer coisa, mas pelo menos podem vingar a matança.

– Você não tem provas! Você não tem provas! – Penélope grita, e a multidão ruge, pois isso não é uma negação. – Traga-me provas, mostre-me suas provas…

Ela tenta novamente, e então é silenciada, pois Telêmaco está se virando para encará-la também, e em seus olhos há compreensão, fúria, traição. Ele é o mais próximo dela naquele salão, e enquanto ela tenta murmurar alguma coisa, alguma justificativa, um pedido de desculpas, uma explicação, ele vê a verdade em seus olhos, vê as mentiras desmoronando. Ai, Atena, se ainda não está aqui, deveria ver isso, você deveria ver o que acontece quando um menino que quer ser um homem percebe que sempre foi um menino.

– Uma mentirosa! Uma filha traiçoeira do rio e do mar, uma sedutora que nunca diz sim e nunca diz não, quase uma *prostituta*... – ruge Eupites, e talvez o que o salão não saiba, não possa ver, sejam os homens que ele tem esperado do lado de fora, prontos para intervir e calar qualquer um que discorde de seu ponto de vista. Esta noite será uma noite de ajuste de contas, esta noite será o tipo de noite na qual reis são feitos. – A puta de Ítaca! – ele se entusiasma, erguendo as mãos como se os deuses fossem aplaudir sua teatralidade bastante grosseira. Preparo para ele uma infecção de vermes intestinais, uma dose de gota, uma pestilência diferente de tudo que ele já sonhou...

E Electra se levanta.

De alguma forma, esse mero ato é suficiente para quase derrubar Eupites, como se o movimento dela tivesse enviado uma onda de choque mais forte que o furacão pelo salão. Essa mulherzinha, essa criança coberta de cinzas, dá um passo à frente, e isso também é suficiente para afastar Eupites, para fazê-lo cambalear alguns passos para longe desse aglomerado real. Senhora gloriosa, filha odiosa, futura rainha! Eu a saúdo, e tudo o que você se tornará. O irmão dela não se move, mas observa a irmã como se a tivesse visto pela primeira vez, curioso para saber como é o som de sua voz quando lançada no ar.

– Homens de Ítaca – proclama ela, e fala "homens" como sua mãe às vezes fazia, como se dissesse "vocês que se dizem homens, vejam como esse título não viril lhes serve". – Homens de Ítaca. Povo de Odisseu. Como seu rei teria vergonha de vocês agora.

Há um som no salão que pode ser mais bem descrito como o arrastar de sandálias.

– Quando meu pai foi para a guerra, ele enviou embaixadores para convocar as ilhas ocidentais para o seu lado, não porque fossem muitas, ou ricas em ouro e armas, mas porque nenhum homem resistia à tempestade melhor do que os homens de Ítaca. Não se interessavam pelo alaúde ou pelos prazeres da ganância ou do vinho, mas pela fraternidade sólida e a astúcia honesta. O quanto vocês diminuíram. Quão inchados e gordos se tornaram.

Penélope é mais velha e um pouco mais alta que Electra, mas agora ela é apenas a gatinha enrolada atrás da mãe, enquanto Electra avança pelo salão. Os homens abrem caminho em torno dela, como outrora fizeram para Clitemnestra, enquanto Orestes está sentado atrás, uma perna dobrada sobre a outra, silencioso como um trono.

– Vocês foram mimados por tempo demais. Engordados pela carne oferecida por sua rainha. Vocês esqueceram o significado da honra. Vocês são os troianos bêbados que vieram ao banquete do meu tio, que acham que pode ser engraçado roubar a esposa de outro homem, seduzir e abrir seu caminho rumo à cama de uma mulher nobre. E, igual aos troianos, toda a Grécia se erguerá e os destruirá por sua insolência. Isso não é uma ameaça. Isso é o que Troia nos mostra. Foi isso que meu pai, rei dos gregos, me ensinou. Isso é o que meu irmão sabe.

Os olhos dançam para Orestes, e seu rosto está frio como o crepúsculo do inverno, os olhos parecem não ver nada, tudo, nada.

Agora Electra se volta para Eupites.

– Você. Velhote. Você tem provas?

– Eu tenho a evidência dos meus olhos, todos nós temos a evidência dos nossos olhos! – Uma tentativa de reunir, de reunir as pessoas em outro grito, um berro de desafio, mas nenhum homem encontra o olhar de Electra sem silenciar -se imediatamente.

– Os olhos de bêbados e tolos. Aspirantes a príncipes mesquinhos que apunhalariam seu vizinho pelas costas por um gostinho de poder. O pequeno, minúsculo poder dessas ilhas ocidentais, deve lhes parecer tão grande. Presumo então que não tenha provas. Nenhuma testemunha disposta a falar e dizer sim, sim, eu vi Penélope desfazer a mortalha, eu a vi fazer isso, com meus próprios olhos. Ninguém?

Há uma, encolhida no canto, que poderia falar se chamada; porém, o que é a palavra de uma escrava contra a declaração de uma rainha?

Eupites fica corado, mas Antínoo se afastou do pai. Eurímaco de súbito se torna pequeno, anônimo, um sujeitinho engraçado extremamente interessado em seu vinho e não nesses eventos que se desenrolam. Andraemon não está ali para ser visto.

A filha de Agamêmnon empurra o ar pelos dentes como se fosse cuspir, depois se volta para o resto do salão.

– E se ela desfaz o trabalho? – demanda ela. – Você se casaria com uma rainha cuja devoção ao marido é menor? Aceitariam uma prostituta que abre as pernas para qualquer homem que aparece, e não uma esposa que luta com seu último suspiro para honrar seu senhor que partiu? Vocês desonram a palavra casamento. Desonram a ideia de marido. Em nome de Hera – Estremeço com estranho deleite e curioso desgosto ao me ouvir invocada em seus lábios. – Se meu irmão não fosse tão bondoso e moderado, tão gentil e justo em todas as suas ações, acredito que ele teria enviado as frotas de Micenas contra todos vocês, tomaria essas pequenas ilhas sob sua proteção para acabar com este conflito; conflito que *vocês* criaram! Conflito do qual *vocês* são os pais, não uma... uma mulher! Vendo isso, vendo vocês agora, posso apenas rezar para que a misericórdia dele dure. Que seu amor por nossa prima, a nobre Penélope, e as muitas e grandes súplicas dela a ele, para que seja caridoso para com os habitantes vorazes e imundos de sua ilha, durem mais que a vergonhosa recepção que vocês pretendentes lhe deram.

Todos em silêncio. Todos calados. Electra segura o salão entre o indicador e o polegar. Se ela apenas apertar, eles serão esmagados. Aproximo-me um pouco mais dela, o coração repleto de admiração, me inclino para sussurrar em seu ouvido; mas ela se afasta de mim e se dirige no mesmo instante a Antínoo, filho do trêmulo Eupites, que se encolhe visivelmente diante do olhar dela.

– Senhor – chama. – Você é um hóspede aqui, bem como filho de seu pai. Eu ordeno-lhe, sente-se.

Antínoo olha desesperadamente para as costas do pai, mas não recebe nenhuma orientação delas. O velho treme da cabeça aos pés, mas não consegue falar, parece estar meio sufocado com as pestilências com as quais ainda não o infestei. Antínoo olha de novo para Electra, e então devagar, procurando um lugar, senta-se.

Anfínomo o segue, depois Eurímaco e o restante. Logo, apenas Electra e Eupites estão de pé. Ela não se preocupa em se voltar para ele; não o manda ficar, nem ir, nem se sentar, mas apenas retorna ao seu lugar de honra ao lado do irmão, e se abaixa em sua cadeira como Agamêmnon no trono de Príamo.

Eupites treme um pouco mais. Os homens observam.

Então os homens começam a murmurar. Conversam entre si, sussurram como se não houvesse nada para ver ali, nada para discutir.

Alguém toca música.

Leaneira se desprende da parede para servir uma taça de vinho.

Antínoo não olha para o pai.

Telêmaco não olha para a mãe.

Então Eupites se vira e vai embora transtornado.

Nos momentos que se seguem, Telêmaco permanece, estremecendo também. Ele se vira para Electra, para tentar encontrar algo para dizer, e pensa que ela é talvez a mulher mais feia que já viu, e se pergunta qual seria o gosto da língua dela contra a dele, e sente náuseas e não sabe como falar. Então, em vez disso, ele se volta para o primo Orestes e dispara: "Você está..." e não consegue encontrar as palavras. A cabeça de Orestes gira devagar, tão devagar, como se estivesse sendo girada por alguma outra força que não a natureza, e o jovem micênico espera calmo e paciente. Telêmaco balança a cabeça, tenta encontrar um pedido de desculpas, não consegue pensar em um, tenta mais uma vez.

Electra, que olha para o salão como se estivesse examinando o banquete fúnebre do pai, declara:

– Meu irmão e eu estamos cansados. Vamos nos retirar. Agradecemos, como sempre, por sua hospitalidade.

Há um estremecimento no salão quando ela se levanta, um lapso na conversa que não recomeça até que ela tenha saído.

Depois de algum tempo, Penélope segue atrás e Telêmaco por último.

À noite, quando os pretendentes estão roncando bêbados em seus amontoados encharcados, as criadas aparecem e limpam o tear, e ele não será visto nem se falará dele novamente.

Capítulo 43

Na escuridão da madrugada, aquele lugar monótono entre a meia-noite e a aurora, quando todas as coisas se tornam honestas e cruéis, Penélope vai até a porta de Electra.

Mais uma vez, ela espera, estremecendo, tremendo da cabeça aos pés.

Mais uma vez, por fim, as criadas a deixam entrar e, ao fazê-lo, parece que algo se transforma na rainha Ítaca, seu coração parou, sua respiração congelada; ela não vai tremer diante dos olhos delas.

Electra está sentada em seu lugar habitual perto da janela, e Orestes dorme na cama de Electra. Penélope para, assustada com a visão, mas Electra pressiona um dedo nos lábios e sussurra:

– Ele não dorme bem algumas noites. Ele tem sonhos. Eu o deixo vir aqui algumas vezes, e afago sua cabeça, e canto para ele dormir. Ele não vai acordar por um tempo agora. Vamos sair e conversar.

Electra lavou as cinzas do rosto e penteou o cabelo. Sua voz é suave, quase gentil, ao falar de seu irmão nesta hora sagrada, e por um momento ela é apenas uma mulher, uma irmã, longe de casa.

Penélope acena com a cabeça uma vez, e juntas caminham à luz do lampião de Autônoe, até o riacho fresco onde Leaneira às vezes banha os pés longe dos olhares dos homens. Aqui Penélope pega a lamparina de Autônoe, pede que ela fique um pouco mais afastada, coloca a luz em cima de uma pedra coberta de musgo e se abaixa meio agachada à beira da água, como se fosse lavar o gosto do dia da boca. Electra se senta ao lado dela, as pernas esticadas, os tornozelos nus e dedos minúsculos balançando na noite fria, as costas arqueadas e a cabeça virada para o céu. Por um momento, ela fecha os olhos e ouve o som fraco do mar batendo contra a praia abaixo, o canto dos insetos e o correr da água sobre a rocha.

Penélope faz menção de falar, mas antes que possa, Electra a impede, olhos ainda fechados, braços estendidos ao lado do corpo.

– Conte-me sobre sua mãe – pede ela.

Penélope fica surpresa com a pergunta, e não deveria ficar.

– Minha... mãe era gentil. Severa, mas apenas em assuntos que ela entendia serem importantes para uma criança se desenvolver. Ela acreditava que toda mulher de Esparta devia ser tão forte quanto um homem, talvez mais forte. Como poderia haver homens fortes se as mulheres não eram capazes de gerar filhos saudáveis, nem de criá-los para serem inteligentes, instruídos, bons com a espada e fiéis ao seu rei? Essas coisas, ela acreditava, vinham das mães. Portanto, uma mãe também deve ser inteligente, instruída e fiel.

– E boa com uma espada?

– Boa o suficiente para reconhecer quando alguém fosse ruim com uma espada, pelo menos.

– Ouvi dizer que sua mãe era uma náiade – reflete Electra. – Uma filha do rio e do córrego.

Penélope fica tensa, mas passou tempo suficiente com sua divina bastardia para saber como recuperar o fôlego antes que ele passe bruscamente entre seus lábios.

– Talvez ela fosse – responde enfim à sombra dos olhos de Electra. – Mas Policaste me criou, embora eu não fosse de seu ventre, e me levantou quando eu caía e cortava meu joelho, e me disse o que fazer quando comecei a sangrar, quando menina. Ela é minha mãe.

– E seu pai?

– Ele era... não muito bom com crianças. Mas ele sabia que era seu dever amar e fez o possível para cumpri-lo.

Electra vira a cabeça um pouco, assombro atravessando suas feições.

– Ele... tinha o dever de amar?

– Segundo o entendimento dele, sim.

– Por quê?

– Porque ele era nosso pai.

– Mas ele era um rei.

– Sim. Ele tentou, à sua maneira, ser ambos. Ele era apenas humano, afinal.

Electra fica boquiaberta, como se nunca tivesse ouvido uma coisa dessas. Um rei que é pai? Um pai que é homem? Talvez na forma mais rara um possa ser dois entre os três – um rei que passa o tempo educando seu herdeiro, talvez, ou um pai que às vezes é frágil em suas falhas. Mas ser os três? Parece-lhe uma loucura impossível, e ela quase ladra de divertimento com a ideia, antes de balançar a cabeça e voltar à sua contemplação do céu.

– Fui criada por amas – revela ela, finalmente. – Minha mãe tinha um reino para administrar e meu pai tinha uma guerra para vencer. Era necessário

264

que eu fosse criada para ser uma princesa, adequada para se casar com um homem cujas terras pudessem ser incorporadas às de meu pai. Um homem não muito poderoso, meu pai precisava que sempre se soubesse que qualquer um que se casasse com seus filhos o fazia por sua indulgência. O tipo de homem que se curvaria, rastejaria e se submeteria ao trono do meu pai e diria o quanto era sortudo por me ter e que sabia que se ele me desonrasse eu poderia cortar sua garganta e ninguém questionaria. Um tipo fraco de homem. Esse era o meu destino.

– E agora?

– Agora? Agora, ou meu irmão assume o trono, ou meu tio o tomará para si e eu serei vendida a algum mercador de meia-tigela por um saco de grãos e um barril de vinho. Alguém rico, mas sem nome, que pelo prestígio da união poderá se sentar à uma boa mesa e dizer "Bem, minha esposa é uma rainha!" a todos os seus amigos peixeiros. Meu tio tem filhos suficientes, sabe, para que não precise pensar demais no que faz comigo.

Novamente Penélope tenta falar, e mais uma vez Electra a corta.

– Quero que você entenda isso. Quero que fique claro. Eu não serei vendida. Não serei uma esposa negociada. Para evitar isso, preciso que meu irmão seja rei em Micenas. Não só por mim, toda a Grécia precisa que meu irmão seja rei. Deve haver uma divisão de poder entre os filhos de Atreu, senão a força de Menelau se tornará avassaladora e ninguém resistirá a ele. Ele vai tomar suas ilhotas sem pestanejar, irá casar você com um dos filhos, enviará Telêmaco em alguma missão da qual ele nunca mais voltará, sangrará seu povo, sem nem perceber o que faz. Você viu Helena? Você a viu desde que ela foi arrastada de Troia? Eu vi. Nenhuma de nós quer ser esposa de um filho de Menelau.

Em um lugar distante, Helena olha para seu rosto em uma poça de água parada, e não respira, não exala, com medo de perturbar a superfície prateada. No entanto, quanto menos ondula, mais ela não consegue esconder a verdade das rugas logo abaixo das amêndoas de seus olhos, e ela coloca o punho na boca e morde para não gritar. Assim está a última de nossas três rainhas gregas.

Penélope diz finalmente:

– O que você fez esta noite…

Electra a rejeita, como a mãe faria.

– Foi um jogo de poder imprudente de um velho tolo. Se tivesse refletido bem, teria percebido que nada de bom poderia resultar daquilo, exceto tirania, guerra e sangue. A arrogância das ações dele me desagradou, isso é tudo.

– No entanto, essa guerra e sangue provavelmente teriam sido meus e do meu filho.

– Ah sim, Telêmaco. Ele é confuso, não é?

De todas as muitas coisas que as pessoas em Ítaca podem dizer a Penélope – incluindo muitos amigos honestos, jurados à sua rainha – isso é algo que ninguém, exceto talvez a filha de Agamêmnon, ousa expressar, como se ela estivesse comentando sobre uma lagarta. Penélope sente a raiva tomar conta de seus lábios no mesmo instante, a negação, a fúria culpada. Então ela exala, e desaparece com o bater de asas de uma borboleta, e em seu lugar, alívio, horror, espanto, tingido de lágrimas, e então, o mais estranho de tudo, riso. Não há palavras, mas Electra a observa, curiosa, como se tentasse decifrar a histeria de olhos úmidos dessa rainha gélida, até que por fim o riso passa, e as duas mulheres ficam juntas, sentadas à beira do pequeno riacho, como se não houvesse nada entre elas, exceto este momento, e a lua escurecida.

Na floresta acima do templo, Priene diz:

– Os invasores virão para cá, para esta enseada. Devemos deixá-los desembarcar, deixá-los se afastar um pouco de seus navios. Nenhum pode sobreviver.

Em sua casa na periferia da cidade, Eupites esbofeteia Antínoo na boca, como se ele fosse uma mulher, e o filho cai calado no chão, segurando o lábio que sangra.

Em seu quarto, Telêmaco olha para o mar, e há um pequeno sussurro em seu ouvido, uma mosca que não o abandona, que zumbe na voz de Atena.

Na cama de Andraemon, Leaneira grita, e ele põe a mão na boca dela para que ninguém a ouça. Apenas ela saberá se seu grito foi de êxtase ou de dor, enquanto ele penetra sua carne.

– Meu amor, meu amor, meu amor – sussurra ele. – Quando eu for rei, quando eu for rei...

Ao lado da água corrente sob o céu encoberto, Electra diz:

– Eu sei que você entende que Orestes deve ser rei. Eu também quero que você entenda que a questão não é minha mãe. Eu não a odeio, diferentemente do que ela possa pensar. Eu não a perdoo. Eu não... sinto qualquer coisa por ela, acho. Passei muito tempo tentando sentir algo, ódio, raiva, nojo, mas quanto mais penso nisso, menos há dentro de mim. Eu não me importo se ela vive ou morre. Eu não me importo se você a ajuda a escapar ou não. Eu só me importo que meu irmão seja rei e, para isso, minha mãe tem que morrer.

No silêncio que se segue, Penélope mergulha os dedos no riacho. Às vezes, ela pensa que ele responde ao seu toque, se enrosca um pouco em sua pele como o abraço suave do polvo curioso, reconhecendo talvez um pouco do sangue da mãe dela, da mãe que lhe deu à luz e a deixou, em sua carne humana.

– Havia um homem – continua Electra – chamado Hyllas.

Penélope é o riacho, e se ela fecha a mente, imagina que talvez possa fluir com ele para o oceano. Ela muitas vezes pensa que pode ser bom ser um oceano. Ela poderia encontrar o corpo do marido no fundo dele, e vai envolvê-lo bem e trazê-lo à superfície, o pouco que resta, e dizer vejam, vejam, aqui está. Está feito. Sigam em frente com as coisas, e eu vou voltar a ser a onda sem fim batendo em suas malditas margens.

Mas agora Electra está falando e, apesar de todos os seus sonhos, Penélope não pode escapar.

– Esse Hyllas era um contrabandista nas ilhas ocidentais, talvez você o conheça? Foi ele quem ajudou minha mãe a escapar depois que Egisto morreu. Ele a trouxe para Ítaca, mas enquanto estava aqui, ela cometeu algum engano, algum erro de julgamento, que revelou sua identidade para ele. Ela deu dois anéis para ele, um para trazê-la a Ítaca, outro para levá-la além. Quando ele percebeu quem era sua passageira, enviou um escravo com um dos anéis para certo agente de Micenas que reside em Zaquintos, como prova de quem ele transportava. A essa altura, Orestes e eu já estávamos nos aproximando do rastro de nossa mãe, por isso não foi difícil, quando recebemos a notícia, desviar nosso curso para Ítaca.

Penélope acena com a cabeça para nada em particular e escuta de novo um truque na língua da prima, uma cadência de linguagem a qual talvez devesse ter prestado mais atenção.

Você lhe deu joias, ouro, gravadas com o selo de Agamêmnon. Um anel – uma peça única.

Você os encontrou?

Não um anel, mas dois.

– Quando chegamos a Ítaca, esse Hyllas estava morto. Provavelmente pela mão da minha mãe. Mas se ele estivesse morto, ela não poderia ter fugido da ilha. Quando o outro dos anéis da minha mãe apareceu em Hyrie, fiquei sinceramente chocada, como você pode imaginar. Genuinamente zangada, surpresa com a astúcia dela. Orestes, é claro, teve que seguir a trilha; gente demais sabia que era para lá que a estrada levava, e se havia algum perigo de que ele não a capturasse, pelo menos ele deveria ter sido *visto* lutando contra os deuses em seus esforços para ter sucesso. Ele não podia ficar parado esperando que ela desse as caras em Ítaca novamente, a paciência não é a qualidade de um herói. Mas eu poderia. Por alguns dias talvez até tenha acreditado em seu ardil, mas depois pensei: Penélope, esposa de Odisseu. O homem mais inteligente da Grécia, era o que meu pai dizia. E quão bem Odisseu escolheu sua esposa. Prima da minha mãe. Ela pode ter sido cruel com você quando eram jovens, ela era filha de Zeus. Mas ela sempre disse que você era inteligente. Inteligente Penélope-pata. Patinha esperta. Diga-me, é difícil ser rainha neste lugar?

– Muito – Penélope concorda, enquanto a água dança ao redor de seus dedos.

– Muito difícil, sim. Eu gostaria de ser uma rainha um dia, mas não como minha mãe foi. Ela deixou todos verem que ela era uma rainha. Ela gostava quando as pessoas se curvavam, gostava de ver grandes homens tendo seus espíritos destruídos. Como ela era capaz de destruir um homem, quando se dedicava a isso! Vingança por todos aqueles anos de mil pequenas mágoas, ela desencadeou sua fúria e foi... Suponho... magnífico. Ela nem se preocupou em esconder Egisto, ela se tornou tão ousada. Ela e ele... Às vezes ele beliscava minhas bochechas. Ele prometeu que me amaria. Não sei o que essas palavras significavam quando ele as dizia. Não sei. Não serei uma rainha assim. Quando eu aniquilar um homem, ele não saberá que deve amaldiçoar meu nome em seu caminho para o Hades.

Penélope aperta os lábios, mas não diz nada. Nem ela nem eu estamos convencidas de que Electra alcançará essa ambição, embora talvez, talvez, com o tempo, até eu aprenda a viver com as aspirações dela, a aceitar que as últimas rainhas da Grécia serão rainhas apenas em segredo, seus fogos radiantes, ardentes e escondidos atrás de seus olhos voltados para baixo. Dói, dói, dói, eu não sabia que meu coração ainda tinha sangue para sangrar, minhas rainhas, minhas filhas, minha alma. Estejam comigo, clamo, estejam comigo, sejam minha luz, minha vingança, minha oração, minhas rainhas!

Elas não me ouvem. Aprendi há muito tempo a manter minha voz em um sussurro.

– Eu a admiro, prima, admiro mesmo – reflete Electra. – Você jogou um jogo muito difícil. Sua manipulação dos pretendentes é uma lição que com certeza levarei comigo, até mesmo o truque com o tear. Sinto que aprendi muito observando-a. Mas basta. Estamos sem tempo. A partir desta noite, sua segurança não depende mais de sua inteligência, mas da minha misericórdia. Somente a boa vontade de meu irmão impedirá que seu pequeno reino mergulhe no caos e que seu filho seja morto por esses homens famintos. Se a retirarmos, se fizermos saber que Ítaca não está mais sob a proteção de Micenas, você não durará mais uma lua. Se os pretendentes não acabarem com você, Menelau o fará. Espero que isso tenha ficado claro esta noite.

– Bastante claro, prima – responde Penélope, sem rancor. – E informado com uma clareza pela qual também devo agradecer.

– É revigorante, não é mesmo, falar assim? É assim que as rainhas deveriam falar – reflete Electra. – Talvez seja assim que meu pai falou com seu marido, certo?

É certamente como Agamêmnon pensaria que falava com Odisseu. Ele poderia até pensar que Odisseu falou com honestidade em sua resposta. Essa era uma das muitas, muitas falhas de Agamêmnon.

– Bem – Electra se senta, depois se dobra um pouco sobre os joelhos tortos, os braços envolvendo as canelas. – Todo mundo jogou seus jogos. Você enviou meu irmão em uma perseguição, e eu aceitei, deixei você manter as aparências e ele servir à honra, criar uma história digna dos poetas, até que chegasse a hora certa para este assunto ser resolvido. Esse momento é agora, e há um fim para isso. Estamos de acordo?

Penélope às vezes sonha que é um oceano, e seu coração tem correntes dentro dele que podem mover cidades submersas, que fluem em silêncio e não sentem o grande tumulto da tempestade acima.

– Acordo? – pondera ela. – Não ouvi uma negociação.

– Não – admite Electra. – Não, não ouviu. Espero que em anos vindouros isso não atrapalhe nosso relacionamento. Eu gostaria muito que nós, um dia, sejamos amigas.

Electra não tem amigas. A mãe ficava com ciúmes do amor verdadeiro, sempre que ele florescia ao redor de sua filha estranha e carrancuda. Agora que sua mãe está morta, Electra jurou encontrar uma amiga, não importa o que aconteça, e não sabe exatamente o que significa amizade, ou como amarrá-la ao coração. *Minhas rainhas, minhas rainhas*, sussurro, *façamos companhia umas às outras, unidas em segredo e sombras, minhas lindas rainhas.*

– Eu… Eu quero perguntar. Uma coisa que… Você protege seu reino, mas protegê-la… não parece algo que uma rainha deva fazer.

– Você quer saber por quê? Por que mandei seu irmão para Hyrie, arrisquei tudo para proteger sua mãe?

Electra acena com a cabeça, engolindo em seco.

Penélope reflete, tentando separar uma confusão de pensamentos, arrancar a verdade da incerteza. Quando ela o faz, suas palavras são pedras cravadas em meu coração partido.

– Quando ela morrer, não haverá mais rainhas na Grécia. Eu sei que eu… mas não me é permitido ser vista governando. Helena é… e eu sei que você… porém, mesmo que você se case com o homem mais sábio e gentil de todas as ilhas, os servos dele serão homens, os conselheiros serão homens, as vozes que lhe dizem o que é ser um homem virão de homens que ouviram dos pais e seus pais antes deles que ser homem é governar. Que ser homem é ser superior, possuir as qualidades de poder que uma mulher jamais pode ter. Você nunca será uma rainha, Electra. Não como sua mãe foi. Não importa o que faça. Criamos filhos demais que nunca entenderão. Clitemnestra é a última de nós. Ela não merece morrer.

Electra considera isso, congelada como se tivesse sido tocada por algum vento frio. Então balança a cabeça, descartando uma coisa que ela não pode, não quer, não tem escolha a não ser entender. E esse momento se esvai, como se essas palavras nunca tivessem sido ditas, a verdade nunca tivesse sido pronunciada na escuridão, e minhas lágrimas são luar e orvalho congelado.

– Eu sei que vai ser difícil ser minha amiga – desabafa ela. – Se eu tiver sucesso, serei muito poderosa. Você vai precisar dizer coisas boas para mim. Sei que posso ser difícil. Vou tentar. Vou aprender a tentar, entende?

Algumas vezes, quando ela estava de fato de luto pelo marido, uma jovem noiva batendo o pé e fazendo uma grande demonstração de sua dor, Penélope declarava que não tinha nenhum amigo no mundo, e Anticleia lançava um olhar de esguelha irritado para ela, como se dissesse: "E daí? O que quer dizer com isso?" Depois ela cresceu um pouco, bateu um pouco menos o pé, e Urânia lhe contava histórias safadas de um homem que ela conhecia que conhecia um sujeito que conhecia um ladrão que roubara as joias mais preciosas do velho Nestor de debaixo do travesseiro onde o rei estava sentado roncando. E Eos cantava as canções de sua infância, e até mesmo o velho Medon – algum dia ele não fora velho? – sentava-se com ela depois do conselho e explicava alguns detalhes do governo com o que os outros não achavam que ela precisava incomodar sua cabecinha. "Escolha suas lutas", dizia ele. "Você tem poucas flechas".

Essas amizades se aproximaram tão lentamente dela, não vieram como os poetas proclamam em um lampejo de fogo e irmandade de armas, mas esgueirando-se por sua janela com a leveza do passo de Hermes, até que ela mal havia percebido quantos amigos tinha, e como a perda deles a deixaria ainda mais entristecida do que a perda de Ítaca.

Penélope se levanta, e Electra a segue, e por um momento as duas se estudam sob a luz fraca da lâmpada e o brilho tênue da luz das estrelas. Então Penélope diz:

– Micenas e Ítaca sempre foram amigas. Não sei se você e eu seremos. Não sei quem é você, filha de Clitemnestra. Você me conheceu... numa fase difícil da minha realeza. Como talvez eu a esteja vendo na sua. Amigas devem se encontrar em tempos mais suaves, quando há espaço mútuo para conhecerem os corações uma da outra sem perigo ou ameaça para uni-las. Não sei quando haverá tempos suaves de novo, mas por mais insignificante que pareça... Espero um dia encontrá-la neles.

Para surpresa de ambas, Electra sorri e faz uma breve vênia para a rainha de Ítaca.

– Eu gostaria disso – responde ela, e assim o acordo é selado.

Capítulo 44

Na noite enegrecida, eu resplandeço sobre a superfície da terra, um cometa funesto, e abaixo de mim os mares oscilam e Poseidon tem a sensatez de não fazer nenhum comentário, e acima de mim os céus racham e meu marido resmunga e diz "de mal humor de novo", e em Ítaca Clitemnestra dorme, ela dorme, ela dorme, minha verdadeira rainha, minha bela, minha senhora da lâmina, meu amor. Três filhas de Esparta se tornaram três rainhas na Grécia, e eu as amo, poder em suas vozes e fogo em seus olhos, até Penélope, até aquela que sorri e diz que o faz pelo marido, eu a amo, eu a amo. Mas ninguém jamais disse que os deuses não tinham favoritos, e é Clitemnestra quem eu mais amo, minha rainha acima de todas, aquela que seria livre.

Rasgo as nuvens, parto a rocha enegrecida, arranco as folhas das árvores curvadas da floresta, porque apesar de tanto amar Clitemnestra acima de todas, ainda sou a rainha das rainhas, e há certas coisas que uma rainha deve fazer.

Atena observa da costa. Ártemis ronda a floresta.

E no ventre da terra as Fúrias estão despertando.

Elas farejam a pequena fresta de ar que corre entre o paraíso e as entranhas deste mundo, captando talvez uma lufada de danação, assassinato, caos, sangue. Até nós deuses, que dobramos o céu e rasgamos o mar, nos afastamos quando ouvimos suas asas se desfraldarem.

Cuidado com o filho que ousa derramar o sangue de sua mãe. Embora os próprios deuses possam dar as costas, as Fúrias não irão. Atena sussurra no ouvido de Telêmaco à noite, e de dia ele ronda as docas, observando os navios com velas dobradas e remos guardados.

Ártemis sai da escuridão, a curiosidade sobrepujando a apatia, e quando Teodora ergue o arco novamente, a caçadora a pega pela mão, firma o tiro, sussurra para as mulheres da floresta: o maior caçador mata com uma única flecha. Seus olhos brilham escarlates com os fogos refletidos que estão espalhados pelo bosque onde as mulheres treinam, e onde ela caminha, a terra se agita.

O tear sobre o qual foi tecido o sudário de Laertes está empoeirado e ignorado em uma oficina qualquer. Outra pessoa pode terminar o trabalho que Penélope começou, quando for a hora certa. Elas vão fazer isso mais rápido e melhor de qualquer forma, e ninguém precisa saber.

Laertes passeia pelas cinzas de sua fazenda. "Paredes altas!" ele exclama. "Paredes altas com coisas afiadas por toda a volta no topo!"

E nos recantos sossegados do palácio para onde apenas as mulheres vão, Penélope senta-se em silêncio diante de Leaneira. A criada está de pé. Ambas são mais do que capazes de uma hora de silêncio, uma hora de um furioso nada. Então, finalmente, Penélope declara:

– Bem. Está feito. De fato, sim. Está feito.

Leaneira é a montanha, que não muda com o toque do mar.

– Os pretendentes dizem que foi Melanto quem lhes contou sobre o tear. Ela foi instruída a não falar nada sobre este assunto. Você ficará na casa de Urânia até que tudo esteja acabado – acrescenta a rainha. – Então você será chamada.

Leaneira é o grande abismo sob o oceano, onde o fogo e a escuridão se encontram.

Ela dá um único aceno brusco de cabeça e vai embora.

E na escuridão, queimo minha dor pelas estrelas e ofusco a lua, que não cessa em seu giro.

Capítulo 45

Pela manhã, Kenamon senta-se na colina onde às vezes se sentava com Telêmaco, porém, Telêmaco não vem.

Em vez disso, Penélope sobe, lenta e firme, seu véu oscilando no vento forte. Kenamon se levanta quando ela se aproxima. Eos espera lá embaixo, estudando flores brancas salpicadas de roxo deslumbrante, como se pudesse se educar na bruxaria secreta das ervas.

– Minha senhora, eu não... – Kenamon deixa escapar assim que Penélope está ao alcance do som de sua voz.

– Não seja ridículo – retruca ela. – Minhas criadas têm visto você vir aqui todas as manhãs por semanas. Desde que você encontrou meu filho aqui, certo?

O egípcio cora um pouco, mas com o gesto dela volta a se sentar na terra dura e áspera.

– Você... sabe da breve educação que tenho dado a ele? Não desaprova, espero?

– Desaprovar? Por que eu o faria? Pelo que ouvi, você salvou a vida dele. Talvez duas vezes.

– Eu não pensei que...

Ela acena dispensando a frase antes que ele possa terminar.

– Não posso dizer nada a você no palácio, ou demonstrar gratidão. Compreende.

– É claro. O favoritismo só me torna um alvo.

– Você teria sorte se fosse favoritismo – repreende ela. – Isso é meramente... a cortesia de uma mãe. A gratidão de uma mãe. Obrigada.

– Foi um prazer ensinar seu filho.

– Mas você não o ensina mais.

– Não. Ele tem sido... distante desde a noite do ataque. Mais ainda desde aquele infeliz negócio com o tear. Costumes estranhos vocês têm, estranhos mesmo.

– Ele disse alguma coisa para você? Qualquer coisa?

– Ele não falou com você?

– Não. Ele não me diz nada. Eu pensei que talvez… como ele treinou com você… talvez ele pudesse ver você como sendo mais… – A voz dela desaparece, arrastada pelo vento.

Kenamon balança a cabeça.

– Não. Eu também esperava que talvez. Mas não.

– Estou muito, muito assustada por ele – diz ela sem rodeios, olhando para o mar.

– Ele é… corajoso. E é capaz de ser inteligente.

– Eu sei. E ele também ainda é uma criança.

– Ele está crescendo. Agora mesmo, diante de seus olhos. Ele está crescendo.

Penélope se vira para Kenamon e consegue sorrir, e o véu esconde as lágrimas em seus olhos.

– Aceitaria um conselho meu? Não como… como rainha. Como alguém que está em dívida com você. Como uma mãe cujo filho está… Você aceitaria o meu conselho? Deixe Ítaca. Salve sua vida.

Após dizer isso, ela se levanta, e ele a observa descer a colina em direção ao palácio.

No escuro, Penélope visita Clitemnestra e se senta-se com ela junto ao fogo, e por um tempo as duas mulheres ficam em silêncio. Finalmente Penélope diz:

– Há um navio. Ele sai em alguns dias de Samos.

– Para onde?

– Feácia.

O rosto de Clitemnestra se contorce de desgosto.

– Que entediante. Você conheceu Alcínoo e a esposa dele? Entediantes, entediante, entediantes.

– Será apenas temporário. Outra embarcação irá levá-la de lá para o sul.

Clitemnestra infla as bochechas.

– Está bem. Tedioso. Mas tudo bem.

E novamente elas se sentam em silêncio.

O que Clitemnestra ouve nesse silêncio?

Ela ouve o trovejar do coração de Penélope? O grito de Egisto ao morrer? O último gorgolejo de Agamêmnon sob sua lâmina? O bater distante das asas das Fúrias despertando de seu sono? Tanta coisa para fazer, tanto sangue e condenação com os quais elas poderiam se banquetear.

O som de uma deusa chorando suavemente pelo final que precisa vir?

Apenas desta vez, não me intrometo nos pensamentos de Clitemnestra. São algo exclusivamente dela, preciosos e sagrados, apenas por esta noite.

Poucas horas antes do amanhecer, chega o fim.

Só desta vez, não me intrometo nos pensamentos de Clitemnestra. São uma coisa exclusivamente dela, preciosa e sagrada, só para esta noite.

Poucas horas antes do amanhecer, chega o fim.

O último amanhecer, meu amor, vista-se bem. Sêmele é uma anfitriã terrível, uma camponesa grosseira, mas Eos vem, com um pente e um pouco de mel fresco e cera. Os estilos que ela conhece são um absurdo antiquado, mas o que mais se pode esperar desta ilha atrasada de gente insignificante do interior? É bom ter os dedos de outra mulher arrumando seu vestido; é muito agradável quando os dedos dela acidentalmente roçam sua nuca, agora exposta ao frescor da noite.

Clitemnestra, minha linda rainha, fique de pé ereta, altiva. Há pouquíssima maquiagem em Ítaca; nada de bastões de carvão finamente afiados, revestidos de cera para delinear os olhos, nada de pastas de chumbo branco para provocar um pouco de palidez na pele. Mas você cheira a óleo e ao pólen espesso das gordas flores amarelas, que as abelhas absorvem quando produzem seu néctar, e quando você se volta para a porta, você é uma rainha. No brilho de seus olhos e na postura de sua boca, na firmeza de seus passos e no endireitar de suas costas, você é uma rainha. Minha rainha. Nunca imaginei que amaria tanto uma bastarda de Zeus quanto a amo, gloriosa Clitemnestra.

Acompanho-a até o pequeno círculo de mulheres que esperam: Teodora armada com arco e lâmina, Autônoe que a ajuda a montar uma mera égua de trabalho, e você a faz parecer menos inferior com você montada. Anaitis também veio da floresta, mas você mal a reconhece, a sacerdotisa que lhe deu santuário. Ela é de pouca importância para a realeza como você. Urânia, e um dos homens dela; é uma bela despedida que estão lhe dando, uma escolta nobre até ao mar.

Cavalgo ao seu lado e respiro um pouco de mim em seu sangue, tirando a dúvida e o medo. A lua está crescendo, uma fina lasca de luz, e sob sua iluminação sutil eu lhe dou o presente da memória. Enquanto você viaja em direção ao mar, eu a devolvo à sua primeira entrada em Micenas, ao rufar dos tambores e ao soar das buzinas, às pessoas que ladeiam as ruas para gritar onde, onde, lá! Lá está ela, a filha de Zeus! Lá está ela, a grandiosa rainha, filha do Olimpo, a mais magnífica, louvado seja seu nome!

E enquanto você segue por uma trilha vazia para longe da cidade abaixo, eu lhe dou novamente a reverência dos homens de Agamêmnon quando eles caíram diante de seu poder e sabedoria, imploraram sua indulgência, rastejaram pelos próprios pecados. Você não os puniu pelo prazer do castigo; você não era uma tirana, você não era cruel. Você retirou as ilusões em que eles haviam se envolvido, mostrou que a força deles era arrogância, que a inteligência deles era tolice. Você era a rainha da revelação honesta e do mérito sensato, e os homens importantes de Micenas a detestavam por isso, abominavam-na por destruir suas pretensões, e eu a amava, eu a amo, eu a amo.

Há luzes acesas em uma praia abaixo; um aglomerado de sombras em torno de um barquinho, o navio esguio que a levará a Cefalônia. Você acha que vê algo familiar na forma de um homem que está à meia-luz bruxuleante de uma tocha, mas eu viro sua cabeça para os céus, onde seus irmãos reluzem para sempre em sua imortalidade, espalhados entre as estrelas. Talvez, você pensa, quando morrer, sua alma será separada de seu corpo e atirada para o céu como um derramamento de leite, um derramamento de luz estelar, para se juntar a seus parentes imortais. Eu abençoo esta fantasia e a deixo ferver um pouco em sua mente, deixo você provar o doce sabor do infinito, antes que finalmente seus olhos retornem a esta terra enegrecida.

E enquanto você desce o caminho sinuoso em direção à baía, eu lhe dou o riso de seus filhos, quando eles a amavam, quando você ainda sabia o que era amar. Ifigênia não grita quando os homens a puxam para o altar. Electra não para na porta e proclama: "Papai me ama mais do que você!". Orestes não foi para Atenas e, quando seus filhos olham para você, você sabe exatamente o que dizer a cada um. Você segura cada um em seus braços e sussurra: *Mamãe só é assustadora porque mamãe quer ensiná-los a ser fortes. Mas a mamãe também vai ensiná-los a sentir tristeza, a ter medo, porque às vezes vocês vão ficar tristes, e vão ficar com medo, e não há nada de errado nisso também.*

Estes são meus presentes para você, Clitemnestra. Caminhe sem medo; eu estou ao seu lado.

Acima, os olimpianos estão se reunindo: Hermes gira nas nuvens, Poseidon envia caranguejos de olhos negros que se espalham pela beira da água, Hades sopra uma névoa suave sobre a terra. Até mesmo Ártemis veio, esgueirando-se descalça da floresta, agachada, com os braços em torno de si mesma como se quisesse ser uma pedra. Olho em volta e não vejo Atena, e fico surpresa, mas não é hora de pensar na ausência de minha enteada. Clitemnestra desce para a baía e, muito antes de parar o cavalo e desmontar, viu as figuras que a esperam no pequeno barco. Os remos estão guardados, a vela abaixada; esta embarcação não vai sair para os oceanos esta noite. Em vez disso, cercados pela luz do fogo das tochas que estão erguidas, estão seus filhos.

Orestes traz uma espada ao quadril. Electra está um pouco atrás, com Pílades ao seu lado. Penélope está atrás de todos os três, envergonhada, talvez, seus olhos focados na fina borda da água que banha o litoral de Ítaca.

Clitemnestra vê tudo isso, olha para onde o pequeno círculo de cavaleiros que a conduziram até aqui está desmontando, formando um semicírculo às suas costas, uma parede que ela não pode ultrapassar. Volta-se novamente para os filhos, não demonstra nenhuma reação à carranca de Electra, ignora Penélope por completo e, por fim, fixa o olhar em Orestes.

– Querido menino – cumprimenta ela, estendendo os braços para ele. Ele não se move para encontrar seu abraço, não esboça nenhuma reação, suas sobrancelhas enterradas como uma mina. Ela abaixa os braços, dá um passo em direção a ele de qualquer modo. – Você parece… bem.

Ninguém fala. Atrás dos filhos de Clitemnestra, ocorre a Penélope que talvez ela devesse ter avisado a Electra que esse era o rumo que a conversa poderia tomar. Quando ela fechou sua três vezes maldita barganha com a princesa, talvez devesse ter parado para elaborar os detalhes – como e quando a mãe seria apresentada ao matadouro – para acrescentar: "Ela está muito preocupada com os hábitos alimentares do filho".

Mas ela não o fez. Em vez disso, com a culpa e a vergonha por seus atos presas na garganta, ela foi covarde, e pediu a Urânia que conversasse com Electra, outra mulher carregando o manto da traição de Penélope contra a própria prima. Será que Penélope realmente teve a intenção de deixar Clitemnestra partir? Olho em seu coração e a resposta está ocultada dela mesma, tão emaranhada em dúvida e tristeza que, mesmo eu, cujo olhar transforma sangue em rubis, não sei. Ainda há uma mulher vivendo dentro de Penélope cheia de esperança, medo, sonhos e desespero. Mas ela tem sido rainha há muito mais tempo do que jamais foi qualquer outra coisa, e as rainhas da Grécia não têm muitas escolhas próprias.

Todos, exceto Penélope, ficam surpresos quando, ao silêncio lento da praia agitada, Clitemnestra acrescenta outro meio passo em direção a Orestes:

– Você tem boas pessoas em quem pode confiar em Micenas, certo? Não deixou os portões desprotegidos? Você teve que vir até aqui… até aqui. Eu sei que você nunca gostou de toda a pompa do seu pai, mas é tão importante que as pessoas *vejam* você. Realmente vale a pena fazer um esforço.

Outro meio passo, e é um movimento tão estranho e brusco, como se seu corpo pudesse cair para a frente sobre pés desajeitados, que Electra arqueja, sem saber como receber o tropeço da mãe. Clitemnestra vê isso e se endireita, alisa o vestido, verifica que nenhuma mecha de cabelo saiu do lugar.

– Bem – declara ela, finalmente, um pouco mais calma, a voz arrastada pelo mar. – Bem. Você parece muito bem. Muito bem. Uma bela exibição.

Sob a terra, creio que ouço o arrastar de garras sobre basalto negro, o desdobramento de asas de couro. As Fúrias estão espreitando pelas rachaduras na pedra, olhos sangrentos olhando para cima, observando, esperando. Qual foi a última vez que um filho matou a mãe? Que carne sangrenta esses tempos trazem.

Parece que Clitemnestra está sem palavras. *Tudo bem*, murmuro, apertando sua mão na minha. *Para alguns, silêncio é fraqueza; para uma grande rainha é uma arma. Você é a mais grandiosa, a mais grandiosa, meu amor, a mais grandiosa acima de todas as outras.*

Orestes abre a boca e tenta falar. Sua boca forma um som, seus dedos estão brancos onde ele segura sua lâmina, e quando ele oscila à brisa do mar, Electra estende a mão e toca o braço dele, como se ela pudesse estabilizá-lo. Os olhos de Clitemnestra faíscam para a filha, mas ela não a agracia com a fala.

Por um momento eles ficam assim, e estou prestes a explodir, a cuspir veneno no ouvido de Orestes, quando sinto outra presença surgir no penhasco acima de mim. Atena finalmente chegou, de capacete, rosto obscurecido, exceto pelo ardor dos olhos, segurando a lança com firmeza e com o escudo pendurado no braço. Ela está trajada para a guerra, para términos, para o fim de todas essas coisas, e ao seu lado, guiado por sua mão invisível, está Telêmaco.

Ela trouxe Telêmaco para cá.

Não sei com que artimanhas vacilantes ou pequenos enganos ela tirou o filho de Odisseu de sua cama, mas ela o fez, e ele agora está de pé, envolto em trevas que meu olhar separa como seda de aranha, olhando para esta cena. Viro-me para Penélope, mas ela não viu o filho e, por um momento, sinto-me tentada a cutucá-la, a sussurrar olhe para cima, olhe para cima, veja! Mas Atena está tão perto das costas de Telêmaco que poderia arrancá-lo da terra e voar, sussurrando em seu ouvido, e sinto os olhos de Hermes de Poseidon, de Hades e do próprio Zeus sobre este momento, sobre esta praia, e diante de seus olhares eu me encolho. Eu murcho. Diminuo. Tiro minha mão da de Clitemnestra, um último toque, e com meu afastamento, ela prende a respiração como se pela primeira vez visse a espada à cintura do filho, como se sentisse o gosto da mortalidade se derramar dentro de si. Por um breve instante, ela é apenas uma mulher, sozinha, com medo, e eu pisco de volta o licor dourado dos meus olhos para ver seu coração se partir. *Seja forte, meu amor*, sussurro. *Seja uma rainha.*

Meu marido resmunga um trovão distante, instigando o fim dos eventos desta noite. Ele veio para testemunhar a morte da assassina de Agamêmnon? Ou veio para ver a última grande rainha da Grécia cair pelas mãos do próprio filho? Não tenho certeza naquele momento o que o fascina mais, a morte de reis ou a morte de rainhas. Duvido que ele tenha a argúcia para apreciar ambos.

Electra abre a boca como se fosse falar, mas não diz nada. Ela sem dúvida preparou algum discurso, alguma lista dos pecados da mãe, alguma grande exortação ao sangue e retribuição para estimular o irmão. Agora, nesta praia, elas falham. As palavras fogem dela como a respiração, e ela estende a mão para segurar o braço de seu servo, Pílades, como se nunca antes tivesse precisado do calor da carne humana em sua pele gelada.

Clitemnestra vê isso, sorri, acena com a cabeça. Ela ainda é maior que a filha, isso é bom. Ela está satisfeita com isso. Seus olhos passam de Electra para Penélope, e novamente, um sorriso, mais triste agora, outro aceno de cabeça.

– Patinha – suspira. – Aprendeu a ser uma rainha, afinal.

Penélope desvia o olhar, mas ela jurou nesta hora que dará à prima o presente de seu respeito, a companhia de seus olhos até o último momento, então se força a levantar o olhar mais uma vez e pensa por um momento que vê outra pessoa no topo do precipício – seu filho talvez, e com ele uma mulher toda de branco –, mas pisca e não os vê.

Mais uma vez meu marido troveja sobre mar, um pouco mais perto agora, e as ondas quebram impacientes na praia. Os deuses não darão a Clitemnestra a honra da chuva; não lavarão seu sangue, nem esconderão suas lágrimas com água que cai, não rasgarão os céus em seu nome.

A mão de Orestes está sobre a espada, mas ele ainda não a puxou.

Os lábios de Clitemnestra se contorcem em desaprovação, em esperança, em uma expressão que ela afinal esconde de todos nós. Electra se inclina para o irmão como se fosse sussurrar em seu ouvido, vá em frente, vá em frente, faça, vá em frente, mas ela não consegue falar. Em vez disso, ela se afasta de Pílades, dá um passo para o lado de Orestes, coloca a mão sobre a mão dele, onde ele segura o punho da lâmina e, juntos, eles a puxam. Ela envolve com os dedos o punho dele e o ajuda a virar a lâmina para a mãe. Ela dá um passo à frente e, com seu corpo, o impulsiona um meio passo cambaleante em direção à rainha que os espera. Então outro. Eles param, a ponta da lâmina a um palmo do peito de Clitemnestra, e ali ficam mais uma vez.

Clitemnestra não vacila, nem implora misericórdia, nem grita. Há lágrimas em seu rosto, sua respiração está rápida e rasa, mas seus lábios não tremem, suas costas não se curvam, seus olhos não deixam os do filho. Instintivamente, tento alcançá-la de novo, mas sinto no mesmo instante o tapa da vontade de Zeus na minha mão, afastando-a. Enfureço-me e cuspo sombras negras diante da indignidade disso, mas ele não dá atenção, todos os olhos do céu fixos agora neste momento. As Fúrias cacarejam sob a terra, um chacoalhar de garras e ossos. Atena segura Telêmaco com as mãos nos ombros dele, para que ele não pisque e nem perca um detalhe desse final.

Misericórdia. Eu tento dizer a palavra, gritar para meus parentes. Alguém não vai deter a mão de Orestes? Alguém não mandará as Fúrias fugirem? Alguém não gritará, misericórdia, misericórdia, misericórdia? Há um barco, há maneiras de acabar com isso sem derramar o sangue de uma mãe, libertem-na, libertem-na, misericórdia! Onde está a sua misericórdia, filhos do Olimpo? Onde está sua misericórdia, seus bastardos assassinos?!

Eles ainda estão congelados, a família de Agamêmnon. O corpo inteiro de Electra treme como se ela estivesse em seu próprio terremoto particular. Os olhos de Orestes estão vermelhos e, nesse momento, finalmente enxergo o menino que não me permiti olhar e percebo com um sobressalto de horror o que deixou tão emudecido o filho de Agamêmnon. Porque, olhe e observe de novo, e você verá que apesar de seu sangue, apesar do destino que lhe foi entregue, Orestes ama a mãe. Ele ama a mãe, a irmã e o seu povo. Ele deseja cumprir seu dever, ser um filho amoroso, um rei nobre e um dia talvez ser um marido generoso e um pai que adora os filhos. Ele jurou que levantará os filhos para o sol e gritará: "Seu pai ama você! Sim ele ama, sim ele *ama...*", e ele conversará com honestidade com a esposa sobre seus medos e suas dúvidas, confessará quando for ignorante e ouvirá seus desejos, honrará seu povo e seus parentes. Ele quebrará a maldição da casa de Atreu, ele lavará seus pecados com atos de bondade, com atos de justiça e paz, e de todos nós que estamos na praia, ele é talvez o único para quem "misericórdia" possa ser proferida, para quem a palavra é familiar como o gosto da água, como o beijo do sol. Misericórdia, dizem seus olhos, e misericórdia bate em seu coração, e misericórdia está escrito em cada parte de seu corpo, e ainda assim ele sabe – ele sabe, ele sabe, ele sabe – que para haver paz em Micenas, a mãe deve morrer.

Misericórdia, choram seus olhos, e por que nenhum deus o ouve? Por que estamos insensíveis às suas orações? Eu as sinto levadas no vento de Poseidon antes que possam se formar, abafadas pelo martelar da tempestade que se aproxima trovejando por sangue.

Misericórdia, a ponta de sua língua pressiona seus dentes, pois ele também sabe que, se fizer isso, nunca terá filhos. Se ele matar a mãe, o sangue de Atreu terá provado ser mais forte do que qualquer bondade, e ele preferirá que a maldição morra com ele, a permitir que ela continue para arruinar outra geração.

Misericórdia, bate seu coração, e talvez Clitemnestra enfim também a veja. Talvez ela olhe para o rosto dele e veja não um príncipe da Grécia, nem mesmo o filho dela, mas o homem que Orestes deseja ser. Pois ela sorri para ele, estende a mão para acariciar sua bochecha e murmura:

– Seja corajoso, meu rei.

Os dedos de Electra apertam os de Orestes.

Ela dá um passo à frente, puxando a lâmina com ela. Orestes cambaleia com o movimento, e no último momento as mãos de Electra se soltam, mas a velocidade já está lá, impossível de parar agora, e ele arqueja quando o próprio peso empurra a espada para baixo, cortando o vestido da mãe e o peito da mãe, torcendo além de osso e fundo na carne. As Fúrias uivam de alegria e a terra estremece com sua alegria libertada. Os mares se agitam e silvam uma espécie de celebração, a tempestade solta raios dentro das nuvens acima, Hermes gira em pés de ouro, Ártemis balança a cabeça, desaprovando como a matança foi suja, e Atena permanece com a mão nas costas de Telêmaco e sussurra, *observe*. *Observe e aprenda, meu rapaz*. Os olhos dela estão enormes e úmidos, inchados com uma espécie de êxtase. Seu corpo treme com a emoção de tudo, enquanto Clitemnestra cai.

Eu a seguro enquanto ela cai, para que sua queda não seja deselegante, uma bagunça de intestino e osso rasgados. Os outros não se opõem. O negócio da noite está feito, e eles não vão impedir Hera de murmurar sobre o corpo de uma das suas. Eu abaixo até o chão com delicadeza, coloco sua cabeça no meu colo, acaricio sua testa, sussurro sons doces sem forma para ela. Orestes cambaleia para trás, puxa a lâmina e a encara como se nunca tivesse segurado uma espada antes. Electra o segura depressa pelo ombro, afasta-o para que ele não tenha que olhar para a mãe enquanto ela morre. Pílades estabiliza o jovem, quando ele tenta dar um passo e tropeça, quase cai. Electra olha de relance de volta para Clitemnestra e, por um momento, acho que ela vai correr para a mãe agora, se atirar ao pescoço da mãe, derramar lágrimas salgadas sobre a testa dela e, por um momento, talvez Electra até considere isso. Mas então ela se vira e passa o braço pelas costas de Orestes, tira a lâmina ensanguentada de seus dedos, ajuda-o a dar um passo, outro e mais outro, para longe da caída Clitemnestra.

Minha rainha, a maior de todas as rainhas da Grécia, olha para o céu e não vê seus irmãos nele. Seu filho e sua filha tropeçam para longe, para longe, sem olhar para trás. Poseidon suspira voltando para as profundezas; Zeus retira seu trovão e seu olhar. Telêmaco se vira do penhasco, guiado pelo toque gentil de Atena. Ártemis recua e desliza de volta para as raízes da terra. Hermes não rodopia mais nas nuvens pesadas acima. Todos os olhares de deuses e homens se retiram, exceto o meu.

Outra se ajoelha ao meu lado. Penélope pega Clitemnestra pela mão e a segura com delicadeza, curvando-se sobre o corpo caído da prima. As mulheres de Ítaca se reúnem, enquanto as ondas batem nas bainhas de seus vestidos, e juntas elas cantam, quietas como o crepúsculo, as canções de luto de sua ilha. Elas não erguem suas vozes nos lamentos das mulheres vestidas de cinzas, não arrancam seus cabelos, nem rasgam suas vestes. Em vez disso, cantam as canções das esposas de marinheiros, que choram um amante perdido no mar, seu lugar de descanso final para sempre desconhecido.

Passo os dedos na testa de Clitemnestra, banindo sua dor, banindo seu medo. Ordeno que o sangue escorrendo dela fique mais ralo, a respiração lenta. Não vou deixá-la demorar muito, mas quando seus olhos se fecham, acrescento minha voz ao canto das mulheres, para que ela possa ser levada pela música celestial até o fim de sua história.

Capítulo 46

As mulheres levam o corpo de Clitemnestra para a cidade.

Alguns dizem que deveriam desonrá-la, arrancar a cabeça de seus ombros e carregá-la no alto para que todos vejam. Electra franze os lábios e considera os potenciais benefícios e desvantagens disso, mas Orestes simplesmente declara:

– Não. Ela era uma rainha.

Estas são as últimas palavras que alguém ouvirá Orestes dizer por muito tempo.

Então, em vez disso, elas envolvem o corpo em uma mortalha, com o rosto exposto para que todos os homens possam ver o rosto da esposa de Agamêmnon, matadora de reis, e os mensageiros são enviados por toda parte para informar toda a Grécia que o trabalho está feito. Orestes, filho do rei dos reis, o maior de todos os gregos, matou a mãe e voltará para casa, guerreiro e homem, para ser coroado.

Algumas pessoas tentam celebrações, gritos de "A prostituta está morta!", mas são silenciados imediatamente pelas multidões reunidas.

Penélope oferece água fresca e jarros de peixe fermentado para seus primos para sua viagem segura de volta para casa.

Orestes reza no templo de Atena, não havendo nenhuma estrutura mais apropriadamente imponente diante da qual se ajoelhar.

Electra ocupa-se de organizar os navios e os marinheiros, ordena que a vela com o rosto dourado do pai seja desenrolada e pendurada para substituir as lisas e velhas de preto desbotado sob as quais navegaram para Ítaca. Ela lava as cinzas da testa, come um pouco, sorri uma vez para Penélope, esquece de sorrir para Telêmaco, exceto um pouco tarde, um pouco devagar, uma polidez a ser aprendida agora. Não importa. Ele não sorri para ela.

– Vingança – diz ele.

Electra olha para Telêmaco e, pela primeira vez, parece ver o homem que ele pode vir a ser. Ele está parado à porta dela, mão sobre a espada em seu quadril, as costas retas, os olhos duros.

– Vingança – repete ele.

Ela se aproxima dele, devagar. Coloca dois dedos em seus lábios. Corre-os pela linha de seu pescoço. Ele não se move. Não pisca. Os dedos dela param no entalhe macio onde o pescoço encontra o peito, a curva de pele pálida e sedosa que afunda na junção. Ela considera empurrá-los, enfiando-os no pescoço dele para ver o que acontece. Ela já imaginou isso várias vezes, contemplando chamar um homem para seu quarto, um escravo, deitá-lo nu sobre os lençóis e explorar cada parte de seu corpo para ver o que é macio, o que é firme, onde surge o êxtase e quais as partes de um homem são mais tenras, mais fáceis de cortar e partir, de modo que até mesmo o mais forte e maior guerreiro possa morrer.

Ela considera pressionar seus lábios nos dele. Ela espera que, quando Telêmaco a tomar, ele o faça violentamente, com força, como ela imaginou o pai fazendo, quando ele jogou a mãe no chão pela primeira vez. Ela espera que ele a empurre contra a parede e se engasgue de êxtase enquanto a prender no lugar, seus olhos longe dos dela, enquanto faz seu serviço, a pele escarlate e a respiração ofegante. É assim que ela entende o que é um homem ser um herói, um homem possuir uma mulher, como sempre deve ser.

Por um momento ela olha para ele e pensa que vê isso ali. Vê o possível herói da Grécia, o rei que sabe o que é tomar, comandar, ser mais forte que os outros. Afinal, é isso que um homem deve ser. E Electra, por mais que ela vá ser uma rainha, não é capaz de imaginar ficar sem um homem.

Em seguida, os olhos dele piscam para ela, e por um momento, um momento terrível e decepcionante, ela vê outra coisa. Ela vê, apenas por um momento, o mais leve tremeluzir de um menino assustado, que vai perguntar se ela está bem, ser carinhoso, expressar preocupação com seu bem-estar, procurar, como essa ideia é nauseante para ela, entender seu prazer.

E Telêmaco?

O que Telêmaco vê?

Quando Electra tira os dedos do pescoço dele e lhe vira as costas, ele vê algo do pai dela vivendo até mesmo nela, até mesmo em uma mulher. Ele vê o orgulho de Agamêmnon, o poder de sua casa. Ele não vê nenhuma parte da mãe de Electra, morta e envolta em sua mortalha ensanguentada, nem da mulher que Electra poderá ser um dia. Ele mal vê a mulher que está diante dele agora, que se vira e apenas diz:

– Está feito.

Ele não voltará a falar com Electra por vários anos.

E assim, em poucos dias, todas as coisas estão organizadas e os navios micênicos partem.

Penélope está de pé no cais e não acena. Não há tambores ou trombetas para celebrar a partida do novo rei da Grécia e o corpo de sua mãe, mas as pessoas vêm do outro lado da cidade para vê-los partir e fazem um burburinho que pode ser interpretado de qualquer maneira que um ouvido ansioso gostaria de interpretar.

Electra é a última a embarcar, ficando diante de Penélope no cais. Ela pensa em dizer *obrigado, adeus, muito bem*. Nenhuma dessas palavras parece satisfatória, então, em vez disso, ela aperta as mãos de Penélope nas suas, como se elas fossem rezar juntas, e inclina a cabeça, o mais próximo que uma rainha de Micenas chegará de uma reverência, e se afasta depressa antes que as coisas fiquem mais constrangedoras do que já estão.

Parece à rainha Ítaca que este é um final rápido e sem cerimônia para seus negócios.

Parece que há muito que não foi dito, e que as coisas não ditas, em sua experiência, muitas vezes se transformam, em uma língua silenciosa, em um dilúvio de palavras que deveriam ter sido gritadas. Parece a Penélope implausível, até mesmo improvável, que essa situação tenha se encerrado. Se ela semicerrar os olhos, pensa que ouve o som de garras na pedra, o riso das profundezas, sente o toque frio do inverno em sua pele, embora o sol ainda brilhe forte.

Isso não acabou, ela pensa, com uma clareza e força que a chocam, que parece divina em sua convicção. Medon para ao lado de Penélope enquanto os navios zarpam.

– Bem – comenta ele, por fim. – Essa foi uma morte terrível evitada.

– É? Suponho que sim.

– Com certeza. Orestes, rei em Micenas, nosso aliado jurado, deve muito ao povo de Ítaca por ajudá-lo a capturar sua mãe assassina; tudo muito bom. Muito bom mesmo. Você praticamente comprou um respiro.

– Comprei?

– Eu sei que ela era sua prima. Clitemnestra. Você deve estar... Imagino que você tenha... – Medon gesticula vagamente no ar, esperando que o movimento de seus dedos vacilantes encapsule o conceito de sentimento feminino, sem ter que lidar com a inconveniência de tal sentimento ser expresso.

– Ela era uma mulher tão imperfeita e inteligente quanto qualquer homem – suspira Penélope. – Ela sempre disse que eu grasnava como um pato.

Medon tem a sensação de que há algo mais sendo expresso nesse momento do que o puramente ornitológico; entretanto, mais uma vez, ele não tem certeza se deseja investigar muito profundamente, então segue para um território mais seguro.

– Claro, ainda estamos programados para outra morte terrível. Caso você se lembre.

– O que? Ah, sim. Os piratas de Andraemon. Vingança e sangue e tudo isso. – Ela parece tão cansada. Ela soa tão frágil quanto o véu que encobre seu rosto da visão dos homens.

– Você está… Você tem um plano?

– Hum? Sim, um plano. Sim, eu tenho um plano. Eu apenas… Não vejo um fim. Não vejo fim para isso. Para nada disso.

Medon não tem certeza do que pensar disso. Se ela fosse sua filha, sua filha de verdade, ele poderia colocar um braço em volta dela e dizer, vai ficar tudo bem. Não se preocupe. Vai ficar tudo bem.

Em vez disso, ele acena com a cabeça vagamente, volta o olhar para o mar, para observar os navios de Orestes e Electra que se afastam, estala a língua no céu da boca e diz:

– Bem. Parece que vai chover mais tarde!

Mais tarde, chove.

Capítulo 47

Algumas coisas, ao que parece, nunca vão acabar.
– Melanto, venha aqui, sua peituda, lindinha...
– Mais vinho! Phiobe, mais vinho!
– Cadê Leaneira? Faz um tempo que não a vejo...

A festa flui em carne e vinho, em peixes e ervas verdes colhidas nos campos de verão. Agora, não há tear no canto, mas Penélope está sentada atrás do escudo de Autônoe e duas de suas criadas mais musicais, uma parede de cordas para separá-la do banquete. Andraemon não olha para ela, não a ameaça com o olhar, não faz cara feia, nem faz pose, ou se exibe, mas fica quieto em um canto, e não pergunta por Leaneira, nem se pergunta para onde a serva foi.

No pátio onde os rapazes da milícia de Pisénor mal se dão ao trabalho de treinar, Telêmaco ergue o escudo, move a lança no ar, pisa, gira, estripa um inimigo invisível, espeta outro no coração. Kenamon se aproxima, murmura:

– Seu trabalho de pés está melhor – porém, Telêmaco não fala, não parece ver o egípcio, não responde, então, depois de um tempo, o estranho abaixa a cabeça e volta a sentar-se sozinho em sua colina, olhando cansado através do mar.

Na floresta acima do templo de Ártemis, onde o choque de espadas e o baque de flechas rasgaram a noite por quase essas duas luas, uma pausa! Uma interrupção quando uma figura chega tarde ao círculo de luz do fogo, uma cesta em suas mãos, uma mancha irregular de viscosidade em sua superfície. Sêmele exclama:

– Eu trouxe bolo!

E todas as mulheres, as mulheres guerreiras de Ítaca, a última linha de defesa desta última linha da Grécia, caem sobre ela com gritos *meu, meu, quero esse pedaço!*

Priene joga as mãos para o ar.

– Ainda estamos treinando! – ela chama as mulheres de costas, mas Teodora coloca a mão em seu ombro.

– Às vezes – diz a moça –, até soldados anseiam por mel.

Nesse momento, ocorre a Priene que ela se esqueceu de odiar os gregos, e fica brevemente muito irritada consigo mesma por esse lapso de julgamento, até que Anaitis se aproxima, dedos pegajosos de gosma dourada, e diz mansamente:

– Você quer um pouco?

Faltam três dias para a lua ficar cheia e as mulheres estão com medo. Seu medo é capturado nas sombras bruxuleantes lançadas pela luz das tochas; ele respira na expiração de cada arqueira, suspira no zunido das lâminas cortando o ar. No entanto, suas habilidades cresceram; ultimamente, até a mais fraca das arqueiras parece capaz de atirar o pássaro esvoaçante do galho.

Priene pega a comida que lhe é oferecida e admite, enquanto morde, que é significativamente melhor do que peixe.

Penélope encontra o filho pela manhã. Ele está usando sua armadura surrada, com o capacete, a lâmina para fora, girando, girando no quintal atrás da fazenda de Eumeu. Ela observa um pouco e, quando ele não diminui a velocidade, ela desabafa:

– Telêmaco, eu…

A lâmina dele se ergue, algo que poderia ter sido um corte lateral que agora se transforma em um golpe para cima, rumo ao queixo desprotegido de um inimigo desprevenido.

– Eu ouvi dizer que você às vezes vem para cá e eu…

Ele se abaixa de repente, ligeiro, um golpe certeiro na coxa. Se ele conseguir fazer o corte no ângulo exato, então, ao passar, cortará uma artéria, e a rica vida pulsante jorrará do membro de seu inimigo, matando-o com a mesma certeza de uma lança atravessada no crânio.

– Eu queria falar com você sobre… sobre algumas das coisas que estão acontecendo. Sobre algumas das coisas que vão acontecer. Eu queria explicar… me desculpar por… Eu sei que tenho estado muito distraída nos últimos tempos. Mais do que nos últimos tempos. Há alguns anos tenho estado… Bem, tem sido…

Um inimigo invisível atrás dele; Telêmaco sente o golpe e com uma graça sem esforço se vira para bloquear, então se move através do próprio bloqueio, empurrando a lâmina de seu inimigo para o lado e enfiando seu escudo, empurrado pelo ombro, no peito invisível de seu oponente.

– Podemos conversar? – exclama Penélope. – Podemos… Há coisas…

Ele para tão afiado quanto a ponta de uma flecha, se vira, a espada ao lado do corpo, o escudo frouxo em suas mãos. Ele está aprendendo a ficar parado como um soldado, como Priene ou Andraemon, totalmente solto e relaxado quando não está no meio da luta. Seus olhos são dois pontos estreitos dentro da estrutura de seu capacete, seus lábios rosados e apertados através da pequena fenda de bronze. Ele a encara, espera, e quando ela tropeça nas palavras, dá de ombros, impaciente, esperando de novo.

– Eu... Pensei que poderíamos conversar – gagueja ela. – Se poderíamos talvez... Eu não queria incomodá-lo, mas tem sido tão difícil... Você jantaria comigo esta noite? Longe dos pretendentes. Vou pedir a Medon para cuidar deles esta noite, podemos apenas comer, você e eu, pode ser...

Suas palavras tropeçam. Em geral, ela é tão boa com as palavras, mas não agora. Não com o filho. Ele espera um pouco mais, fica desapontado com o silêncio dela, se vira para retomar suas batalhas imaginárias.

– Esta noite não – responde, o olhar já fixo em um inimigo invisível vestido de sangue. – Estou ocupado.

– Ocupado? Com o quê? – desabafa ela.

Ele não se digna a responder, e ela, ah que fraqueza, não tem ânimo para pressioná-lo mais.

Capítulo 48

E assim a lua completa sua volta.
    Mas quem é esta?
Faltam duas noites para a lua cheia e, da casa de Urânia, uma mulher desliza para a escuridão. Ela está encapuzada e envolta em um xale esfarrapado, mas não consegue esconder o rosto de mim. Leaneira, eu gargalho, Leaneira; é você que está saindo de seu esconderijo?

Ela deveria estar em Lêucade agora, ou Elis, deveria ter sido banida de Ítaca por sua traição; no entanto, não foi, ela ainda está na ilha, e a vigilância de Urânia enfraqueceu.

Ela leva dois homens do palácio de Odisseu para a escuridão adormecida. Ela os guiou por esse caminho antes, mas agora que a lua está nascendo, sua luz prateada banhando a ilha maldita com um contentamento frio, ela mostra a eles o caminho mais uma vez, para que possam conhecê-lo de cor. Ela os conduz por caminhos bem trilhados pelo povo de Ítaca, por trilhas que apenas às vezes são conhecidas por caçadores. Ela os conduz ao longo de pequenas ondulações de poeira, meio obscurecidas pelos altos espinheiros cinzentos que se agarram às pedras da ilha, sob uma saliência de rocha alta e por um caminho de degraus esculpidos cortados da própria terra, mal sendo largos o suficiente para um pé de criança se equilibrar. As estrelas giram enquanto viajam, e a jornada é dura e lenta, mas enfim chegam ao seu destino, uma boca oca de uma caverna enegrecida ao lado de um córrego sujo, onde às vezes corsas assustadas descansam, bem acima do rosnado salgado do mar. A caverna em si não seria digna de nota, exceto por um detalhe: está sendo guardada.

Há dois soldados vestidos de bronze vigiando este lugar. Ambos são conhecidos por Leaneira e pelo menos um de seus companheiros, servos fiéis de Penélope, dois dos poucos guardas que ela mantém em seu palácio. O que os traz aqui, a este maldito lugar?

Os três intrusos se agacham na noite enegrecida para olhar, esperar, observar.
– Tem certeza? – sussurra Andraemon no ouvido de Leaneira, depois de algum tempo, quando os dois guardas não se movem de seu repouso.

– Absoluta – responde ela, antes de pressionar os dedos nos lábios.

O segundo homem também conhecemos. Seu nome é Minta, e já o vimos antes, na praia de Fenera, guiando os navios ilírios para o porto; na enseada abaixo da fazenda de Laertes, na noite em que os piratas vieram. Nós o vimos sussurrando pelos cantos com Andraemon, seu servo de confiança, seu amigo mais amado e leal. Ele deve sua vida a Andraemon, e é uma dívida que está gostando de pagar.

Uma luz se move dentro da caverna; uma tocha subindo das profundezas. Os dois guardas se endireitam; os três intrusos se amontoam; com uma tocha em uma das mãos, e um manto de tecido áspero nas costas, Autônoe emerge da escuridão. Ela acena com a cabeça para os homens que guardam o lugar, então sobe por outro caminho para longe do riacho, confiante e segura de seu passo. A bolsa nas costas dela está toda torta, pesa, às vezes faz barulho, um som de um metal mais denso que o estanho.

Os três observadores já viram o suficiente, e juntos eles se retiram para a noite.

Andraemon não faz amor com Leaneira naquela noite.

Ah, ele a leva para sua cama no quartinho na cidade, que Minta desocupa para o encontro dos amantes. Ele afasta o vestido do peito dela e pressiona o polegar em seus lábios, mas descobre que está muito preocupado para mais. A mente em turbilhão, ele vira para um lado e para outro, e nenhum esforço da parte dela consegue distraí-lo ou acalmá-lo. Ele diz:

– Quando eu for rei, as pessoas saberão que esta é uma ilha de verdade. Uma verdadeira ilha que merece respeito. Quando eu for rei…

Leaneira diz, com a mão apertada ao redor da pedra oca que ele leva ao pescoço:

– Durma, meu amor, por favor, você precisa dormir.

Ele acena para ela.

– Quando eu for rei, a rainha será punida pela forma como ela tratou você. Ela permanecerá no quarto, e comerá quando for ordenado, e falará quando falarem com ela, e vestirá o que eu mandar, e raspará a cabeça.

Leaneira afasta o corpo do dele, os joelhos puxados até o queixo, os braços apertados contra o peito, enquanto Andraemon encara a fantasia dourada da noite.

E a lua dá sua volta.

Ela cresce, a lua prateada, e três navios deslizam pelas águas de Poseidon em direção a Ítaca.

Encontro Ártemis andando à beira da água, arco na mão, um cinto com flechas o único adorno em seu corpo.

– Você *nunca* coloca roupas? – gaguejo.

Ela para em sua ronda, pisca para mim, confusa, olha para si mesma, parece não entender a pergunta.

– Estou usando minha aljava – retruca, cada palavra uma gota demorada, caso eu seja velha e estúpida demais para compreender. Reviro os olhos, mas me viro para seguir seu olhar através do mar. – Eles estão vindo – ela deixa escapar, e quase ri. – Homens em navios, homens de guerra, eles estão vindo! – Seus dedos correm para cima e para baixo na madeira retesada de seu arco, e ela o ergue depressa, mira, lança uma flecha imaginária, pula encantada no local, depois se vira e anda de novo. – Por que eles não podem chegar aqui mais rápido? – choraminga. – Estou tão entediada!

Ártemis certa vez matou seu amigo mais querido com uma flecha atirada no ponto mais distante do horizonte. O irmão a enganou para que ela o matasse, pois ficara com ciúmes de que Ártemis pudesse desfrutar até mesmo da amizade platônica de um homem. Desde então, ela tem sido um pouco, apenas um pouco, mais cautelosa sobre para onde aponta seu arco.

– Você poderia… caçar? Para se manter ocupada? – sugiro.

Ela balança a cabeça.

– Uma boa caçadora sabe esperar pacientemente por sua presa.

– Você acabou de dizer que está entediada.

– Geralmente minha presa está rondando a terra! Deslizando, majestosa, de sombra em sombra, as narinas se dilatando, sentindo a presença do divino no vento! A emoção da perseguição, a batalha de inteligência, os truques de percepção, a força do corpo e da vontade; uma espera adequada! Nada dessa… *espera por um barco*. – Ela pula de novo de pé para pé, antes de dizer afinal: – Os humanos são terríveis! Como alguém consegue fazer alguma coisa?!

E finalmente, sob a lua cheia em um céu veloz, encontro Atena na colina onde às vezes Kenamon se senta, observando a ilha como se ela fosse o próprio Zeus. Desço ao lado dela, leve como a luz das estrelas, e por um momento me sinto quase contente ao seu lado. Ela me deixa ficar um pouco e informa:

– É claro que vou lutar. – Eu olho em sua direção, sobrancelha levantada. – Com discrição – suspira ela na minha expressão. – Vou me disfarçar de mortal e não matarei mais do que meu quinhão. Ninguém vai notar.

– Bem, contanto que não mate mais do que seu quinhão...

– É certo e apropriado – declara ela – que Odisseu tenha um reino para o qual retornar. Eu... questionei sua presença quando a peguei espreitando em meu domínio. Mas percebo agora que há alguma utilidade em suas ações. Que há algum mérito em haver alguém que zele pelas rainhas.

– Enteada, um dia você aprenderá a me agradecer.

– Duvido muito disso, velha mãe. Mas de um ponto de vista tático, admito que sua inclinação para o sigilo, manipulação e astúcia, neste caso específico, também serve à minha causa. É uma lição da qual tomei nota.

– Houve um tempo em que poderíamos ter sido amigas – reflito.

– Amigas? Amizade não impedirá a batalha. Amizade não unirá o reino. A amizade está tão sujeita ao grande movimento da política, à riqueza da colheita e ao movimento dos céus, como qualquer borboleta esvoaçante. Os mortais criam amizades para dar a si mesmos a ilusão de segurança e um senso de valor próprio. Nós somos deuses. Deveríamos estar acima dessas trivialidades.

Suspiro e deixo minha respiração girar o vento ao nosso redor, ondulando a grama que roça nossos joelhos, o pólen dançando na brisa.

– Está certo, então. Suponho que estamos presas sendo uma família.

– Que ideia desagradável – replica ela, sem rancor ou arrependimento.

– Bastante.

– Um vínculo que é, no mínimo, ainda mais irracional que a amizade.

– Eu não poderia concordar mais.

– E, no entanto, de alguma forma, concedemos-lhe sacralidade.

– De fato.

A testa de Atena se franze, seu capacete pendurado frouxamente em sua mão.

– Às vezes me pergunto o que é realmente ser sábia. Naturalmente, sou a mais sábia de todos os deuses, meu intelecto muito superior aos seus; no entanto, o mundo gira apesar do meu conselho. Todo imortal e mortal talvez diga "sim, sejamos sábios" e ainda assim vira as costas quando o melhor curso é apresentado a eles. Isso é... inquietante. Como é possível sabermos a maneira mais inteligente de agir, mas optamos por não o fazer?

Ela se cala e, quando não respondo, por fim se volta para me encarar.

– Então? – exige ela. – O que você tem a dizer?

Eu dou de ombros.

– Você é a deusa da sabedoria – respondo. – Que um raio caia sobre mim se eu souber.

Ela suspira, mas talvez esteja ao menos brevemente satisfeita em saber que nenhum outro chegou perto de desvendar o mistério que seu alardeado gênio não consegue desvendar. Então ela declara:

– Odisseu voltará para casa. Em breve.

– Tem certeza?

– Aperfeiçoei minha estratégia e trabalhei com muito cuidado em meu pai. Ele não está totalmente decidido, mas a conclusão do negócio é inevitável.

– A conclusão de Odisseu pode ser inevitável – murmuro. – A de Ítaca não é.

– Estou surpresa por você se importar tanto com Penélope, já que ela traiu sua amada rainha.

– Ela tomou uma decisão que rainhas devem tomar – respondo, as palavras escorregando tristes entre meus dentes. – Ela tomou a única decisão que uma rainha poderia tomar. Das três rainhas da Grécia, Helena traiu seu trono ao escolher amar como uma mulher. Clitemnestra, que escolheu ser mulher, mãe, amante e rainha, queimou com o maior fulgor e não poderia ter vivido muito sendo tantas coisas ao mesmo tempo, bela e grandiosa demais para esta terra. Penélope, no entanto… Penélope é aquela que sacrifica tudo, para ser rainha e nada mais. Isso também, embora me machuque, embora eu desejasse que fosse de outra maneira… isso também eu posso amar.

Atena acena com a cabeça, uma vez, um movimento brusco do queixo para baixo e de novo para cima. Depois:

– Haverá sangue. Menelau não aceitará o sobrinho no trono de Micenas com tanta facilidade quanto creio que você espera. Ele teve cinquenta anos para aprender a se ressentir do irmão e de toda a família do irmão. Troia apenas aguçou a pedra de amolar de seu apetite.

– Irá se opor a ele caso ele pretenda governar em Micenas? – pergunto, mas ela imediatamente nega com a cabeça.

– Não posso me dar ao luxo de espalhar tanto minha influência; não enquanto Odisseu ainda estiver na ilha de Calipso. Além disso, Ares há muito tempo apoia Menelau, e não é sensato que dois deuses da guerra entrem em oposição tão gritante. Quando as consequências vierem para o jovem Orestes, e elas virão, você deve estar preparada.

Eu faço uma carranca, mas não respondo. Meu irmão envia uma mensagem do submundo: "*as Fúrias, as Fúrias, ouço suas asas*" ele grita – mas ainda não. Não sou capaz de lidar com isso ainda.

Sinto um movimento no canto do olho, sinto o ar mudar, engrossar, uma absorção de poder e potência como se a terra de repente estivesse prendendo a respiração. Atena coloca o capacete e, ao fazê-lo, seu aspecto muda, os ombros indo para trás e os braços ficando fortes, enquanto ela ergue a lança e estala o pescoço de um lado para o outro. Ela aponta com a ponta de sua arma para a água, e o ar zumbe e se afasta de seu toque. Eu a sigo até onde três navios deslizam no horizonte, com plumas ilírias e manejados por gregos, rumando sob a luz prateada da lua até Ítaca.

Capítulo 49

Sob a lua cheia, os piratas vêm.

Eles já têm alguma ideia de para onde vão, alertados por mensageiros que estão em seu caminho nos portos da costa leste, mas seguem, como sempre seguiram antes, a tocha que Minta acende para eles no penhasco. Ele acena com seu tição de fogo em direção ao mar e, pouco depois, os navios respondem, virando as proas em direção à costa escurecida.

No palácio de Odisseu, os pretendentes rugem, o vinho corre, grandes sonhos e bens insignificantes são apostados, ganhos e perdidos; Melanto esquiva-se da mão ávida de um homem que busca seu vestido, Autônoe dedilha sua lira, Penélope olha para o nada, como se estivesse perdida em um sonho. Andraemon fica um pouco afastado, observando, o sorriso que ele não consegue esconder brincando nos cantos de seus lábios.

O templo de Ártemis está em silêncio, as portas fechadas. Não haverá libações derramadas neste lugar sagrado esta noite.

A floresta que a envolve está vazia, e nenhum fogo arde. As árvores estão marcadas e rachadas por centenas de flechas. O chão está ondulado por pés que se moveram em uma dança mortal. Os animais fugiram na noite ante da passagem de tantas mulheres, mas agora o ar está parado, e as criaturinhas do escuro retornam, farejando os cheiros estranhos que as humanas deixaram para trás.

A casa de Sêmele está vazia. Não há nenhum sinal de que já recebeu uma hóspede.

Nas cinzas de Fenera, os corvos se cansaram de suas colheitas.

E sob a lua cheia, os piratas vêm, navegando rápido em direção à luz de Minta, armas brilhando à luz das estrelas.

Eles atracam sem serem notados.

Um grupo de cabras foge enquanto os navios sobem pela areia.

Uma gaivota briga com a vizinha que tenta roubar o bom poleiro de debaixo de seus pés, bicos estalando e penas batendo baixinho ao vento.

Há poucas fazendas neste lugar, bem poucos assentamentos, nenhuma luz acesa. Apenas a tocha de Minta brilha na praia.

Os invasores, guerreiros que certa vez lutaram em Troia e agora não conhecem outra vida além do derramamento de sangue, saltam de seus navios para a espuma pulsante, sobem em terra firme. Alguns abraçam Minta, chamam-no de irmão, amigo. Outros estão descarregando cordas e caixas, vazias, prontas para carregar seus tesouros. Até agora, esse ataque é menos um banquete de guerreiros do que um de comerciantes gananciosos que vêm roubar as mercadorias de um homem pobre. Minta aponta para a escuridão do interior da ilha. Os homens se enfileiram atrás dele, uma dúzia ou mais ficam para guardar os navios, e o seguem.

A coruja chirria, enquanto eles sobem pelos espinheiros e pela escuridão áspera de Ítaca.

Eles tentam não acender muitas luzes, espalhar o brilho da tocha de Minta longe demais ao longo do estreito bando espalhado de soldados, mas o caminho é fechado, irregular, e um homem acha que pisa em uma serpente, que cospe e sibila e foge; e outro pensa ouvir o uivo dos lobos. Espinhos agarram em pernas nuas ou raspam nas caneleiras. Buracos ásperos torcem os tornozelos dos homens que tropeçam mais atrás na fila. Às vezes, acho que vejo a forma de Ártemis, conforme ela corre pelas sombras ao lado deles, a terra se elevando ao toque dela. Ao luar, nua e em seu território, ela é linda. Ninguém percorre o caminho do caçador com tanta graça; ninguém dança através das sombras da meia-noite com a mesma facilidade beijada pelas estrelas. A força dela está escrita em cada uma de suas partes, irrefutavelmente sua, intocada por qualquer criatura, imortal ou homem, uma inocência pintada na selvageria de seu sorriso.

Então ela some novamente, um lampejo no canto do olho de um homem, um susto e um arrastar de pés na fila de homens – você viu alguma coisa? Ouviu algo se mover? Não, não, nada, ouvi a coruja piar e as folhas se curvarem nas árvores. Só isso.

Uuh uuh, acrescenta Atena, circulando acima. *Uuh uuh uuh*. A fileira de homens se aperta um pouco mais, talvez sem que percebam que o fazem. Eles dormiram juntos, ombro a ombro no convés revolto no mar. Eles se deitaram juntos diante das muralhas de Troia, e alguns, que eram verdadeiros irmãos de juramento, deram beijos doces na carne coberta de cicatrizes de seu companheiro guerreiro, bêbados do sangue e do sal que envolviam sua pele, jurando que viveriam e morreriam como um, nenhum vínculo maior do que a fraternidade que compartilham. Agora eles sentem uma escuridão pressionando-os que não deveria ser mais pesada do que as vigílias taciturnas passadas guardando os navios diante de Troia, e ainda assim – e ainda assim – há algo nesta noite que fala de segredos e discórdia vazia, dos truques das mulheres que são *meu* domínio.

Eles alcançam o caminho de espinhos que desce para a caverna antes que a lua tenha virado demais em direção ao horizonte, e espiam para baixo, espadas desembainhadas, lanças prontas. Uma única tocha queima na boca da caverna da qual Autônoe foi vista saindo com mercadorias tão pesadas nas costas, mas dos guardas que deveriam vigiá-la, não há sinal. Alguns olhares são trocados, indagando sobre essa ausência; mas e daí? Os guardas eram apenas dois, e estes são os homens que massacraram a chamada milícia de Ítaca, os meninos em trajes de homens, sem nenhum desafio. O tesouro da ilha está à sua disposição; então que eles o levem.

Eles se aproximam, cautelosos e lentos. Sobreviveram a batalhas e por isso sabem, mesmo quando as coisas pareçam fáceis, que suas vidas valem um pouco de segurança. Não vendo nenhum sinal de perigo, a maioria entra, levando baús entre eles para carregar com tesouros. Oito permanecem do lado fora. Entre esses oito estão os primeiros a morrer.

Nem todas as flechas que os atingem voam direto para o alvo. Embora as mulheres tenham treinado com o arco mais do que com qualquer outra arma, esta é a primeira vez que os usam em homens, e na excitação do momento, muitas das caçadoras escondidas, rostos sujos de lama e costas doloridas de ficarem agachadas curvadas na sombra, atiram muito longe ou alto. Três homens caem imediatamente, atravessados com quatro flechas cada. Um cai alguns momentos depois, quando um tiro um pouco mais lento e mais ponderado do arco de Teodora se enterra em sua coxa. Dos outros, dois apenas têm sorte, jogando-se na escuridão próxima, e dois são salvos por sua armadura, que é de material mais resistente do que a mistura meio inventada de couro e metal que os outros usam. Eles correm para a caverna, chamando "irmãos, irmãos, estamos sendo atacados!". Infelizmente, embora eles usem bronze, um não colocou seu capacete, então seu crânio é partido em dois, pouco antes de ele chegar à boca daquele poço escuro, por uma flecha liberada da escuridão da noite.

Dessa forma três homens chegam à boca da caverna, e um cai sangrando, uma flecha atravessada em sua panturrilha, assim que ele alcança a segurança, suas vozes ressoando ocas na escuridão ecoante.

Os outros agarram o colega ferido e o arrastam mais para dentro, os pés escorregando na pedra molhada. Enquanto eles deslizam e rastejam mais fundo nas entranhas da terra, as mulheres emergem da noite atrás deles, seus corpos vestidos com barro e sujeira, grama tecida em seus cabelos e cinturões, folhas em suas aljavas e lama em seus cabelos. Não são fêmeas de nenhuma espécie que os homens em fuga seriam capazes de reconhecer, caso se preocupassem em olhar para trás para quem os ataca, mas na verdade monstros da noite fétida, nascidos da própria terra.

– Estamos sendo atacados! – ruge um homem, quando eles emergem na câmara principal da caverna. – Atacados!

Os demais soldados, saqueadores dos bens de Ítaca, estão aqui reunidos, mas há apenas homens. Eles olham em volta confusos, pois não haviam sido prometidos baús de ouro? Pilhas de tesouros roubados, as riquezas de Odisseu? Leaneira trouxera Minta e Andraemon até aqui há menos de cinco noites; eles viram Autônoe, empregada de confiança da própria Penélope, sobrecarregada com o peso do tesouro escondido enquanto esgueirava-se para fora deste lugar! Ouro e prata, riquezas saqueadas, que todo homem na Grécia sabe que estão escondidas na ilha de Penélope, é aqui que elas deveriam estar! E, no entanto, não há nenhuma, apenas ânforas de óleo pegajoso, empilhadas por todo o espaço e se espalhando pelo chão, pegajosa ao redor de seus pés.

Os homens que fugiram das flechas devagar, param, deitam seu colega ensanguentado. Minta dá um passo em direção a eles e, nesse momento, talvez, seu líder compreende.

Que lástima, é um pouco tarde. É Mirene, filha de Sêmele, que atira a tocha acesa na caverna, pois ela tem um bom braço para o arremesso e consegue ganhar uma velocidade surpreendente na hora de fugir. Dois homens vislumbram seu rosto enlameado à luz do fogo, quando ela lança a tocha, que então atinge o chão, toca a primeira mancha de óleo derramado e, depois de um momento, inflama.

Homens gritam quando a armadilha se fecha e as chamas se espalham pela caverna. Na noite além, Ártemis ergue a boca para o céu e uiva, uiva como o lobo. Atena ronda o cume acima, sua lança queimando um fogo invisível. Fico atrás das mulheres na entrada da caverna, arcos erguidos, esperando, contando a extinção da vida enquanto cada homem cambaleia pela fumaça e a dor do inferno.

Dois morrem rapidamente, seus corpos encharcados de fogo. O resto se vira e se arrasta, braço a braço, pés escorregando na carne curvada de seus colegas, na direção que vieram. Aqueles que não viram as arqueiras correm à frente, rápido demais, e quatro deles morrem com a perfuração das flechas que os saúdam ao chegarem à boca da caverna. O resto recua quando seus camaradas caem, agora presos entre flechas e chamas. Minta ruge: "Formação, formação!" e pulando sobre pernas queimadas, sufocando e cuspindo fumaça preta e saliva pegajosa, os homens se aproximam, ombro a ombro, lâminas desembainhadas, e sob seu comando, com o calor queimando a carne de suas costas, avançam para a boca da caverna.

– Dispersar! – Priene comanda, enquanto os homens disparam em direção ao ar livre, impulsionando pela pura força de seus corpos uma nuvem de fumaça diante de si. As mulheres se separaram, correndo para a noite, puxando-se de mão a mão por galho saliente e rocha familiar para o escuro. Ártemis pega o pé de uma que escorrega, a empurra para cima de novo, sopra ar nos pulmões ofegantes de outra que tropeça e quase cai para trás, gritando de prazer, *corram, corram, minhas belas, corram, minhas caçadoras, corram, minhas mulheres da noite!*

Alguns homens tentam segui-las, mas uma nova saraivada de flechas cai de cima, onde Priene se reuniu com uma dúzia ou mais de mulheres, parcialmente emolduradas pelo luar, Atena silenciosa às suas costas.

– Fiquem juntos! – brada Minta, e os homens se formam de novo, emoldurados em silhuetas negras contra a boca ardente da caverna atrás deles. – Movam-se juntos! – acrescenta ele, e como um, começam a voltar pelo caminho, um ouriço nervoso de lâminas e sangue, apoiando um ao outro, murmurando palavras de encorajamento no ouvido do vizinho. Há, penso por um breve momento, algo magnífico neles, uma unidade de propósito, uma coragem e uma fraternidade que os poetas desejariam ver. Atena também enxerga, pois enquanto os homens se movem, ela ergue o escudo como se fosse saudá-los, e acho que vejo os olhos deles brilharem na direção dela e se arregalarem, quando enfim, enfim, alguns vislumbram a deusa que está acima deles, e talvez comecem a entender. A compreensão deles dura apenas um instante, pois então Atena se foi, desapareceu nas fileiras mortais de mulheres que se espalham diante dos soldados. Eles não saberão nomeá-la quando chegarem aos portões do Hades; sua compreensão será tão fugaz quanto suas vidas mortais.

As mulheres não tentam lutar contra os homens enquanto escalam; elas correm para a escuridão longe do toque da lança e dos dentes à mostra. Por um breve momento, talvez, Minta e seus companheiros pensem que o pior já passou, que, com carne queimada e flechas, eles escaparão deste lugar amaldiçoado. Mas, infelizmente, o caminho que leva de volta ao navio deles é longo e estreito, e não podem se mover por ele a não ser em uma fila esguia e fugidia.

Essa foi uma das razões pelas quais Priene escolheu este lugar para sua batalha, pois à medida que os homens se separam, as flechas voltam, e agora o caminho que estivera limpo quando chegaram está coberto com armadilhas de espinho arrastadas entre os troncos teimosos das árvores, para agarrar e perfurar suas pernas, enquanto eles tropeçam no escuro. Figuras se movem nas sombras ao seu redor, mas nunca se demoram o suficiente para que digam "ali, ali!". Ali está o inimigo, ou talvez não, lá! Lá eu vi uma criatura se mexer!

Mais quatro caem com as flechas, e um quinto fica para trás, sangrando lentamente, com o rosto pálido. Seus amigos, seus irmãos, parentes de seu coração, tentam carregá-lo, mas a carga reduz seu passo a um rastejar, e da escuridão atrás deles, uma arma mais pesada voa, um dardo, arremessado da mão de Sêmele, que atravessa o coração daquele que carregaria o amigo para um lugar seguro, derrubando os dois no chão.

Ártemis gira de alegria, sopra fúria nos arcos das mulheres que correm, como besouros, pela escuridão. Mais dois homens caem; outro que ficou muito lento ouve um som atrás de si e se vira para ver, apenas por um instante, a adaga que corta sua garganta. Vozes gritam de dor, mas Minta tenta mantê-los unidos, continuem andando, corram se for preciso, cheguem aos barcos, vão!

Toda a pretensão de ordem é deixada para trás, conforme os homens fogem para o mar, flechas estalando ao redor deles. No momento em que ouvem a margem da água, eles estão enjoados de sua surra, e enjoados também pela leve enfermidade que coloco em suas barrigas, e olhando ao redor, eles veem que de todos que foram para a caverna do tesouro de Ítaca, apenas oito restam agora.

Apenas oito.

Eles olham para a praia abaixo e veem uma dúzia de figuras esperando junto aos navios, ignorantes, ao que parece, do desastre que se abateu sobre eles. Eles descem às pressas, mal terão homens para remar um único navio noite adentro, terão de abandonar os outros, queimá-los talvez para esconder sua vergonha. À medida que descem para a praia abaixo, figuras envoltas no cinza da floresta emergem ao longo do penhasco atrás deles, arcos prontos, dardos ao lado, mas elas não atacam, não avançam, apenas observam e esperam que a tripulação de homens feridos e sem fôlego tropece em direção aos navios.

Um homem chamado Timaios é o primeiro a ver os corpos de seus parentes. Ele havia sido soldado da tropa de Nestor, homem de honra e dignidade; mas a honra e a dignidade não alimentaram sua esposa e três filhos enquanto ele estava na guerra, e quando ele voltou, eles pertenciam a outro homem e ele não podia vender a própria decência. Então ele se tornou pirata e encontrou nesse ofício pelo menos outro tipo de honra, entre seus companheiros marinheiros e amigos. Agora ele vê o primeiro dos homens que guardavam os navios, de barriga para cima na espuma sob a proa de seu navio, olhos sangrentos e cegos. Ele abre a boca para gritar, mas é tarde demais. A dúzia ou mais de figuras que montavam guarda ao redor dos navios dos piratas avança, sacam suas lâminas e, na escuridão sombria, matam aqueles guerreiros cambaleantes e ensanguentados que se aproximam. Atena se move entre elas, uma calma eficiência para seu assassinato, não mais do que um golpe, se um golpe é tudo o que é necessário para passar pela guarda de um guerreiro; nenhum bloqueio que não seja um caminho para outro ataque, nenhum alvo escolhido que não infligirá a maior dor ou acabará por completo com a vida de seu adversário. Ela não tem nada do prazer selvagem de Ártemis, e ainda assim seus olhos brilham, com reflexos rubros.

Priene luta ao lado dela e, embora o armamento de uma mortal jamais irá se igualar ao de uma deusa, ela também não tem nada de estilo ou performance, não mostra os dentes ou nem dá gritos de guerra. Seu propósito é a morte, nada mais e nada menos; a morte de seus inimigos é o meio mais eficaz pelo qual ela deve viver, e assim todos os seus propósitos são cumpridos.

Logo Minta é o último homem vivo. O último de todos os seus irmãos. O último dos nobres guerreiros, homens que deram tudo pela honra, pela Grécia e por Troia. Ele observa seus companheiros caídos, as mulheres sem fôlego e sangrentas que agora o cercam. Um homem menor talvez largasse sua espada e fechasse os olhos para não ver o fim, mas Minta ainda é um guerreiro. Ele destaca Priene por seu movimento solto, o relaxamento da lâmina na mão dela, vê nela um inimigo que talvez seja familiar, finalmente, um inimigo familiar, e avança para cima dela.

Priene não ensinou as mulheres de Ítaca a lutar com honra. Com apenas duas luas para treiná-las, não havia tempo para nuances. Minta morre antes que possa chegar ao alcance da espada da mulher oriental, uma faca de caça nas costas.

Quando ele cai, Priene contorna seu corpo, chuta sua lâmina, puxa a cabeça pelos cabelos e corta a garganta, só para garantir.

Capítulo 50

Pela manhã, o povo de Ítaca acorda com corvos circulando no ar e o cheiro de carne em decomposição.

A primeira a encontrar os corpos clama: céus nos ajudem, bendita Hera, sagrado Zeus! Fico satisfeita em ouvir meu nome invocado antes do restante em sua lista de divindades apropriadas.

Ela corre para encontrar outras, que buscam mais, que convocam os grandes homens da ilha, que com o tempo lembram de informar Penélope.

Então eles se reúnem na baía diante dos navios dos invasores e contemplam a cena horrenda.

Dispostos nos conveses dos navios estão os cadáveres dos homens que teriam saqueado Ítaca. Seus olhos foram fechados, mas isso não detem os mais entusiasmados entre as gaivotas e corvos que vêm para o banquete. O sangue não foi lavado de seus rostos, e as moscas zumbem em prazer sombrio em torno da carne inchada. Muitos ainda têm suas armas – lâminas retas de dois gumes da Grécia, dispostas ao lado de suas plumas da Ilíria. Muitos não. Dardos mais leves, as espadas e adagas mais rápidas, as menores armaduras e os sapatos mais úteis foram todos arrancados dos corpos, desaparecidos nos lugares secretos das casas de Ítaca.

Um, de armadura completa, com a lança apoiada no corpo como uma bengala, foi amarrado à proa do navio mais próximo, os membros deslizando pesados em ângulos estranhos pelas cordas que o prendem. Sua garganta é um sorriso aberto, e seus olhos foram deixados abertos, revirados em direção ao céu. Alguns pensam que o conhecem, murmuram seu nome. Aquele não é Minta, o amigo de um dos pretendentes? Sim, sim, é Minta, um amigo de Andraemon. O que ele faz aqui?

Dos grandes homens de Ítaca que se reuniram, é Pisénor quem se aproxima do cadáver. O velho tem um brilho no canto do olho, como se o fedor de sangue o tivesse despertado de seu estupor de um mês, e agora ele alcança certo item pendurado no pescoço dilacerado de Minta e, com um pequeno puxão, o solta.

Os outros se reúnem, Egípcio e Medon se abaixam para vê-lo. Penélope fica afastada, para que o cheiro de sangue e a visão de vísceras não perturbem suas delicadezas de dama; mas seus olhos estão fixos na aglomeração de homens.

É uma pedra, pouco maior que o polegar de um homem, com um buraco no topo através do qual uma tira de couro pode ser amarrada.

"Esta pedrinha", murmura um, "esta pedra, eu já a vi antes". Uma bugiganga estranha.

É uma pedra das ruínas de Troia, responde Medon, frio como a escuridão do inverno. É o mesmo símbolo que Andraemon usa ao redor do pescoço.

Enquanto os corvos beliscam os corpos espalhados pelos navios, as mulheres de Ítaca se reúnem na beira da praia, e nenhuma canção é entoada.

Já passa do meio-dia quando os sábios de Ítaca voltam em pequena procissão ao palácio de Odisseu. Os pretendentes estão reunidos, convocados pela notícia de outro massacre, outra batalha, esperando para saber quem foi levado, que local foi incendiado. Mas então uma palavra diferente chegou, um estranho sussurro no vento, os invasores foram abatidos, seus corpos estendidos nos navios, é um milagre, um milagre terrível e profano.

Telêmaco desce para encontrar o comboio de dignitários que se aproxima de seus cúmplices um tanto confusos.

– O que aconteceu? – demanda ele. – Quem foi morto?

– Os piratas estão mortos – responde Egípcio, como se estivesse atordoado. – Estão todos mortos.

– Como? Como eles morreram?

Egípcio simplesmente balança a cabeça, pois não tem resposta. Telêmaco volta o olhar para Pisénor, que também balança a cabeça. Medon avança, não há tempo agora para questões do sagrado ou do sacrílego.

Atrás dos homens vem o corpo de Minta. Ele é trazido na traseira de uma carroça puxada por burros, enrolado grosseiramente em um pedaço de vela ensanguentada. Eles a colocam no pátio diante do grande salão de Odisseu, e aos poucos os pretendentes se reúnem, e seus pais também, e todos os que podem caber neste lugar, até que, por fim, todas as almas possíveis estão pressionadas da parede a portão para testemunhar este assunto. Penélope encontra-se educadamente em um grupo de suas criadas, véu sobre o rosto, cabeça baixa, mãos entrelaçadas. Seu filho está no lado oposto da multidão, uma espada no quadril, olhos fixos no brilho do sol do deserto.

Medon afasta o emaranhado de pano que cobre o rosto de Minta e é recompensado com um pequeno arquejo e um leve burburinho entre os pretendentes que o contemplam.

– Os invasores estão mortos – brada ele, desfrutando pela primeira vez de uma audiência que parece disposta a ouvi-lo. – Este homem foi encontrado entre eles. Muitos de vocês o conhecem. Ele é jurado irmão de sangue de Andraemon.

Medon tirou um momento para buscar Andraemon na multidão antes de falar, para que pudesse fazer um belo e impressionante floreio de braço em direção ao pretendente. Fico tentada a bater palmas, mas pode ser um pouco de mau gosto, um pouco cedo demais.

Andraemon dá um passo à frente da multidão. Penso que ele está prestes a soltar uma bravata. A desafiar, cuspir na cara de todos ao seu redor, a zombar da acusação de Medon. Em vez disso, ele se ajoelha. Ele se ajoelha ao lado de Minta e segura o rosto ensanguentado nas mãos, sem pensar na garganta aberta. Ele sussurra palavras nos ouvidos do morto, palavras que só Hades pode ouvir, e o embala com força por mais um momento, antes de se levantar, sangue nas mãos e no rosto.

Então ele fala.

– Meu irmão está morto – declara ele. – Eu exijo vingança. – E seus olhos flamejam em direção a Penélope. No entanto, ela é mansa. É humilde. Claramente há eventos em andamento muito além da capacidade de compreensão de sua inteligência.

– Seu amigo foi encontrado entre os corpos de piratas, mortos pelos próprios deuses – retruca Medon.

– Se ele foi encontrado com os piratas, é porque ele defendeu *vocês*! Vocês ovelhas de Ítaca, ele foi um guerreiro que lutou!

– Ninguém que viu o corpo, a maneira como foi encontrado, poderia duvidar que ele fosse outra coisa senão um vilão, aliado a esses saqueadores – ladra Medon. – Ou você questiona a inteligência de todos esses sábios servos de Odisseu? – Ele gesticula expansivamente para os conselheiros de Ítaca, apreciando a performance, a outra mão apertada contra o peito.

Andraemon hesita, olha novamente para o corpo de Minta, fedendo no chão pedregoso. Seu coração sussurra um pedido de desculpas – eu não sabia que ele tinha tal coisa dentro de si –, mas ele ainda tem um trabalho a fazer. Minta entenderia.

– Se este homem era amigo dos inimigos de Ítaca, então ele era um traidor para mim.

– Um traidor que usava seu símbolo precioso? – Medon abre o punho e lá está a pedrinha em seu nó de couro, ensanguentada, presa dentro dele. Instintivamente, a mão de Andraemon se move em direção ao pescoço, mas não há nada lá. Onde ele estava pela última vez quando soube que usava esse símbolo? Quando ele sentiu pela última vez seu peso reconfortante? Ora, enquanto ele estava deitado ao lado de Leaneira em lençóis pegajosos, quando a mão dela se fechou em volta da lembrança em seu peito e ela murmurou: "Durma, meu amor. Durma".

Agora, apenas agora, Andraemon começa a entender.

Leaneira está no meio da multidão, Urânia ao lado dela.

Por que ela não foi banida de Ítaca? Por que ela ainda compartilhava sua cama?

A velha deveria ter vigiado sua prisioneira traiçoeira, e, no entanto, no entanto, aqui está Leaneira, observando Andraemon da multidão, sem medo, sem vacilar. Ela perdera qualquer noção de onde seu corpo estava, como era usá-lo, há muito tempo. Contudo, seus olhos, e as coisas que ela vê com eles, ainda são dela.

Morte a todos os gregos.

Certa vez, no campo de batalha, Andraemon lutou pelo que achou ser a maior parte de uma hora com um soldado de Troia. A batalha real durou aproximadamente noventa segundos, mas, pelos padrões de um encontro marcial, isso é muito tempo. Quando Andraemon finalmente viu sua chance e enfiou sua lâmina no ponto certo, seu oponente também percebeu, viu o lampejo de fraqueza na própria armadura um momento antes de Andraemon aproveitar a chance apresentada e sorriu. Ele não estava feliz em morrer. Ele não ficou impressionado ou satisfeito com a astúcia de Andraemon.

Morte a todos os gregos.

Aquele troiano, ao morrer, talvez tenha reconhecido uma coisa que se aproximava há muito, muito tempo, e a reconheceu em sua fúria, como um pai pode saudar um filho recalcitrante que, depois de anos perdido, finalmente volta para casa.

Assim sorri Andraemon agora para Leaneira, e finalmente ele entende.

Ele entende.

Ela não sorri de volta. O pouco poder que ela tem, ela tomou. Não tem gosto de liberdade.

– Seus covardes pintados – Andraemon brada, girando, girando, abarcando com o braço todos reunidos ali. – Seus pretensos pequenos-reis. Seus peixeiros. Seus ratos de marinheiro.

– Andraemon, você rompeu todos os códigos sagrados…

– Vocês acham que serão reis? *Ela* vai matar vocês! A carne que ela lhes servir será carne humana, ela fará com que vocês comam uns aos outros, assim como os filhos de Atreu, assim como Clitemnestra! Vocês nunca estarão a salvo dela. Vocês nunca viverão para ser rei em Ítaca.

– ... todas as regras sagradas de hospitalidade, você atacou nossas terras, você violou nossa confiança, você...

A lâmina que Andraemon puxa é pequena, para cortar carne, não para matar homens. Mas servirá para matar uma mulher, e por um momento ele fica dividido quanto a qual mulher matará no pouco tempo que lhe resta. Seus olhos se voltam para Leaneira de novo, mas seu braço se estende para Penélope, e como se seus pés fossem puxados pela vontade da própria Éris, ele se volta para a rainha e avança até ela.

Eos dá um passo à frente.

Ela não faz grandes movimentos, nem grita, nem mostra qualquer sinal de medo. Também não se coloca diretamente no caminho de Andraemon, ou oferece seu peito no lugar do de sua senhora. Em vez disso, fica um pouco de lado, para que Andraemon possa empurrá-la com o ombro enquanto ataca e, de fato, ele mal percebe a presença dela, tão determinado está em sua intenção assassina.

Ele também mal percebe a faca penetrar entre suas costelas, quando passa por ela, mas percebe quando sai, pois o peso de seu impulso contra a passagem da lâmina o desacelera e vira, e ele gira um pouco com o movimento, sua mão que segura a faca sacudindo sem controle. Alguém o agarra enquanto ele tropeça, outro chuta-lhe os joelhos. Eos se afasta, a lâmina que ela empunhava já escondida em seu vestido, uma mancha rubra nas roupas.

– Ele caiu sobre a própria a faca – explica ela, e quando isso não parece produzir uma resposta adequada, Penélope coloca uma mão na testa, dá um suspiro profundo e retumbante de desespero feminino e, prestativa, desmaia em uma pilha histérica no chão.

Capítulo 51

O final do verão se transforma no início do outono em Ítaca. As folhas de cobre enrugam e racham sob as árvores tortas, o pôr do sol ficando dourado polido, o escarlate do sangue fresco e o cinza rachado do couro velho. As tempestades quentes do verão se transformam em rajadas úmidas e as mulheres pisam em azeitonas com os pés descalços nos tonéis gordurosos.

Essa mudança de estação talvez possa, você pensa, provocar uma mudança no coração dos homens, mas não. Eles se acostumaram com a partida da filha de Deméter, assim sendo, no salão de Odisseu...

– Autônoe! Você chama isso de música? Dê-nos uma boa música indecente!

– Não tenho certeza, Antínoo, isso parece uma aposta bastante grande...

– Vamos, Eurímaco, não seja um filhinho da mamãe!

– Kenamon, sente-se comigo. Você está encolhido no seu canto tempo demais.

– Não sou uma boa companhia, Anfínomo.

– Você tem que ser uma companhia melhor do que esse triste grupo; venha, venha, sente-se comigo! Conte-me histórias de sua terra natal.

Nas cozinhas:

– Você chama isso de cozinhar? Eu teria vergonha de chamar isso de cozinhar!

– Mas você não é a cozinheira, é, Euracleia?

– Uma desgraça, todas vocês! Uma vergonha absoluta!

Na casa de Pólibo, pai de Eurímaco:

– Com Andraemon morto e enterrado, temos uma oportunidade, uma boa oportunidade, de avançar a causa de Eurímaco...

Na casa de Eupites, pai de Antínoo:

– Eurímaco tentará encontrar uma abertura agora, mas vamos pegá-lo antes que ele possa fazer sua jogada, Antínoo ainda será rei...

Na fazenda de Laertes, que uma vez navegou no Argo e agora será para sempre lembrado como apenas o pai de Odisseu, o maior dos reis desaparecidos de Ítaca:

– Você não sabe cavar uma latrina? Tenho que fazer tudo sozinho? Ó deuses!

No conselho dos sábios de Ítaca:

– Mas é um absurdo!

– Entretanto, útil. Ninguém vai invadir nossas costas por algum tempo agora.

– Contudo é *absurdo*! Os homens de Andraemon não foram apenas… feridos por algum poder olimpiano! Eles foram mortos por homens! Como você está tão calmo diante disso? Como não está aterrorizado com a ideia de homens armados escondidos em Ítaca?

– Talvez eles tenham sido mortos por Odisseu? Talvez ele tenha retornado e esteja se movendo secretamente entre nós?

– Agora não, Telêmaco!

E assim a lua nasce e a lua se põe, e, embora as coisas sejam muito parecidas, algumas coisas são definitivamente diferentes.

No templo de Ártemis, Anaitis borrifa vinho sobre o altar e, considerando tudo, sente-se muito satisfeita consigo mesma. A presença em seu santuário e os presentes que lhe são concedidos são de uma qualidade mais refinada e luxuosa do que qualquer caçadora dessas ilhas já recebeu antes.

– Ouvi dizer que a própria Ártemis matou os piratas – sussurra uma suplicante, uma pulseira de cobre em seu pulso. – Ouvi dizer que as ilhas ocidentais estão sob sua terrível proteção!

Anaitis considera isso. Por um lado, é um pouco desrespeitoso com as sombras noturnas que ainda correm à luz do fogo na floresta acima de seu templo, com as mulheres com garfos afiados e facas de esfolar em seus quadris, dar todo o crédito a uma única deusa. Por outro lado, não é como se o crédito pudesse ir para outro lugar, e Ártemis é uma grande e poderosa protetora, então, considerando tudo…

– A caçadora ama aquelas que a amam – exclama ela, alegremente, recebendo o metal oferecido e colocando-o na cesta bastante cheia a seus pés. – Que a bênção da senhora esteja com você!

Nas florestas acima do templo, Priene diz:

– Essa foi uma batalha. O que precisamos agora é de uma estratégia defensiva mais ampla. Precisamos de bolsões de resistência em Hyrie, em Zaquintos, em Cefalônia, mulheres que possam resistir até que a notícia de que são necessários reforços chegue nas outras ilhas. Devemos pensar nas linhas de abastecimento e…

Teodora, a última filha viva de Fenera, diz:

– Então você vai ficar?

Priene congela.

– O quê?

– Dado que você odeia os gregos…

– E odeio. Eu absolutamente odeio os gregos.

– Mas você *vai* ficar? Em Ítaca?

Priene considera isso um momento, lutando com questões sobre si mesma que ela nunca ousou perguntar, pensamentos e sentimentos que ela nunca se permitiu sentir. Ela olha ao redor para suas mulheres, esperando com expectativa sob o bosque. Sêmele se apoia em um machado para cortar lenha; Teodora está de braços cruzados, arco ao seu lado. Há quase noventa delas agora, esperando em silêncio sua palavra. Ela tem uma sensação terrível de que essas mulheres esperam que expresse… ideias que são profundamente desconfortáveis para ela. Que há uma palavra – *lar*, talvez, ou quem sabe até *família* – que estão esperando que sua líder, sua capitã, diga.

Então, um pensamento lhe ocorre que ilumina todas as outras coisas e a deixa banir, por enquanto, quaisquer perguntas mesquinhas e insignificantes sobre quem ela é, a que lugar ela pertence ou qual é seu propósito na vida.

– Menelau é claramente a maior ameaça para as ilhas ocidentais! – exclama ela. – Devemos pensar na melhor forma de matá-lo!

Uma leve batida na porta na calada da noite.

Penélope chama o filho: Telêmaco? Telêmaco, você está aí?

Ele está, porém, não responde.

Telêmaco. Fale comigo.

Fale comigo. Apenas…

… fale comigo. Eu sou sua mãe! Eu sou… por favor, Telêmaco. Eu sei que não conversamos direito, que coisas aconteceram, Andraemon, os invasores, seu… mas por favor. Fale comigo. Eu vou lhe contar tudo o que você quiser saber. Telêmaco. Telêmaco!

Ela esmurra a porta com o punho, mas ele pressionou um baú contra ela para que não se mexesse. Agora está sentado em cima dele, enquanto ela chacoalha às suas costas, e afia a espada, e mal ouve a mãe falar, se é que a ouviu. Há coisas que estão acontecendo em Ítaca, coisas que ele não entende. Seu inimigo está morto, e ele não o matou. Os piratas que ameaçavam suas praias estão mortos, e ele não os matou. Não sabe exatamente como eles morreram, mas sabe de uma coisa: que nenhum príncipe jamais se tornou um rei-herói dando ouvidos à mãe.

Mais tarde, junto ao riacho fresco que corre atrás do palácio, Leaneira lava os pés, lava as mãos, lava o rosto, lava todas as partes de sua carne que podem ser aben-çoadas, até que Penélope finalmente se senta atrás dela, e a mulher fica quieta.

Por fim, Penélope declara:

– Obrigada. As coisas que você fez... o papel que você desempenhou nisso. Eu sei que pedi muito, e você entregou... Muito. Você entregou muito. Qualquer posição que você deseje nesta casa é sua, se quiser ficar.

Leaneira fita o reflexo partido de seu rosto na água corrente e diz por fim:

– E se eu quiser ser livre?

– Para onde você iria?

Ela fecha os olhos e não tem resposta.

– Eu odeio. – Ela sente que deveria especificar precisamente o que odeia, mas percebe que levaria tempo demais, que a lista mais curta seria apenas das raras coisas que ela não despreza. Então, em vez disso, ela tenta: – Andraemon jamais me libertaria.

– Não. Mas ele lhe deu esperança. Isso... não é insignificante.

– A esperança é para tolos e crianças.

– E ainda assim você ainda está viva, Leaneira. Estamos vivas.

Leaneira dá de ombros, joga água fria pelas costas, grudando no tecido do vestido. Penélope fica mais um pouco sentada ao lado dela, enquanto o dia se transforma em noite.

Nos salões de Micenas, Orestes tenta não derrubar o diadema em sua testa. É um pouco grande demais, não está equilibrado direito, mas ele tem que pelo menos passar por toda essa cerimônia absurda sem ninguém criar caso. Seu tio, Menelau, veio de Esparta, com Helena e seus parentes. Sua presença enche o salão como uma chama. O último herói de Troia, irmão do assassinado Agamêmnon; ele não é mais alto do que qualquer outro homem, nem seus ombros são mais largos do que um touro, e ainda assim ele precisa apenas acenar uma vez, queixo no peito, ou virar a cabeça um pouco para o lado, ou contrair seus lábios como se pudesse ficar descontente com uma coisa que é educado demais para nomear, e todo homem e mulher, guerreiro e escravo no salão se encolhem.

Ele diz que está feliz com seu reino em Esparta. "Eu e minha senhora, finalmente juntos", ele proclama, e dá um tapa na coxa de Helena. "Nada como ficar em casa e ver os filhos crescerem, não é? Fico feliz em deixar isso para vocês, jovens. Feliz por deixar a próxima geração ter sua chance. Claro que sempre estarei aqui se vocês precisarem de mim, não se preocupem com isso. Tio Menelau está sempre aqui por vocês."

Electra está ao lado do irmão, a pele pintada com chumbo, mas, quando ele fecha os olhos, tudo o que consegue ver é a carranca da mãe, e tudo o que consegue ouvir são asas de morcegos e o cacarejar de mulheres de dentes afiados.

Olho ao longo das fileiras de reis reunidos e grandes homens da Grécia e vejo os deuses entre eles também: Hermes comendo os aperitivos, Ares carrancudo de costas para a parede, Atena rígida como sua lança, até Héstia meio fossilizada de tédio a um canto. Mas todos nós os ouvimos quando as garras arranham as portas do palácio; todos nós sentimos o cheiro de seu hálito podre no ar. As Fúrias, mandíbulas de tubarão e olhos de sangue. Estremeço e me deixo desvanecer, um discreto afastamento do salão suado. Hermes já se foi, assustado ao primeiro guincho do morcego. Ares faz pose por mais um momento, mas mesmo ele não ficará entre as Fúrias e sua presa.

Afinal, Orestes matou a própria mãe.

Menelau sorri enquanto Orestes ajeita o pesado diadema na cabeça, e esse sorriso me segue noite adentro.

Em Ogígia, Calipso está sentada ao lado de Odisseu na rocha favorita dele e, por um tempo, eles são companheiros no bater do mar abaixo. Então, de repente, ele a agarra pelo pescoço, pressiona seus lábios contra os dela, a língua na boca dela como se fosse quebrá-la, rolando-a para baixo sob seu peso, olhos fechados.

No lugar sagrado do bosque escondido, Ártemis diz:

– O quê? Ah, sim, matar homens. Aquilo foi divertido. De qualquer forma, estou fazendo outras coisas agora, tenho outras coisas para fazer, você sabe.

Faço o possível para não olhar para a forma reclinada de minha enteada, enquanto suas mulheres definitivamente penteiam os cabelos dela; e, por um breve momento, invejo sua capacidade de viver nem no amanhã nem no ontem, mas apenas aqui, neste bosque enluarado.

Por fim, relutante, procuro Atena. Há coisas que devemos discutir discretamente, agora que a lua girou no céu.

Ela não está no Olimpo.

Tampouco está espiando a cama de Calipso, com o ouvido atento aos gemidos que sobem daquele lugar perfumado.

Dou uma olhada em seus santuários sagrados, cavalgo à beira de suas orações mais sinceras, e não a encontrando, desço até Ítaca.

Ela não está piando em alguma árvore maldita, nem deslizando pelos sonhos do palácio. Ela não está inalando as doces imprecações daqueles que se curvam diante de seu altar, nem rondando alguma praia banhada de espuma. Estreito minha visão divina, rasgo as almas de mulheres e homens, minha passagem trazendo a seus lábios o gosto de metal e a memória de atos impuros, até que enfim, enfim, eu a vejo, envolta em um grosso disfarce de trapos mortais, diante de um navio que espera no porto a virada da maré.

O navio não é um que eu já tenha visto antes, com uma vela de um cinza desbotado, tocada, suspeito, por uma mão abençoada. Está totalmente abastecido com água fresca e carne seca, e nos remos estão aqueles poucos amigos de Telêmaco que ainda vivem, e mais alguns da milícia de Pisénor que, por algum motivo que pode não ser inteiramente deles, escolheram agora uma jornada pelo mar. O capitão é um homem tocado por Poseidon, branco nos cabelos e sal na pele, um homem de confiança que talvez não saiba no que se meteu, e de pé no cais conversando seriamente com a figura disfarçada de Atena está Telêmaco.

Ele está em sua armadura e capa, uma bolsa a seus pés, uma espada no cinto. Ele assente com a cabeça e ouve atentamente o que Atena diz, depois pega seus pertences e começa a marchar pelo cais em direção ao barco.

Desço imediatamente, abrindo a boca para gritar: "Telêmaco, o que, em nome de todos os deuses, você pensa que está fazendo, seu idiota, volte aqui agora ou eu…".

Contudo o olhar de Atena flameja e quase me tira o fôlego, me gira como um pardal na tempestade. *Ele é meu*, ela rosna, com a voz da maré que muda. *Ele é meu*.

Sou empurrada para trás, lutando brevemente para controlar minha queda, ardendo de indignação. Telêmaco está colocando os pés no barco, Atena sorrindo e acenando para ele de seu disfarce de mortal imundo, mandando-o ir, vá, vá! Cuspo e amaldiçoo por um momento, impotente nos céus acima, depois disparo em direção ao palácio, voo pela janela aberta de Penélope, arranho seu rosto e grito "ACORDE AGORA SUA IDIOTA ADORMECIDA!". A escuridão flui e se rasga com minha fúria; ela acorda com um estremecimento e a respiração ofegante, a mão voando para a faca ao lado de sua cama, olha através de mim como um pesadelo, então se recupera, solta o ar, diminui as batidas do coração. Ela vai até a janela para atrair a calma fria da noite e, ao fazê-lo, eu mando seus olhos levantarem e verem o navio no porto abaixo, a vela se desenrolando para capturar o vento. Ela franze a testa, tão surpresa com sua presença quanto qualquer rainha sensata deveria ficar, mas vira as costas para ele, a pele agora se arrepiando no ar da meia-noite.

Esta noite Autônoe está dormindo do lado de fora da porta de Penélope, mas a rainha não a acorda, quando se esgueira para o palácio silencioso. Ela vai andar até que seus nervos se acalmem novamente, até que ela sinta a doce dádiva do sono arrastar-se por suas pálpebras. Ela vai se sentar no pequeno pátio onde às vezes as criadas penduram suas túnicas para secar, e sentir o cheiro da umidade de seu trabalho no ar, e recuperar o fôlego e ficar em paz. Um pouco de paz, isso é tudo o que ela quer. Apenas um pouco de paz.

Ela não a encontra. Em vez disso, ouve um soluço, o choro de uma velha, amplificado pela ponta dos meus dedos arranhando a parede. Vem da direção do quarto de Anticlea, o quarto que tão recentemente Electra ocupava. Penélope hesita, surpresa, e eu a empurro em direção a ele, empurro-a nas costas, de modo que os primeiros passos que ela dá mal lhe pertencem. Então, sua curiosidade natural aflora e, seguindo o som, ela abre a porta torta e vê uma velha encolhida perto de uma lâmpada acesa.

– Euracleia? – pergunta ela.

A cabeça da ama se vira, um pouco rápido demais, ela vai ter cãibra de manhã. Ela luta para se levantar, segurando a chama perto de si como se fosse sua única amiga.

– Eu falei para ele que não! – choraminga a velha. – Eu implorei para ele não fazer isso!

– Falou para quem? Implorou a quem?

A lenta percepção surge por trás dos olhos da mulher tola de que ela já poderia ter falado demais, mas não há como fugir agora. Penélope caminha em direção a ela, ambas as mãos agarrando os ombros da ama com força.

– Falou para quem? – rosna ela.

– Telêmaco – Euracleia choraminga. – Eu disse a ele para não fazer isso.

– Onde ele está? Onde está Telêmaco?

A resposta vem em pequenos pingos e murmúrios, uma gagueira cambaleante que finalmente, com um balançar de ombros, jorra:

– As docas! Ele vai encontrar o pai!

Isso não é o coração de Penélope se partindo.

Ela teceu tanta corda ao redor de seu coração, amarrou-o, amarrou-o e amarrou-o, fechando-o, que embora possa se estilhaçar, ainda assim não pode desmoronar. Ainda não. Este não é o som de seu mundo desmoronando, pois todas as manhãs ela fica de pé no solo de Ítaca e diz para si mesma "estou aqui e farei o que é feito". O mundo não se afasta de você quando você passou tanto tempo aprendendo a andar sobre ele.

Em vez disso, este é o som de pés descalços correndo na terra, de "Deixe-me passar!" enquanto ela atravessa os portões ainda de camisola, a túnica simples e sem véu, com a respiração ofegante, do vento em seus ouvidos, os cabelos se soltando ao redor de sua cabeça, de fogo ardente em sua mente, de um coração

de tão grande coração

que racha, racha e racha e, no entanto, como uma herança antiga remendada com argila molhada, ela não vai deixá-lo quebrar, embora já esteja todo desordenado.

Este é o som dela correndo para o cais, quase sem ar, sem sentidos, dela uivando: "Telêmaco!" enquanto atrás dela, atrasados, sonolentos e confusos, tropeçam suas criadas e seus guardas, imaginando que loucura tomou conta de sua rainha.

– Telêmaco! – ela grita, mas o navio já está saindo da entrada do porto, os remos batendo firmes e lentos contra as ondas, e ele fica na proa e não a ouve. Atena observa dos céus acima, balança a cabeça e vira as costas.

– Telêmaco! – grita Penélope, e com esse grito finalmente a força abandona seus membros e ela cai no chão; finalmente, envolta nos braços de suas servas, enquanto seu filho navega na noite, Penélope, esposa de Odisseu, rainha de Ítaca, chora.

Volto meu olhar para o Olimpo, olho para meus irmãos e irmãs, me pergunto qual deles responderá ao grito desta mulher miserável, pois neste momento todas as ilusões são quebradas, todos os encantos desfeitos. Ela mentiu, ela mentiu todo esse tempo; Penélope era uma mãe afinal de contas, era uma mulher com um coração batendo; vejam como ela enganou todos vocês fazendo-os pensar que ela era apenas uma rainha? Mas os deuses estão adormecidos ou bêbados, ou vagando em outro lugar. Atena voa com asas de águia sobre a sombra de Telêmaco que se afasta; Ártemis se banha ao luar. Meu marido dorme em um estupor bêbado, os braços cruzados nas costas de alguma ninfa miserável. Ares espreita pelas portas a proibida Afrodite passando óleo na pele, Apolo dedilha sua lira, Poseidon golpeia sem resultado as margens de Ogígia. Apenas Hades desperta um pouco com o grito de Penélope, abre um olho para ver que desespero mortal o perturba, mas achando isso pouco importante, retorna à escuridão.

No entanto, sua voz não passa despercebida entre os seres imortais e divinos que se elevam acima da terra.

Três bruxas do fogo antigo, que agora mesmo circulam a cama do adormecido Orestes, ouvem-na gritar ao vento, contorcem-se em êxtase com sua impotência e fúria, riem de seu desespero e lambem os lábios para saborear o sal de suas lágrimas carregadas em suas línguas.

Telêmaco! ri uma.

E *Telêmaco!* imita outra.

Meu doce filho, sussurra uma terceira, lambendo o sangue debaixo de seus dedos com garras. *Estamos indo. Estamos indo.*

Então elas me veem.

Então elas erguem o olhar.

Mesmo eu, rainha dos deuses, não as desafiarei, pois elas são quase tão velhas quanto as próprias Moiras, sua vontade incendiada sobre a terra em movimento.

As Fúrias estendem suas asas sobre o mar e sobre as ilhas; tecem suas tapeçarias no sangue das mães e nos gritos das donzelas, bebem fundo do coração partido e do irmão assassinado, riem, cantam, cospem chuva fervente. "Oh, maravilhosa liberdade" elas exclamam! "Finalmente libertadas pelo sangue de uma mãe derramado sobre a terra! Convocadas pela vingança e loucura e desespero cruel" Os mares estarão rubros com o sangue de mulheres e heróis antes que elas terminem.

Em Micenas, Orestes grita de súbito medo em seu sono, agarrando o lugar dourado onde o diadema deveria prender sua cabeça.

Em Esparta, Menelau cochila com vinho carmesim nos lábios e algo ainda mais vermelho na língua, adornado com as vestes roubadas de um falecido rei troiano.

Electra acha que ouve a mãe cantando pelos corredores sombrios do palácio, uma música de outros tempos que se transforma em pó quando ela tenta alcançá-la. Odisseu contempla os mares prateados; Clitemnestra corre os dedos pelas águas do esquecimento dos rios dos condenados.

E em Ítaca, Penélope chora à beira do mar, as mãos levantadas em direção ao navio em que seu filho agora navega. Telêmaco está na proa de seu navio, os olhos fixos em um horizonte distante, enquanto lá no alto, vestidas de meia-noite e sombra, as Fúrias se aproximam.

Sobre a autora

    Claire North é um pseudônimo de Catherine Webb, autora indicada à Medalha Carnegie, cujo romance de estreia foi escrito quando ela tinha apenas quatorze anos. Estabeleceu-se como uma das vozes mais poderosas e imaginativas da ficção moderna. Seu primeiro livro publicado sob o pseudônimo de Claire North foi *As primeiras quinze vidas de Harry August*, que se tornou um best-seller por propaganda boca a boca e recebeu o John W. Campbell Memorial Award. Seu livro seguinte, *Touch*, foi descrito pelo *Independent* como "quase uma obra-prima". Seu romance seguinte, *The Sudden Appearance of Hope*, recebeu o World Fantasy Award 2017 de Melhor Romance, e *The End of the Day* foi indicado para o *Sunday Times*/PFD Young Writer of the Year Award de 2017. Seu romance de 2018, *84K*, recebeu menção especial no Philip K. Dick Awards, e seu romance mais recente, *The Pursuit of William Abbey*, foi indicado a um prêmio Locus. Claire mora em Londres.